schäfer verlag

Zwei weitere Heinrich Gerhard-Fälle sind in diesem Verlag erschienen:
Schwälmer Tanz, 322 Seiten (ISBN 3-000-16731-5)
Die Spur des Mädchens, 322 Seiten (ISBN 3-93948200-5)

Henning Schäfer, Jahrgang 1942, liebt wie sein Held im Roman seine nordhessische Heimat, die er auf ausgedehnten Spaziergängen durchstreift. Der pensionierte Arzt und Vater dreier Kinder lebt mit seiner Frau auf einem alten Gutshof und frönt dort seinen Leidenschaften Malerei, klassischer Musik und natürlich dem Schreiben.

Henning Schäfer

Froschkönig

Roman

schäfer verlag

Erstausgabe 11/2006

Umschlagbild: Vincent van Gogh
Druck: Druckerei Hubert & Co., Göttingen
ISBN 3-939482-01-3

1

Das schnelle An- und Abschwellen der Rede, der abrupte Abbruch und die lauten Zwischenrufe verrieten die Erregung, die sich Heinrich Gerhard schon weit vor Erreichen des »Dorfkruges« mitteilte. Er beschleunigte seinen Gang. Mit ausgreifendem Schritt eilte er auf der vom Sportplatz ansteigenden Dorfstraße auf das Stimmgewirr zu, das ihm aus den geöffneten Fenstern der Gaststätte entgegenschallte.

Der Schweiß lief ihm über das Gesicht und in den Nacken. Das Sommerhemd, das er gerade erst frisch angezogen hatte, klebte auf dem Körper. Er hatte sich verspätet, war erst am frühen Abend aus Göttingen zurückgekehrt, von Franziska und einem sonnendurchfluteten Nachmittag, an dem er die Intimität der schattigen Refugien, in die sie gemeinsam vor der Tageshitze geflüchtet waren, ausgekostet und darüber die Zeit vergessen hatte. Sie waren durch den Stadtwald gewandert, hatten später in einem Ausflugs-Café unter dem dichten Blätterdach einer Pergola gesessen und die Zweisamkeit genossen.

Für die Gerhards, für Heinrich genauso wie für seine Frau, war jede Minute ihres Zusammenseins kostbar. Mit Franziskas vor Jahren getroffener Entscheidung, ihren Geschäftsbereich – sie betrieb ein Reisebüro - und auch ihren Wohnort von dem dörflichen Oberhone in die nahe Großstadt Göttingen zu verlegen, hatte sie eine örtliche Trennung von ihrem Mann vollzogen, die sich im Nachhinein entgegen anfänglicher Bedenken als Belebung der über dreißigjährigen Ehe entpuppt hatte. Die regelmäßigen, gegenseitigen Besuche waren zu Lebenshöhepunkten geworden. Ihre Zuneigung hatte sich, anders als zunächst befürchtet, mit der räumlichen Distanz eher noch verstärkt und intensiviert. So konnte es vorkommen, dass Heinrich Gerhard im Zusammensein mit seiner Frau das Zeitgefühl abhanden kam und er Vorhaben, wie das heute Abend geplante, schlichtweg vergaß. Dabei hatte er Franziska ausführlich von den emotionalen Wogen, die seit einigen Tagen durch ihr Heimatdorf liefen, berichtet. Er hatte die Spannungen geschildert, die unter den Befürwortern und den Ablehnern der geplanten Industrieansiedlung entstanden waren, hatte von den Drohungen und Einschüchterungen erzählt, mit denen die Gegner des Projekts die Landwirte bedacht hatten, die bereit waren, ihre Äcker und Wiesen zu horrenden Preisen an die Erschließungsgesellschaft zu verkaufen.

»Auch wir sind betroffen von einer Bebauung der Flussniederung.« Gerhard, der immer Ruhige, war in Rage geraten, während er seiner Frau die schreckliche Vision vor Augen führte. »Stell dir vor, der schöne, freie Blick von unserem Landsitz« - so nannten sie ihr altes Bauernhaus am Rande des Dorfes- »verbaut und verstellt durch Fabrik- und Lagerhallen! Nicht auszudenken!«

Er hatte mit ihr auch über die abendliche Versammlung gesprochen, zu der der Ortsvorsteher die meinungsverschiedenen Parteien und die Dorfbevölkerung in den »Dorfkrug« eingeladen hatte. Aber dann, wie so oft, wenn er mit Franziska zusammen war, hatte er in ihrer Gegenwart die alltägliche Realität vergessen und war erst aus Göttingen aufgebrochen, als die Sonne schon hinter den Bergen des Kaufunger Waldes verschwunden war.

Nun kam er also reichlich verspätet und musste befürchten, das Wesentliche der Versammlung schon verpasst zu haben. Je mehr Gerhard sich dem Gasthaus näherte, desto deutlicher konnte er einzelne Stimmen unterscheiden. Lothar Thieles durchdringendes Organ schien gerade einen Vorwurf oder eine Beschuldigung zu formulieren. Auch die empörten Zwischenrufe des Vorsitzenden des Dorfverschönerungsvereins und die besänftigenden Ermahnungen des Ortsvorstehers hörte er heraus.

Das Schankzimmer, das Gerhard kurz darauf betrat, konnte man mit Fug und Recht als proppenvoll bezeichnen. Die raucherfüllte Raumluft war, trotz der offenstehenden Fenster, zum Schneiden dick. Atem- und Körperausdünstungen der sich dicht an dicht drängenden Leiber hatten die Tageswärme, die sich bis in den Abend gehalten hatte, im Rauminneren noch verstärkt und eine Glocke feuchter Schwüle über die Versammlung gelegt.

Die verbale Auseinandersetzung schien einem Höhepunkt entgegenzusteuern. Über die Köpfe der vor ihm Stehenden hinweg konnte Gerhard seinen Nachbarn, den Großbauern Thiele erblicken, der gerade in drohender Geste die rechte Faust ein um das andere Mal in Richtung Zimmerdecke stieß und dabei in höchster Erregung seine Empörung herausschrie. Ziel seiner lautstarken Beschimpfungen waren zwei Männer, die auf der improvisierten Bühne des Gastraumes dicht nebeneinander standen und mit hämischen, verächtlichen Gebärden die Entgleisung ihres Kontrahenten verfolgten.

»Ich lasse mir doch von euch Ökospinnern nicht die einmalige Chance kaputtmachen, meinen Hof zu sanieren«, tobte der Landwirt. »Niemals wieder wird mir so viel Geld für mein Land geboten werden. Ich verkaufe meine Wiesen – und damit basta! Und wenn ihr versuchen solltet, wegen der paar Gelbbauchkröten, die sich angeblich im Uferbereich aufhalten sollen, das Projekt zu torpedieren, dann verspreche ich euch, jedem Frosch den Hals einzeln umzudrehen – und euch Bio-Heinis ebenfalls. Verstanden?«

Gerhard sah die geballte Hand Lothar Thieles jetzt gefährlich nahe vor dem zorngeröteten Gesicht Helmut Noacks auftauchen.

»Muss ich mir das gefallen lassen?«, rief dieser, sichtlich um Fassung ringend und vergeblich um einen sachlichen Tonfall bemüht, zurück. »Muss ich mich von dir Umweltverschmutzer und Totengräber der Natur beleidigen lassen?

Wegen ein paar Silberlingen verrätst du - wie Judas seinerzeit - deine Heimat. Entziehst dich deiner Verantwortung für das dir anvertraute Land und seine auf ihm lebenden Pflanzen und Tiere. Pfui!« In einer heftigen Gebärde des Ekels verzog der Vorsitzende der Dorfverschönerer das Gesicht und spuckte, in seiner Entrüstung die Örtlichkeit vergessend, auf den Raumfußboden.

»Niemals werden wir gestatten«, meldete sich nun die neben Noack stehende Person, ein schmächtiger Mann mit langen zotteligen Haaren, zu Wort, »niemals werden wir erlauben, dass auch nur ein Zentimeter dieses natürlichen Auenbiotops für eine Industrieansiedlung hergegeben wird. Wir von der ökologischen Bewegung sind bereit, für den Erhalt des Lebensraumes gefährdeter Fauna und Flora zu kämpfen, notfalls auch mit Gewalt.«

Der Sprecher hatte während seiner letzten Worte einen Schritt auf den Landwirt zu gemacht, sich vor ihm aufgebaut und streitlustig die Arme in die Seiten gestemmt. Schweigend standen sich die Kontrahenten gegenüber und starrten sich an.

Schnell trat Michael Otremba zwischen die beiden Parteien und hob beschwichtigend die Hände: »Um Gottes Willen, was sollen diese ganzen Drohungen. Wir sind hier zusammen gekommen, um sachlich über das geplante Industrieprojekt auf unserem Gemeindegebiet zu diskutieren und eigene Positionen zu finden, die wir der Stadt Eschwege unterbreiten können. Ich fasse deshalb nun abschließend das Ergebnis unserer Erörterungen zusammen.«

Es war augenscheinlich, dass der Ortsvorsteher die von ihm einberufene Zusammenkunft, bei der überraschenderweise das halbe Dorf erschienen war, baldmöglichst auflösen wollte. Die gereizte Stimmung und der aggressive Tonfall hatten in ihm sichtlich Unbehagen und Besorgnis ausgelöst. Er schien zu befürchten, dass sich die in der Schwüle des

Tages aufgeladene Spannung an diesem Abend entladen und die Ereignisse außer Kontrolle geraten könnten. »Ich bedaure, dass wir keinen Konsens in der für unser Dorf doch so wichtigen Frage einer Industrieansammlung finden konnten. Beide Parteien waren nicht in der Lage und auch nicht Willens, ihre extremen Positionen aufzugeben und sich gegenseitig anzunähern. Der Vorschlag eines Teilverkaufs des Gebietes wurde von den Mitgliedern der Dorfverschönerung einstimmig und kategorisch abgelehnt. Sie wollen die Auenlandschaft entlang des Flusses unbedingt als Ganzes erhalten. Dies wiederum wiesen die Landbesitzer entschieden mit dem Hinweis zurück, dass sie durch ihrer Hände Arbeit nicht annähernd so viel verdienen konnten wie durch den Verkauf der landwirtschaftlichen Flächen.«

Der Ortsvorsteher machte eine kurze Pause. Er sah erschöpft aus. »Zwei Seelen wohnen, ach, in meiner Brust«, zitierte er mit einem Anflug von Trauer in der Stimme. »Ich als gebürtiger Oberhöner liebe natürlich mein Dorf und die stille Landschaft, die es umgibt. Dieses seit Kindheit gewohnte Bild verändert zu sehen, bedrückt mich schon...«

»Entspann dich, Michel«, rief Noack dazwischen, »hier wird nichts verändert!«

»...auf der anderen Seite«, fuhr Otremba fort, »muss ich die Entwicklung unserer Gemeinde, die Prosperität des Dorfes und die zu erwartende Verbesserung der Infrastruktur ins Kalkül ziehen, wenn ich das Projekt aus ökonomischem Blickwinkel betrachte.«

»Auch wenn ich nur die Hälfte von dem verstanden habe, was du eben gesagt hast – Tatsache ist, dass, wenn wir verkaufen, das Geld nur so fließen wird.« Zur Bekräftigung des Gesagten knallte Thiele seine verwitterte Arbeitshand auf die Holzplatte des nächststehenden Tisches, dass die darauf stehenden Gläser klirrten und schepperten.

Diese Machtdemonstration konnte und wollte der langhaarige Naturbewahrer nicht unbeantwortet lassen. Mit einer flinken Bewegung kam er aus der Deckung des Dorfverschönerungsvorsitzenden hervor: »Ja klar wird das Geld fließen, aber zu allererst in die Taschen von euch geldgeilen Agrarschwellköpfen!«, schleuderte er dem Großbauern in provokanter Gehässigkeit entgegen, um sich gleich wieder hinter die kräftige Gestalt Helmut Noacks zurückzuziehen.

Lothar Thiele stand unbeweglich. Er hatte den Mund aufgerissen, rang wie ein Fisch an Land nach Luft. Hastig versuchte der Ortsvorsteher, wahrscheinlich in Vorahnung des Kommenden, noch einmal Worte der Besänftigung an die Streithähne zu richten: »Liebe Freunde«, begann er und hob dabei in emotionendämpfender Geste die Hand. Aber aus den lieben Freunden, die er ansprach, waren längst erbitterte Gegner geworden, die nun nicht mehr daran interessiert waren, eine Eskalation des Geschehens zu verhindern.

»Das nimmst du sofort zurück!« In einem Aufschrei, der dem Brüllen seiner brünftigen Kühe nicht unähnlich war, versuchte der gekränkte Landwirt, mit seinem Arm hinter Noack zu reichen, um seinen Beleidiger hervorzuziehen. Dabei kramte er in der Vorurteilsschublade seines Gedächtnisses nach diffamierenden Worten, die auf einen Naturfreak oder Ökologen zutreffen und diesen bis ins Mark verletzen konnten: »Du...du...Körnerfresser, du...Zeckenzüchter, du...Turnschuhprolet!!!«

Möglicherweise hätte diese Schimpfkanonade ausgereicht, bei Lothar Thiele eine solch druckentlastende Ventilwirkung zu entfalten, dass es zu den folgenden Handgreiflichkeiten gar nicht erst gekommen wäre. Als aber der Schmächtige noch einmal den zotteligen Kopf hinter dem Schutz seines Sinnungsgenossen hervorstreckte und mit Triumph in der Stimme, wohl wissend, dass er damit die letzte Barriere der Selbstbeherrschung bei seinem Gegenüber niederreißen würde, hervorstieß: »Ha, das sagst du mir, du aufgeblasener

Kartoffelsack!...Du Güllekutscher!...Du Rindviehbaron!«, war es um die Contenance des Großbauern geschehen.

»Warte, verdammter Krötenzähler, dir komme ich!« Mit einer Wendigkeit, die ihm der nun ungezügelte Zorn verlieh, sprang Thiele nach vorne, ergriff mit der linken Hand das lange Haupthaar seines Verhöhners und hob die rechte zum Schlag. In einer unterbewussten, reflexartigen Fluchtbewegung wich Helmut Noack, der das verbale Scharmützel bis hierhin regungslos verfolgt hatte, einen Schritt zurück und geriet so geradewegs in die Gefahrenzone, in die der Fausthieb des Landwirts herniedersauste. Das Krachen des Aufpralls der Fingerknöchel auf dem Schädelknochen übertönte den leisen Schrei, den Helmut Noack unter dem Heranfliegen der Faust noch ausstoßen konnte. Die Wucht des Hiebes traf ihn völlig unvorbereitet und schleuderte ihn nach hinten. Der schwere Körper geriet in eine trudelnde Rotation, drehte sich ein-, zweimal um die eigene Achse und kam schließlich, aufgehalten durch das hölzerne Fensterbrett, gegen das er fiel, zum Stillstand. Einen kurzen Augenblick verharrte der regungslose Leib. Dann aber gaben die Beine nach und der Dorfverschönerungsvorsitzende glitt in zeitlupenhafter Langsamkeit zu Boden. Dabei riss sein rechter Arm, der auf dem Fenstersims zu liegen gekommen war, die drei dort platzierten Blumenschalen mit sich. Das helle Zerscheppern des Porzellans vermischte sich mit dem dumpfen Geräusch, das beim Aufschlagen des Körpers entstand.

Ein Moment atemloser Stille ergriff die Versammlung. Fassungslosigkeit ob des Geschehens, dem man beiwohnen durfte, hatte alle erfasst. Dann aber setzte ein Murmeln und Raunen ein, das von einer Sekunde auf die andere an Lebhaftigkeit zunahm. War denn so etwas möglich? Ein Niederschlag in einer Dorfgaststätte, im einundzwanzigsten Jahrhundert unter Angehörigen eines Kulturvolkes? Die Alten fühlten sich an frühere Zeiten erinnert, in denen Wirthausschlägereien an der Tagesordnung waren und das Salz in der Suppe eines wochenendlichen Gasthausbesuches darstellten.

Nach schreckbedingten Sekunden des Verharrens kam nun auch Bewegung in die Protagonisten auf der Bühne, sofern sie nicht am Boden lagen. Lothar Thiele, der Schlaggewaltige, hob in hilfloser Geste ein paar Mal die Schultern. Dabei öffnete er den Mund wie zum Sprechen, ohne jedoch einen Ton herauszubringen. Der langhaarige Provokateur hatte sich in fluchtartiger Eile einen Weg durch die Menschenmenge gebahnt und war schnell von der Bildfläche verschwunden. Ortsvorsteher Otremba beugte sich jetzt, nachdem sich die erste Erstarrung gelöst hatte, über den am Boden Liegenden und begann, die Grünpflanzen und Blumen, die den Hingestreckten bedeckten, zu entfernen. Schließlich richtete er sich auf und ließ den Blick suchend durch den Raum wandern. »Heiner«, rief er über die Köpfe der Menge zu Gerhard hin, »kommst du mal? Helmut blutet.«

Obwohl er seit einiger Zeit nicht mehr als Arzt tätig war, wurde Dr. Gerhard immer wieder mal im Dorf um medizinischen Beistand oder um ärztlichen Rat gebeten, Hilfestellungen, die er gerne und unentgeltlich gewährte. So auch jetzt, als er eilig durch die Gasse, die sich vor ihm auftat, nach vorne ging und die Bühne betrat. Schnell kniete er sich neben dem Bewusstlosen nieder. Tatsächlich, ein breites Rinnsal frischen Blutes lief aus einer Stirnwunde über das bleiche Gesicht des Ohnmächtigen. Doch als er die Verletzung näher in Augenschein nahm, erwies sie sich nur als oberflächliche Platzwunde, die er später mit einem Klammerpflaster zusammenziehen würde. Offensichtlich war Noack beim Niedersinken mit dem Kopf gegen eine Ecke des Fensterbretts geschlagen. Gerhard ergriff die Tischdecke, faltete sie zusammen und legte einen provisorischen Verband zur Stillung der Blutung an. Dann wandte er sich der weiteren Untersuchung zu. Erleichtert stellte er fest, dass Puls und Atmung regelmäßig und kräftig waren und die Pupillen prompt reagierten, wenn er die Augenlider hochzog.

»Bringt ein Glas Wasser«, rief er den Umstehenden zu, »aber es muss kalt sein.«

Gerhard stand auf. Neben ihm bewegte sich die große Gestalt Lothar Thieles mit unsicherem Schritt auf ihn zu. »Und, Doc, wird er wieder?«, fragte der Landwirt in offensichtlicher Zerknirschung. »Glaube mir, so wollte ich das nicht. Helmut ist regelrecht in meinen Schlag hineingelaufen.«

»Keine Sorge, Nachbar, du wirst gleich Zeuge seiner Auferstehung sein.« Er nahm das Wasserglas, das man ihm zureichte, entgegen und beugte sich über den noch immer Reglosen. »Hilf mir mal, Michel«, bat er den Ortsvorsteher, »heb den Kopf etwas an und halte die Hand über den Verband.« Sobald Otremba dieser Aufforderung Folge geleistet hatte, hob Gerhard das Glas und ließ in einer schwungvollen Bewegung den Inhalt auf das blutverschmierte Gesicht Helmut Noacks platschen. Bei der Berührung mit der kalten Flüssigkeit zuckte der Übergossene zusammen und machte mit den Händen eine abwehrende Bewegung. Dann schlug er die Augen auf. »Was soll das?«, entrüstete er sich und sah sich um. »Wo bin ich?«

Gerhard überließ es den Anderen, dem Niedergeschlagenen die Vorkommnisse der letzten Minuten ins Gedächtnis zu rufen. Jetzt, nachdem der Ortsvorsteher die Versammlung aufgelöst hatte, begann sich der Raum allmählich zu leeren. Nun endlich gelang es Gerhard, sich ein Bier zu bestellen. Er fühlte sich ausgelaugt, der massive Schweißverlust des Tages hatte ihm zugesetzt.

»Mein Gott, das war vielleicht ein Ding«, stöhnte Kalle, als er das volle Glas brachte. »So etwas in meiner Kneipe, Mann oh Mann!«

Gerhard war sich nicht sicher, wie dieser Ausruf gemeint war. Doch als er zu Kalle hinblickte und dessen nach oben gebogene Mundwinkel und die leuchtenden Augen sah, entschied er, dass der Wirt die Geschehnisse in seiner Gaststätte eher mit freudvollem Erschauern als mit Entsetzen verfolgt hatte.

Während er genüsslich den ersten Schluck Bier über die ausgetrocknete Zunge laufen ließ, sah er Jutta, der Wirtin, zu, wie sie die Scherben der Blumenschalen zusammenkehrte und die erdreichlosen Pflanzen in eine wassergefüllte Schüssel legte.

Auseinanderbrechen und Entwurzelung, ging es Gerhard durch den Kopf, war das nicht auch das Hauptproblem der dörflichen Gesellschaft unserer Tage? Mit der Loslösung von alten Traditionen, denen sich die Ortsbewohner in früheren Zeiten verpflichtet gefühlt hatten, waren viele Bindungen verloren gegangen. Die Identifikation mit dem Dorf schien mehr und mehr an Bedeutung einzubüßen. Eigeninteressen ersetzten zunehmend dörfliche Aktivitäten und erschwerten die Bewältigung gemeinsamer Aufgaben.

Dann aber ermahnte er sich sofort: Sehe ich das nicht alles zu schwarz? Hat nicht im Gegenteil dieser Abend gezeigt, wie lebhaft die Bevölkerung Anteil an dem Schicksal ihres Dorfes nahm?

Gerhard bestellte ein zweites Bier. Er liebte es, in diesem Dorf zu leben, hatte es nie bereut, nach Oberhone gezogen zu sein. Als er vor zwanzig Jahren hierher gekommen war, um im nahen Eschwege seine Stelle als Polizeiarzt anzutreten, war er lange auf der Suche nach einer Wohnung oder einem geeigneten Haus gewesen. Es war schließlich Franziskas Verdienst, fündig geworden zu sein. Er erinnerte sich noch genau an das Telefongespräch, das er während einer Fortbildungsveranstaltung seinerzeit aus München mit ihr geführt hatte. »Ich hab's«, hatte sie ihm durch den Hörer zugerufen und von dem alten Bauernhaus erzählt, das mitten in Wiesen und Feldern am Rande eines Dorfes lag und zum Verkauf angeboten wurde. Noch am Telefon hatte er, ihrer enthusiastischen Beschreibung vertrauend, sein Einverständnis zum Kauf gegeben. So waren sie also nach Oberhone gekommen, in das kleine nordhessische Dorf, in dem sich Gerhard nun zu Hause fühlte und das er als seine neue Heimat betrachtete.

Er trank aus und bezahlte. Helmut Noack stand nun ebenfalls am Tresen und versuchte, den Kopfschmerz und den Zorn mit einem Bier zu dämpfen. Gerhard fasste ihn am Arm. »Komm, wir gehen zu mir. Ich will mir deine Wunde noch einmal ansehen und sie richtig versorgen.«

Am Ortsrand, kurz vor ihrem Ziel, hielt Noack plötzlich inne. »Hörst du es?«, fragte er leise und deutete zum sternenklaren Nachthimmel hinauf. Auch Gerhard war nun stehengeblieben und lauschte. Weit im Westen war ein Grummeln und Brummen zu hören. Ein Rumoren, das sich kurz darauf wiederholte. Nun konnten sie auch ein flackerndes, fernes Leuchten hinter der Südflanke des Meißners wahrnehmen.

»Es donnert und blitzt«, stellte Gerhard fest und wollte weitergehen.

Helmut hielt ihn fest. »Ein Gewitter zieht auf«, flüsterte er, so als fürchtete er, mit lauten Worten die ersehnte Naturerscheinung vertreiben zu können. »Vielleicht gibt's ja Regen.«

Gerhard zeigte auf den wolkenlosen Nachthimmel. »Sieht nicht so aus. Wir werden wohl in den nächsten Tagen weiter schwitzen und dürsten müssen.«

»Nicht nur wir, auch das Land dürstet. Wenn nicht bald Regen kommt, geht alles kaputt.« Noack seufzte, bevor er sich wieder in Bewegung setzte. »Das wird ein schlimmes Jahr, Heiner. Denk daran, was ich sage.«

2

Gerhard sollte mit seiner Prognose Recht behalten. Auch in den Folgetagen hielt sich die Hitze. Mit in diesen Regionen seltener Intensität strahlte die Sonne Tag für Tag fünfzehn lange Stunden auf die verbrannte Erde. Erstmals wieder seit Jahren war wegen der anhaltenden Trockenheit das Wässern der Rasenflächen eingeschränkt und das Waschen der Autos verboten worden. Die Getränkehersteller mussten Sonderschichten einlegen, um dem erhöhten Flüssigkeitsbedarf nachkommen zu können.

Gerhard schloss sich dem kollektiven Aufstöhnen über die extremen Temperaturen nicht an. Vielmehr versuchte er, seinen Tagesrhythmus so zu verändern, dass er trotz der Hitze auf nichts Gewohntes verzichten musste. Er stand morgens früher auf als gewöhnlich, um anfallende Arbeiten noch vor dem Einsetzen der Tagesglut erledigt zu haben. Auch sein tägliches Klavierspiel musste beendet sein, bevor die Sonne in die Fenster seines Ateliers fiel und aus dem Spielerischen eine schweißtreibende Angelegenheit machte.

Die geliebten Waldwanderungen hatte er auf den späten Nachmittag verlegt, wenn die schräg einfallenden Strahlen ihre Kraft verloren hatten. Vor allem aber hatte er seine Abende verlängert, hatte es sich zur Gewohnheit gemacht, erst nach Mitternacht zu Bett zu gehen, um so die warmen, nächtlichen Stunden dieses Sommers voll auskosten zu können. Den fehlenden Schlaf holte er mittags nach, während einer ausgiebigen Siesta, wie es die Südländer mit gutem Grund taten. Gerhard hatte sich mit der außergewöhnlichen Hitze arrangiert. Er ertrug sie nicht nur, sondern genoss ihr extremes Erleben.

Gesprächsstoff Nummer eins im Ort war natürlich das Geschehen im »Dorfkrug.« Augenzeugen, aber auch Personen, die die Vorkommnisse nur vom Hörensagen kannten, dramatisierten die Ereignisse und schmückten sie aus. So wurde schon bald von einer Massenschlägerei mit mehreren Verletzten geredet. Sogar ein Messer hatte man an jenem Abend aufblitzen sehen.

Die hohen Temperaturen wirkten sich lähmend auf die gegnerischen Parteien aus, sodass tagsüber eine Art Waffenruhe zwischen den Naturbewahrern und den potentiellen Landverkäufern herrschte. Um so aktiver wurde es am Abend, wenn die heiße Luft abkühlte und ein freies Atmen wieder möglich war. Dann erwachten die Aktivisten beider Lager und begannen zu agieren.

Es waren zum Teil kindische Störaktionen, die im Schutze der Dunkelheit auf des Gegners Terrain ausgetragen wurden, Streiche eher, die darauf abzielten, Stärke und Handlungsfähigkeit zu demonstrieren. So waren noch in der gleichen Nacht, in der der Vorsitzende des Dorfverschönerungsvereins niedergeschlagen worden war, die Scheunentore einiger verkaufswilliger Landwirte mit stilisierten Kröten bemalt worden, die in Sprechblasen verkündeten: »Quak, quak, wir siegen!«

Die rustikale Antwort auf diese Untat ließ nicht lange auf sich warten. In aller Heimlichkeit wurde schon in der darauffolgenden Nacht eine ganze Wagenladung übelriechender Stallfäkalien vor dem Haus des Schatzmeisters der Dorfverschönerer abgekippt. Ein Pappschild auf dem Misthaufen vermeldete: »Mit Grüßen vom Güllekutscher!«

Aber es gab auch Aktionen, die alles andere als harmlos waren und die durchaus auch hätten gefährlich werden können. So war in der vergangenen Nacht ein breiter Uferstreifen der Wehre mit Heu und Stroh bestreut und später dann angezündet worden. Offensichtlich sollten mit dieser dummen Maßnahme dort lebende Kröten ausgeräuchert oder zumindest vertrieben werden. Die Feuerwehr hatte alle Hände voll zu tun, den Brand zu bekämpfen und ein Übergreifen der Flammen auf die verdorrten Nachbarfelder zu verhindern.

Gerhard fragte sich, wie weit die kontrahenten Parteien zu gehen bereit waren, um sich gegenseitig einzuschüchtern. Fast hatte er den Eindruck, als hätten sie die Sache, um deretwegen sie stritten, aus den Augen verloren und stattdessen nur noch den Andersgesinnten und die Gelegenheit, wie sie ihm schaden konnten, im Blick. Es war dann kein großer Schritt mehr von einer brennenden Böschung zu einem brennenden Haus.

Heute am vierten Tag nach der Auseinandersetzung im »Dorfkrug« hatte Gerhard ausgiebiger als an den vergangenen Tagen geschlafen. Erst spät war er am Abend von einer Opernaufführung aus Eisenach zurückgekehrt, hatte anschließend noch lange bei Kerzenschein und Wein am Gartenteich gesessen und das Erlebte nachwirken lassen.

So stand, als er sich jetzt ans Klavier setzte, die Sonne schon eine Handbreit über den Dächern des Dorfes. Die taulosen Wiesen gleißten bereits in ihrem strahlenden Licht.

Heute würde er Puccini spielen, ausnahmslos. In einer Musikalienhandlung in der Eisenacher Innenstadt hatte er gestern einen Fund gemacht, nach dem er schon lange Ausschau gehalten hatte. Unter einem Berg antiquarischer Noten war eine Klavierbearbeitung der Oper »Turandot« zum Vorschein gekommen. Er hatte sofort zugegriffen und die Kostbarkeit erworben.

Er stellte den alten, vergilbten Notenband auf den Notenhalter des Klaviers und begann, aus Puccinis letzter, unvollendeter Oper zu spielen. Vor allem die Gesangspartien der Sklavin Liú, die aus Liebe zu ihrem Herrn für diesen in den Tod geht, gefielen ihm mit jedem Hören mehr. Und auch jetzt, als er die zarte Musik auf dem Klavier spielte, konnte er sich ihrer Wirkung nicht entziehen.

Das plötzliche Einfallen einer hellen Singstimme, die die Melodie aufnahm und weiterführte, ließ Gerhard auf seinem Klavierschemel herumfahren. Entgeistert starrte er auf die Gestalt einer Frau, die mit ausgebreiteten Armen im Türrahmen stand und die Arie der treuen Liú zu Ende sang. Gerhard wagte nicht, die Vorführung zu unterbrechen. Er war im Gegenteil enttäuscht, aus der kurzen Verzauberung herausgerissen zu werden, als die Sängerin mit ausgestreckter Hand auf ihn zukam und fragte: »Herr Dr. Gerhard?« Dabei hob sie kurz die Augenbrauen und sah ihn an.

Gerhard stand unsicher auf, ergriff die schmale Hand und stammelte: »Ja, aber...«

»Ich bitte vielmals um Vergebung, dass ich so einfach hereinplatze. Aber ich habe am Haupthaus geläutet. Dort hat jedoch niemand geöffnet...«

»Natürlich nicht, ich war ja hier...« Gerhard hatte schon mehrfach überlegt, ob er nicht eine Klingel an der Tür des ehemaligen Stallgebäudes, das er sich als Künstlerrefugium eingerichtet hatte, installieren sollte. Er hatte diesen Gedanken dann aber wieder verworfen. Hier in seinem Kunsttempel wollte er im Grunde für niemanden erreichbar sein und sich ungestört seinen schöpferischen Hobbys hingeben können.

»Ich habe dann Ihr Klavierspiel gehört - hier aus diesem Raum«, fuhr die Dame fort. »Ich habe mehrfach an die Tür geklopft, aber Sie waren zu sehr mit der Musik beschäftigt.« Sie hob die Schultern und drehte in einer Geste der Entschuldigung die Handflächen nach oben. »Die Tür war nicht abgeschlossen, da bin ich dann eingetreten. Und als ich Sie die Liú-Arie spielen hörte, konnte ich nicht widerstehen mitzusingen.« Das Lächeln, das sich jetzt auf ihrem Gesicht ausbreitete, verriet die Freude, die ihr die spontane Sangeseinlage bereitet hatte.

Gerhard löste sich aus seiner Erstarrung. »Sie müssen sich meine Verwunderung vorstellen«, versuchte er zu erklären. »Ich sitze hier, spiele das Lied der kleinen Sklavin – und da ertönt plötzlich deren Gesang hinter mir, so schön, dass ich gar nicht weiß, ob er Wirklichkeit ist oder ob ich träume.«

»Nun, das Singen ist mein Beruf«, klärte sie ihn auf. Dann stellte sie sich vor: »Mein Name ist Vera Kändler. Ich bin Sopranistin am Staatstheater Wiesbaden.«

»Ah, deshalb«, nickte Gerhard. »Jetzt verstehe ich, warum Sie die Arie kannten.« Dann besann er sich seiner Gastgeberpflichten: »Darf ich Ihnen etwas zu trinken anbieten, Frau Kändler? Einen Eistee vielleicht? Oder einen Kaffee?«

»Ja, ein Eistee wäre nicht schlecht. Es wird wieder heiß werden heute.«

Sie setzten sich mit ihren Getränken auf die Terrasse, in den Schatten der ausgezogenen Markise. Während des einleitenden Gespräches, das sich hauptsächlich um die Kunst und die Musik drehte, fand Gerhard Gelegenheit, sein Gegenüber zu betrachten.

Obwohl Vera Kändler nicht mehr jung war – sie mochte auf die Fünfzig zugehen – war sie zweifellos eine schöne Frau. Sie war von einer zarten, verinnerlichten Schönheit, die sich oft erst beim zweiten Ansehen erschloss. Ihr apartes Gesicht war ohne dominierende Auffälligkeiten, man hätte nicht sagen können, ob es die dunklen Augen waren oder der volllippige Mund, die den Blick mehr anzogen.

Offensichtlich war die Musterung, der Gerhard seine Besucherin heimlich unterzogen hatte, dieser bewusst geworden. Mit einem verlegenen »Nun also«, bei dem sie sich mit beiden Händen die dunklen Strähnen ihres schulterlangen Haares aus der Stirn strich, kam sie auf den Grund der morgendlichen Visite zu sprechen.

Sie habe, erzählte sie, bei Gesprächen mit Ortsansässigen von seiner Rolle bei der Aufdeckung zweier früherer Kriminalfälle gehört. Dank seiner Mithilfe seien diese schließlich gelöst worden. »Dabei wurden Sie, Herr Dr. Gerhard, von meinen Gesprächspartnern nur so mit Lob überschüttet für den damals gezeigten Spürsinn, für Ihre feinfühlige Diskretion und Ihre intuitive Sensibilität.« Vera Kändler hielt, als ihr die gestelzte Ausdrucksweise bewusst wurde, inne. Verlegen blickte sie vor sich hin. Dann, nach einer kurzen Pause, hob sie mit einem Ruck den Kopf und sah ihn an: »Herr Dr. Gerhard, ich bin gekommen, weil ich Sie um Ihre Hilfe bitten wollte.«

»Meine Hilfe?« Gerhard setzte erstaunt sein Glas, das er gerade zum Mund führen wollte, auf dem Tischchen vor sich ab. »Meine Hilfe als Arzt?«

»Nein, nein«, wehrte die Sängerin ab. Sie war aufgestanden und an den Rand der gefliesten Terrasse getreten. Als sie sprach, wandte sie ihm den Rücken zu: »Ich brauche Ihren Rat in einer persönlichen, privaten Angelegenheit, einer Angelegenheit, die möglicherweise einen dubiosen Hintergrund hat.«

»Dubios? Meinen Sie damit kriminell?«

»Das will ich nicht unbedingt sagen. Das Dilemma ist, dass das Ganze sich auch als völlig harmloses Hirngespinst meinerseits herausstellen kann. Das ist ja auch der Grund, weshalb ich Sie aufsuche und nicht die Polizei.« Sie drehte sich zu ihm hin. »Helfen Sie mir, Dr. Gerhard?«

Er stand nun ebenfalls auf und trat neben sie. »Wie kommen Sie darauf, dass ich der Richtige bin, der Ihnen helfen könnte?«

»Wenn das stimmt, was ich von Ihnen gehört habe, sind sie der Richtige. Ein Mann mit Lebenserfahrung, geübt in der Bewertung menschlichen Verhaltens. Ihr Urteil in dieser Sache würde mir viel bedeuten.«

»Diese Vorschusslorbeeren und das Vertrauen ehren mich natürlich. Aber bevor ich Ihnen irgend etwas verspreche, müsste ich wissen, um was es sich bei dieser »Sache«, wie Sie es nennen, handelt.«

»Ja, selbstverständlich, das verstehe ich.« Vera Kändler setzte sich. Sie blickte, die Beine übereinander geschlagen, auf die schmutzig-gelbe Wiese und auf die wenigen Kühe, die im Schatten eines Baumes vor sich hin dösten. Dann begann sie zu erzählen: »Ich will Ihnen zunächst berichten, wie ich überhaupt nach Oberhone komme. Eigentlich bin ich nur zu Besuch hier, bei meiner Schwester und ihrem Mann, die sich etwas außerhalb des Dorfes ein Haus gemietet haben, das groß genug ist, auch mich aufzunehmen. Mein Aufenthalt hier hat aber auch praktische Gründe. In diesem Sommer singe ich bei den Hersfelder Festspielen in zwei Operninszenierungen. Da ist es rein fahrtechnisch günstiger, vom nahen Oberhone zu den Proben und Aufführungen zu fahren als von Wiesbaden aus.«

»Und Ihr Schwager und Ihre Schwester? Was machen die hier? Stammen sie aus dieser Gegend?«

»Nein, mein Schwager hat einen Lehrstuhl im Fachbereich für Geschichte und Kulturwissenschaften an der Universität in Marburg. Er ist Archäologe und beruflich hier.«

»Beruflich?« Gerhard merkte auf.

»Ja.« Frau Kändler zögerte einen Moment. »Das, was ich Ihnen jetzt sage, darf nicht publik werden – noch nicht.« Sie sah ihn an und fuhr, als er nickte, fort: »Bei Steinbrucharbeiten auf dem nahen Weinberg wurde vor einigen Wochen ein Gräberfeld aus der Bronzezeit entdeckt. Der zunächst unscheinbare Fund einiger Skelette und Felsanhäufungen erwies sich bei weiteren Nachgrabungen als eine der größten vorzeitlichen Ansiedlungen, die jemals in Deutschland gefunden wurde.«

»Aber in der Zeitung war lediglich von einigen Knochenfunden zu lesen.«

»Das war die offizielle Version. Mein Schwager, der die Ausgrabungen mit einem Team der Uni leitet, wollte keine Publizität. Er befürchtete einen Menschenauflauf, wenn die wahre Bedeutung des Fundes bekannt wurde. Das hätte die Arbeiten behindern können. Deshalb die Geheimhaltung.«

»Ihre Schwester, ist die auch Archäologin?«

»Nein, Katja ist in demselben Geist erzogen wie ich. Uns Schwestern war es von Hause aus quasi vorbestimmt, einen musikalischen Beruf zu ergreifen. Bei einer Musiklehrerin als Mutter und einem Orchestercellisten als Vater war eine Musikerlaufbahn für uns Mädchen geradezu zwangsläufig. Katja ist ausgebildete Pianistin mit einem Lehrauftrag an der Musikhochschule in Marburg.«

»Aber sie begleitet doch ihren Mann zu den Ausgrabungen?«

»Zur Zeit sind Semesterferien. Als Gernot, mein Schwager, das Haus am Fuß des Weinbergs, also direkt neben seinem Arbeitsfeld, anmieten konnte, schien es ihr eine gute Idee, den Sommerurlaub in der Nähe ihres Mannes zu verbringen. Auch auf das Zusammensein mit mir, das sich durch mein Engagement in Bad Hersfeld ergab, freute sie sich. Wir Schwestern haben uns zeitlebens gut verstanden, haben häufig zusammen musiziert, sind sogar hin und wieder öffentlich aufgetreten.« Bilder der Erinnerung schienen in ihr aufzutauchen, als sie kurz schwieg. Ihr Blick glitt über die nahen Berge, die die Flussniederung einrahmten.

»Und dann diese wunderschöne Gegend hier, die herrliche Landschaft, die ländliche Stille...« Sie seufzte. »Es hätte alles so schön sein können.«

»Und warum ist es das nicht?« Gerhard trat zum Tisch, stützte beide Arme auf und beugte sich vor. »Frau Kändler, Sie sollten mir jetzt sagen, was Sie beunruhigt. Ist etwas mit Ihrer Schwester?«

»Nein, meine Schwester ist so wie immer: Lieb und rührend um mich besorgt. Nein, sie ist es nicht. Es ist mein Schwager, der mir Sorgen macht.«

»Inwiefern?«

»Wie soll ich sagen...« Sie stand auf und strich sich in einer nachdenklichen Bewegung über die Augen. »Er ist verändert, ist ganz anders jetzt als noch vor ein paar Wochen, als wir uns zuletzt in Wiesbaden getroffen haben. Damals war Gernot unbeschwert, geistvoll und lebhaft, so wie es seine Art ist. Aber jetzt?« Sie schüttelte den Kopf. »Es ist nicht so, dass man die Veränderung an ihm auf den ersten Blick bemerken muss. Mein Schwager versucht, sie zu verbergen, wo immer es nur geht. Aber ich spüre, dass ihn etwas bedrückt, dass eine Last auf ihm liegt, an der er schwer trägt.«

»Gibt es denn irgendeinen Hinweis, was das sein könnte?«

Wieder schüttelte sie den Kopf: »Nein, nichts, überhaupt nichts. Manchmal, wenn er sich unbeobachtet fühlt, sitzt er da, stiert vor sich hin oder vergräbt den Kopf in den Händen. Er leidet, das ist offensichtlich. Aber ich habe keinen blassen Schimmer, warum.«

Gerhard nickte vor sich hin. Das kannte er: Die innere Stimme, diese unbestimmten Ahnungen, die nur selten trogen. Manchmal war es nur das Gefühl, dass etwas nicht stimmte. Das Gespür für die Veränderung des Atmosphärischen, das ausreichte, auch dann stutzig zu machen, wenn keine konkreten Fakten die Vermutungen stützten. Er hatte so etwas seinerzeit am eigenen Leib erlebt, damals in den Kriminalfällen, in denen er entgegen der Auffassung der Polizei, die Tatsachen forderte, seiner Intuition gefolgt war und am Ende Recht behalten hatte.

»Und sonst?«, fragte Gerhard, »Ist Ihnen sonst noch etwas aufgefallen, das weiterhelfen könnte? Hat Ihr Schwager Schulden? Kriselt die Ehe?«

»Nichts von alledem. Ich habe meine Schwester darauf angesprochen. Sie verneint finanzielle Schwierigkeiten. Und sie muss es wissen, da die geldlichen Dinge der Familie schon immer in ihrer Hand lagen. Auch die Ehe sei intakt, versichert sie. Natürlich hat Katja die Veränderungen ihres Mannes ebenfalls bemerkt. Aber sie deutet sie als Folge der großen

Arbeitsbelastung und der Verantwortung, die mit dieser gewichtigen Grabung verbunden ist.«

»Hhmm.« Gerhard kratzte sich nachdenklich am Kopf. »Wenn ein Mensch sich verändert, grüblerisch wird, den Eindruck vermittelt, dass er unter etwas leidet, so muss die Ursache nicht immer eine äußere sein. Denken Sie nur an die Depressionen, von denen Männer häufig in der Mitte ihres Lebens befallen werden.«

»Ja, natürlich gibt es so etwas«, räumte sie ein, »aber bei Gernot bin ich mir sicher, dass es äußere Umstände sind, die ihm zusetzen: Vielleicht Geschehnisse, die unglücklich abgelaufen sind, Konfrontationen mit Schwierigkeiten, die ich nicht kenne. – Da ist zum Beispiel dieser andere Mann, der uns regelrecht verfolgt. Das kann doch kein Zufall sein.«

»Welcher andere Mann?« Gerhard horchte auf.

»Es kann durchaus sein, dass ich Gespenster sehe.« Frau Kändler stand unschlüssig da und knetete die Hände. »Aber es ist nicht zu leugnen, dass dieser Mensch immer dann auftaucht, wenn ich mit meinem Schwager und meiner Schwester auf einem Ausflug unterwegs bin. Oder wenn wir irgendwohin ausgehen. Zwar hält er sich stets im Hintergrund, aber er ist mir sofort aufgefallen, als ich ihn beim zweiten Mal wiedersah. Von da an habe ich bewusst auf ihn geachtet. Er sitzt meist nur da, setzt sich – in einem Restaurant zum Beispiel – an einen entfernten Tisch und scheint von uns keine Notiz zu nehmen. Er ist einfach präsent, wie eine Mahnung oder Drohung.«

»Kennen Sie denn den Mann? Sind Sie ihm früher schon einmal begegnet?«

»Nein, ich habe ihn in diesen Tagen zum ersten Mal gesehen und habe keine Ahnung, wer er ist und was er will.«

»Und Ihr Schwager? Haben Sie das Gefühl, dass auch er ihn bemerkt hat?«

»Ich könnte schwören, dass er ihn kennt. Nicht etwa, dass

er dies offen gezeigt hätte. Nein, das nicht. Aber die Verbindung, die zwischen den Männern besteht, ist, wenn auch nicht sichtbar, so doch irgendwie spürbar, fast wie ein unsichtbarer Faden, der sie miteinander verknüpft.«

»Wieder nur so ein Gefühl?«

»Mehr als das diesmal. Ich bin mir nahezu sicher, dass mein Schwager sich mit diesem Mann abends heimlich trifft.«

Gerhard hob den Kopf und atmete tief ein. Er registrierte das wohlbekannte Kribbeln, das ihn stets dann befiel, wenn ihn eine Sache mehr als nur flüchtig zu interessieren begann. »Erzählen Sie«, forderte er auf, »wie sind Sie darauf gestoßen?«

»Zunächst habe ich mir nichts dabei gedacht, wenn Gernot abends spät noch nach draußen ging. Warum sollte er nicht einen Spaziergang machen oder zum Grabungsfeld hinaufsteigen, um sich das Getane des Tages noch einmal anzuschauen? Eines Nachts aber, als ich nicht schlafen konnte, hörte ich meinen Schwager erst in den frühen Morgenstunden nach Hause kommen. Er bewegte sich vorsichtig, vermied jedes Geräusch und war geradezu unheimlich lautlos.

Mein Argwohn war geweckt. Ich trat ans Fenster und blickte zum Weinberg hinauf, aus dessen Richtung er gekommen sein musste. Es war eine helle, wolkenlose Nacht. Im Osten hatte schon das erste Dämmern begonnen und ließ, wenn auch noch unscharf, Konturen und Formen der Umgebung erkennen. Der reglose Schatten weit oben am Hang des Grabhügels hätte auch ein Baum oder der Pfahl einer Wieseneinzäunung sein können. Erst, als er sich bewegte, erkannte ich, dass es ein Mensch war, der dort gestanden hatte. Nicht einen Moment war ich darüber im Zweifel, dass es jener Mann war, der uns seit Tagen nachspionierte.«

»Haben Sie ihn denn sicher wiedererkennen können?«

»Nein, bei diesen Lichtverhältnissen und auf diese Entfernung natürlich nicht. Aber mein Gefühl sagt mir, dass er es gewesen sein muss. Und es war ganz offensichtlich, dass Gernot sich mit ihm getroffen hatte.«

»Was sagt eigentlich Ihre Schwester zu den nächtlichen Ausflügen ihres Mannes?«

»Ich habe noch nicht mit ihr darüber gesprochen. Als ich kürzlich im Dorf von Ihnen reden hörte, von Ihrem Geschick, geheimnisvolle Sachverhalte aufzuklären, kam mir der Gedanke, Ihnen zunächst das Ganze vorzutragen. Ich wollte erst Ihre Meinung hören, bevor ich mit Katja oder meinem Schwager redete. – Im übrigen ist es durchaus möglich, dass meine Schwester von Gernots nächtlichen Ausflügen gar nichts mitbekommt. Die beiden schlafen schon seit Jahren in getrennten Räumen. Katjas empfindliches Musikergehör stören schon die kleinsten Geräusche. Sie trägt deshalb nachts Ohrstöpsel und besteht auf separaten Schlafzimmern.«

Gerhard nickte, das hatte er verstanden. Unschlüssig wandte er sich ihr zu: »Aber wie, Frau Kändler, sollte ich Ihnen helfen können? Ich, der Außenstehende, der die Familienverhältnisse bis auf die Schilderung, die Sie eben gaben, überhaupt nicht kennt?«

In der kurzen Spanne des Schweigens, die zwischen ihnen entstand, war das ferne Rattern eines Güterzuges zu hören, der von Bad Hersfeld herauf in Richtung Göttingen fuhr. Die Sängerin trat aus dem Schatten der Markise auf die Wiese hinaus und blickte über die langgezogene Flusssenke. Die Hügel am Horizont verschwammen in der flimmernden Hitze, die vom Boden aufstieg.

»Sie sollten meinen Schwager kennenlernen«, sagte sie, als sie in den Schatten zurückkehrte, »sollten sich selbst eine Vorstellung von seiner Gemütslage, seiner Bedrücktheit machen. Vielleicht gelingt es Ihnen als Arzt und Familienfremder besser als mir, seine seelische Verfassung einzuordnen und zu bewerten. Entweder Sie können mir dann sagen, dass meine Befürchtungen unbegründet sind, oder aber Sie bestätigen meine Beobachtungen und Vermutungen.« Sie sah ihn fragend an.

Gerhard spürte das Interesse an dieser Geschichte, das langsam, aber stetig in ihm aufzukeimen begann. Er ging zum Tisch und nahm die Kanne auf, deren Inhalt in der zunehmenden Hitze des Tages warm geworden war. »Ich hole frischen Tee«, sagte er und ging zur Terrassentür. Er glaubte, jetzt etwas Zeit zum Überlegen gewinnen zu müssen, um sich darüber schlüssig zu werden, wie er auf das Hilfeersuchen Vera Kändlers reagieren sollte. Er ahnte, dass er innerlich bereits eine Entscheidung gefällt hatte. Seine Neugier war geweckt worden, sein Spürsinn erwacht. Nun wollte er auch wissen, was es mit dem Archäologen auf sich hatte und was hinter dem geheimnisvollen Auftreten des unbekannten Mannes steckte.

Er kehrte zur Terrasse zurück und füllte die Gläser. »Trinken Sie«, forderte er seine Besucherin auf, »Sie werden's heute brauchen.« Er leerte sein Glas in einem Zug, stellte es auf den Tisch zurück und wandte sich ihr zu: »Ja, Sie haben Recht. Vielleicht sollte ich mir wirklich als erstes ein Bild von Ihrem Schwager machen und sein Umfeld kennenlernen. Machen Sie einen Vorschlag: Wie und wo kann ich mit ihm zusammentreffen?«

Vera Kändler hatte sofort eine Antwort parat. Offensichtlich hatte sie schon vorher darüber nachgedacht: »Ich könnte Sie zum Beispiel morgen zum Kaffeetrinken zu uns einladen. In den Nachmittagsstunden hält sich mein Schwager meist im Haus auf – besonders bei dieser Hitze. Ich gebe Sie als Bekannten aus, mit dem mich gemeinsame musikalische Interessen verbinden. Es wäre vielleicht gut, wenn Sie Ihre Puccini-Noten mitbringen. Neben dem Vergnügen, das mir diese Musik bereitet, würde es die Glaubhaftigkeit unserer Verbindung untermauern, wenn wir zusammen musizierten.«

»Gut.« Gerhard atmete tief durch. Nun also war er wieder auf eine Fährte gesetzt. Eine Spur war vor ihm ausgelegt, deren Verlauf und Ziel er nicht kannte. Freude durchströmte ihn. Er war ein unverbesserlicher Spürhund, ein leidenschaftlicher Aufdröseler von verwickelten Geschichten. Die Lust, die er am Entwirren verschlungener Fäden hatte, wog die Mühsal auf, die das Entknäueln oft mit sich brachte.

»Gut, morgen Nachmittag bin ich bei Ihnen.«

»Ich freue mich auf Ihren Besuch, Herr Dr. Gerhard.«

»Bitte, Frau Kändler«, bat er, »lassen Sie den Doktor weg. Schließlich sind wir doch Künstlerkollegen. Oder?«

Sie lachte: »Natürlich, Herr Gerhard. Aber ich muss jetzt gehen. Ich habe Sie lange genug von Ihrem Klavierspiel abgehalten.« Sie streckte ihm die Hand hin und drückte sie, als er sie ergriff: »Vielen Dank für Ihre Geduld – und die Hilfe.«

Sie trank ihr Glas aus.

Gerhard, von dem plötzlichen Wunsch erfüllt, an der Seite der kultivierten Frau noch einige Schritte durch die lichtdurchfluteten Wiesen zu machen, bot ihr seine Begleitung an.

»Aber gerne. Ich freue mich, mit Ihnen noch ein bißchen über die Musik sprechen zu können.«

Die Sonne brannte in voller Kraftentfaltung auf die Erde, als Gerhard eine halbe Stunde später wieder auf dem Rückweg zu seinem Haus war. Auf den dürren Gräsern und Halmen lastete die Hitze wie ein schweres Tuch, das alle Bewegungen unter sich erdrückte. Der lebhafte Vogelgesang der frühen Morgenstunden war in der lähmenden Sonnenglut nahezu vollständig erstorben.

Er sah das Blaulicht erst, als er unter dem Schatten der Pflaumenbäume hervortrat und auf den offenen Feldweg einbog. Vom Sportplatz her, unmittelbar hinter seinem Haus, blinkte es in rhythmischer Unterbrechung auf dem Dach eines Polizeiautos.

Gerhard beschleunigte den Gang. Was war geschehen?

Ein Polizist hielt ihn an, als er die zwischen seinem Grundstück und dem Sportplatz verlaufende Straße betrat. »Sie können hier nicht durch«, beschied ihn der Beamte und streckte ihm die erhobene Hand entgegen. »Hier ist abgesperrt.«

Gerhard sah zum Tümpel hinunter, der das Kopfende des Sportplatzes von den angrenzenden Feldern trennte. Mehrere uniformierte Männer standen am Rande des Teiches, gestikulierten zum Wasser hin und diskutierten.

Hauptkommissar Karl Montag, als einziger in Zivil gekleidet, winkte zur Straße hinauf und rief: »Hallo Heiner, gut dich zu sehen. Komm runter, ich will dir was zeigen.« Dann ordnete er seinem Beamten an: »Lass ihn passieren, vielleicht kann uns Herr Gerhard helfen.«

Der »Bruch«, wie die Dorfbewohner seit alters her das Gewässer nannten, war von hohen Bäumen gesäumt, deren Zweige weit über die teilweise mit Entengrütze bedeckte Oberfläche reichten. Ein Fußball schwamm in der Mitte des kleinen Tümpels, dürre, halbverfaulte Äste und Stämme ragten aus dem Wasser heraus.

Die Polizisten machten Platz, als Montag mit Gerhard zum Ufer trat. »Schau dir das an, Heiner.« Er deutete auf das Astgeflecht eines abgestorbenen Baumes, das dicht unter der Teichoberfläche lag. »Die Kinder haben ihn entdeckt, als sie ihren Ball mit einem Stock aus dem Wasser fischen wollten.« Er machte eine Bewegung zum Sportplatz hin. Eine Gruppe von Halbwüchsigen stand dort zusammen mit einigen Erwachsenen und starrte zu den Beamten hinunter.

Gerhard trat näher zum Teichrand. Die Reflexe der Sonnenstrahlen, die das sonst schwarze Wasser in einen gleißenden Spiegel verwandelt hatten, verhinderten, dass er zunächst sah, auf was der Hauptkommissar zeigte. Erst, als er sich weit nach vorne beugte, konnte er das Entsetzliche, das sich seinen Augen darbot, erkennen: Der Kopf eines Menschen ruhte bewegungslos in der Gabel eines Astes, von der er unter der Wasseroberfläche festgehalten wurde. Das lange Haupthaar hatte sich wie ein Teppich aus Seegras um ihn herumgelegt, vermochte aber nicht, die weit klaffende Schädelwunde an seinem Hinterkopf zu verbergen.

»Kennst du ihn?«, fragte Montag.

Gerhard zögerte. »Ich weiß nicht.« Er ging in die Hocke und schaute noch einmal zu dem Toten hin. Dann erhob er sich und nickte dem Hauptkommissar zu. »Ich glaube, ich weiß, wer da liegt.«

»Gut«, Montag machte eine Bewegung zum Haus hin, »ich komme gleich zu dir rüber, dann können wir uns unterhalten. Ich will noch warten, bis die Leute von der Spurensicherung eintreffen.«

Erst als Gerhard die Böschung hinaufkletterte, die Straße überquerte und sein Grundstück betrat, wurde ihm bewusst, was er gerade gesehen hatte. Ein Toter lag im Bruch und es war offensichtlich, dass er ermordet worden war.

3

Hauptkommissar Karl Montag war gerade dabei, die Beine unter den Gartentisch zu strecken und den dritten Knopf seines kurzärmeligen Hemdes aufzuknöpfen, als Gunter Schröder von der Straße herauf das Grundstück betrat. Ohne seine bequeme Stellung zu ändern, begrüßte Montag seinen Oberkommissar mit Handschlag.

»Tut mir Leid, dass ich erst jetzt komme, Charly«, entschuldigte sich Schröder, »aber ich war in Kassel auf dem Präsidium, als mich deine Nachricht erreichte.«

»Macht nichts, wir können im Moment sowieso nichts tun

– die Techniker sind an der Leichenfundstelle. Wir würden nur stören. Komm, setz dich«, forderte Montag auf, »Heiner schüttet gerade Kaffee auf.«

Durch das geöffnete Küchenfenster sah Gerhard, wie Gunter Schröder sich mit einem Seufzer der Erleichterung in das Polster des Korbstuhls fallen ließ und, dem Beispiel seines Chefs folgend, die Hemdknöpfe öffnete. »Wahnsinnshitze«, stöhnte der Oberkommissar und freute sich, im kühlen Schatten, den die hohe Buche auf die Sitzgruppe am Gartenteich warf, Schutz vor der Sonnenglut zu finden.

»Was ist denn eigentlich passiert, Charly?«, fragte er schließlich, »und wer ist die Leiche?«

»Warte, bis Heiner kommt«, hörte Gerhard Montag sagen. »Dann brauche ich das Ganze nicht zweimal zu erzählen.«

Heinrich Gerhard, den alle seine Freunde Heiner nannten, trat aus der Hintertür, die auf den Freisitz und in den Garten führte. In der einen Hand hielt er eine bauchige Thermoskanne, deren altmodisches Aussehen zu den konservativen Formen der Gartenmöbel und dem bäuerlichen Ambiente des alten Fachwerkanwesens passte. Die andere Hand balancierte ein Tablett mit Tellern und Tassen, Milchkännchen und Zuckerdose.

Als er auf dem Gartentisch unter den Augen der Kommissare eindeckte, bemerkte er aus den Augenwinkeln heraus den heimlichen Blick, den sich die beiden Polizisten zuwarfen. Lächelnd legte er Kaffeelöffelchen und Kuchengabeln zu den Gedecken und wartete auf die Frage, die dann auch kurz darauf von Hauptkommissar Montag gestellt wurde: »Du wolltest doch nur Kaffee kochen. Für was, um Himmels Willen, sind die Teller und die Kuchengabeln?«

»Um euch zu quälen«, antwortete Gerhard schmunzelnd. »Ihr müsst nämlich noch etwas Geduld aufbringen, bis der Rhabarberkuchen, den ich gerade aus der Tiefkühltruhe genommen habe, aufgetaut ist.« Er kannte die Vorliebe der

Kommissare für gebackene Süßwaren jeder Art, denen sie nur selten widerstehen konnten.

Gunter beruhigte mit einer vergebenden Handbewegung: »Das macht nichts, wenn wir warten müssen.«

»Hauptsache, es gibt etwas«, ergänzte Gerhard gedanklich den Satz und füllte Kaffee in die Tassen. Dann wandte er sich an Montag: »Jetzt würde ich aber doch gerne wissen, Charly, ob ihr Näheres über den Toten herausgefunden habt.«

»Gemach, gemach, Heiner.« Der Hauptkommissar zog ein Notizbuch aus der Gesäßtasche seiner Sommerhose und klappte es auf: »Wir wollen von vorne anfangen. Gunter muss nämlich über alle bisherigen Ermittlungsergebnisse unterrichtet sein. Ich habe vor, ihn mit der Untersuchung dieses Falles zu betrauen. Schließlich wohnt er in Oberhone und kennt die Verhältnisse im Dorf besser als jeder andere unserer Dienststelle.« Er klopfte auf sein Notizbuch. »Es sieht nämlich ganz danach aus, als könnte es sich bei diesem Mord um ein Verbrechen mit sehr lokalem Hintergrund handeln. Doch nun der Reihe nach: Um...«, er blätterte in den Seiten, »...10.42 Uhr wurden wir telefonisch informiert, dass eine Leiche in dem stehenden Gewässer am Sportplatz in Oberhone liegt. Der Anruf kam von den Eltern eines der Kinder, die den Toten entdeckt haben.«

Montag schilderte nun die Maßnahmen, die er nach seiner Ankunft in Oberhone getroffen hatte. So war als erstes das Gelände rund um das Gewässer abgesperrt und von der Spurensicherungsgruppe durchsucht worden. Erst dann hatte man den Toten aus dem brackigen Wasser gezogen.

Dr. Sinning, der Eschweger Arzt, der gleichzeitig als Polizeiarzt fungierte, hatte keine Schwierigkeiten gehabt, die Todesursache und den vermutlichen Todeszeitpunkt festzustellen: Er war sich nahezu sicher, dass der Mann nicht länger als sechs bis acht Stunden im Wasser gelegen hatte. Der Tod war mit größter Wahrscheinlichkeit durch einen mit großer Wucht geführten Schlag auf den Hinterkopf herbeigeführt worden. Möglicherweise hatte man auch schon die Tatwaffe: Einer der Steine, die mit der Absicht, den Leichnam unter Wasser zu ziehen, in seine Jacke und Hose gesteckt worden waren, passte von Form und Größe genau in die Schädelwunde des Toten.

»Weiß man, wer die Leiche ist?«, wollte Oberkommissar Schröder wissen.

»Ja, das wissen wir. Es war keine Schwierigkeit, das herauszufinden, denn der Tote trug alle Ausweispapiere bei sich. Außerdem fanden wir in seinem Portemonnaie über 200 Euro. Ein Raubmord scheidet also aus.«

»Ich habe den Mann schon wiedererkannt, als sein Körper noch im Wasser lag«, warf Gerhard ein, während er Kaffee nachschenkte. »Obwohl ich ihn vor vier Tagen zum ersten und einzigen Mal gesehen habe, hat sich mir das schmale Gesicht und die lange Haarpracht so eingeprägt, dass ich ahnte, wen ich vor mir hatte.«

»Gut, Heiner.« Montag richtete sich seinem Gartenstuhl auf. »Jetzt hätte ich dich sowieso gebeten, das, was du mir vorhin nur angedeutet hast, noch einmal ausführlich zu berichten. Gunter wird die Vorgänge im Dorf vom Hörensagen kennen. Aber er war nicht Augenzeuge wie du und deshalb nicht so nah am Geschehen. Also los, erzähle!«

Gerhard erhob sich. »Lass mich nur schnell den Kuchen holen, er müsste jetzt aufgetaut sein. Während ihr esst, berichte ich.«

Einen verspeisten halben Kuchen später beendete Gerhard seine Schilderung der Ereignisse im »Dorfkrug.« Auch von den nächtlichen Folgehandlungen der Konfrontationsparteien erzählte er. »Natürlich hat es schon vor dem Faustschlag in der Gaststätte kontroverse Meinungen hinsichtlich der Industrieansiedlung gegeben. Aber sie wurden bis zu diesem Vorkommnis mehr oder weniger sachlich vorgetragen und diskutiert. Erst nach dem K.O.-Schlag kam eine Emotionalität ins Spiel, die mit rationalen Argumenten nur schwer noch steuerbar war. Eine mit Händen greifbare Spannung knisterte seitdem im Dorf und jeder fragte sich: Was kommt als nächstes?«

»Und ihr meint, der Ermordete könnte mit dieser Sache etwas zu tun haben?«, fragte Gunter. Seinem Tonfall war das Entsetzliche, das diesem Gedanken anhaftete, anzumerken.

»Ja, das ist leider zu befürchten.« Auch Gerhards Stimme hörte man die Ungeheuerlichkeit der Vorstellung an. »Der Tote da drüben« – er zeigte zum Sportplatz hin – »ist jener langhaarige Mann, von dem ich dir eben erzählt habe. Der, der Lothar Thiele so provoziert hat, dass dieser zuschlug. Nun liegt er dort – mit eingeschlagenem Schädel – ermordet in unserem Dorf.«

Das kurze betretene Schweigen unterbrach Hauptkommissar Montag mit einem Räuspern. Er schlug sein Notizbuch auf und zitierte: »Der Name des Toten ist Franz Heimann, er ist wohnhaft in Witzenhausen, 47 Jahre alt und lehrt dort als Dozent an der Universität für Ökologische Landwirtschaft. Außerdem ist Heimann, das haben wir inzwischen ermitteln können, Vorsitzender der OBSA in Witzenhausen. Er hatte sich nach Auskunft der Ehefrau aus eigenem Antrieb der Protestaktion der Dorfverschönerer in Oberhone angeschlossen, um das wertvolle Auenbiotop zu retten.«

»Kannst du mir mal erklären, was die OBSA ist?«, fragte Schröder.

»Na aber«, Charly kostete sein Mehr an Wissen aus. »OBSA ist natürlich die Abkürzung für ‚Organisation zur Bewahrung und zum Schutz der Amphibien'. Klar?«

»Danke für die Belehrung«, maulte Gunter. »Sag mir lieber, was dieser Heimann hier mitten in der Nacht getrieben hat? Wenn Dr. Sinning sich nicht irrt, muss er früh morgens zwischen zwei und vier zu Tode gekommen sein. Was macht ein normaler Mensch zu dieser Zeit auf den Feldern von Oberhone? Kannst du mir das mal sagen?«

»Nun, wie normal ein engagierter Krötenschützer ist, wenn seine Lieblinge Gefahr laufen, ihre Brutstätten zu verlieren, wollen wir mal dahingestellt sein lassen. Wir wissen ja noch nicht einmal, ob er hier in den umgebenden Feldern seinen Tod gefunden hat oder ob sein Leichnam nur deshalb hierher geschafft worden ist, um ihn im Bruch verschwinden zu lassen. Zwei Dinge sprechen allerdings dafür, dass er in der Nähe des Leichenfundortes erschlagen wurde: Zum einen haben wir Heimanns Wagen nur zweihundert Meter von hier unter einem Baum abgestellt entdeckt. Also scheint er sich hier im Umkreis des Tümpels herumgetrieben zu haben. Es ist durchaus möglich, dass er als eine Art nächtliche Schutzwache um die aus seiner Sicht gefährdeten Biotope patrouilliert ist.«

»Und das zweite?«

»Die Steine, die zur Beschwerung des Leichnams benutzt wurden. Sie stammen ganz offensichtlich aus einer Ansammlung von Ackersteinen, die unter dem Dach eines Heuschobers unweit des »Bruchs« aufgehäuft liegen. Sollte sich herausstellen, dass auch der Stein, mit dem er erschlagen wurde, von diesem Haufen herstammt, ist es sehr wahrscheinlich, dass er auch hier getötet wurde.«

»Mein Gott, wer tut so etwas?«

»Tja.« Montag als Ortsfremdem fiel es offenbar leichter als den beiden Oberhönern, den fürchterlichen Verdacht, der sich geradezu aufdrängte, auszusprechen: »Nach dem Streit in der Dorfgaststätte und den Zwischenfällen in den letzten Nächten ist davon auszugehen, dass einem aus der Gegenpartei Heimanns die Sicherung durchgebrannt ist.«

»Mein Gott, das hieße ja, dass einer der Landwirte...« Gerhard war erregt aufgestanden. »Das ist einfach unfassbar. Das glaube ich nicht.«

»Ein Mörder in unserem Dorf?« Oberkommissar Schröder schüttelte den Kopf. »Jemanden umzubringen wegen so einer lächerlichen Geschichte? Schwer, sich das vorzustellen.«

»Nun, es ist noch gar nicht erwiesen, ob es Mord war«, kehrte Charly Montag zur sachlichen Betrachtung des Falles zurück. »Es kann genausogut Totschlag im Affekt, möglicherweise in einem Handgemenge gewesen sein. Vielleicht hat Heimann jemanden bei einer Aktion überrascht und ihn zur Rede gestellt, ihn sogar bedroht. Dann hätten wir den Totschlag aus Notwehr als weitere Variante. Es ist einfach noch zu früh, dazu eine Aussage zu machen. Wir müssen erst das Umfeld Franz Heimanns genau beleuchten, um zu sehen, ob sich noch andere Mordmotive außer den lokalen finden lassen. Und im übrigen«, wandte sich der Hauptkommissar an seinen Polizeikollegen, »ist diese Landveräußerung alles andere als eine lächerliche Geschichte. Für manchen Bauern, dessen Hof hochverschuldet ist und dem das Wasser bis zum Hals steht, bedeutet ein einträglicher Verkauf die letzte Chance, aus dem Schlamassel herauszukommen.«

Ein Beamter der Spurensicherung kam auf dem neben dem Haus verlaufenden Plattenweg heran. Mit dem Zipfel seines Hemdes wischte er sich den Schweiß von der Stirn. »Wir sind jetzt soweit«, meldete er dem Hauptkommissar.

»Und? Habt ihr etwas gefunden?«

»Wenig Brauchbares. Der Boden um den Teich herum ist zu trocken, um verwertbare Fußabdrücke zu gewinnen. Eine Schleifspur auf der an die Felder grenzenden Seite könnte darauf hindeuten, dass von dort der Körper zum Wasser gezogen wurde.«

»Ist der Leichenwagen schon da?«

»Ja, gerade angekommen. Alles wartet darauf, dass Sie das Signal zum Abtransport geben.«

»Gut, ich komme gleich. Ich möchte, dass der Oberkommissar noch einen Blick auf die Fundstelle und den Leichnam wirft, bevor ihr abbaut und den Toten in die Gerichtsmedizin fahren lasst. In fünf Minuten sind wir bei euch.«

Hauptkommissar Montag erhob sich. Im Stehen trank er seinen Kaffee aus und drehte sich dann zu Gerhard hin. »Heiner, du warst uns zweimal eine große Hilfe bei der Aufdeckung von Mordfällen«, begann er und fuhr flehentlich fort. »Aber zweimal ist genug. Dieser Fall ist ein Fall für die Polizei. Deshalb überlass die Ermittlungen uns und stell bitte keine Untersuchungen auf eigenen Faust an.«

»Ein Mord vor meiner Haustür«, murrte Gerhard. »Das ist wie eine Herausforderung, wie eine Verhöhnung. So als wollte mir der Mörder die Zunge herausstrecken und zurufen: ‚Mich kriegst du nicht!' Und da soll ich stillhalten?«

»Ja, genau das sollst du. Hör dich im Ort um und versorge uns mit dörflichem Insiderwissen – das ist dein Beitrag in dieser Angelegenheit. Aber darüber hinaus keine Aktivitäten. Kapiert?«

»Jawohl, Herr Oberpolizist«, salutierte Gerhard, um anschließend Charly Montag beruhigend die Hand auf die Schulter zu legen: »Ich habe deine Botschaft verstanden. Außerdem hätte ich sowieso keine Zeit, mich um diese Sache zu kümmern.« Er dachte an Vera Kändler und die Hilfe, die er ihr zugesagt hatte. »Ich werde mich also hüten, euch die Arbeit abzunehmen.«

»Na, hoffentlich.« Skepsis lag in Montags Worten, während er in die Mittagsglut hinaustrat und dem Oberkommissar zuwinkte: »Komm, Gunter, lass uns hinübergehen. Schnell einen Blick auf den Toten und den Fundort, und dann nichts wie ab in die Direktion. Diese Hitze hier draußen, das ist was für Kamele, aber nichts für Polizisten.«

Gerhard brachte die Freunde bis zur Hausecke und sah ihnen hinterher, wie sie zum Bruch hinunterstiegen. Als er zum Tisch zurückkehrte und das Kaffeegeschirr abräumen wollte, fiel ihm auf, dass die Hälfte des Rhabarberkuchens noch auf der Tortenplatte lag. Er konnte sich nicht erinnern, dass die Kommissare jemals Kuchen oder Gebäckstückchen, wie viel auch immer vor ihnen aufgetürmt war, zurückgelassen hätten. Sollte das mörderische Ereignis und die Nähe des Toten ihnen den Appetit genommen haben?

Gerhard konnte es ihnen in diesem Augenblick nachempfinden.

4

Es war später Nachmittag geworden. Gerhard saß im langen Schatten des Kirschenbaums auf einer Bank. Er hatte die Füße in eine wassergefüllte Plastikschüssel gestellt und ein nasses Handtuch, mit dem er sich in kurzen Abständen das Gesicht anfeuchtete, über dem nackten Oberkörper hängen. Gerade, als er sich zur Abkühlung mit der Gießkanne Wasser über den Kopf schütten wollte, fuhr Franziska auf den Hof.

Auch sie hatte sich der tropischen Wärme angepasst. Sie trug ein luftiges Kleidchen, das an zwei fadendünnen Trägern hing und in punkto Durchsichtigkeit und Beinfreiheit nichts zu wünschen übrig ließ. Gepriesen sei die Sommerzeit, dachte Gerhard, gepriesen die Umhüllungen, die so wenig verhüllten.

Kurz darauf saßen sie am Kaffeetisch. Heinrich hatte ein Hemd übergezogen, Franziska trug unverändert das betörende Kleidungsnichts. Der rechte Träger war auf den Oberarm gerutscht, Schweißperlen liefen in den Ausschnitt.

»Es ist etwas Fürchterliches passiert«, eröffnete Gerhard das Gespräch. Er hielt es für unumgänglich, seine Frau zu allererst über den grausigen Fund am Morgen zu informieren, ehe sie sich mit dem Vorhaben, dessentwegen Franziska heute nach Oberhone gekommen war, beschäftigten.

So schilderte er die Ereignisse dieses bewegten Vormittags, berichtet zunächst von dem Besuch der Opernsängerin, die, durch die geheimnisvollen Vorkommnisse im Umfeld ihres Schwagers veranlasst, ihn um Hilfe gebeten hatte.

»Hilfe, die du bestimmt nicht abgelehnt hast«, war sich Franziska sicher, »oder täusche ich mich?«

»Nun – nein – das heißt, so ganz fest zugesagt habe ich auch wieder nicht. Ich will mir morgen erst einmal den Schwager näher ansehen und mir einen Eindruck von der angeblich bedrückenden Atmosphäre in seinem Haus verschaffen.«

»Und wie ist sie?« Franziska beugte sich vor und sah ihn mit hochgezogenen Augenbrauen an.

»Die Atmosphäre im Haus?«

»Unsinn! Die Frau natürlich, die Sängerin. Sieht sie gut aus?«

»Na, wie Künstlerinnen eben aussehen.«

»Ha!« Wie eine Warnung hing die Kampfansage in der schwülen Nachmittagsluft. Dann aber, entspannt wieder, lehnte sie sich zurück und bedeutete Heinrich mit einer Handbewegung fortzufahren.

Bei der Schilderung des grausigen Leichenfundes stöhnte Franziska auf. Trotz der Hitze hatte sich auf ihrem Körper eine Gänsehaut gebildet, die ihre innere Anteilnahme verriet. Auch sie, die von ihrem Mann stets telefonisch über die Vorgänge im »Dorfkrug« und die Aktionen der rivalisierenden Parteien auf dem Laufenden gehalten worden war, hatte natürlich sofort die schreckliche Schlussfolgerung aus dieser Tat erfasst. Gerhard sprach aus, was sie dachte: »Wir müssen uns mit dem Gedanken vertraut machen, dass der Mörder einer aus unserem Dorf sein kann.«

Noch sträubte sich Franziska gegen diese Vorstellung. »Bei aller Gegnerschaft – aber ein Mord? Das glaube ich einfach nicht.«

»Und doch ist es geschehen, sogar vor unserer Haustür.«

In einer hilflosen Gebärde hob Gerhard die Schultern und setzte seinen Bericht fort. Schweigend hörte sich Franziska die Zusammenfassung der Unterredung mit den Kommissaren an. »Gott sei Dank, ein Fremder«, kommentierte sie erleichtert, als sie die Identität des Toten erfuhr.

»Und dann hat Charly Montag mich eindringlich ermahnt, mich aus diesem Fall herauszuhalten«, schloss Gerhard mit leichter Entrüstung in der Stimme. »Was hältst du davon?«

»Vergebliche Liebesmüh, würde ich sagen. Mich erstaunt, dass du nicht schon längst in Witzenhausen bist und Nachforschungen im Umfeld des Toten anstellst.«

»Nein, diesmal werde ich mich nicht einmischen. Diese dorfinterne Geschichte ist eine heikle Angelegenheit. Man muss höllisch aufpassen, dass man keinem zu nahe tritt und sich dabei die Finger verbrennt.«

»Nun, warten wir's ab. Es sollte mich wundern, wenn du widerstehen kannst.« Franziska klang skeptisch. Sie stand auf und zog den Träger ihres Kleides wieder über die Schulter. »Ich gehe kurz unter die Dusche. Mein Körper braucht eine Abkühlung.«

»Soll ich dich abtrocknen?«

»Untersteh dich! Mir reicht die äußere Wärme.«

»Schade.«

»Alles zu seiner Zeit. Denk daran, in der Nacht kühlt es ab.«

»Na, das ist doch was.«

Während Gerhard den Tisch abdeckte, versuchte er, die Gedanken frei zu bekommen für das bevorstehende Treffen am Abend, das seine ganze Aufmerksamkeit beanspruchen und ihm volle Konzentration abfordern würde.

Das ehrgeizige Projekt, das Franziska im vergangenen Winter während einer Zusammenkunft der Theatergruppe angeregt hatte, stand nun kurz vor seiner Verwirklichung. In zehn Tagen schon sollten die ersten »Oberhöner Sommerfestspiele« in der Freiluftkulisse des stillgelegten Gipssteinbruches von der Kultusministerin und dem Bürgermeister, der die Schirmherrschaft übernommen hatte, eröffnet werden. Der Kulturkreis Oberhone hatte als Initiator und Ausrichter dieses Theaterereignisses nun alle Hände voll zu tun, die Veranstaltung so vorzubereiten, dass alles im wahrsten Sinne des Wortes glatt und reibungslos über die Bühne ging.

Es war vor allem Franziskas guten Kontakten zu verdanken, dass es gelungen war, zahlreiche Laienspielgruppen aus der näheren Umgebung zum Mitmachen zu gewinnen. Jedem der acht teilnehmenden Ensembles war ein Abend für die Aufführung ihres Stückes zur Verfügung gestellt worden. Im Vorfeld hatte man sich darauf geeinigt, als gemeinsames Thema dieser ersten Festspiele die Mythologie im weitesten Sinne zu wählen. Es sollten ausschließlich Spielszenen und Theaterstücke aufgeführt werden, deren Handlungen und Personen den Götter- und Heldensagen der alten Völker entstammten. So beabsichtigte die Schauspielgruppe aus Röhrda, das germanische Siegfried-Drama einschließlich des feuerspeienden Drachens darzustellen. Das Junge Theater Eschwege hatte sich die unverwüstliche römische Geschichte vom Raub der Sabinerinnen vorgenommen. In einer Art Zusammenfassung beider Kulturkreise planten die Waldkappeler, die Schlacht am Teutobuger Wald szenisch nachzustellen. Gespannt war Gerhard auf die Präsentation der Laienspielgruppe aus Wolfterode, die den Stoff ihrer Darbietung der geheimnisvollen Sagenwelt der neuseeländischen Maoris entlehnt hatten. Diese Aufführung versprach einen exotischen Farbtupfer in die düsteren, abendländischen Heldendichtungen zu bringen.

Dem Kulturkreis Oberhone als Veranstalter war es vorbehalten, sich das Sahnestückchen aus dem mythologischen Kuchen herauszuschneiden. Aus dem überreichen Fundus der griechischen Sagenwelt hatte sich Gerhard die Geschichte des

Odysseus herausgepickt und daraus ein abendfüllendes Theaterstück gemacht, in dem er die Titelrolle spielte.

Heute nun sollten, nachdem in den Vorwochen jede Szene einzeln geübt worden war, alle vier Akte hintereinander durchgespielt werden. Wegen der hohen Temperaturen bei Tage war die Probe auf den Abend verlegt worden. Aber auch zu dieser späten Stunde würde es für die Akteure beschwerlich genug werden, zumal heute zum ersten Mal die gerade fertiggestellten Kostüme getragen werden sollten.

Die Sonne war längst hinter der Bergkette, die das Tal im Westen begrenzte, untergegangen. Eine weiche Dämmerung lag über den Feldern. Franziska bestand darauf, zu Fuß durch die Wiesenniederung hinauf zum Steinbruch zu gehen. Es war nicht weit bis dorthin, gerade mal einige hundert Meter. Von den Feldwegen strahlte noch immer die Hitze des Tages zurück, ein erdiger Staubgeruch erfüllte die drückend schwüle Abendluft.

»Dort graben sie.« Gerhard zeigte auf den Weinberg, der sich vor ihnen wie ein verwunschener Hügel aus der Flussebene erhob. Aber wahrscheinlich kam ihm der Berg auch nur deshalb so mystisch vor, weil er von rätselhaften Vorgängen erfahren hatte, die sich um ihn herum abspielen sollten. Nun, morgen würde er dem Geheimnis, wenn es denn eines gab, auf die Spur zu kommen versuchen.

Jetzt aber, er beschleunigte den Schritt, wollte er das Theaterprojekt voranbringen. Er hatte ein gutes Gefühl: Die Geschichte von der Irrfahrt und Heimkehr des Helden Odysseus war ein spannender und kurzweiliger Stoff. Zudem waren die Akteure mit vollen Herzen bei der Sache. Es würde ein Erfolg werden, das spürte er, als er an der Seite von Franziska den Steinbruch betrat.

Bernds vollbepackter Anhänger, beladen mit einem Teil der Utensilien für ihr Griechenstück, stand in der Einfahrt. Obenauf lagen Gegenstände, die zur Dekorierung der Höhle des Riesen Polyphem benötigt wurden: Große Holzbottiche und Eimer stapelten sich, ein schulterhohes Wagenrad lehnte an einem überdimensionalen Käse aus Sperrholz, und über allem lag das mächtige, aus Pappe gefertigte Felsstück, das später den Höhlenausgang verschließen sollte. Die Kapitelle dreier dorischer Säulen, die im Festsaal des Königspalastes Verwendung finden sollten, ragten über die Hinterklappe des Hängers.

Bernd und Herbert waren gerade dabei, die Spanngurte, die die Ladung während der Fahrt gehalten hatten, zu entfernen.

»Wir laden später ab«, rief Gerhard ihnen zu. Er wollte pünktlich mit den Proben beginnen.

Mit erwartungsvollen Blicken sahen ihm die zum Teil schon in ihre Kostüme gekleideten Schauspielkollegen entgegen, als er zu ihnen trat.

Gerhard ahnte, dass gleich ein Schwall von Fragen auf ihn wegen des Leichenfundes herniederprasseln würde. Dem galt es zuvorzukommen, denn er fürchtete, die Konzentration des Ensembles könnte allzusehr vom Theaterspielen auf das Mordgeschehen verlagert werden. Abwehrend hob er die Hand: »Bei allem Verständnis für eure Neugier. Lasst uns über den Mordfall später in der Kneipe sprechen, dann will ich euch gerne Rede und Antwort stehen. Jetzt aber wollen wir unsere ganze Aufmerksamkeit auf die Schauspielerei richten und das restliche Tageslicht ausschließlich zur Probe nutzen.«

Die Naturbühne, auf der sie in den folgenden zwei Stunden agierten, war so vollkommen für ihren Zweck geeignet, dass man meinen konnte, ein kunstbeflissener Haumeister hätte sie seinerzeit mit der Absicht, ein Freilufttheater zu schaffen, aus dem Fels gesprengt. Das leicht ovale Rund, das durch den Übertagebau des gipshaltigen Gesteins im Laufe von Jahren entstanden war, umschloss eine plane Grünfläche, die groß genug war, Stühle und Bänke für gut vierhundert Zuschauer aufzustellen.

Die einzige Vertiefung in dem ebenen Boden lag an der dem Eingang gegenüberliegenden Felswand. Dort hatte sich ein kleiner See gebildet, in dem sich die steil ansteigenden Felsformationen spiegelten. Etwa zwei, drei Meter über dem Wasser war ein Absatz angelegt worden, der wahrscheinlich einst den beladenen Fahrzeugen als Rangierrampe gedient hatte. Dieses Plateau drängte sich geradezu als Bühne auf, ein schöneres Szenarium für eine Spielstätte war kaum vorstellbar: Unten der See, ringsherum die hohen, zerklüfteten Felswände und über allem der Sommerhimmel, eine Kulisse, die für sich schon den Besuch einer Theatervorstellung im Steinbruch lohnte.

Die Probe verlief im Großen und Ganzen zufriedenstellend. Lediglich einige kleinere Pannen galt es noch auszumerzen. So hatte Karla zum Beispiel die Rolle des einäugigen Riesen Polyphem allzu wörtlich genommen. Sie, die gerade durch Odysseus‘ glühenden Pfahl ihr Auge verloren hatte, verband in schauspielerischer Hingabe den Ausruf »Weh mir, geblendet irr ich nun umher« mit einem vollständigen Schließen der Augen. So kam es, dass sie sich orientierungslos der zum See abfallenden Böschung der Bühne allzusehr näherte, um schließlich, weiter blind umhertastend, mit einem letzten Schritt über den Rand des Abhangs hinauszutreten. In einem unkontrollierten Straucheln geriet sie dabei so ins Rutschen, dass sie in zeitlupenhafter Unaufhaltsamkeit, jetzt aber mit geöffneten Augen, dem See entgegen und schließlich in ihn hineinglitt. Es kostete einige Mühe, die dick mit Schaumstoff ausgestopfte Riesengestalt, die sich mit Wasser vollgesogen hatte, wieder an Land zu ziehen.

Auch Brigitte hatte die Doppelrolle des Hirtenjungen, der sich im zweiten Akt in die prächtige Pallas Athene verwandelt, ungewollt variiert. Im Bestreben, zur Göttin zu mutieren und den ärmlichen Umhang des Hüteknaben abzuwerfen, hatte sie versehentlich auch den Verschluss, der das Kleid der

Unsterblichen hielt, geöffnet. Hirtenumhang und Göttinnengewand glitten gleichzeitig am nun unverhüllten Körper zu Boden und sorgten für einen solchen Lacheffekt unter den Ensemblemitgliedern, dass Gerhard kurzzeitig überlegte, ob er diese wirksame Szene nicht in das Stück einbauen sollte.

Die lichte Dunkelheit einer sternklaren Sommernacht umhüllte bereits Land und Steinbruch, als die Theaterprobe zu Ende ging. Gerhard, schweißgebadet wie die anderen auch, war sich sicher: »Das klappt, jetzt fehlt nur noch der Feinschliff.«

Er wandte sich an die Männer: »Kommt, lasst uns den Anhänger leerräumen. Bernd, du fährst am besten das Auto so, dass die Scheinwerfer in den Gang hineinleuchten.«

»Sollen wir helfen?«, fragte Franziska.

»Nein, das braucht ihr nicht. Ihr Frauen könnt schon vorgehen. Wir treffen uns im ‚Dorfkrug'.«

Um ein ständiges Hin- und Herschleppen der Bühnenaufbauten und der zerbrechlichen Ausstattungsgegenstände zu vermeiden, hatte Gerhard bei der Gemeinde um die Erlaubnis nachgesucht, die Theaterrequisiten innerhalb des Steinbruchs unterstellen zu dürfen. Nach Rücksprache mit der ehemaligen Betreiberfirma war ihnen ein Lagerraum in einem seitlich der Bühnenrampe in den Berg getriebenen Stollen zugewiesen worden. Gerhard hatte sich den Schlüssel für das Türschloss schon gestern vom Ortsvorsteher aushändigen lassen.

Im Licht der Autoscheinwerfer fand Gerhard sofort den Raum, der rechter Hand nur wenige Meter hinter dem Stolleneingang lag. Ein Aufschließen allerdings erübrigte sich, denn ein Schloss, das den rostigen Riegel absperren konnte, fehlte.

Mit einer Taschenlampe leuchtete er das niedrige, in den Fels geschlagene Gewölbe aus. »Das Gerümpel, das hier herumliegt, legen wir dort hinten in die Ecke«, schlug er Herbert und Bernd vor, die hinter ihm in den Raum getreten waren. »Dann bringen wir unsere Sachen herein. Wir stapeln sie hier vorne.« Er ließ den Strahl über die glatten Seitenwände gleiten. »Gott sei Dank ist keine Feuchtigkeit im Fels. – Also los, fasst mit an.«

Es waren ausnahmslos alte, nicht mehr verwendbare Gerätschaften und Verpackungen, die sie beiseite räumen mussten, Gegenstände, die die Steinbrucharbeiter nach der Einstellung des Gipsabbaus vor einigen Monaten in diesem Lagergewölbe zurückgelassen hatten: Hacken und Schaufeln, verrottete Schaltafeln, morsche Abstützpflöcke. Mehrere Plastiksäcke lagen herum und auch Holzkisten, deren Gefahrensymbol verriet, dass sie einmal Sprengstoff enthalten haben mussten.

Es kostete die Männer wenig Mühe, das Zurückgelassene im rückwärtigen Teil des Raumes aufeinanderzuhäufen. Bald schon war man mit dem Aufräumen fertig, eine letzte Kiste war noch nach hinten zu tragen. Gerhard, schon auf dem Weg nach draußen, um den Anhänger zu entladen, drehte sich um, als er hinter sich einen erschreckten Ausruf hörte.

Im schwachen Licht der Taschenlampe sah er Bernd, wie er sich über die Holzbox, die er gerade abgesetzt hatte, beugte und verblüfft auf deren Inhalt starrte. Ungläubig murmelte er dabei vor sich hin: »Das gibt's doch nicht.« Mit vorsichtigen Bewegungen griff er schließlich in die Kiste hinein und holte einen länglichen Gegenstand hervor, den er mit spitzen Fingern weit von sich hielt.

»Schaut euch das mal an.« Ehrfürchtig betrachtete Bernd den runden Stab in seiner Hand. »Sprengstoff, vielleicht sogar Dynamit«, flüsterte er. Er deutete unter sich. »Da sind noch zwei Stangen drin.«

Gerhard war, gefolgt von Herbert, dicht neben ihn getreten. Er blickte in die Kiste. Tatsächlich, auf dem Grund des Holzkastens lagen zwei weitere rundliche Gebilde, die identisch waren mit dem Objekt, das Bernd in der Hand hielt. Ihrer Beschriftung war zu entnehmen, dass es sich unzweifelhaft um Sprengstoff handelte.

»Was machen wir nun?«, fragte Bernd, als er seinen brisanten Fund in die Kiste zurückgelegt hatte.

Gerhard zuckte mit den Schultern. »Nichts, denn das Zeug gehört uns nicht. Wir lassen es hier, wo wir es gefunden haben. Ich werde jetzt gleich von der Gaststätte aus den Ortsvorsteher anrufen und ihn über unsere Entdeckung informieren. Der soll dann entscheiden, was damit geschieht.« Er wandte sich zum Ausgang: »Lasst uns abladen. Die Frauen warten.«

Ein lebhaftes Stimmengewirr empfing sie, als sie wenig später den »Dorfkrug« betraten. Die Hitze des Tages hatte die Kehlen durstig gemacht, die Geschehnisse des Morgens die Erwartung geweckt, im Gasthof, dem Zentrum dörflicher Kommunikation, Neuigkeiten über den Mord zu erfahren. Beides war gleichermaßen geeignet, ein Wirtshaus zu füllen.

Bei einem kurzen Rundblick durch den Raum stellte Gerhard fest, dass er sich den Anruf beim Ortsvorsteher sparen konnte, denn Michael Otremba stand, vor sich ein Malzbier, an der Theke. Er war gerade dabei zu zahlen.

»Wie, du willst schon heim?« Gerhard legte Michel die Hand auf die Schulter und zeigte auf das alkoholfreie Getränk. »Und was soll das? Seit wann bist du abstinent?«

»Nur für heute«, lachte Otremba, »Gott sei Dank ist morgen die Abstinenz schon wieder vorbei.« Erklärend fügte er hinzu: »Ich habe heute Fahrdienst. Kindergeburtstag. Martin wird dreizehn und feiert mit Freunden.«

»Lass deinen Dreizehnjährigen nur nicht hören, dass du seine Feier Kindergeburtstag genannt hast. In diesem Alter sind Jugendliche überempfindlich, wenn sie als Kinder bezeichnet werden.«

»Na, jedenfalls muss ich die jugendlichen Geburtstagsgäste jetzt gleich zu ihren Eltern heimkutschieren. Deshalb also mein früher Aufbruch und deshalb das Malzbier.«

»Dann ist ja alles gut. Ich habe mir schon Sorgen um dich gemacht.« Gerhard nahm das Bier, das Kalle ihm zureichte, entgegen, trank es in einem Zug aus und stellte das leere Glas auf die Theke zurück.

»Du, Michel«, wandte er sich wieder Otremba zu, »wir haben gerade unsere Theatersachen in den Lagerraum im Steinbruch gebracht. Unter dem alten Gerümpel, das die Abbaufirma zurückgelassen hat, haben wir etwas gefunden, von dem du wissen solltest.« Er schilderte dem Ortsvorsteher das Umräumen der Kisten, das Aufspüren des Sprengstoffs und berichtete auch von der unverschlossenen Tür. »Gleich morgen werde ich ein Vorhängeschloss kaufen und das Gewölbe abschließen. Nicht, dass sich jemand an unseren Theaterrequisiten zu schaffen macht.«

»Ja, tu das, Heiner. Und gut, dass du mich gleich informiert hast. Nur heute Abend habe ich keine Zeit, etwas zu unternehmen. Die Kinder – pardon, die Jugendlichen warten auf ihren Chauffeur.« Otremba ging zum Ausgang. »Was so lange da oben gelegen hat, kann die eine Nacht auch noch liegen. Aber morgen früh werde ich mich sofort darum kümmern«, versprach er, ehe er ging.

Die Theatergruppe saß am runden Tisch und sah Gerhard erwartungsvoll entgegen. Er war sich darüber im Klaren, dass er nun sein Versprechen einlösen und von dem schrecklichen Ereignis des Morgens berichten musste. Franziskas Blick war mitfühlend, als er jetzt herankam. Unmerklich zuckte sie mit den Schultern. ‚Bring's hinter dich' schien ihm ihr Lächeln zu sagen. Sie rückte auf der Bank, auf der sie saß, ein wenig zur Seite, zog ihn neben sich und schmiegte ihren Körper eng an den seinen.

Gerhard genoss einige Sekunden ihre warme Nähe, bevor er tief durchatmete und den Blick über die wartende Runde wandern ließ: »So, was also wollt ihr wissen?«

5

Es war Franziska, die auf dem späten Heimweg aus dem »Dorfkrug« den Vorschlag machte, unter freiem Himmel zu schlafen. »Riech doch nur die schweren Düfte«, schwärmte sie, »und hör die Stille ringsum – die reinste Zaubernacht. Es wäre schade, wenn wir uns ihr nicht ganz hingeben würden.«

So hatten sie die Luftmatratzen, die seit Jahren nicht mehr benutzt worden waren, unter einem Stapel alten Campinggeräts hervorgekramt und sie im verdorrten Wiesengras hinter dem Haus ausgebreitet. Da ein Blasebalg nicht auffindbar war, machten sie sich daran, die Kammern mit dem Mund aufzublasen.

»Mir ist ganz komisch im Kopf nach dieser Pusterei«, stöhnte Gerhard, als er endlich auf seiner gefüllten Matratze lag.

Franziska lachte leise vor sich hin. »Ich erinnere mich, dass wir als Kinder manchmal absichtlich hyperventiliert haben, um dieses seltsame Schwindelgefühl in uns auszulösen. Ein vergleichsweise harmloses, psychodelisches Abenteuer, verglichen mit den heutigen Rauschmitteltripps. Dabei bedarf es weder des einen noch des anderen. Diese Nacht zum Beispiel ist ein einziger Rausch. Hier neben dir zu liegen, dich zu fühlen, das Gummi der Matratze zu riechen, das so herrlich an die Jugend erinnert. Und über allem der Sternenhimmel. Was will man mehr. Schau nur« – sie deutete nach oben – »der Gürtel des Orion – direkt über uns.«

Gerhard folgte mit dem Blick dem Arm seiner Frau. »Eigentlich sollte man meinen, dass beim Anblick dieses Sternenmeeres jedem bewusst ist, welch kleines Sandkorn unser Planet im großen Universum ist. Eine winzige Nussschale im riesigen Ozean des Alls. Aber auf unserem Schiffchen Erde gibt es viel zu viele Kapitäne, die nur damit beschäftigt sind, ihre eigenen egoistischen Ziele anzusteuern. Wie viel besser stünde es um die Zukunft unseres Globus und seiner Bewohner, wenn alle einen – um beim Bild zu bleiben – gemeinsamen Kurs segelten, über dessen Ziel und Richtung es keine Streitigkeiten gibt. Stattdessen überall Kämpfe und Kriege, Mord und Totschlag, wohin man sieht. Wo soll das hinführen?« Gerhard hob den Kopf und stützte sich auf die Ellbogen. Er blickte hinüber zu den alten Erlen und Ulmen, die rings um den Bruch in den hellen Sternenhimmel ragten.

»Auch dort unten ist jemand auf einem fürchterlichen Kurs gefahren, rücksichtslos und ohne Duldung eines Hindernisses. Ein bedrückender Gedanke zu wissen, dass sich innerhalb der Dorfgemeinschaft eine Gegnerschaft entwickelt hat, die nicht einmal vor einem Mord zurückschreckt.«

»Denk an Kain und Abel. Auch dort hat der Bruder den Bruder mit einem Stein erschlagen.« Franziska streckte sich auf ihrer Matratze und verschränkte die Arme unter dem Kopf.

Gerhard beugte sich über seine Frau. »Hast du keine Angst hier draußen? Vielleicht läuft dort im Dorf ein Mörder frei herum?«

»Nein, Heinrich, Angst habe ich überhaupt nicht. Zum einen bist du bei mir, zum anderen habe ich ein ziemlich sicheres Gefühl, dass diese Tat, so schrecklich sie auch sein mag, die Tat eines Menschen ist, der getötet hat, weil er auf irgendeine Weise in die Enge getrieben wurde. Die Tatsache, dass der Tote mit einem herumliegenden Feldstein erschlagen wurde, spricht eher für eine spontane als für eine geplante Handlung. Ich glaube nicht, dass der Mörder heute Nacht blutrünstig durch das Dorf streift auf der Suche nach neuen Opfern. Viel eher nehme ich an, dass er voller Entsetzen über seine Tat ist, voller Verzweiflung, einen Menschen getötet zu haben.«

»Du sprichst immer von einem Ihm. Auch eine Frau kann einen solchen Schlag ausführen.«

»Möglich, ja. Aber eher unwahrscheinlich. Feldsteine gehören nicht zu den Waffen, die eine Frau benutzt.«

Franziska gähnte. Träge räkelte sie sich auf ihrem Luftpolster und sog die frische Nachtluft ein. »Endlich kann man wieder frei atmen. Nun müsste es doch auch möglich sein, Schlaf zu finden.«

»Hattest du mir nicht noch etwas versprochen?«, erinnerte Gerhard und streckte seinen Arm zum nachbarlichen Nachtlager hinüber.

Doch gerade, als seine Hand suchend an der dünnen Kleidung seiner Frau zu nesteln begann, sprang Kurt, der Kater, mit freudigem Miauen auf die Luftmatratze, kroch über die Beine der Liegenden und drängte sich zwischen ihre Körper. Mit zufriedenem Schnurren rollte er sich schließlich zusammen und legte seinen warmen Katzenleib auf Heinrichs zu Franziska hinübergestreckten Arm.

»Kurt, unser trennendes Walkürenschwert«, brummte Gerhard verdrossen und zog den Arm unter dem Tier hervor.

Franziska war kaum zu verstehen, als sie verschlafen murmelte: »Dank dir, Kater, dass du gekommen bist. Ich bin hundemüde.«

Gerhard erwachte, als die Sonne, selbst noch nicht sichtbar, die Spitzen der westlichen Bergkette zum Leuchten brachte. Das Gummi seiner Luftmatratze knarrte und rieb, während er sich aufrichtete. Besorgt blickte er zu Franziska hinüber, die sich, geweckt durch die Geräusche, neben ihm bewegte und streckte. »Guten Morgen, Heinrich«, murmelte sie und drehte sich auf den Rücken. »Wie spät ist es?«

»Sonnenaufgang«, verkündete Gerhard feierlich, »sieh nur, da kommt sie gerade.«

Auch Franziska richtete sich nun auf. Mit dem Blick folgte sie dem ausgestreckten Arm ihres Mannes und betrachtete staunend die große orangefarbene Scheibe, die hinter den Dächern des Dorfes heraufstieg.

Gerhard beugte sich zu seiner Frau und legte ihr den Arm um die Schulter. »Es war unvergesslich schön heute Nacht mit dir hier draußen. Franziska und Heinrich, die schon etwas angegrauten Pfadfinder, nächtigen unter freiem Himmel. Fehlt nur noch die gute Tat, die jeder Pfadfinder einmal am Tag verrichten muss.«

Schnell entzog sich Franziska seinen Armen. »Dann will ich gleich mit meiner guten Tat beginnen: Ich bereite das Frühstück vor.« Auf dem Weg zum Haus blieb sie stehen, strich sich die Haare aus der Stirn und blickte zum Himmel. »Kein Wölkchen dort oben. Das gibt wieder eine Tropenhitze heute, so wie an den vergangenen Tagen. Wo soll das nur enden?« Sie wiegte den Kopf von einer Seite auf die andere. Dann verschwand sie im Haus.

Franziska war nach dem Frühstück abgefahren. Geschäftliche Verpflichtungen in Göttingen erlaubten ihr diesmal kein längeres Bleiben. Aber schon übermorgen würde sie zur Theaterprobe wiederkommen.

Gerhard saß an seinem Klavier. Auf dem Notenregal neben sich hatte er ein Handtuch liegen, mit dem er sich von Zeit zu Zeit die schweißnassen Finger trockenrieb. Er spielte heute ein Werk Josef Haydns, eine lichte Dur-Sonate mit gefälligen Läufen und durchsichtiger Harmonik, seine musikalische Anpassung an die zunehmend beschwerlicher werdende Hitze.

In das Presto des Finalsatzes hinein läutete das Telefon. Gerhard setzte den Schlussakkord und hob ab.

Michael Otremba war am anderen Ende der Leitung, soviel verstand er. Doch was er sagte, ging im Knattern und Prasseln der schlechten Verbindung unter.

»Ich kann dich kaum hören, Michel«, schrie Gerhard, unbewusst die Lautstärke erhöhend, in den Apparat. Nach einigen Sekunden weiteren Knisterns war die Stimme des Ortsvorstehers endlich zu verstehen.

»Ja, nun höre ich dich. Wo hast du denn gesteckt?«

»Im Gipswerk«, gab Otremba Auskunft, »genauer gesagt in dem Lagerraum, in dem du den Sprengstoff entdeckt haben willst. Jetzt bin ich der besseren Verbindung wegen nach draußen gegangen.«

»Und, hast du die Kiste gefunden?«

»Nein, noch nicht. Kannst du mir nochmal genau beschreiben, wo sie liegen soll?«

Gerhard, der den wiederholten Zweifel aus den Formulierungen des Ortsvorstehers heraushörte, war verunsichert. Die Kiste stand doch zuoberst auf dem Gerümpelhaufen, gut sichtbar und leicht zu entdecken. Wieso fand Otremba sie nicht?

Er ging zur Tür. »Ich komme zum Steinbruch rauf. In zwei Minuten bin ich da.« Er legte auf und griff nach dem Autoschlüssel.

Als er am Stolleneingang vorfuhr, kam ihm der Ortsvorsteher mit erhobenen Händen entgegen. »Beim besten Willen, Heiner, ich finde keinen Sprengstoff.« Er fasste Gerhard am Arm und zog ihn mit sich. »Komm und zeig mir, wo das Zeug liegt.«

Im Schein der Lampe, die Otremba hielt, sah der Lagerraum genau so aus, wie Gerhard ihn gestern verlassen hatte. Schon vom Eingang her konnte er die Kisten mit dem aufgedruckten Sprengstoffsymbol erkennen. »Dort oben in einem der Holzkästen liegen die Stangen.« Er deutete auf den Gerümpelberg, den sie gestern an der hinteren Wand des Gewölbes aufgestapelt hatten.

»Dann zeig mir bitte, wo«, forderte ihn Otremba mit einem unwilligen Schnauben und einer einladenden Handbewegung auf.

Gerhard betrat den Raum und eilte zur rückwärtigen Felswand. Dort hob er den Sprengstoffkasten, von dem er in Erinnerung hatte, dass er den brisanten Inhalt enthielt, vom aufgetürmten Stapel herunter und stellte ihn auf dem Boden ab. Otremba war inzwischen herangekommen und leuchtete in die Öffnung. Ihre Blicke folgten dem Lichtstrahl, der sich von einer Kastenecke in die andere bewegte. Aber soweit sie sich auch vorbeugten, sie konnten nichts anderes als nackte Bretter erkennen. Die Kiste war leer.

Gerhard fragte sich, ob er sich geirrt hatte. War es doch vielleicht einer der anderen Behälter, in dem der Sprengstoff lag? Schnell holte er einen weiteren Holzkasten vom Stapel, dann noch einen und noch einen, bis schließlich alle vor ihm standen. Aber das Ergebnis der Durchsuchung, bei der ihm der Ortsvorsteher mit der Lampe assistierte, war stets dasselbe: Die Sprengstoffstangen, die er doch gestern mit eigenen Augen gesehen hatte, waren in keiner der Kisten zu finden.

»Ich bilde mir das doch nicht ein«, verteidigte sich Gerhard, als er den skeptischen Blick Otrembas auf sich gerichtet sah. »Frag Herbert und Bernd, die waren schließlich dabei, als wir die Kisten untersuchten und den Sprengstoff fanden.«

»Sprengstoff, der jetzt aber nicht mehr da ist. Und da er sich nicht aufgelöst haben kann, muss ihn jemand genommen haben.« Der Ortsvorsteher knipste die Lampe aus und ging mit langsamen Schritten zum Ausgang. »Weißt du, was das bedeutet, Heiner? In der jetzigen Situation, bei diesen Spannungen im Dorf?«

Sie traten aus dem kühlen Dunkel des Stollens in das grelle Tageslicht. Gerhard hielt sich die Hand vor die Augen, um sich an die gleißende Helligkeit zu gewöhnen. Dann aber drehte er sich erschreckt zu Otremba hin, als ihm die Bedeutung seiner eben gemachten Andeutungen aufging. »Du meinst, eine der Konfliktparteien könnte sich in den Besitz der Stangen gebracht haben? Außer uns drei Theaterleuten und dir weiß doch niemand etwas davon.«

»Vergiss nicht, dass du mir gestern Abend im ‚Dorfkrug' am vollbesetzten Tresen von eurer Entdeckung berichtet hast. Gut möglich, dass jemand mitgehört hat.«

»Wer hat denn neben uns gesessen oder gestanden? Weißt du das noch?«

»Keine Ahnung, Heiner. Bei dem Betrieb gestern – nein, ich kann mich nicht erinnern.«

Gerhard schüttelte den Kopf. Ihm war nicht wohl in seiner Haut. »Ich hätte den Sprengstoff nicht hier oben liegen lassen sollen. Ich mache mir Vorwürfe, dass ich ihn nicht mitgenommen habe.«

»Nun, diesen Schuh muss ich mir auch anziehen«, bekannte Otremba. »Wäre nicht der Kindergeburtstag gewesen, wäre ich sicher gleich zum Steinbruch gefahren. Aber es bringt jetzt nichts, darüber zu lamentieren. Wir müssen der Tatsache, dass der Sprengstoff weg ist, ins Auge sehen mit allen Konsequenzen, die sich daraus ergeben.« Er sah Gerhard an. Die Sorge um das Kommende war ihm ins Gesicht geschrieben. »Ein Mord ist im Dorf geschehen. Nach dieser Grenzüberschreitung halte ich alles für möglich. Die wachsenden Spannungen haben eine explosive Mischung entstehen lassen, deren Entladung nur eine Frage der Zeit ist. Jetzt nach dem Verschwinden des Sprengstoffes ist zu befürchten, dass die Explosion nicht nur eine bildliche, sondern eine durchaus reale sein könnte.

»Und was willst du unternehmen?«, fragte Gerhard, während er zum Auto ging.

»Mir bleibt wohl nicht anderes übrig, als die Polizei einzuschalten. Auch wenn wir, vielleicht auch die ehemalige Betreiberfirma, möglicherweise einen Rüffel wegen fahrlässigem Handeln einstecken müssen, kann ich bei einer solch prekären Lage in unserem Dorf das Verschwinden von Sprengstoff nicht auf die leichte Schulter nehmen.«

Gerhard verabschiedete sich und stieg ins Auto. Am Ausgang des Steinbruchs hielt er kurz an. Er schaute zur Steilwand hinüber, unter der sie in wenigen Tagen ihr Theaterstück spielen wollten. Ein Glitzern und Glänzen lag jetzt auf dem grauen

Fels, ein flirrendes Flimmern über dem aufgeheizten Gestein. Ungehindert brannte die Sonne auf die nach Süden gerichtete Wand. Und dennoch war es Gerhard in diesem Moment, als gewahrte er einen Schatten, eine Verdunkelung, die sich, nicht sichtbar zwar, aber doch fühlbar, über den Steinbruch und sein Dorf gelegt hatte.

6

Gerhard trat zum Fenster, als er das Motorgeräusch eines auf den Hof fahrenden Autos hörte.

Mit langsamen, seiner massigen Körperfülle und der Hitze angemessenen Bewegungen stieg Oberkommissar Schröder aus dem Wagen. Gerhard öffnete ihm die Glastür, die vom Wohnzimmer auf den Freisitz führte, und ließ ihn eintreten.

»Ich bin schon wieder hier, Heiner«, verkündete Gunter und wischte sich mit dem Handrücken den Schweiß von der Stirn. Unaufgefordert ließ er sich in einen Sessel fallen. »Du entwickelst dich zu einem Stammkunden der Polizei.«

»Ja, ja, allmählich muss ich um meinen Ruf fürchten«, spielte Gerhard den Empörten. »Ständig Polizisten im Haus, das gibt Anlass zu Gerüchten. Morgen wird man im Dorf erzählen, dass ich eine ganze Räuberbande bei mir beherberge.«

»Nimm's gelassen«, beruhigte der Oberkommissar. »Sieh die Sache doch einfach so, dass die Polizei deshalb hier auftaucht, weil sie sich Rat bei dir holen will oder zumindest Informationen zu erhalten hofft.«

Gerhard sah Gunter Schröder an, konnte aber keinerlei Spuren von Ironie in dem freundlichen Gesicht ausmachen. »Und deshalb bist du also hier, du brauchst Informationen. Geht's um die Sache im Steinbruch?«

»Ja, Heiner. Der Ortsvorsteher hat die Polizei über das Verschwinden des Sprengstoffs unterrichtet. Da ein möglicher Zusammenhang mit der Mordgeschichte nicht auszuschließen ist, hat Charly mich gebeten, auch in dieser Angelegenheit zu ermitteln.«

»Gut. Ich nehme an, du wirst von mir wissen wollen, wie und wo wir gestern die Sprengstoffstangen entdeckt haben.« Gerhard drehte sich zur Tür. »Lass mich nur schnell die Suppe holen, die ich mir gerade zubereitet habe. Ich gehe davon aus, dass du einen Teller mitisst...?«

»Wenn du so fragst...«, gab sich Schröder opferbereit.

Während Gerhard die mit Würstchen angereicherte Bohnensuppe in die Teller einfüllte, fragte Gunter: »Wieso sitzt du nicht draußen auf dem Freisitz oder am Teich?«

»In diesem Glutofen? Hier im Haus ist es wenigstens einigermaßen erträglich. Wir müssen uns ein Beispiel an den Südländern nehmen. In der Mittagshitze sitzt dort keiner draußen, erst abends kommen sie aus ihren Häusern. Die wissen schon, warum.«

»Du hast Recht«, brummte Gunter zufrieden. Mit der rechten Hand angelte er sich ein Würstchen aus dem Topf, mit der linken forderte er sein Gegenüber auf, jetzt vom Auffinden und Verschwinden des Sprengstoffs zu erzählen.

Gerhard beschränkte sich darauf, Fakten zu berichten. Er hielt es nicht für nötig, dem Oberkommissar die Vermutungen darzulegen, die er zusammen mit Otremba über die Urheberschaft des Diebstahls angestellt hatte. Er würde schon selbst auf das Naheliegende kommen.

Während der Polizist weiterhin mit großem Eifer der Suppe und den Würstchen zu Leibe rückte, schilderte Gerhard die gestrige Aufräumaktion mit der zufälligen Entdeckung der drei Stangen. »Erst wollte ich es nicht glauben, als Michael mir am Telefon sagte, der Sprengstoff sei unauffindbar. Dann aber habe ich mich selbst davon überzeugt, dass die Kisten wirklich leer waren.« Ratlos hob er die Hände. »Gestern Abend war der Sprengstoff noch da, heute Morgen ist er es nicht mehr. Das ist die Tatsache. Was ihr jetzt daraus macht, ist eure Sache«, schloss er seinen Bericht. Er schaute zu Gunter hin, der unbeweglich dasaß und das Gehörte und die Suppe verdaute. »Brauchst du eine Bestätigung meiner Aussage von Herbert und Bernd?«

»Nein, das reicht erst einmal«, sagte Schröder doppelsinnig und strich sich über den Bauch. Schließlich erhob er sich schwerfällig und ging zur Tür.

»Gibt es etwas Neues im Mordfall von nebenan?« fragte Gerhard und deutete zum Bruch hinüber.

»Nein, wir ermitteln noch. Für Ergebnisse ist es zu früh.«

Der Oberkommissar blieb auf der Türschwelle stehen. Unentschlossen schaute er nach draußen in die flirrende Mittagsluft. Schließlich ergab er sich mit einem Seufzer in das Unabänderliche und trat hinaus in die Hitze. »Ich muss an die Arbeit.« Auf dem Weg zu seinem Dienstauto drehte er sich noch einmal um. »Danke für die Suppe, Heiner«, rief er zurück. Dann stieg er ein und fuhr vom Hof.

Der Topf war, wie nicht anders zu erwarten, leer, als Gerhard ihn in die Küche zurücktrug. Eigentlich hatte er, als der den Inhalt von drei großen Suppendosen zusammengeschüttet, ihn mit Zwiebeln und Gemüse verfeinert und gewürzt hatte, sich einen Vorrat für die nächsten Tage anlegen, wollen. Aber es gab Schlimmeres als einen leergegessenen Topf. Schmunzelnd fand er sich damit ab, dass er morgen noch einmal kochen musste.

Die mittägliche Siesta fiel heute kürzer aus als sonst. Der bevorstehende Besuch bei Vera Kändler hatte in Gerhard eine innere Spannung aufgebaut, die ihn nicht, wie gewohnt, zur Ruhe kommen ließ. Früh stand er wieder auf, duschte und zog sich um.

Aus dem Notenstapel suchte er einen Band mit Schumann-Liedern hervor, aus dem er beim letztjährigen Weihnachtsfest zusammen mit seiner ältesten Tochter musiziert hatte. Johanna hatte es damals übernommen, die Singstimme mit der Geige zu spielen. Auch die Puccini-Noten, die noch auf dem Klavier lagen, nahm er mit auf den Weg zu seiner Verabredung.

Erst als er zum Wagen ging und den Schlüssel in das Türschloss steckte, wunderte er sich, warum er die wenigen Schritte bis zum Weinberg nicht zu Fuß machte.

Die große Hitze, gab er sich selbst eine schnelle Erklärung. Und außerdem – er trug die Notenbände. Aber sein Spiegelbild, das er im Seitenfenster des Autos erblickte, verriet ihm den wahren Grund. Mit seiner beigen Leinenhose, dem weißen Polohemd und den hellen Stoffhalbschuhen hatte er sich ausstaffiert wie ein Jüngling, der zum Sommerpicknick ging. Es war eindeutig, er traf sich mit einer Frau, der er adrett und unverschwitzt gegenübertreten wollte. Gerhard musste über den männlichen Balzinstinkt lächeln, den offensichtlich nicht nur der Auerhahn besaß.

Es war kurz nach vier, als er vor dem zwischen Obstbäumen gelegenen Fachwerkhaus am Weinberg vorfuhr. Rechter Hand auf halber Höhe konnte er das Grabungsgebiet erkennen, das mit orangefarbenem Flatterband abgegrenzt war und in dem sich mehrere Personen bewegten.

Frau Kändler empfing ihn auf der kleinen Terrasse, die dem anheimelnden Häuschen vorgebaut war.

»Schön, dass Sie gekommen sind, Herr Gerhard«, begrüßte sie ihn und führte ihn zu einer Sitzgruppe im Schatten der efeubewachsenen Hauswand. »Mein Schwager ist noch auf dem Hügel. Heute Vormittag wurde ein neues Grab mit einem Skelett entdeckt. So ein Fund ist immer eine aufregende Sache und weckt viel Begeisterung. Da wird auch bei größter Hitze weitergearbeitet.« Ihr Blick fiel auf die Noten, die Gerhard noch immer unter den Arm geklemmt hatte. »Darf ich?«, fragte sie und streckte die Hand aus.

Er reichte ihr die beiden Bände. »Der Puccini von gestern. Dazu Lieder von Schumann. Ich hoffe, Sie mögen Schumann.«

»Es gibt keinen beglückenderen Kontrast zu der eher auf äußeren Schein ausgerichteten Bühnenwelt als die stille, verinnerlichte Lyrik Schumanns.« Sie blätterte in der Liedersammlung. »Ah, die ‚Widmung', und hier der ‚Nussbaum'. Ich freue mich auf unser Musizieren.«

Während sie den Kaffee auf der Terrasse einnahmen, ging Gerhards Blick hinüber zum Weinberg. »Dort, wo die große Zeltbahn aufgespannt ist, befindet sich dort das neuentdeckte Grab, von dem Sie eben erzählten?«

»Nein, unter dem Zeltdach liegen die großen Reihengräber, die schon vor einigen Wochen entdeckt wurden. Die Plane soll die Funde vor der Sonne, aber auch vor dem Regen – sollte es noch einmal Regen geben – schützen.« Vera Kändler deutete mit dem Arm weiter nach links. »Dort, etwas abseits, da wo die drei Männer stehen, dort wurde heute Morgen bei einer Probegrabung das Skelett entdeckt. Der große Mann in der Mitte der drei, der mit dem Strohhut, das ist Gernot Willmer, mein Schwager. Ich nehme an, in spätestens einer Stunde wird er herunterkommen, um sich zu erfrischen und eine Kleinigkeit zu sich zu nehmen. Dann sollte auch Katja wieder da sein. Meine Schwester ist zum Einkaufen nach Eschwege gefahren, wollte aber so rechtzeitig zurück sein, dass sie Sie noch antrifft und kennenlernt.«

Sie gingen ins Haus, durchquerten eine Diele und betraten das Wohnzimmer, in dem es dämmrig, fast dunkel und angenehm kühl war. Die zugezogenen Übergardinen hatten nur wenig Licht und Wärme eindringen lassen. Frau Kändler trat zu den Fenstern und zog die Vorhänge auf. Der warme Schein der Spätnachmittagssonne fiel in schrägen Strahlen in den Raum.

Gerhard sah sich um. Alte Bauernmöbel, Schränke, Stühle sowie eine Eckbank aus dunklem Holz bildeten das Mobiliar und gaben dem Zimmer eine behagliche Atmosphäre. Lediglich die helle Couchgarnitur, die in der Raummitte auf einem verblichenen Teppich stand, hatte einen modernen Zuschnitt. In Fensternähe stand ein braunes Klavier, so platziert, dass das Tageslicht ungehindert auf das Notenbrett fallen konnte.

»Gefällt Ihnen unser Sommerdomizil?« Vera Kändler zeigte zu den Möbeln hin. »Nicht gerade luxuriös, aber urgemütlich. Dieses Gebäude war früher einmal das Gesindehaus, in Zeiten, als es noch Knechte und Mägde gab, die auf dem Hof wohnten. Es gehört zu dem großen Bauernhaus nebenan und wird im Frühjahr und Sommer an Gäste vermietet. Für meinen Schwager war es ein Glücksfall, eine Wohnmöglichkeit direkt neben seiner Ausgrabungsstätte zu finden.«

»Und dann noch ein Piano im Haus. Ein weiterer Glücksfall, diesmal für Ihre Schwester.«

»Nein, nein, Herr Gerhard. Das Klavier gehört nicht zum Inventar. Das wäre zu viel des Guten. Meine Schwester hat es bei einer Verleihfirma angemietet. Das macht sie immer bei längeren Aufenthalten.« Sie trat zu dem Instrument und klappte den Deckel auf. »Fangen wir an, ehe die anderen kommen.«

Gerhard, zunächst gehemmt in der Befürchtung, er könne mit einer professionellen Musikerin wie Vera Kändler nicht mithalten, merkte jedoch sehr bald, dass die Sängerin es ausgezeichnet verstand, eine Balance zwischen seinem alles andere als perfekten Klavierspiel und ihrer makellosen Stimme herzustellen. Anders als in der gestrigen strahlenden Opernarie nahm sie bei den Liedern ihre Stimme zurück, passte sie der Klavierbegleitung an und ordnete sie, wenn es nötig war, ihr unter.

Beide, der Profi und der Laie, hatten gleichermaßen Freude daran, miteinander Musik zu machen. Gemeinsam schwebten sie mit ausgespannten Flügeln durch die »Mondnacht« und ließen sanft die Zweige des »Nussbaums« rauschen. Schumanns musikalisches Band hielt sie so gefesselt, dass sie die Zuhörer, die unbemerkt hereingekommen waren, erst bemerkten, als diese nach Beendigung des Stückes applaudierend in die Hände klatschten.

Gerhard drehte sich um und sah der Frau entgegen, die vom Eingang her auf ihn zukam. »Herr Dr. Gerhard, ich freue mich, Sie kennenzulernen«, rief Katja Willmer. »Vera hat mir von Ihnen und Ihrem gestrigen gemeinsamen Musizieren erzählt.«

Gerhard, der von seinem Klavierstuhl aufgestanden war, ergriff die ausgestreckte Hand der Pianistin. Auch wenn er nicht darauf vorbereitet gewesen wäre, er hätte sofort gewusst, dass er Vera Kändlers Schwester vor sich hatte. Zu groß war die Ähnlichkeit in Haltung, Gang und Formung des Gesichtes, um nicht sofort die Geschwister zu erkennen, besonders wenn sie, wie jetzt, so eng beieinander standen. Katja war ganz offensichtlich jünger als Vera, ihre Bewegungen, ihre Gestik und Mimik waren lebhafter als die ihrer stillen Schwester.

Eine Männerstimme, die ihn von der Tür her ansprach, riss Gerhard aus seiner Betrachtung. »Auch ich heiße Sie willkommen, Herr Gerhard. Ich bin Gernot Willmer, der Ausgräber dort oben.« Der Archäologe, den er vorhin schon einmal von weitem am Berg gesehen hatte, trat ins Zimmer. Der kräftige Händedruck, mit dem er seinen Gast begrüßte, und die rauhe, schwielige Handfläche legten Zeugnis von so manchem Stück Erde ab, das er selbst ausgegraben und mit eigenen Fingern durchwühlt hatte.

Katja übernahm nun die Rolle der Gastgeberin. Sie fasste Schwester und Ehemann am Arm und schob sie zur Tür hin; dabei bedeutete sie Gerhard mit einer Kopfbewegung, ihr zu folgen. »Ich habe Eis aus der Stadt mitgebracht. Ich mache uns einen Früchte-Eisbecher. Geht schon mal hinaus auf die Terrasse.«

Wieder saß Gerhard im Schatten des Hauses unter dem dunklen Efeu, dessen Blätter sich unter der Hitze und Trockenheit der letzten Tage an den Seiten eingerollt hatten. Vera Kändler, die sich ihm gegenüber gesetzt hatte, hob kaum merklich die Hand und machte ihm ein Zeichen. Gerhard folgte dem auf die hohe Gestalt ihres Schwagers gerichteten Blick und verstand augenblicklich, auf was sie ihn aufmerksam machen wollte. Unbeweglich stand Gernot Willmer am Rande der Terrasse und starrte hinauf zu dem Gräberfeld, das jetzt nach Beendigung der heutigen Grabungsarbeiten verlassen dalag.

Die Schultern des Archäologen waren eingesunken, der schwere Körper gebeugt. Schlaff hingen die langen Arme an den Seiten herab, so als hätten sie jegliche Muskelspannung verloren. Es war offensichtlich, dass Willmer sich nur mit Mühe auf den Beinen hielt.

Der Archäologe musste die Aufmerksamkeit in seinem Rücken bemerkt und die auf ihm ruhenden Blicke gespürt haben. Mit sichtbarer Willensanstrengung richtete er sich auf und drehte sich in einer müden Bewegung zu den Sitzenden hin.

»Dort oben also grabe ich«, sagte er mit heraushörbarer Selbstbeherrschung, während er sich neben seiner Schwägerin niederließ. »Es ist der Traum eines jeden Altertumsforschers, einmal eine solch große und reiche Fundstelle ausgraben zu dürfen. Bisher haben wir siebzehn Skelette gefunden, aber wir vermuten noch wesentlich mehr Bestattungsorte in diesem Berg. Interessiert Sie die vorzeitliche Geschichte?«, fragte er. Ohne jedoch Gerhards Antwort abzuwarten, begann er, von seinem Projekt zu berichten.

Man merkte ihm sein Bemühen um einen indifferenten, sachlichen Erzählton an. Offensichtlich wollte er seine eben gezeigte Schwäche vergessen machen und Normalität demonstrieren, was ihm aber nur unzureichend gelang, denn immer wieder stockte er und legte Pausen ein, in denen er sich sammeln und konzentrieren musste.

Bei seinem Bericht über die zufälligen Skelettfunde während Steinbrucharbeiten und die erste Altersbestimmung der Knochen durch die Marburger Archäologen, die die Gräber in die Bronzezeit datieren konnten, betrachtete Gerhard den Wissenschaftler genauer. Er versuchte herauszufinden, ob er das von Vera Kändler geschilderte Bedrücktsein und Leiden, das sie bei ihrem Schwager entdeckt zu haben glaubte, bestätigen konnte oder nicht.

Schon nach wenigen Minuten des Beobachtens war sich Gerhard sicher, dass ihr Gespür sie nicht getrogen hatte. Gernot Willmer litt, das war augenscheinlich, und er war dem Druck seines Leidens nicht gewachsen. Denn schon wieder begann er, kaum merklich erst, dann aber immer deutlicher, die Kontrolle über sich zu verlieren. Seine Erzählung wurde zunehmend schleppender, die Pausen zwischen den Sätzen immer länger. Es fiel ihm sichtlich schwer, die Rolle des plaudernden Gastgebers weiter zu spielen.

So musste es für ihn eine Erlösung sein, als Katja, die die Eisbecher auf einem Tablett herantrug, eine Zeit lang die Aufmerksamkeit von ihm ablenkte.

Doch dann, als Gerhard sich schon verabschieden wollte, kam doch noch der Zusammenbruch. Sie waren auf den Leichenfund zu sprechen gekommen, hatten Vermutungen über Täter und Motive ausgetauscht. Die Schwestern waren gegensätzlicher Auffassung. Katja interpretierte das Erschlagen mit einem Stein als Heimtücke und Vorsatz, während Vera der gleichen Meinung war, die auch Franziska in der Nacht vertreten hatte: Der Mord war spontan, ohne Planung und in Bedrängnis geschehen.

Gernot Willmer beteiligte sich nicht an dem Gespräch, er saß da und starrte vor sich hin. Als aber seine Frau von der Brutalität der Tat und der Unmenschlichkeit des Täters sprach, sprang er wie ein in seinem Versteck aufgeschrecktes Tier auf und stieß mit qualerfüllter Stimme aus: »Was wisst ihr denn.« Dann schwankte er, mehrfach nahe daran zu stürzen, davon und verschwand im Haus.

Katja Willmer, die entsetzt die Hände auf den Mund gelegt hatte, löste sich als Erste aus der Betroffenheit, die der Gefühlsausbruch ihres Mannes in ihr ausgelöst hatte. Hastig stand sie auf.

»Bitte entschuldigen Sie«, wandte sie sich an Gerhard. »Gernot arbeitet einfach zuviel. Er ist überreizt – und dazu die Hitze. Bitte entschuldigen Sie«, wiederholte sie noch einmal. Dann drehte sie sich schluchzend um und folgte ihrem Mann ins Haus.

Gerhard war ebenfalls aufgestanden. Verwirrt schaute er der Frau, mit der er vor kurzem noch so lebhaft geplaudert hatte, hinterher.

Vera Kändler trat zu ihm hin und fasste ihn am Arm. »Lassen Sie uns noch ein paar Schritte durch die Felder gehen. Dabei können wir reden.«

»Ja, das sollten wir. Nach diesem Auftritt Ihres Schwagers gibt es einiges zu besprechen.«

Der schmale Grasweg, auf dem sie kurz darauf eng nebeneinander hergingen, führte in sanftem Anstieg hinauf zu der Höhe, deren Grat bis hinüber zum Weinberg lief. Je höher sie stiegen, desto großartiger wurde der Blick auf die Felder der Flussniederung und ihre umgebenden Hügel. Goldgelbe Flächen kontrastierten mit langen Schatten, die die tiefstehende Sonne warf. Das milde Licht des frühen Abends ließ die Hitze, die unverändert über dem Land lag, fast vergessen.

Schweigend schritten sie weiter bergauf, jeder reflektierte das Erlebte und hing seinen Gedanken nach.

»Nun«, unterbrach Vera Kändler die Stille, »was ist Ihre

Meinung? Habe ich Recht gehabt mit meinen Befürchtungen, dass bei meinem Schwager etwas nicht stimmt, oder nicht?« Sie sprach ohne Triumph in der Stimme, aber es war deutlich, dass sie sich der Antwort, die sie gleich hören würde, sicher war.

Gerhard war stehengeblieben. Er sah auf den Bauernhof hinunter, in dessen Nebenhaus er soeben Gernot Willmer auf so bedrückende Weise zum ersten Mal begegnet war.

»Natürlich haben Sie Recht, Frau Kändler. Es ist unverkennbar, dass auf Ihrem Schwager etwas lastet, mit dem er nicht fertig wird. Ich glaube nicht – im Gegensatz zu Ihrer Schwester – dass es etwas mit seiner Arbeit zu tun hat. Über Arbeitsbelastung, darüber spricht man, darüber wird geschimpft, gemeckert, geflucht. Das aber, was Gernot Willmer bedrückt, ist etwas anderes, etwas, das er in sich hineinfrisst, über das er nicht reden kann oder will.«

»Aber was? Haben Sie denn irgend eine Vorstellung, was es sein könnte?«

»Nein, nicht die geringste.« Gerhard setzte sich wieder in Bewegung. »Bedenken Sie, ich traf Ihren Schwager heute zum ersten Mal, weiß von ihm nur das Wenige, das Sie mir gestern berichtet haben oder das, was er vorhin selbst erzählt hat. Ohne Anhaltspunkte kommen wir über das Spekulieren nicht hinaus.« Er machte eine vage Bewegung mit dem Arm. »Es kann etwas weit Zurückliegendes sein, das erst jetzt für ihn an Bedeutung gewonnen hat, etwas aus seiner Vorgeschichte, aus einer Zeit, als Sie und Katja ihn noch nicht kannten. Genausogut kann ihm aber auch ein aktuelles Ereignis, das er Ihnen und seiner Frau verheimlicht, so zusetzen und ihn so belasten, dass er diesem Druck, wie wir eben gesehen haben, nicht mehr standhält.« Er zuckte die Schultern. »Beides ist möglich. Man müsste einfach mehr Informationen haben, sowohl über Gernot Willmer als auch über den unbekannten Mann und seine mysteriöse Verbindung zu Ihrem Schwager. Vielleicht ist diese Verbindung ja der Grund für seine seelischen Veränderungen und der Schlüssel zu dem Geheimnis.«

Sie waren am Ende des Höhenwegs, der jetzt steil nach Süden abfiel, angelangt. Unter ihnen lag Reichensachsen, das große Dorf mit dem schlanken, weithin sichtbaren Kirchturm, rechts führte der Weg durch eine flache Mulde zum Weinberg weiter. Die Sonne begann, den Himmel einzufärben, gleich würde sie in die entfernten Berge eintauchen. Schweigend beobachteten sie das immer wieder faszinierende Schauspiel ihres Untergangs, dann bogen sie ab und setzten ihren Weg fort.

»Von Anfang an hatte ich das Gefühl, dass Gernots Veränderungen mit diesem Unbekannten zusammenhingen.« Vera Kändler verlangsamte unwillkürlich ihren Schritt. »Mit seinem Auftauchen begann sich Leid und Qual zerstörerisch in Gernots Leben einzunisten. Sie haben es selbst miterlebt, wie zerbrechlich er geworden ist, wie nahe er vor einem völligen Zusammenbruch steht.«

Sie waren weitergegangen, nur wenige Meter, als die Sängerin plötzlich stehenblieb. Gerhard, der drei Schritte voraus war, drehte sich zu ihr um. Das schöne Gesicht von Vera Kändler glänzte vom Schweiß des Aufstiegs, die leuchtenden Augen verrieten, dass ihr gerade ein Einfall gekommen war.

»Sie müssen unbedingt diesen Mann sehen, herausbekommen, wer er ist und was er will.« Fragend blickte sie Gerhard an, als wollte sie herausfinden, ob er ebenfalls ihrer Meinung war und vor allen Dingen, ob sie ihm ein solches Verlangen zumuten konnte. Als sie jedoch das Nicken ihres Begleiters sah und ihn mit den Worten: »Ja, das wird das Beste und Vordringlichste sein« zustimmen hörte, fügte sie eifrig hinzu: » Aber solange wir nicht wissen, was dahintersteckt, sollten wir dezent vorgehen, sodass weder meine Schwester noch mein Schwager etwas davon erfahren.« Sie trat zu Gerhard, hakte sich bei ihm unter und setzte ihm, während sie weitergingen, ihren Plan auseinander.

»Morgen singe ich in Hersfeld die »Salome.« Katja und Gernot wollen sich diese Vorstellung ansehen. Es dürfte für mich nicht schwer sein, auch für Sie noch eine Eintrittskarte zu bekommen.« Aufgeregt drückte sie seinen Arm. »Ich bin mir sicher, der Unbekannte wird auch da sein, wahrscheinlich unauffällig in einer hinteren Reihe sitzen. Wenn Sie kurz vor der Aufführung zu mir hinter die Bühne kommen, kann ich Ihnen durch das Opernglas zeigen, wo er sitzt. So können Sie ihn während der Vorstellung heimlich beobachten und ihn vielleicht am Ende der Oper zur Rede stellen. Was halten Sie davon?«

»Eine gute Idee«, lobte Gerhard, um gleich einzuschränken: »Aber sie hat einen Haken.«

Erstaunt blickte Vera Kändler ihn an. »Und welchen?«

»Ich liebe Strauß, besonders die ‚Salome'. Es könnte passieren, dass ich den Mann und meine Aufgabe vergesse.«

»Versuchen Sie bitte, beides zu kombinieren: Die Beobachtung und den Kunstgenuss. Das werden sie ja wohl schaffen.«

»Ich werde mir Mühe geben. Nur während des Schleiertanzes kann ich für nichts garantieren.«

Sie lachte: »Versprechen Sie sich nicht zuviel davon. Ich trage ein hautfarbenes Trikot unter den Schleiern.«

Gerhard behielt seine Enttäuschung für sich und schwieg.

Inzwischen hatten sie den Weinberg erreicht und sahen vor sich das Grabungsfeld liegen. Von ihrer etwas erhöhten Position konnten sie in die von Erdhügeln umgebenen Gruben hineinblicken, ohne aber Einzelheiten zu erkennen.

»Kommen Sie«, dirigierte sie ihn. »Wir können genausogut den Rückweg so legen, dass wir durch die Ausgrabungen gehen. So erhalten Sie gleich einen Eindruck von dem Arbeitsfeld meines Schwagers.«

Sie verließen den Weg und gingen auf einem Trampelpfad, der auch ein Wildwechsel sein konnte, quer über die vertrocknete Wiese auf die Erdaushebungen zu.

Gerhard fielen die Worte ein, die Gernot Willmer während seines Gefühlsausbruches auf der Terrasse voller Qual ausgestoßen hatte. Das musste er vorher noch klären.

»Sagen Sie, Frau Kändler, was könnte Ihr Schwager gemeint haben, als er vorhin, nachdem seine Frau die Brutalität der Tat und des Täters angeprangert hatte, ausrief: ‚Was wisst ihr denn?‘ Das klang ja fast so, als wüsste er mehr über den Mord am Bruch und den Mörder. So, als wollte er die Täterklassifizierung Ihrer Schwester berichtigen.«

»Sie haben Recht, das fällt mir erst jetzt auf.« Vera Kändler hob das Absperrband an und schlüpfte darunter hindurch. »Aber das hieße ja, dass er irgendeine Verbindung zu dem Opfer oder den streitenden Dorfgruppen, aus deren Reihen der Täter stammen soll, gehabt haben müsste.«

»Und, ist das nicht möglich?«, fragte Gerhard, der ebenfalls unter der Absperrung hindurchgekrochen war.

»Nein, ich halte das für undenkbar. Gernot geht ganz in seiner Arbeit auf. Er hat nahezu keinen Kontakt zur Dorfbevölkerung. Das Leben im Ort interessiert ihn nicht.«

»Aber wie sind seine Worte dann zu deuten?«

Vera Kändler hob hilflos die Hände. »Ich weiß es nicht. Wahrscheinlich waren sie nur so dahergesagt, ohne auf etwas Bestimmtes abzuzielen. Etwa in dem Sinne: ‚Was wisst ihr denn vom Leiden der Menschen‘ – anders habe ich keine Erklärung.«

»Vermutlich haben Sie Recht. Man ist viel zu schnell geneigt, Bedeutungsvolles in belanglose Äußerungen hineinzuinterpretieren.«

Inzwischen waren sie an der großen, zeltüberspannten Grabungsstelle angekommen. Gerhard trat an den Rand des Erdloches und schaute auf den etwa zwei Meter tiefer liegenden Grubengrund, zu dem zwei Holzstiegen an den jeweils gegenüberliegenden Seiten hinunterführten. Er blickte auf acht, neun Skelette, die in dichter Reihe nebeneinander lagen. Die Knochen waren zum Teil beschädigt oder zerfallen, die Gliedmaßen vielfach unvollständig. Mal fehlte ein Armknochen, mal der untere Teil eine Beines.

»Fast 3000 Jahre ist es her, dass diese Familie hier ihre Ruhestätte gefunden hat«, erklärte Vera leise an seiner Seite. »Es war die Zeit, als die Menschen begannen, sesshaft zu werden, das Land zu bebauen und in festen Siedlungen zu wohnen. Aber es war auch die Zeit herumstreifender, kriegerischer Horden. Es muss erst geklärt werden, ob diese Familie eines natürlichen Todes starb oder umgebracht wurde. Aber Sie sehen, die Ausgrabungen sind noch lange nicht beendet.« Sie zeigte auf einige Skelette, die halb von Erde bedeckt auf ihre weitere Freilegung warteten.

»Und das neuentdeckte Grab?« Gerhard sah sich um.

»Dort hinten.« Vera Kändler deutete auf ein außerhalb des abgeteilten Grabungsfeldes gelegenes Areal, das nur provisorisch mit vier Dachlatten abgesichert war. Der kleine Erdhügel innerhalb des Gevierts zeigte an, dass die Grabungsarbeit dort erst angefangen hatte.

»Sehen wir es uns an, es liegt an unserem Weg«, schlug die Sängerin vor und ging voran.

Gerhard konnte sich eines Beklemmungsgefühls nicht erwehren, als er ihr folgte. Was mochte unter seinen Füßen noch verborgen sein? In dem großen Totenfeld, das man hier vermutete? Der Weinberg, über den er oft gewandert und von dessen Gipfel er unzählige Male auf sein Dorf geblickt hatte, war durch die Ausgrabungen seiner Unschuld beraubt worden. Aus dem Naturland war geschichtsträchtiges Terrain geworden, in dem der Tod die Hauptrolle spielte.

Ein Schrei ließ Gerhard aus seinen Gedanken aufschrecken. Er sah zu Vera Kändler hin, die am Rande des am Morgen entdeckten Grabes angekommen war. Aufgeregt zeigte sie auf einen Fuchs, der in langen Sätzen über die Felder davonrannte.

»Bin ich erschrocken«, rief sie und legte die Hand auf die Brust. »Kommt hier plötzlich das Tier herausgesprungen. – Und sehen Sie nur, was der Fuchs angerichtet hat.«

Gerhard folgte mit dem Blick ihrem Arm, der in die flache Mulde zeigte. »Die Erdschicht über dem Skelett sollte in den nächsten Tagen sorgfältig abgetragen werden, um nichts archäologisch Wertvolles zu übersehen. Deshalb hat mein Schwager, nachdem man auf einen Knochen gestoßen war, alles so belassen, wie es war.«

Sie deutete in die Grube. »Und nun hat der Fuchs alles durcheinander gewühlt. Sogar Knochen hat er freigelegt.«

Sie hielt inne, als sie bemerkte, dass Gerhard sich neben der Fundstätte niedergekniet hatte. Verwundert schaute sie zu ihm hin. »Was suchen Sie? Ist etwas Besonderes mit dem Grab?« Sie spürte die prüfende Spannung, mit der er sich über die Knochen beugte.

Gerhard richtete sich auf. Ungläubig schüttelte er den Kopf, dann fasste er Vera Kändler am Arm und zog sie vom Grabrand fort. Bedeutsam sah er sie an, als er mit einem ungewöhnlichen Ernst in der Stimme sagte: »Dieses Skelett zu untersuchen ist nicht Aufgabe der Archäologen, sondern Aufgabe der Polizei. Am Knochen sind noch Sehnenreste, auch Hautfetzen habe ich gesehen. Der Mensch, der hier liegt, ist nicht länger als zwei, drei Jahre tot.«

7

Der Grund, warum er am nächsten Tag schon früh losfuhr, in die Hitze des Mittags und das Sengen der Sonne, die auch heute von einem wolkenlosen Himmel brannte, war der Wunsch, einige Kilometer zwischen sich und die Ereignisse der letzten Tage und Stunden zu legen. Er brauchte den Abstand, räumlich genauso wie gedanklich.

Zuviel war geschehen in und um Oberhone, seinem so friedlichen Heimatdorf, in dem das Umpflügen von Grenzsteinen bisher zu den Höhepunkten kriminalistischer Machenschaften gezählt hatte.

Da war der Niederschlag in der Gaststätte, eine vergleichsweise harmlose Tat, verglichen mit dem, was noch folgen sollte: Zunächst der Leichenfund im Bruch, kurz darauf der Sprengstoffdiebstahl und schließlich das Entdecken eines unbekannten Toten auf dem Gräberfeld am Weinberg.

Gerhard dachte an das Telefongespräch, das er gestern unmittelbar nach dem Auffinden des skelettierten Körpers noch von der Fundstelle aus mit Hauptkommissar Montag geführt hatte.

»Na, hast du wieder eine Leiche, die ermordet wurde?«, hatte Charly mit ironischem Unterton von ihm wissen wollen.

»Teils, teils«, war Gerhards Antwort gewesen.

»Was soll das nun wieder heißen?«

»Das heißt, dass ich eine Leiche gefunden habe, ihr aber herausbekommen müsst, ob sie ermordet wurde oder nicht.«

In der folgenden Fünfsekundenpause war Charly Montags ganze Verwirrung deutlich geworden. Offensichtlich war er blitzartig mit sich zu Rate gegangen, ob er von seinem Freund möglicherweise auf den Arm genommen wurde. Seine Entscheidung, Gerhards Äußerung ernst zu nehmen, hatte sich in nur drei Worten ausgedrückt: »Wann? Wo? Wie?«, hatte er gefragt und nach der Beantwortung angeordnet: »Bleib, wo du bist, ich komme.«

Die Abläufe des gestrigen Abends waren denen ähnlich gewesen, die Gerhard beim Auffinden des Toten im Bruch miterlebt hatte. Hauptkommissar Montag war zusammen mit Oberkommissar Schröder kurz nach dem Telefonat auf dem Weinberg erschienen; wenig später traf die Spurensicherung ein und sperrte die Fundstelle ab.

Auch diesmal hatten sie sich zu einer ersten Besprechung getroffen, waren dazu hinuntergegangen zu dem angemieteten Sommerhaus der Willmers, auf dessen Terrasse sie sich zusammengesetzt hatten .

Gerhard war erstaunt gewesen, wie gefasst Gernot Willmer die Nachricht aufgenommen hatte, dass das von ihm fälschlicherweise als vorgeschichtlich angesehene Skelett zu einem erst vor wenigen Jahren gestorbenen Körper gehörte. Fast hatte er den Eindruck gemacht, als sei er erleichtert, dass jetzt die Aufmerksamkeit durch diesen schrecklichen Fund von ihm und seiner desolaten Gemütsverfassung abgelenkt wurde.

Die Befragung des gestrigen Abends hatte natürlich nichts ergeben können, solange niemand wusste, was schließlich durch die Ermittlungsgruppe zu Tage gefördert werden würde. Dr. Sinning war kurz zu ihnen heruntergekommen. Er hatte Gerhards Vermutung bestätigen können, dass die sichtbaren Skelettteile zu einem Körper gehörten, der erst seit relativ kurzer Zeit in der Erde lag. »Nicht mehr als fünf Jahre«, war seine Einschätzung gewesen.

Es hätte durchaus ein romantischer Abend sein können, diese voruntersuchende Befragung gestern auf der Terrasse, wenn nicht der Anlass ihres Zusammenseins so traurig gewesen wäre. Katja Willmer hatte auf der umgebenden Wiese zwei Fackeln zur Beleuchtung angezündet, da sie befürchtete, mit dem elektrischen Außenlicht Insekten anzulocken. Sie hatte kalte Getränke serviert und belegte Brote gereicht. Aber die Stimmung war gedrückt geblieben, bis sie schließlich bei Anbruch der Dunkelheit auseinandergegangen waren.

Nun also war er auf der Fahrt nach Bad Hersfeld. Er freute sich auf einen stillen Nachmittag fernab von dem turbulenten Geschehen zu Hause, freute sich auf die schöne Stadt und vor allem auf den Kunstgenuss, der ihm später bevorstand.

Kurz bevor er abgefahren war, hatte ihn Vera Kändler angerufen und ihm mitgeteilt, dass sie eine Karte für die Abendvorstellung bereitliegen hatte. Sie erwarte ihn vor Beginn der Oper hinter der Bühne.

Auch Charly Montag hatte sich heute Morgen telefonisch gemeldet. »Ich will dich als Entdecker der mysteriösen Toten am Weinberg über die ersten Untersuchungsergebnisse informieren, bevor du vor Neugier platzt.«

»Ich heiße Heinrich und nicht Henriette«, hatte er gegen die Neugierunterstellung protestiert, um aber gleich darauf interessiert nachzufragen: »Du sprichst von der Toten; heißt das, dass die Leiche weiblich ist?«

»Ja, weiblich und voraussichtlich um die vierzig Jahre alt. Kleidung haben wir keine gefunden, der Körper ist also nackt in die Erde gelegt worden, was den Schluss nahelegt, dass derjenige, der sie vergrub, ein Erkennen der Person verhindern wollte. Dies wiederum macht ein Verbrechen wahrscheinlich. Hoffentlich helfen uns die Zähne bei der Identifizierung weiter. Wir werden die hiesigen Zahnärzte befragen müssen.

»Und woran ist die Frau gestorben?«

»Völlig unklar. Es gibt keinerlei äußere Zeichen von Gewaltanwendung. – Aber, Heiner, bedenke«, hatte sich der Hauptkommissar bemüßigt gefühlt, die Erwartungen seines Gesprächspartners zu dämpfen, »wir sind erst am Anfang der Untersuchung. Da stehen noch die Gewebsproben, die DNA-

Analysen und die toxikologischen Tests aus. Die müssen wir erst abwarten, bevor wir Näheres sagen können.«

Mehr noch als in anderen nordhessischen Städten ist in Bad Hersfeld der Marktplatz das Zentrum des Ortes. Hier ist der Herzschlag der nahen Stiftsruine mit ihrem weltoffenen Kulturbetrieb gleichermaßen zu hören wie der Puls des geschäftigen Altstadttreibens auf der anderen Seite fühlbar ist.

Gerhard schlenderte über den weitläufigen Platz hinüber zur Stadtkirche und tauchte in die dahinterliegenden schattigen Gassen ein. Selbst die Fußgängerzone hatte in Hersfeld, anders als in vielen Städten, in denen die verkehrsfreien Einkaufsmeilen oft zu seelenlosen Flanierboulevards ausgebaut waren, ihren Altstadtcharakter bewahrt. Anheimelnde Fachwerkhäuser säumten die enge Geschäftsstraße. Die übersichtlich dimensionierten Läden luden zum verweilenden Einkaufsbummel ein.

Gerhard ließ sich ziellos treiben. Er schloss sich den wenigen Fußgängern an, die sich bei dieser Hitze ins Freie gewagt hatten, ließ sich von ihrem spärlichen Strom mitführen und gelangte so zunächst zum Bahnhof, später dann in den Kurpark, wo er lange auf einer Bank saß und das Nichtstun genoss.

Er kostete den herrlichen Vorrat an Stunden aus, über den er bis zur abendlichen Opernvorstellung verfügen konnte und der ihm erlaubte, sich immer wieder aufhalten zu lassen, wenn ihm etwas begegnete, das wert war, entdeckt zu werden. So besuchte er eine Bilderausstellung in einer Galerie, verweilte im schattigen Innern einer kleinen Kapelle und durchstöberte ein Antiquariat nach Büchern und Noten. In einem Biergarten aß er eine Kleinigkeit, trank einen Eiskaffee und las den »Spiegel«, den er sich zuvor an einem Zeitungskiosk gekauft hatte. Als er sich am frühen Abend dann auf den Weg zur Stiftsruine machte, war er erfüllt von einem Gefühl der Ausgeglichenheit, das ihm ein schöner, verbummelter Nachmittag gegeben hatte.

Er näherte sich dem Klosterkomplex von Norden her. Langsam ging er unter hohen Bäumen durch die Parkanlage, die das ehemalige Benediktinerstift umgab. An einem Ententeich blieb er stehen und schaute in das trübe Wasser. Grüne, schleimige Algenteppiche bewuchsen den flachen Grund, weißbauchige Fische schwammen tot an der Oberfläche: Auch die Natur litt unter der Hitze.

Gerhard spürte, wie die Spannung, die am Nachmittag fast vollständig aus seinem Körper verschwunden war, sich allmählich wieder in ihm aufzubauen begann. Seine Gedanken kehrten zurück zu dem eigentlichen Grund seines heutigen Besuchs in Hersfeld. Die Stadt und die Opernaufführung bildeten lediglich den Rahmen für die Aufgabe, die an diesem Abend auf ihn wartete.

Er hatte sich keine bestimmte Vorgehensweise zurechtgelegt. Die musste sich aus der Situation ergeben, in der er den Unbekannten, den zu beobachten und anzusprechen er sich vorgenommen hatte, antreffen würde.

Zunächst aber galt es, zu Frau Kändler hinter die Bühne vorzudringen, sich den Mann zeigen zu lassen und die Eintrittskarte in Empfang zu nehmen. Fanfarenstöße kündigten den baldigen Beginn der Aufführung an, jetzt würde sich der Ruineninnenraum schnell füllen. Auch der Fremde würde, wenn er denn überhaupt kam, bald seinen Platz einnehmen.

Gerhard ging an der Erste-Hilfe-Station vorbei zu einem Nebeneingang, an dem eine Frau in weißer Bluse Position bezogen hatte. Als er sich ihr näherte, trat sie in die Mitte des Eingangs und sah ihm mit distanziertem Blick entgegen.

»Guten Abend«, grüßte Gerhard freundlich, »ich möchte zu Frau Kändler. Sie erwartet mich.«

Das Heben der Augenbrauen und das Runzeln der Stirn zeigten ihr Misstrauen. »Was wollen Sie von ihr so kurz vor der Vorstellung?«

Gerhard, der wusste, dass ihm keine Zeit mehr blieb für

längere Verhandlungen oder Erklärungen, zog nun die Karte, die in den meisten Fällen stach.

»Ich bin Arzt. Frau Kändler hat mich zu sich bestellt«, verkündete er mit einem Ernst in Blick und Stimme, die ein baldiges Ableben der Sängerin ohne sein sofortiges Eingreifen in Aussicht stellte.

Die Zauberformel tat ihre Wirkung. Wer wollte schon die Verantwortung für einen vielleicht nicht wieder gutzumachenden Gesundheitsschaden auf sich laden, wenn er sich mit einem einzigen Schritt zur Seite dieser entziehen konnte.

Gerhard betrat die Gewölbehalle seitlich der Bühne. Zahlreiche Musiker standen dort oder gingen, die Instrumente unter den Arm geklemmt, auf und ab und warteten darauf, zu ihren Plätzen im Orchestergraben gerufen zu werden. Fremde, unverständliche Worte und Sätze drangen an sein Ohr. Erst später erfuhr er, dass die Warschauer Symphoniker an diesem Abend den Orchesterpart spielten.

Vera Kändler kam ihm im prächtigen Gewand der Königstochter Salome entgegen, sie hatte offensichtlich schon auf ihn gewartet. Sie ließ ihm keine Zeit zu einer Begrüßung oder zu einem Kompliment über ihr großartiges Aussehen. Ohne ein Wort zu sagen, nahm sie ihn am Arm und zog ihn hinter eine Säule. »Hier, nehmen Sie«, flüsterte sie und drückte ihm ein Opernglas in die Hand. »Sehen Sie in die elfte Reihe, auf dem von hier aus gesehen vierten Platz rechts – da sitzt er.«

Gerhard richtete das Glas auf die Zuschauertribüne, zählte die Sitzreihen ab und fokussierte auf den angegebenen Besuchersitz. »Ja, da sitzt ein Mann mit blauweiß-gestreiftem Hemd und einer dunklen Krawatte. Ist er das?«, fragte er leise zur Seite.

»Ja, das ist er – Katja und mein Schwager sitzen in Reihe sechs, in der Mitte.« Sie reichte ihm die Eintrittskarte hin. »Sie müssen jetzt gehen, Herr Gerhard, die Vorstellung beginnt in wenigen Minuten.«

Als er ihr das Opernglas zurückgeben wollte, wehrte sie ab: »Behalten Sie es. Damit können Sie ihn unauffällig beobachten. Sie sitzen fünf Reihen hinter ihm auf der anderen Seite der Tribüne.«

Gerhard sah Vera Kändler nach, bis sie im Hintergrund verschwand. Die Musiker hatten sich in Bewegung gesetzt, um ihre Plätze einzunehmen. Ein letztes Mal erklang die Fanfare, Zeit für ihn, den Hinterbühnenraum zu verlassen.

Die Frau am Ausgang sah ihn mit angstvoll fragenden Augen an, als er an ihr vorbeihastete. Sie schien sich Sorgen um Frau Kändler und die Vorstellung zu machen.

Gerhard hielt kurz an und drehte sich um. »Es geht ihr gut. Es gibt keinen Grund zur Beunruhigung«, versicherte er ihr, dann eilte er weiter zum Haupteingang.

Ihm blieb wenig Zeit, die eindrucksvolle Kulisse der Stiftsruine zu bewundern, die er von früheren Aufführungen her kannte und von dessen einzigartigem Zauber er sich immer wieder gefangen nehmen ließ. Denn kaum, dass er seinen Platz gefunden und sich gesetzt hatte, betrat der Dirigent von der Seite her die Bühne, verbeugte sich und nahm unter dem Begrüßungsbeifall des Publikums seine Position vor dem Orchester ein. Das schauerlich schöne Musikdrama um die lüsterne Salome nahm seinen Anfang.

Gerhard wusste um die Gefahr, dass die musikalischen Höhepunkte, der Tanz der sieben Schleier und die Köpfung des Jochanaan, ihn am Schluss der Oper so gefangen nehmen konnten, dass er sich unter dem Eindruck des dramatischen Geschehens in die Musik verlor und seine eigentliche Aufgabe vergaß. Deshalb beschloss er, jetzt gleich zu Anfang während der sich erst langsam entwickelnden Handlung mit der Beobachtung des Fremden zu beginnen.

Es war in allen Theatern Sitte, oder, wie Gerhard empfand, Unsitte, während der ersten Szenen einer Aufführung mit dem Opernglas die Gesichter der Protagonisten, vielleicht auch ihren Schmuck und ihre Kleider eingehend zu mustern und das Hören der Musik dem Erkennen optischer Details unterzuordnen. Heute machte er sich diese ihn sonst befremdende Angewohnheit zunutze und zückte das kleine Fernglas.

Zunächst betrachtete er die sechste Reihe und suchte das Ehepaar Willmer. Auch von hinten war es leicht, den kantigen Kopf des Archäologen, der auf breiten Schultern saß, neben dem schlanken Oberkörper seiner Frau auszumachen. Beide blickten auf die Bühne und verfolgten das dortige Geschehen.

Gerhard drehte das Glas zur gegenüberliegenden Tribünenseite. Er richtete es auf Platz Nummer vier in der elften Reihe und war erstaunt, dass er ein Profil zu sehen bekam und nicht, wie bei einem auf die Bühne gerichteten Blick zu erwarten gewesen wäre, ein Halbprofil. Er folgte mit dem Glas der Richtung, in die der Fremde schaute. Es gab keinen Zweifel: Der Mann beobachtete, statt wie die übrigen Zuschauer die Vorgänge auf der Bühne zu verfolgen, Gernot und Katja Willmer.

Noch einmal schwenkte Gerhard das Okular auf den Unbekannten. Er versuchte, markante Merkmale in der ihm zugewandten Gesichtshälfte zu erkennen. Aber im Halbdunkel des fortschreitenden Abends war es kaum möglich, mehr als den Gesamteindruck eines männlich ebenmäßigen, intellektuellen Gesichtes herauszulesen. Das wenige Sichtbare der Gestalt ließ darauf schließen, dass der Mann von mittelgroßem Körperbau war und ein Alter von 45 oder vielleicht 50 Jahren hatte.

Die Handlung der Oper trieb nun einem ersten Höhepunkt entgegen: Jochanaan, der biblische Prophet, wies Salomes immer leidenschaftlicher vorgebrachte Umwerbungen, die in den Worten »lass mich deinen Mund küssen, Jochanaan« gipfelten, mit einer geistigen Kraft und Stärke zurück, die, da war sich Gerhard sicher, er niemals aufgebracht hätte, besonders dann nicht, wenn ihm eine so bezaubernde Salome gegenübergestanden hätte, wie sie Vera Kändler in ihrem goldbesetzten Kleid verkörperte.

Die Beobachtung des geheimnisvollen Mannes gestaltete sich einfach und unergiebig: Unverändert war dessen Aufmerksamkeit auf die Betrachtung des Ehepaares Willmer gerichtet, dem er mindestens ebensoviel Beachtung schenkte wie der dramatischen Opernhandlung.

Inzwischen hatte sich Dunkelheit rings um das dachlose Gemäuer der Kirchenruine ausgebreitet, Fackeln an den Seitenwänden und geschickt platzierte Scheinwerfer schufen eine dekadente Gruselatmosphäre, die von den folgenden Opernszenen noch verstärkt wurde. Vera Kändler hatte gerade den letzten der sieben Schleiern fallengelassen und ihren Körper der Imagination der Zuschauer anheimgegeben, denn im Schummerlicht der Bühne war das hautfarbene Trikot, das sie angeblich tragen sollte, beim besten Willen nicht auszumachen. Aber vielleicht hatte sie auch keines an, denn nur so war zu verstehen, dass Herodes ihren fürchterlichen Wunsch erfüllte und ihr den abgeschlagenen Kopf des Jochanaan auf einer silbernen Schüssel servieren ließ.

Gerhard, ganz im Bann von Vera Kändlers strahlender Stimme, die mühelos den weiten Hallenraum der Ruine ausfüllte und völlig gefesselt von ihrer Gestaltungskraft, als sie jetzt über den blutigen Kopf des Propheten gebeugt von Lust und Liebe sang, hatte für einige Minuten tatsächlich vergessen, weiteres Augenmerk dem mysteriösen Mann auf der anderen Tribünenseite zukommen zu lassen. Als er jetzt den Kopf wendete, um das Versäumte nachzuholen, erschrak er. Sein halblaut ausgestoßenes »Verdammt« wurde von seinen Sitznachbarn mit zischenden Unmutsäußerungen bedacht, die sich noch verstärkten, als er aufsprang und sich über angezogene Knie und Füße hinweg stolpernd nach außen drängte.

Noch einmal blickte er hinunter zu Reihe elf. Fast während

des ganzen Abends hatte er Platz Nummer vier und den, der ihn besetzt hatte, im Auge behalten. Jetzt aber war die Stelle leer, der Stuhl unbesetzt und der Mann, den er beobachten sollte, verschwunden.

Gerhard stürzte in großen Sprüngen die Treppe hinunter, durchquerte die verlassene Ausgangshalle und trat ins Freie.

An den Stehtischen, die zur Einnahme der Pausenerfrischungen vor dem Haupteingang aufgestellt waren, lehnten einige wenige Personen. Gerhard hatte keine Zeit, darüber nachzudenken, ob sie der aufreizenden Musik Richard Strauß' hierhin entflohen waren oder ob der große Durst dieser Hitzetage sie hierher gelockt hatte.

Er sah sich um. Noch immer bevölkerten Menschen das umgebende Parkgelände: Eine alte Frau zog einen Hund hinter sich her, Jugendliche saßen unter einer Laterne auf dem warmen Grasboden. Auf den Bänken, die seitlich der Ruine aufgestellt waren, hatten sich mehrere Personen niedergelassen und lauschten der gedämpft aus den dicken Mauern dringenden Musik. Von dem Verschwundenen fehlte jede Spur.

Gerhard stand einige Sekunden unschlüssig da. Dann aber wurde ihm klar, dass, wollte er den Mann noch einholen, den zur Rede zu stellen er sich vorgenommen hatte, er ihm unverzüglich hinterhereilen musste. Doch welche Richtung sollte er nehmen?

Er musste augenblicklich eine Entscheidung treffen. Das Wahrscheinlichste war, dass der Unbekannte den Hauptweg genommen hatte, der zum Marktplatz und seiner großen Parkfläche führte. Vielleicht hatte er dort seinen Wagen abgestellt.

Gerhard rannte los. Wie lange war das her, dachte er, während er lief, dass er so wie jetzt gesprintet war? Zwei, drei Jahre mochte es zurückliegen, als er damals auf dem Flughafen von Palma de Mallorca eine englische Touristin, die sich in der weitläufigen Anlage verirrt hatte, auf einen Gepäckwagen gesetzt und im Spurt durch die langen Gänge zum richtigen

Terminal geschoben hatte. Seinerzeit war es ihm gelungen, den Wettlauf mit der Zeit zu gewinnen. Elisabeth, wie sie sich ihm während ihres Husarenrittes in guter englischer Tradition namentlich vorgestellt hatte, war gerade noch rechtzeitig am richtigen Abflugschalter angelangt.

Auch jetzt hoffte er auf einen gleichermaßen erfolgreichen Ausgang, als er keuchend auf dem hellerleuchteten Marktplatz ankam. Die Tische und Stühle vor den Cafés und Restaurants waren noch immer gut besetzt. Schlaff hingen die Fahnen vor dem Festspielbüro herunter. Es war windstill und drückend warm an diesem späten Abend.

Gerhards Hemd klebte am Körper, er rang nach Luft. Sein Blick ging über die zahlreichen, meist der gehobenen Wagenklasse angehörenden Autos, die von den Opernbesuchern hier geparkt worden waren.

Eine Bewegung in einer der hinteren Fahrzeugreihen veranlasste ihn, das Opernglas hervorzuholen und auf die Stelle zu richten. Die Bewegung wiederholte sich, der Kopf eines Mannes erschien für einen kurzen Augenblick über einem Autodach. Ein Gesicht leuchtete auf im schnellen Blinken der Lichter beim Öffnen der Wagentüren.

Gerhard lief los. Der kurze Augenblick hatte genügt, um in dem Kopf den des Gesuchten zu erkennen. Doch schon auf halbem Weg verlangsamte er seinen Lauf und blieb endlich stehen. Die Scheinwerfer eines Wagens bewegten sich von der Stelle fort, an der er soeben den verschwundenen Mann wiederentdeckt hatte. Er würde zu spät kommen, das wurde ihm klar, das Auto würde längst abgefahren sein, wenn er dort anlangte.

Er riss das Fernglas ans Auge und richtete es auf das beleuchtete Nummernschild des davonfahrenden Fahrzeugs. Er erkannte die Ortskennung von Bad Hersfeld, dazu die Endziffern 492, die er sofort mit der Entdeckung Amerikas assoziierte. Außerdem glaubte er, einen Mittelbuchstaben zu lesen, der ein F sein konnte. Aber genausogut war es möglich, dass es ein E war; sogar ein L schloss er nicht aus.

Mit einem Seufzer der Erleichterung lehnte er sich gegen einen Laternenpfahl. Nun hatte er eine Spur, eine Autonummer – oder doch zumindest drei mögliche Nummern, aus denen er die richtige noch herausfiltern musste. Es sollte nicht allzu schwer sein, die Autokennzeichen mit Namen und Adressen zu belegen, deren Aufsuchen ihn zu dem unbekannten Mann führen würde. Er hoffte, so schon bald das Rätsel um sein geheimnisvolles Auftauchen lösen zu können.

8

Gerhard spürte die Unruhe in sich, als er am folgenden Morgen entgegen seiner Gewohnheit statt der sonst üblichen ausführlichen Lektüre die Zeitung nur überflog, gerade mal die Schlagzeilen las und ganze Seiten überblätterte. Sein Frühstück, das er in der Regel genüsslich hinauszuzögern pflegte, hatte er längst beendet, das morgendliche Klavierspiel erst gar nicht begonnen.

Er war sich keinen Moment über den Grund seiner Ruhelosigkeit im Unklaren, wusste, dass er einem Jäger glich, der der Fährte eines aufgeschreckten Wildes nachging, bis er es endlich aufgespürt hatte. Auch ihn trieb es jetzt, sich auf die Spur des mysteriösen Mannes zu machen, der sich am gestrigen Abend seiner Beobachtung und Verfolgung entzogen hatte. Er hatte nicht vor, solange zu warten, bis der Unbekannte wieder im Umfeld der Willmers auftauchte. Mit dem Autokennzeichen, das er hatte, musste sich doch etwas anfangen lassen.

Das Einfachste würde sein, bei der Zulassungsstelle in Bad Hersfeld anzurufen und um Auskunft zu bitten. Er konnte ja angeben, dass er die Adresse eines Urlaubsbekannten verlegt hatte, dass ihm die Autonummer aber wegen der geschichtsträchtigen Endziffern noch in Erinnerung geblieben war. Es würde glaubhaft klingen, wenn er die Anschrift nun auf diesem Wege wieder in Erfahrung bringen wollte.

Gerhard schlug den Telefonanschluss des Amtes nach und wählte. Es war kurz nach neun, er hoffte, dass er um diese Zeit schon jemanden erreichte. Man durfte in deutschen Behörden, das hatte er längst gelernt, nicht Öffnungszeiten erwarten, die den Abläufen des Geschäfts- und Erwerbslebens angepasst waren. Ämter hatten ihre eigenen Gesetze. Sie begannen, dem Bürger dienlich oder verfügbar zu sein, oft erst zu Zeiten, in denen der Großteil der Bevölkerung schon seine erste Arbeitspause hinter sich hatte und beendeten sie häufig so früh, dass sie nicht Gefahr liefen, von den Berufstätigen nach deren Arbeitsende noch belästigt zu werden.

Gerhard hatte Glück. Eine freundliche Dame verwies ihn, nachdem er seine Bitte vorgetragen hatte, an einen Beamten. Dieser belehrte ihn, dass die Zulassungsstelle ihm zwar gerne helfen werde, er aber einen schriftlichen Antrag mit einer eingehenden Begründung seines Anliegens einreichen müsse. Nach dessen genauer Prüfung werde dann entschieden, ob die gewünschte Auskunft erteilt werden konnte oder nicht. Er wisse ja – der Datenschutz.

Gerhard bedankte sich, versprach, so zu verfahren, obwohl er genau wusste, dass er dies nicht tun würde. Er konnte und wollte nicht tagelang warten, bis eine amtliche Entscheidung gefällt wurde, deren Ergebnis zudem noch fraglich war.

Ihm fielen Charly und Gunter ein, die als Polizisten im Zuge von Fahndungsnachfragen natürlich Zugang zu den Registern der Zulassungsstellen hatten. Aber schnell verwarf er diesen Gedanken wieder. Er wollte seinen Freunden nicht zumuten, ihm zu Gefallen etwas möglicherweise Unstatthaftes zu tun, das ihnen im Nachhinein vielleicht Schwierigkeiten einbrachte. Wer aber konnte ihm sonst helfen?

Ein Gesicht tauchte in seiner Erinnerung auf: Helle, wache Augen sahen ihn an und ein spöttischer Mund lächelte ihm mit einem Ausdruck von Pfiffigkeit zu. Natürlich, er würde Oliver Thale, seinen alten Lübecker Segelfreund, um Hilfe bitten. Für Oli, der in irgendeiner leitenden Position der Hansestadt tätig war und gesellschaftliche und politische Verbindungen wie kaum ein anderer besaß, würde es ein Leichtes sein, die gewünschten Namen zu den drei Hersfelder Nummern zu liefern.

Bei Oliver Thale bestand auch nicht die Gefahr, ihn mit seinem Ansuchen in einen Gewissenskonflikt zu bringen. Nach so vielen gemeinsamen Tagen auf See würde er dem Freund blind vertrauen, würde Gerhards Zusicherung ohne die geringste Hinterfragung glauben, dass die Auskünfte, um die er gebeten wurde, keine missbräuchliche und unlautere Verwendung finden würden.

Erst nach dreimaligem Verbinden hatte er Oliver am Apparat. Beide Gesprächsteilnehmer freuten sich, die Stimme des anderen nach langer Zeit wieder zu hören, und es blieb nicht aus, dass sie von vergangenen Zeiten sprachen. Schließlich trug Gerhard dem Freund sein Anliegen vor: »Ich brauche dringend die Adresse von diesem Mann. Ich muss mit ihm sprechen. Mehr nicht. Meinst du, du kannst mir helfen?«

»Wenn's weiter nichts ist!« Oli versprach, in einer halben Stunde zurückzurufen und ihm die Namen durchzugeben.

Die Uhr zeigte halb zehn, Franziska würde jetzt im Büro sein, Gerhard spürte, dass er seine Frau über die Ereignisse der Vortage wenigstens in groben Zügen vorunterrichten sollte, ehe sie heute Abend zur Theaterprobe nach Oberhone kam und möglicherweise von anderen erfuhr, dass ihr Mann eine Leiche gefunden hatte.

Aber statt die Stimme seiner Frau zu hören, hauchte ihm

Siggi am Göttinger Ende der Leitung entgegen: »Heiner, was man von dir so alles hört.« Der ehrfurchtsvolle, leicht erschauernde Tonfall ließ Gerhard ahnungsvoll fragen: »Hast du mit deiner Verwandtschaft telefoniert?«

»Ja, gestern habe ich mit Bea gesprochen. Jetzt weiß ich alles.«

Siggi, Franziskas engste Mitarbeiterin im Reisebüro, hatte jahrelang in Reichensachsen gelebt und den Großteil ihrer Familie noch dort wohnen. So verwunderte es nicht, dass sie über alle Vorkommnisse in und um Reichensachsen bestens informiert war. Ein Leichenfund am Weinberg, quasi in Sichtweite des Ortes, war selbstverständlich schon nach wenigen Stunden ein Gesprächsthema unter den Dorfbewohnern.

»Eine Frau, nicht wahr?«, hauchte Siggi weiter. »Offensichtlich erdrosselt, wie ich gehört habe, höchstwahrscheinlich von ihrem Liebhaber.«

»Was redest du, um Gottes Willen?«

»Ich rede von der Leiche, die du entdeckt hast. Was denn sonst? Mich würde nicht wundern, wenn sie schwanger war.« Siggi machte eine erwartungsvolle Pause.

Gerhard seufzte: »Würdest du mir bitte noch den Namen und die Adresse des Mörders sagen.«

»Woher soll ich denn das wissen«, entrüstete sich Siggi, die den Sarkasmus in Gerhards Frage offenkundig überhört hatte. Aber sie schien nicht wirklich empört, sondern eher verwundert, dass sie tatsächlich die Identität des Mörders nicht kannte.

Natürlich war Franziska von Siggi längst über die Ereignisse am Weinberg unterrichtet worden. Gerhard hatte seine liebe Mühe, die vielen Falschinformationen zu berichtigen und ihr das wahre Geschehen in groben Umrissen darzustellen. »Wir können am Abend weiterreden«, schloss er seinen Bericht. »Ich freue mich nach soviel Tod auf deinen warmen, lebendigen Körper.«

»Heinrich!«

»Ja.« Gerhard war erstaunt über den Ernst, mit dem Franziska seinen Namen nannte.

»Heinrich, sei vorsichtig. Du bist dem Mordgeschehen wieder viel zu nahe. Du weißt, wie gefährlich das werden kann.«

»Keine Sorge, Liebes, ich passe auf mich auf. Bis heute Abend.«

Fünf Minuten später rief Oli an: »Ich habe nur zwei Namen für dich. Ein Kennzeichen L–492 ist in Bad Hersfeld nicht vergeben. Hast du etwas zum Schreiben?«

Gerhard notierte sich die Anschriften und bedankte sich bei dem Freund.

»War ein Kinderspiel. Ruf an, wenn du mal etwas wirklich Schwieriges hast.«

Es war zehn Uhr, als Gerhard erneut in Richtung Hersfeld startete. Kurzzeitig hatte er überlegt, ob er Vera Kändler über seinen gestrigen Fehlschlag und sein heutiges Vorhaben informieren sollte, sich dann aber entschlossen, erst nach seiner jetzigen, hoffentlich erfolgreichen Mission mit ihr Kontakt aufzunehmen.

Jetzt, nachdem die Spur so deutliche Konturen angenommen hatte, wollte er sich durch nichts mehr davon abhalten lassen, ihr bis zu ihrem Ende zu folgen.

Während des Fahrens überlegte er, wie er dem unbekannten Mann gegenübertreten sollte, vorausgesetzt, er fand ihn überhaupt unter den Adressen, die er von Oli erhalten hatte. Denn es war alles andere als sicher, dass einer der beiden Namen der des Gesuchten war. Er konnte sich zum Beispiel beim Lesen des Nummernschildes geirrt haben. Oder aber der Wagen, den der Fremde an jenem Abend gefahren hatte, war gar nicht dessen eigener.

Aber eigentlich rechnete Gerhard damit, dass er schon bald dem Mann gegenüberstehen würde, wenn er die aufgeschriebenen Adressen aufsuchte. Wie aber sollte er sich dann verhalten?

Die eine Möglichkeit war, ihn ohne Umschweife mit den Fakten zu konfrontieren, ihm auf den Kopf zuzusagen, dass er wiederholt in der Nähe des Ehepaar Willmer gesehen worden war und der Eindruck entstanden sei, dass er es heimlich beobachte. Er würde ihm dann eine Erklärung abverlangen können, warum er hinter den beiden her war, warum er sie verfolgte.

Aber was, wenn der Unbekannte nicht antwortete? Ihm die Tür vor der Nase zuschlug? Dann hätte er nur erreicht, den Mann zu warnen und zu veranlassen, in Zukunft größere Vorsicht walten zu lassen.

Natürlich war es auch möglich, dass nach seiner Intervention künftige Verfolgungen unterblieben. Aber war ihm damit gedient? Über die Gründe der Nachstellungen würde er dann wahrscheinlich nichts erfahren, nichts über die Absichten des Mannes und seine Verbindung zu Gernot Willmer.

Gerhard entschloss sich, zunächst noch im Hintergrund zu bleiben, sich dem Fremden vorsichtig zu nähern und als erstes dessen Umgebung und sein Umfeld kennenzulernen. Vielleicht erfuhr er so Dinge, die ihm der Unbekannte selbst nie preisgeben würde.

Sein erstes Ziel war Bebra. Dort wohnte Friedrich Koch, der Eigentümer des Autos mit dem Kennzeichen HEF– E–492. Gerhard bedauerte, Oliver Thale nicht gebeten zu haben, ihm auch den Fahrzeugtyp, den der Halter fuhr, durchzugeben. Aber sogleich gestand er sich ein, dass ihm das nichts nutzen würde, denn er hatte gestern Abend auf dem Hersfelder Marktplatz kaum mehr erkennen können, als dass das Fahrzeug groß und dunkel gewesen war. Er wusste nicht einmal, ob dunkelblau, dunkelgrün oder schwarz.

Die Rathausstraße in Bebra lag im Zentrum des Ortes, der Fremden, wenn überhaupt, vorwiegend als schienenumschlossener Eisenbahnknotenpunkt bekannt war. Dabei hatte Bebra durchaus einen eigenen, wenn auch etwas herben Charme. Dem, der durch die Gassen um den Marktplatz bummelte, erschloss sich die beschauliche Ruhe der kleinen Stadt. Abseits des geschäftigen Bahnhofs schien hier die Zeit noch stillzustehen.

Gerhard schlenderte zunächst langsam an dem Haus vorbei, in dem Friedrich Koch wohnen sollte, und betrachtete unauffällig das Anwesen. Das zweistöckige Wohnhaus mit seinem kleinen Garten machte einen gepflegten, biederdeutschen Eindruck. Nichts fehlte, weder die geschwungenen Tüllgardinen an den weißgestrichenen Sprossenfenstern noch die obligaten, geranienbepflanzten Blumenkästen. Am Garteneich blickten ein angelnder Porzellanzwerg und ein Plastikstorch auf zwischen Seerosen schwimmende Goldfische. Das Tor einer an das Haus angebauten Garage stand offen, aber sie war bis auf einiges Gartengerät und eine hölzerne Werkbank, über der ein Brett mit Schraubenschlüsseln angebracht war, leer.

Gerhard schaute sich suchend um. Sein Blick fiel auf einen gebückten Rücken, unter dem zwei Hände in der Erde eines Blumenbeetes wühlten. Ein Eimer neben der knieenden Gestalt verriet, dass hier jemand dem Unkraut zu Leibe rückte, dem wahrscheinlich einzigen Grünzeug, das bei dieser Hitze und Trockenheit noch wuchs.

Gerhard überquerte die Straße und trat an den Gartenzaun des gegenüberliegenden Hauses.

»Guten Morgen«, grüßte er zu der am Boden arbeitenden Person hin, deren Geschlecht er erst erkannte, als der betagte Mann sich zu ihm umdrehte.

»Morgen«, grüßte der Alte mürrisch. Dann aber schien ihm aufzugehen, dass sich ihm hier eine Gelegenheit bot, möglicherweise etwas Neues zu erfahren oder doch zumindest etwas an den Mann bringen zu können, eine Chance, die sich ältere Menschen selten entgehen ließen. Mühsam stemmte er sich vom Boden hoch, richtete sich auf und kam mit schlürfendem Schritt über den braunen Rasen auf Gerhard zu.

»Koslowski«, stellte er sich vor, während er seine erdverkrustete Hand über den Zaun streckte. »Kann ich Ihnen helfen?«

Gerhard schüttelte die Hand, stellte sich seinerseits vor und deutete auf das Haus auf der anderen Straßenseite. »Wissen Sie vielleicht, ob Herr Koch mit seinem Wagen unterwegs ist? Die Garage steht offen.«

»Wird wohl so sein, wenn kein Wagen drin steht.« Argwöhnisch schaute der hagere Mann, der die Siebzig längst überschritten hatte, sein Gegenüber an. »Wollen Sie geschäftlich zu ihm?« Der Argwohn in seinem Blick verstärkte sich.

»Ja – das heißt nein«, drückte sich Gerhard vor einer Antwort, solange er nicht wusste, welcher Art Geschäft Herr Koch nachging. Ein salomonischer Einfall ließ ihn hinzufügen: »Sowohl geschäftlich als auch privat.«

»Aha, Sie wollen was von ihm, aber für sich persönlich.« Der Alte schüttelte traurig den Kopf. »So einer sind Sie also.«

Gerhard war verunsichert. Von was sprach der alte Herr? »So einer?« Ratlos schaute er zu dem Mann in der grünen Gartenhose, der ihn abschätzend musterte, während er sich die Hände an den Hosenbeinen abstrich.

Vorsichtig sondierte er: »Gehen denn Herrn Kochs Geschäfte gut?«

»Das kann man wohl sagen. Tagsüber klappert er die Läden ab und abends stehen die Privatkunden, so wie Sie, bei ihm Schlange. Die Zeiten werden immer verrückter.«

»Ah, Sie meinen seinen Handel mit....« Gerhard ließ das, was er nicht wusste, aber wissen wollte, offen. Er konnte sich nicht vorstellen, dass der Alte der Versuchung widerstehen konnte, den Satz zu ergänzen.

»Na, mit Damenwäsche, was sonst. Nicht die von der einfachen Sorte – nein, die nicht. Ich meine die andere – ah, Sie wissen schon.«

Puh! Gerhard blies die Backen auf. Da musste er aber jetzt doch etwas gerade rücken. »Nein, so einer bin ich nicht«, berichtigte er das falsche Bild, das sich der Senior von ihm gemacht hatte. »Das, was ich von ihm will...«, begann er gerade, als ein Auto in die gegenüberliegende Garageneinfahrt fuhr.

»...können Sie ihm selbst sagen«, vollendete der alte Mann, »da kommt er nämlich nach Hause. – Hallo, Herr Koch«, rief er laut über die Straße, »hier ist ein Kunde, der will was bei Ihnen kaufen. Ich schicke ihn rüber.« Und als Gerhard in seiner Verlegenheit keine Anstalten machte, sich zu bewegen, ermunterte er ihn: »Gehen Sie nur, die Sachen sind gut. Ich habe sie mir auch schon angesehen.«

Auf der anderen Straßenseite winkte ihn jetzt Herr Koch, der inzwischen der großen olivgrünen Mercedeslimousine entstiegen war, mit einladenden Bewegungen heran. »Kommen Sie, ich habe bestimmt das, was Sie suchen.« Er hielt mit der rechten Hand einen schwarzen Musterkoffer hoch und klopfte mit der linken dagegen. »Hierdrin ist alles, was ein Männerherz begehrt. Also kommen Sie.«

Gerhard war die Sache unangenehm. Was mochten nur die Leute denken? Er musste so bald wie möglich von der Straße herunter. Schnell überquerte er die Fahrbahn und eilte hinter Herrn Koch durch die aufgehaltene Tür ins Hausinnere. Hier war er wenigstens vor den Blicken der Nachbarschaft sicher.

Der Hausherr, der sofort in reger Geschäftigkeit seine Ware auf dem Wohnzimmertisch auszubreiten begann, war, das hatte Gerhard auf den ersten Blick gesehen, nicht der Mann, den er in der Stiftsruine beobachtet hatte. Da jedoch die Größe und die Farbe seines Autos passten, forschte er nach: »Habe ich Sie nicht gestern Abend in Bad Hersfeld mit Ihrem Wagen gesehen? Bei den Festspielen?«

Der kleine, fast kahlköpfige Mann mit dem Bauchansatz, den man von seinem Erscheinungsbild her nie und nimmer mit dem Verkauf von Reizwäsche in Verbindung bringen würde, schüttelte den Kopf: »Da verwechseln Sie etwas. Mein Fahrzeug und ich waren gestern den ganzen Tag und auch die Nacht in Hannover. – Die Erotikmesse, Sie verstehen.« Er schnalzte mit der Zunge. »Von Jahr zu Jahr werden die Modelle aufregender und frecher.«

Davon konnte sich Gerhard jetzt selbst überzeugen, als er auf den von Wäschestücken überbordenden Tisch schaute. Eine Auswahl von Dessous, die er in dieser Form nur aus Filmen oder aus einschlägigen Magazinen kannte, stach ihm in nationaler Kolorierung ins Auge. Schwarz und Rot dominierten eindeutig die ausgebreiteten Höschen, Hemdchen und BH's, deren goldene Randverzierungen das bundesdeutsche Farbenspiel komplettierten. Gerhard sah Formen und Zuschnitte, bei denen er niemals von alleine auf die Idee gekommen wäre, dass diese Stücke zur Bedeckung eines und sei es auch noch so kleinen Körperteils angefertigt und tauglich waren.

In Gedanken verglich er sie mit Franziskas Unterwäsche. Aus einem ihrer Slips hätte man mindestens zehn der vor ihm liegenden Augenklappenhöschen anfertigen können. Auch waren ihre BH's von wesentlich robusterer Machart als die auf dem Tisch ausgelegten, deren durchsichtigen Seidenstoffen und Trägerbändchen Gerhard nicht zutraute, dass sie auch nur eine seiner bisweilen stürmischen Öffnungsattacken überleben würden.

Herr Koch wandte sich ihm zu. »Zuerst sollten wir klären, wer der Adressat der schönen Stücke sein wird. Sollten vielleicht Sie selbst, Herr...?«

»Meier«, ergänzte Gerhard schnell, als könnte er durch die Angabe eines falschen Namens etwas Distanz zu der pikanten

Situation, in die er so unverhofft hineingeraten war, schaffen. Dann aber ging ihm auf, was Herr Koch gerade angedeutet hatte. »Nein, um Gottes Willen, nein. So einer bin ich nicht«, benutzte er die Worte des alten Mannes von gegenüber.

»Aha, also für die Freundin.«

»Wieso? Ich habe keine Freundin. Ich bin glücklich verheiratet.«

Gerhards Empörung schien den kleinen Mann zu betrüben. Die Ehefrau war offensichtlich die farbloseste und am wenigsten einträgliche Variante aller Verkaufsmöglichkeiten. »Nun gut«, seufzte er, »dann eben für die Frau Gemahlin. Wenn Sie mir jetzt bitte die Maße sagen könnten. Fangen wir mit der Oberweite an.« Erwartungsvoll schaute er auf Gerhard.

»Nun...also...ja...«, stotterte dieser verwirrt, »eine Zahl kann ich Ihnen nicht nennen. Aber etwa so...«, er drehte die Handflächen nach oben und bildete mit gespreizten, leicht gebeugten Fingern eine Form, die er von unzähligem Maßnehmen in dreißig Ehejahren in Erinnerung hatte, »...das könnte hinhauen.«

»Also Körbchengröße C«, übertrug Herr Koch die Schätzung in ein Konfektionsmaß. Er schien nicht im Geringsten über Gerhards unbeholfene Beschreibung erstaunt zu sein. Möglicherweise war er plastische Veranschaulichungen dieser Art bei Ehemännern gewohnt. »Und untenrum?«, fragte er, hörbar ohne die Illusion, eine detaillierte Auskunft zu erhalten.

Gerhard enttäuschte ihn nicht: »Na so, wie Frauen da aussehen«, gab er eine wenig hilfreiche Antwort, die Herr Koch ohne weitere Nachfragen in Größe 42 übersetzte und die ihn veranlasste, zum Tisch zu treten und Wäschestücke der ermittelten Maße aus dem Sortiment herauszusuchen.

Gerhard wurde es nun mulmig zumute. Was hatte ihn nur geritten, diesem fremden Menschen freiwillig Franziskas Körperbeschaffenheit preiszugeben? Und kaufen würde er sowieso nichts. Hatte er so etwas nötig?

Herr Koch schien seine Gedanken gelesen zu haben, aber anderer Meinung zu sein. »Ein Mann in ihrem Alter«, dozierte er mit einer Erfahrung, die er in zahlreichen Verkaufsgesprächen gesammelt hatte, »sollte darauf bedacht sein, die erotische Ausstrahlung seiner Partnerin so zu steigern, dass sie ihm letztendlich selbst zu Gute kommt. Machen Sie die Probe aufs Exempel«, forderte er Gerhard auf und zog einen blutroten, spitzenbesetzten BH, der an zwei delikaten Stellen durchsichtige Blickfenster in Herzchenform aufwies, aus der auf dem Tisch ausgebreiteten Kollektion. »Sehen Sie sich dieses faszinierende Modell an, diesen Traum aus China-Seide, diese Sinfonie in Form und Farbe. – Jetzt schließen Sie die Augen und stellen sich Ihre Frau vor, mit nichts am Körper als dieses kostbare Modell, und dann sagen Sie mir...«

Gerhard war perplex. Er wusste nicht, was er sagen sollte. Als nun aber Franziskas Bild in der eben suggerierten Sparbekleidung tatsächlich vor seinem Auge auftauchte, spürte er: Er musste schnellstens hier heraus, musste die Angelegenheit beenden, und zwar sofort. »Ich nehme das Stück. Was soll es kosten?«, beeilte er sich, seine bildhafte Vorstellung zu unterbrechen und zückte das Portmonee.

Als er drei Minuten später zur Haustür ging, trug er in der rechten Hosentasche das blutrote Oberteil, in der linken ein schwarzes Fadendreieck, das Herr Koch ihm noch beim Hinausgehen als dazu passendes, unentbehrliches Unterteil aufgedrängt hatte. Sein Geldbeutel war um einen Hundert-Euro-Schein leichter und auch Gerhard war erleichtert, als er nun in die Tageshitze hinaustrat.

Aber noch einmal geriet er in das Kreuzfeuer von Peinlichkeiten. Der alte Mann von gegenüber hatte seine Gartenarbeit erst gar nicht wieder aufgenommen und schien auf ihn gewartet zu haben. Mit aufgestützten Ellbogen lag er über dem Zaun und rief ihm gestikulierend zu: »Na, was haben Sie denn gekauft? Zeigen Sie doch mal die Sachen her.«

Unwillkürlich fuhren Gerhards Hände in die Hosentaschen und bedeckten die soeben erworbenen Stoffwinzigkeiten.

Aber er kam gar nicht dazu, dem Alten eine Erwiderung zu geben, denn in diesem Moment ertönte Herrn Kochs weittragende Stimme, die ihn in jovialem Wohlwollen hinterherwünschte: »Viel Spaß mit den Dessous. Sie werden sehen, die Stücke machen sich auch für Sie bezahlt.«

Gerhard eilte, den Blick auf den Boden gerichtet, davon und stieg zum Lindenplatz hinauf. Erst als er im Schatten der Kirche auf einer Bank saß, entspannte er sich. Ungläubig schaute er die Reihen der schönen Fachwerkhäuser entlang, die den stillen Platz einrahmten. Sein Blick verweilte auf den sauber herausgeputzten Fassaden und glitt hinauf zur schiefergedeckten, abgerundeten Kirchturmspitze. Wie konnte er nur daran gezweifelt haben, dass Bebra etwas anderes war als eine idyllische, nordhessische Kleinstadt, ländlich, friedlich und voller Unschuld.

Gerhard lachte leise vor sich hin und dachte an seinen Besuch in der Rathausstraße zurück.

9

Die Region, die von Bebra und Hersfeld an ihrem östlichen Rand berührt wird, nennt man auch Waldhessen, ein Name, der an verwunschene Plätze, Feengeschichten und unverfälschtes Naturleben denken lässt. Meckbach, lediglich eine Viertelstunde mit dem Auto von Bebra entfernt, passte geradezu ideal in diese Vorstellung von Ursprünglichkeit und Abgeschiedenheit. Abseits großer Verkehrswege war das kleine Dorf nur durch eine Stichstraße zu erreichen, die man auch benutzen musste, wenn man den waldumschlossenen Ort wieder verlassen wollte.

Gerhard hatte keine Schwierigkeiten, die zweite Adresse, die Oli ihm durchgegeben hatte, ausfindig zu machen, denn Meckbach war klein und übersichtlich. Das Haus mit der gesuchten Anschrift lag an der Hauptstraße gleich neben der Kirche. Es war ein solider Steinbau mit einem breiten Treppenaufgang, der zu einer überdachten Veranda führte.

Gerhard zögerte kurz, überlegte noch einmal, ob er nicht doch erst Erkundigungen innerhalb des Ortes über den Bewohner einziehen sollte. Dann aber entschloss er sich, nach dem Fehlschlag in Bebra nun keine Umwege mehr zu gehen, sondern die direkte Gegenüberstellung zu suchen.

Er stieg die Stufen hinauf. Auf einem seitlich der Tür angebrachten Emailleschild las er verwundert den Namen Hase. Laut Oliver Thale sollte aber unter dieser Adresse der Halter des Wagens mit der Nummer HEF-F–492, ein Horst Pflüger, wohnen, der Mann, von dem er glaubte, er könnte der gesuchte Unbekannte sein.

Verwirrt drückte Gerhard auf den Klingelknopf. Das laute Schellen war auch hier draußen deutlich zu hören, aber nichts rührte sich im Innern. Gerhard sah sich um. Vielleicht war man im Garten, saß oder ruhte im Schatten eines Baumes oder verbrachte den heißen Sommertag auf einer rückwärtigen Terrasse.

Er hatte sich gerade entschlossen, um das Haus herumzugehen und nachzusehen, als er Schritte hörte, die sich der Tür näherten. Unwillkürlich trat er ein Stück zurück. Es konnte angebracht sein, etwas Distanz bei der zu erwartenden Konfrontation zwischen sich und den Bewohner des Hauses zu legen.

Als sich schließlich die Tür öffnete, registrierte er erstaunt, dass nicht der erwartete Mann, sondern eine Frau vor ihm stand. Sie war in einen dunkelblauen Bademantel gehüllt, den sie mit der Hand zusammenhielt. Um den Kopf hatte sie ein Handtuch geschlungen, die Füße steckten in roten Filzpantoffeln.

Erschrocken setzte Gerhard zu einer Entschuldigung an. Es war augenscheinlich, dass er die Dame mit seinem Klingeln aus der Badewanne oder unter der Dusche weggeholt hatte.

»Bitte verzeihen Sie, wenn ich störe. Ich wusste nicht, dass Sie...« Verlegen breitete er die Arme in einer um Vergebung bittenden Geste aus. »Ich komme gerne später noch einmal wieder.«

»Ja, aber wieso denn, ich bin doch mit dem Duschen fertig.« Sie sprach mit sanfter, dunkler Stimme. »Wollten Sie zu mir?«

»Ja, das heißt eigentlich wollte ich zu Herrn Horst Pflüger. Nach meinem Kenntnisstand soll er hier wohnen.« Unsicher sah Gerhard auf das Namensschild neben der Tür. »Sind Sie Frau Hase?«

»Ja, Hase wie Fuchs.« Sie lachte leise über ihren Scherz, wobei sich mehrere kleine Fältchen in ihrem nicht mehr jungen Gesicht bildeten. Aus schmalen Augen betrachtete sie ihn aufmerksam. »Herr Pflüger wohnt schon seit Jahren nicht mehr hier. Er ist nach Rotenburg gezogen. Seit dem Tod meines Mannes wohne ich ganz allein in dem großen Haus.« Ein Seufzer begleitete die ausschweifende Handbewegung, mit der sie die Größe des Hauses und ihre Verlorenheit in der Weite seiner Räumlichkeiten verdeutlichte. Dabei sah sie ihn mit einem abschätzenden Blick an. Gerhard wurde an einen Hund erinnert, dessen Futternapf allzu lange leer geblieben war. Auch Franziska pflegte ihn gelegentlich so anzusehen und Signale auszusenden, deren Beachtung sie stets einforderte.

Er beschloss, den Rückweg anzutreten. Der Mann, den er suchte, wohnte schon seit Jahren nicht mehr hier, aktuelle Informationen würde er eher an seinem jetzigen Wohnort in Rotenburg als hier erhalten können.

»Haben Sie vielleicht die Adresse von Herrn Pflüger?«, wollte er abschließend wissen.

»Ja, im Haus. Bitte kommen Sie doch herein.« Sie machte eine einladende Handbewegung und fügte, als sie Gerhards Zögern bemerkte, hinzu: »Alleine ist man in vielem so hilflos. Da heißt es, die Gunst der Stunde zu nutzen, wenn ein Mann auftaucht. Bitte«, mit der rechten Hand – die linke hielt noch immer den Bademantel zusammen – wickelte sie das wie ein Turban um die nassen Haare geschlungene Handtuch vom Kopf und reichte es ihm, »bitte, helfen Sie mir. Mein Rücken ist noch ganz nass.« Dabei drehte sie sich um und ließ den Bademantel bis unter die Schulterblätter gleiten.

Gerhard sah sich erschrocken um. Mein Gott, wenn sie jemand beobachtete. Aber das Dorf lag in der Mittagshitze wie ausgestorben da, nicht einmal ein Hund oder eine Katze strichen durch die Straßen.

Er ergriff das Handtuch und begann, zunächst mit vorsichtigen Bewegungen, dann aber mit kräftigem Reiben Frau Hase Rücken, Schulter und Nacken abzutrocknen. Das Schnurren, das er dabei zu hören bekam, kannte er von seinem Kater, der solche Geräusche stets dann produzierte, wenn er gekrault wurde und sich wohl fühlte.

Als er nach Beendigung des Trockenreibens Frau Hase das Handtuch zurückreichte, stellte er sich neben sie und sah sie, wie er hoffte, distanziert an. »So, nun ist nichts mehr nass. Jetzt muss ich aber gehen.«

Der tiefe Seufzer, den die Witwe ausstieß, während sie sich langsam zu ihm hindrehte und den Bademantel zurechtzog, veranlasste Gerhard, einen Schritt zurück zu treten. Frau Hase sah ihn an. »Wenn Sie nun schon einmal da sind, könnten Sie mir doch helfen, den Wasseranschluss im Bad zuzudrehen. Er leckt und ich schaffe es einfach nicht, ihn mit der Rohrzange festzuziehen. Und außerdem wollten Sie doch noch eine Adresse.« Auffordernd winkte sie mit der Hand, während sie in den dunklen Hausflur trat.

Gerhard stand unschlüssig und wusste nicht, wie er sich

verhalten sollte. Was hatte Frau Hase im Sinn? Der Trick mit dem undichten Wasserrohr war allzu offensichtlich. Er nahm sich vor, auf der Hut zu sein, als er ihr ins Haus folgte.

Die Witwe ging ihm in ein geräumiges Wohnzimmer voran. Durch die Fenster konnte Gerhard in einen weitläufigen Garten sehen, dessen Zustand verriet, dass vor allen Dingen hier ein Mann vonnöten war. Büsche und Bäume waren verwildert, die Wege unkrautbewachsen. Die hölzerne Sitzgarnitur brauchte dringend einen neuen Anstrich.

»Hier ist die Adresse von Horst Pflüger.« Frau Hase reichte ihm einen Zettel. »Vorausgesetzt, er wohnt noch dort. – Und jetzt«, ihre Stimme nahm eine flehenden Ton an, »könnten wir jetzt nach dem defekten Wasseranschluss sehen?«

Kurz überlegte Gerhard, ob er davonlaufen sollte. Er hatte Pflügers Anschrift, mehr würde ihm die Witwe nicht bieten können – zumindest nicht von dem, was ihn interessierte. Dann aber stieg er doch, er wusste nicht warum, hinter Frau Hase die Treppe hinauf. Er würde sich schon zu wehren wissen.

Verdutzt blieb er stehen, als er das hell geflieste Badezimmer betrat, in dem die Hausherrin erst vor kurzem geduscht hatte. Der große Wandspiegel war noch beschlagen, einige Kleidungsstücke hingen über einem Plastikstuhl. Aber das, was Gerhard verwunderte, war der Eimer unter dem Waschbecken, in den es unaufhörlich tropfte. Eine Kombizange lag daneben auf einer Bastmatte, auf der die Witwe gelegen haben musste, als sie versucht hatte, die Verschlussmuffe des Abstellhahns festzudrehen.

Gerhard war beschämt. Er wagte nicht, die abwartend dastehende Frau anzusehen, so als befürchte er, sie könnte seine verwerflichen Gedanken erraten haben. Wortlos legte er sich auf die Matte, fasste mit der Zange das Schraubgewinde und zog es fest. Das Tropfen verstummte augenblicklich.

»Für was doch ein Mann alles gut sein kann«, begeisterte

sich Frau Hase, während sie Gerhard zur Tür geleitete. Als er die zur Verabschiedung ausgestreckte Hand der Witwe ergriff, wäre er am liebsten in den Boden versunken. Wie eine verdiente Demütigung oder auch eine gerechte Strafe erschien ihm der Fünf-Euro-Schein, den sie ihm zwischen die Finger geschoben hatte.

Schnell verließ er das Haus und eilte zum Auto zurück. Beim Auffahren auf die Hauptstraße überlegte er kurz, ob er nach Rotenburg abbiegen sollte. Dann aber entschloss er sich, die Begegnung mit Horst Pflüger erst morgen in Angriff zu nehmen. Zum einen hatten ihn die Nachforschungen in Bebra und Meckbach Zeit und auch körperliche Frische gekostet. Er spürte, dass ihm die Spannung und Zielstrebigkeit abhanden gekommen waren, die er für das Treffen mit dem geheimnisvollen Unbekannten, wenn es denn Pflüger war, brauchte. Zum anderen war der Tag jetzt auch schon zu weit fortgeschritten. Franziska würde bald kommen und am Abend stand die Theaterprobe an.

Als er auf der Bundesstraße zurück nach Eschwege fuhr, dachte er an Frau Hase und verwünschte Herrn Koch mit seiner stoffsparenden, die erotische Fantasie beflügelnden Textilauswahl, die es vermocht hatte, ihn einen solchen Irrweg, wie den soeben begangenen, zu führen.

In einem plötzlichen Entschluss stieg er auf die Bremse und bog auf einen Parkplatz ein. Seine Hand fuhr in die Tasche, während er entschlossen auf einen Abfallbehälter zuging. Mit einem Gefühl bußfertiger Befriedigung blickte er den teuer erworbenen Dessous hinterher, die anmutig auf den Boden des großen Papiersacks segelten. Zum Teufel mit solchem Kram! – Nur für einen kurzen Moment befiel ihn die Versuchung, mit dem Arm in den Abfallsack hineinzugreifen und die Sachen wieder hervorzuholen. Dann aber nach einem Seufzer und einem letzten Blick auf das sündige Rote und das winzige Schwarze schloss er den Deckel und setzte die Fahrt fort.

10

Franziskas Auto stand im Schatten der großen Linde, als Gerhard auf den Hof fuhr. Er sah sich um. Aber weder auf dem Freisitz noch am Gartenteich oder auf der Terrasse des Nebenhauses konnte er seine Frau entdecken. Vielleicht hatte sie sich hingelegt? Behutsam stieg er die Treppe hinauf zu ihrem Schlafzimmer.

Auch nach ihrem Umzug nach Göttingen hatte Franziska diesen Raum so belassen, wie sie ihn sich bei ihrem Einzug vor zwanzig Jahren eingerichtet hatte. Schon von Beginn ihrer Ehe an hatte das Ehepaar Gerhard die Freiheit getrennter Schlafzimmer entdeckt, die Unabhängigkeit, das Licht oder das Radio ein- und ausschalten zu können, ohne Rücksicht auf den lesenden oder schlafenden Partner nehmen zu müssen. Dass das Liebesleben trotz der getrennten Betten nicht zu kurz gekommen war, davon zeugten zwei Töchter und ein Sohn. Der Besuch im partnerlichen Schlafgemach war ganz im Gegenteil zu einer mit einem Hauch von Verderbtheit umwebten absichtsvollen Handlung geworden, die ihnen viel Freude bereitete.

Als Gerhard nun vorsichtig in Franziskas Schlafzimmer lugte, fand er ihr Bett unberührt und leer. Auch das Rufen ihres Namens durch Haus und Nebenhaus verhallte ungehört und unbeantwortet. Ganz offensichtlich war seine Frau ausgegangen, vielleicht ins Dorf; oder aber sie spazierte über die umgebenden Wiesen und Felder.

Gerhard duschte, wechselte die verschwitzte Kleidung und stellte die Kaffeemaschine an. Er überlegte, dass er die Zeit, bis Franziska auftauchte, nutzen sollte, noch einmal seine Theaterrolle durchzusprechen. Besonders Odysseus‘ Strandung bei den Phäaken erforderte viel Sprechtext von ihm, den er nicht oft genug wiederholen konnte.

Während er laut deklamierend über die spärlichen Grasreste hinüber zum Gartenteich ging und den trotz der Hitze des Nachmittags unermüdlich über dem Wasser schwirrenden Libellen verkündete, dass er Nausikaa nicht ehelichen konnte, da er sich doch nichts sehnlicher wünschte, als nach Ithaka zu Weib und Sohn zurückzukehren, hörte er vom Bruch herauf Stimmen, die ihm von Tonfall und Stimmlage bekannt waren.

Er stand auf und ging um das Haus. Im dichten Schatten der Erlen jenseits der Straße erkannte er Vera Kändler am Rand des dunklen Gewässers sitzend. Sie hatte die Arme auf die angewinkelten Knie gestützt und sprach zu Franziska, die seitlich neben ihr im Gras lag.

Es hätte ein idyllisches Bild sein können – zwei plaudernde Frauen an einem Sommertag in anmutiger Pose am Wasser -, wenn nicht genau an dieser Stelle vor zwei Tagen eine Leiche gelegen hätte. Gerhard erschauerte und winkte hinüber.

Franziska, die ihn bemerkt hatte, winkte zurück. »Wir kommen gleich. Setz Kaffee auf.«

»Schon geschehen. Ich erwarte euch am Gartenteich.«

Kurz darauf, als sie im Baumschatten am gedeckten Tisch saßen, erhielt Gerhard die Erklärung für Vera Kändlers Anwesenheit: »Ich war neugierig, ob Sie gestern Abend etwas in Hersfeld beobachtet und erreicht haben. Zuerst habe ich versucht, Sie anzurufen, aber Sie hoben nicht ab. Vielleicht sitzt er im Garten und hört das Telefon nicht, dachte ich und machte mich deshalb auf den Weg hierher. Gerade, als ich ankam, fuhr Ihre Frau auf den Hof.«

»Wieso bist du so früh? Ich habe dich erst am späten Nachmittag erwartet«, wandte sich Gerhard an Franziska.

»Was treibt Frauen, Heinrich? Vielleicht die Liebe, vielleicht auch die Sehnsucht oder das Verlangen? Wer weiß das schon«, verkündete sie theatralisch und setzte dem verbalen Schutzwall, den sie im Angesicht der attraktiven möglichen

Rivalin gerade zu errichten im Begriff war, die Krone auf: »‚Die Ehe ist ein heiliger Stand', singt so nicht die Sophie im ‚Rosenkavalier'?« Franziska schaute zur Sängerin hin, die lächelnd nickte. »Und weil mir heute so sakrosankt zumute ist, bin ich jetzt schon hier.« Sie beugte sich weit zu ihm hinüber und küsste ihn demonstrativ auf die Wange.

Dann, wieder bequem ich ihren Korbstuhl zurückgelehnt, fuhr sie fort: »Frau Kändler hat mich soeben detailliert über die Vorkommnisse der letzten Tage unterrichtet.«

»Musstet ihr dazu zum Bruch hinuntergehen?«

»Ich wollte mir die Stelle ansehen, wo die Leiche gelegen hat. Außerdem inspiriert es, sich an einem Tatort über Verbrechen zu unterhalten.«

»Fundort«, berichtigte Gerhard, »die Lage des Tatorts ist noch unklar.«

»Jedenfalls hat mir Frau Kändler von dem seltsamen Verhalten ihres Schwagers erzählt, von eurem Skelettfund auf dem Weinberg und deiner Beschattungsaufgabe gestern Abend in Bad Hersfeld. Ich nehme an, sie möchte jetzt genauso gerne wie ich wissen, was bei dieser Aktion herausgekommen ist.«

»Ja, bitte, berichten Sie. Haben Sie etwas über den Mann herausgefunden, ihn vielleicht sogar zur Rede gestellt?«

Gerhard sah das Funkeln in den Augen der Frauen, die ihn gespannt auf das, was sie zu hören bekommen würden, ansahen. Er fühlte sich unwohl, da er ihre Erwartungen nur teilweise erfüllen konnte. Er begann mit der Observierung des Unbekannten, berichtete, wie leicht sie zu bewerkstelligen gewesen war. Er sprach von seiner Beobachtung, dass die Aufmerksamkeit des Mannes mehr den Willmers als der Oper gegolten hatte. Er verschwieg nicht sein eigenes Abgelenktsein während des Schleiertanzes, das dazu geführt hatte, dass der Unbekannte unbemerkt verschwinden konnte.

»Bei so einer herrlichen Stimme, einer so großartigen Musik und der nach wie vor unentschiedenen Frage: Hat Salome nun ein Trikot an oder nicht? musste das ja schiefgehen«, verteidigte er sich, bevor er seine vergebliche Verfolgung schilderte, die wenigstens mit dem Teilerfolg geendet hatte, dass er das Autokennzeichen des Entkommenen entziffern konnte.

»Dieser Spur bin ich heute nachgegangen«, sagte er und berichtete, wie er zunächst von Oliver Thale die zu den möglichen Nummern passenden Adressen erfahren hatte und später dann bei deren Aufsuchen von einer heiklen Situation in die andere geraten war. Bei der Schilderung seiner Bebraer und Meckbacher Abenteuer schmunzelten die Frauen vor sich hin. Franziska enthielt sich, wahrscheinlich aus Rücksicht auf den Gast, einer Kommentierung der erotischen Exkursionen ihres Mannes. Lediglich, als er erzählte, wie er sich der Dessousteile entledigt hatte, bemerkte sie mit einigem Bedauern in der Stimme: »Hätte mich schon interessiert, wie diese Wäsche auf dich wirkt.«

Gerhard beschloss seinen Bericht mit der Ankündigung, dass er gleich morgen früh nach Rotenburg aufbrechen wollte, um diesen Horst Pflüger unter die Lupe zu nehmen. Er habe das sichere Gefühl, dass dieser Mann der gesuchte sein könnte. Er werde, verkündete er mit einer Feierlichkeit, wie sie Männer gelegentlich vor schönen Frauen zur Schau stellen, nicht eher Rotenburg verlassen, bis er die wahre Identität des Unbekannten aufgedeckt und seinem Geheimnis auf die Spur gekommen war.

11

Als Gerhard am nächsten Morgen aus dem Haus trat, fragte er sich flüchtig, wie seine Empfindung wohl wäre, wenn er nach Wochen unbehinderter Sonneneinstrahlung zum ersten Mal wieder Wolken am Himmel sehen und Regen auf der Haut fühlen würde. Gleichmäßigen Witterungsperioden schrieb man eine beruhigende Wirkung zu, was Südländer mit ihrer entspannten Lebensweise zu bestätigen schienen. Nun, die Ereignisse der letzten Tage hatten eine solche Wetterwirkung, wenn es sie überhaupt gab, bei Gerhard erst gar nicht fühl- und sichtbar werden lassen. Auch der heutige, wievielte Sonnentag würde nicht die Spannung beseitigen können, die sich bei der Suche nach dem geheimnisvollen Mann in ihm aufgebaut hatte.

Die Theaterprobe am gestrigen Abend war ohne größere Zwischenfälle verlaufen, das Zusammenwirken der Schauspieler klappte von Mal zu Mal besser. Vera Kändler hatte darum gebeten, der abendlichen Probe beiwohnen zu dürfen. Ihr herzhaftes Lachen während des Übens war ein willkommener Gradmesser für die Wirksamkeit des Stückes, das die Zuversicht in das Gelingen der Aufführung gestärkt hatte.

Gerhard war froh, dass die Theatergruppe sich auf das Schauspielerische konzentrieren konnte und mit dem Organisatorischen wenig zu tun hatte. Exkursionen, wie die heutige nach Rotenburg, wären sonst für ihn kaum möglich. So hatte die Gemeinde zugesagt, sich um den äußeren Ablauf der Festspiele zu kümmern und den Kartendruck und -verkauf zu übernehmen. Die Eschweger Brauerei wollte für die Bestuhlung sorgen und die Gymnastikdamen des Sportvereins hatten die abendliche Bewirtung zugesichert.

Gerhard lehnte sich erleichtert in seinen Sitz zurück, als er jetzt aus Oberhone herausfuhr. Trotz der schlimmen Ereignisse der letzten Tage funktionierte das Dorf, man half sich und stand zusammen, wenn es notwendig war.

Schon in Berneburg bog er von der Hauptstraße ab. Er zog die schmale, holprige Nebenstraße, die in großen Teilen durch schattigen Wald führte, der schnelleren Bundesstraße vor. Wieder war er früh unterwegs, im Grunde viel zu früh für seine Nachforschungen. Wenn er in Rotenburg ankam, würde die kleine Stadt gerade erst beginnen, die Augen aufzuschlagen. Aber vielleicht, dachte Gerhard, war das ganz gut so. Einer Stadt beim Erwachen zuzuschauen, war immer ein besonderes Erlebnis.

Der Marktplatz, in dessen Nähe er sein Auto kurze Zeit später parkte, war nahezu menschenleer, die Geschäfte noch größtenteils geschlossen. Lediglich die Cafés und Bäckereien, aus deren offenen Türen der Duft frischer Brötchen drang, hatten geöffnet.

Gerhard bummelte durch stille Seitengassen. Es war kein Neuentdecken für ihn, Rotenburg kannte er von vielen Vorbesuchen. Es war eher ein Wiedererkennen von Häusern, Straßen und Plätzen, ein Wiederkommen an einen vertrauten Ort, so wie ein Gast gerne in ein Hotel zurückkehrt, in dem er schon früher schöne Tage verbracht hatte.

Er ging an der alten Stadtmauer entlang hinunter zur Fulda. Der Aufstau oberhalb der Mühle gab dem Gewässer den Anschein, ein stattlicher Fluss zu sein, jedoch der spärliche Überlauf des Wehres verriet den wahren Wasserstand in dieser Trockenperiode. Auch im Schlosspark, den Gerhard durchwanderte, war der Wassermangel dieser Tage augenscheinlich. Die Rasensprenger auf den braunen Grasflächen waren abgestellt, welkes, viel zu früh herabgefallenes Laub lag auf den Wegen.

Durch den Bogen des Schlosshofes trat Gerhard wieder ein in die Kühle der engen Fachwerkgassen, die die tiefstehende

Sonne noch nicht erreicht hatte. Zu dieser frühen Stunde war die Luft erfüllt von Kaffeearoma und Blumenduft. Die Autoabgase waren noch nicht zwischen die Häuser gezogen, die Stille noch kaum vom Aufheulen eines Motors unterbrochen.

Gerhard betrat die eiserne Flussbrücke, die die Stadthälften verband, durchschlenderte die beschauliche Fußgängerzone und erreichte schließlich den Bahnhof. Er hatte in Erinnerung, dass hier ein Stadtplan aufgehängt war, auf dem er nachsehen konnte, wie er zu Pflügers Haus gelangen konnte. Er zog den Zettel Frau Hases aus der Tasche, überlegte dann aber, dass es hilfreich sein könnte, zuerst herauszufinden, ob Pflüger überhaupt zu Hause war. Davon würde er sein weiteres Vorgehen abhängig machen. Er tippte die Nummer in sein Handy ein und hielt sich bereit, einer sich meldenden Stimme ein »Entschuldigung, ich habe mich verwählt« zu entgegnen und dann gleich wieder die Verbindung zu unterbrechen. Aber niemand hob ab, offensichtlich war der Gesuchte außer Haus.

Auf dem Stadtplan fand Gerhard die Straße. Auch wenn er den Mann dort nicht antreffen würde, so konnte er doch Erkundigungen bei Mitbewohnern und Nachbarn anstellen. Gerade die Tatsache, dass Pflüger nicht anwesend war, würde ihm diese Aufgabe erleichtern.

Er machte sich auf den Weg, gut eine Viertelstunde würde er zu laufen haben, schätzte er. Ein zweites Mal überquerte er die Fulda, passierte Schloss und Marktplatz und gelangte in den südlichen Teil Rotenburgs.

Das Haus in der Weidenberggasse, das Gerhard in langsamem Vorbeigehen heimlich inspizierte, hob sich auffällig von der übrigen Bebauung dieser Wohngegend ab. Es war ein einstöckiges Fachwerkgebäude, das, halb von Büschen und Bäumen verdeckt, weit zurückgesetzt in einem parkähnlichen Garten lag. Rote Ziegel leuchteten durch das dunkle Laubwerk. Im Schatten hoher Fichten wuchsen auf der erstaunlich grünen Grasfläche Kräuter, Blumen und Sträucher in wohltuender Naturbelassenheit. Unwillkürlich ließ Gerhard seinen Blick über die Zauneinfriedung gleiten. Er erwartete, ein Schild zu finden, das dieses verwunschene Anwesen als Forsthaus oder zumindest als Pfarrhaus auswies. Aber weder ein Namenshinweis, der Auskunft über die Bewohner geben konnte, noch ein Klingelknopf waren an dem metallenen Eingangstor oder den beiden stützenden Betonpfosten angebracht.

Noch einmal schlenderte Gerhard am Haus vorüber. Erst in der Deckung einer steilen Einfahrt, die zur Garage der Nachbarvilla führte, blieb er stehen. Er holte den Zettel mit der Adresse Horst Pflügers aus der Tasche und verglich die Gebäudenummern. Nein, er hatte sich nicht geirrt. Das abseits in schattigem Dunkel gelegene Haus, das er von hier aus nur undeutlich durch die Büsche sehen konnte, war das des Gesuchten.

Unschlüssig, was er nun tun sollte, stand Gerhard in der Zufahrt und beobachtete über die niedrige Stützmauer das Anwesen Pflügers. Nichts regte sich, weder im Haus noch im Garten. Er überlegte, ob es Sinn machte, das Grundstück zu betreten und an der Haustür zu läuten. Der erfolglose Telefonanruf von eben ließ nicht erwarten, dass jemand aufmachen würde. Von einer Sekunde auf die andere überkam ihn die Horrorvision, dass ein riesiger Hund sich auf ihn stürzen könnte, sobald er das Tor zu öffnen versuchte. Der Schweißausbruch, der dieser Vorstellung folgte, ließ ihn abwägen, ob er nicht doch lieber erst Erkundigungen bei den Nachbarn einziehen sollte.

Ein schmerzhafter Aufprall gegen seine linke Hüfte enthob ihn einer Entscheidung. Noch im Hinstürzen gewahrte er die aufleuchtenden Bremslichter eines dunklen Autos, das sich über ihn schob und dann zum Stehen kam.

Eine Wagentür ging auf. Eine junge Frau, eher ein Mädchen, kam herangelaufen und blieb mit aufgerissenen Augen und an den Mund gepressten Händen vor dem am Boden Liegenden stehen. »Nein«, stöhnte sie entsetzt durch die Finger. Wie versteinert stand sie da und starrte den Körper an, dessen Unterleib und Beine vom Heck des Fahrzeuges verdeckt wurden. Urplötzlich brach sie in Tränen aus.

Gerhard, der eigentlich Hilfebedürftige, rappelte sich schnell vom Boden auf, trat zu dem Mädchen hin und legte ihr die Hand auf die Schulter. »Ist doch gar nichts passiert«, versuchte er zu trösten. Als sie noch immer nicht aufhörte zu schluchzen, bewegte er sich einen Schritt zurück, zog, seine Unversehrtheit demonstrierend, die Beine an, ließ die Arme kreisen und beugte die Ellbogen.

Nun endlich hob die junge Frau – sie mochte kaum älter als achtzehn, neunzehn sein – die Hände vom Mund und bewegte die zitternden Lippen. »Bitte, Entschuldigung, ich habe Sie nicht gesehen«, stammelte sie und brach erneut in Weinen aus.

Gerhards Beschützerinstinkt siegte über die anfängliche Fassungslosigkeit, die viele Männer im Angesicht weiblicher Tränen befällt. Behutsam fasste er das Mädchen am Arm und bugsierte es in Richtung Eingangstür.

»Wohnen Sie hier?«, fragte er und deutete mit dem Kopf auf das große Haus.

»Ja«, schniefte sie, »im ersten Stock. Der Schlüssel steckt noch im Auto.«

Gerhard ging zu ihrem Fahrzeug, zog die Handbremse an und schloss die Wagentür ab. Dann übergab er den Schlüsselbund und folgte ihr die Treppe hinauf zu ihrer Wohnung.

Kurze Zeit später, nach einer gründlichen Säuberung im Bad und einer flüchtigen Überprüfung, dass er sich bis auf einige unbedeutende Hautabschürfungen am Unterarm nichts getan hatte, saß er mit einem Kaffee in der Hand der jungen Frau am Küchentisch gegenüber. Sie hatte sich ihm als Silke Preußler vorgestellt und ein um das andere Mal versichert, wie

Leid es ihr tue, ihn angefahren zu haben. Aber das Rückwärtsherausfahren aus der Garage sei so schwierig, die Auffahrt so eng, dass sie alle Konzentration darauf richten müsse, nicht seitlich anzustoßen. Dabei habe sie es vernachlässigt, in den Rückspiegel zu schauen. Ob er das verstehen könne?

»Machen Sie sich keine Sorgen, Frau Preußler. War ja auch meine Schuld, einfach so in der Einfahrt herumzustehen.«

»Sie müssen wissen, ich habe erst seit zwei Monaten den Führerschein«, versuchte sie weiter zu erklären. »Das Verlassen der Garage ist für mich immer noch ein Abenteuer.«

»Sie sehen, ich bin unverletzt und munter. Also vergessen wir den kleinen Zwischenfall.« Gerhard beugte sich über den Tisch. »Eigentlich wollte ich zu Herrn Pflüger nebenan. Aber er scheint nicht da zu sein.« Er ließ die letzten Worte als Frage im Raum stehen, da er spürte, dass Silke Preußler in dem Bestreben, etwas gutzumachen, ihm möglicherweise rückhaltlos jede Auskunft über ihren Nachbarn zu geben bereit war.

Er täuschte sich nicht, denn mit kindlichem Eifer klärte sie ihn auf: »Nein, um diese Zeit ist er selten daheim. Meist kommt er erst am späten Nachmittag, oft auch erst abends nach Hause. Es kommt aber auch vor, dass ich ihn wochenlang nicht sehe.«

»Und seine Familie, die Frau, die Kinder...?« Gerhard sah das Mädchen fragend an und bemerkte verblüfft, dass sie seinem Blick verlegen auswich. Schließlich antwortete sie ihm mit abgewandtem Kopf: »Er ist nicht verheiratet. Er wohnt alleine in dem Haus.«

Gerhard wunderte sich über die augenscheinliche Befangenheit Silke Preußlers, die betreten auf den Boden der kleinen Essküche schaute und sichtbar froh war, als er das Thema wechselte und sie nach dem Beruf Horst Pflügers fragte: »Ist er vielleicht Handelsreisender, weil er so viel unterwegs ist?«

»Nein«, schüttelte sie den Kopf und blickte wieder auf, »nein, das glaube ich nicht. Aber so genau weiß ich das auch nicht. Ich kenne Herrn Pflüger nur flüchtig, gerade mal so vom Grüßen oder von ein paar Bemerkungen über das Wetter. Er ist zu selten zu Hause, um näheren Kontakt zu den Nachbarn zu haben.«

Sie stand auf, trat zum offenen Fenster und deutete mit der Hand hinaus. »Kommen Sie, von hier aus können Sie seinen Garten sehen. Ich nehme an, so was in der Art, was da rumsteht, das macht er.«

Neugierig gemacht durch ihre letzten Worte erhob sich Gerhard nun ebenfalls, stellte sich neben sie und folgte mit dem Blick der Richtung ihres ausgestreckten Armes. Von hier oben waren auch die Teile des Nachbargrundstückes einzusehen, die von der Straße aus durch das Haus verdeckt wurden.

Er sah die Ecke einer Holzveranda, von der breite Bretterstufen auf eine Grasfläche führten, die eher einer Wiese als einem angelegten Rasen glich.

»Sehen Sie, die ganzen Trümmer und Figuren dort unten.« Silke Preußler, deren lebhafte Auskunftsbereitschaft zurückgekehrt war, trat vom Fenster zurück, um ihm den Blick freizugeben.

Gerhard schaute, zuerst verwundert, dann fasziniert auf das Sammelsurium antiker Fundstücke, die sich auf dem rückwärtigen Grundstück verteilten. Da lagen Säulenreste mit grobkannelierten Schäften, die sie als frühgriechisch auswiesen, im halbhohen Gras. Einen Torso ohne Arme erkannte er, einem anderen fehlte der Kopf. Überall zwischen den niedrigen Büschen befanden sich ohne erkennbare Ordnung verstreut Steine, Friese und Bögen, deren Inschriften er auf die Entfernung nicht entziffern konnte.

Eines aber erkannte Gerhard selbst bei dieser Distanz: Die Exponate, die sich seinen bewundernden Blicken darboten, unterschieden sich deutlich von den häufig in Gärten aufgestellten antiken Imitaten, mit denen Hausbesitzer ihre Bildungsnähe kundtaten. Die hier zusammengetragenen Antiquitäten waren augenscheinlich alt und echt, die sie überziehende Patina offenbar die vergangener Jahrhunderte.

Erst als Gerhard vom Fenster zurücktrat, wurde er sich der Bedeutung des gerade Gesehenen bewusst.

»Heißt das, dass Herr Pflüger in der Altertumsforschung tätig ist?«, fragte er ungläubig.

»Sieht ganz so aus.«

»Dass er Archäologe ist?«

»Nennt man das so?« Sie zuckte mit den Schultern. »Aber wenn Sie Näheres darüber wissen wollen, dann müssen Sie Frau Herzog fragen. Sie macht bei ihm sauber und versorgt sein Haus in seiner Abwesenheit. Wenn jemand Ihnen etwas über Herrn Pflüger erzählen kann, dann ist sie es.«

»Eine Frau Herzog also. Wohnt sie in der Nähe?«

»Ja, gleich schräg gegenüber. Die Hausnummer 16.« Frau Preußler drehte sich zur Wanduhr, die über der Spüle hing und zuckte zusammen. »Oh, Gott, ich muss jetzt los, ich hätte schon längst im Dienst sein müssen. Doch dann kam die Sache mit Ihnen dazwischen.«

Gerhard wollte sich gerade für die Misslichkeiten, die ihr durch den Unfall entstanden waren, entschuldigen. Dann aber erinnerte er sich, dass er nicht der Verursacher, sondern der Leidtragende des Geschehens war. Deshalb sagte er nur, als er ihr die Hand reichte und sich verabschiedete: »Danke für den Kaffee.« Dann stieg er die Treppe hinunter und verließ das Haus.

12

Das Schildchen mit dem Namen Herzog war auf der Klingelleiste der Nummer 16 als oberstes angebracht. Aus der Vielzahl der angeführten Mietparteien schloss Gerhard, dass Horst Pflügers Zugehfrau im Dachgeschoss des dreistöckigen Hauses wohnen musste. Er läutete und legte die Hand auf den muschelförmigen Türknauf, um, wenn der Summton des Öffners ertönte, dagegendrücken und eintreten zu können. Aber nichts tat sich, die Tür blieb verschlossen. Noch einmal betätigte er den Klingelknopf und hielt den Atem an, als könne er so sich nähernde Schritte besser hören.

Das geräuschvolle Aufgehen eines Fensters über ihm ließ ihn schnell einen Schritt zurücktreten und den Blick nach oben richten. Das erste, was er gewahrte, war ein endloser, roter Wollschal, der sich aus einer Dachgaube herausschlängelte und schließlich lang am Haus herunterhing. Sein leichtes Hin- und Herschwingen schien ihn aufzufordern – wie seinerzeit Rapunzels Haarschopf den Prinzen -, sich an ihm hinaufzuziehen und emporzusteigen.

Im schmalen Fenster des Dachausbaus tauchte ein rundes, in das Konvolut des restlichen Schals gewickeltes Gesicht auf. Mein Gott, wer trägt denn bei dieser Hitze einen Schal, dachte Gerhard und blickte auf den dauergewellten Kopf, aus dem zwei kleine, zusammengekniffene Augen auf ihn herabschauten.

»Frau Herzog?«, rief er mit weit nach hinten gebogenem Körper nach oben. Unwillkürlich hatte er dabei die Stimme angehoben, nicht nur, um die Distanz von seinem Standort bis unters Dach zu überwinden, sondern auch weil er sah, dass Frau Herzog in einem Alter war, in dem man automatisch eine Verminderung des Hörvermögens annahm.

Bevor die alte Dame jedoch antwortete, beugte sie den Körper vor und neigte sich so weit aus dem Fenster heraus, dass sie den Eingangsbereich der Tür einsehen konnte. Sie schien sich überzeugen zu wollen, dass Gerhard alleine gekommen war und sich nicht eine Schar Ganoven im Blickschatten der Hauswand verbarg. Für einen Moment machte es den Anschein, als könne sie dabei das Gleichgewicht verlieren. Dann aber wälzte sie schwerfällig ihre füllige, vom riesigen Schal umhüllte Gestalt über die Fensterbank ins Zimmer zurück und rief, unpassenderweise den Kopf schüttelnd, zu ihm hinunter: »Ja, ich bin Frau Herzog. Was wollen Sie um diese Zeit?«

Verwundert schaute Gerhard auf die Armbanduhr. Es war kurz vor elf, eine optimale, angemessene Besuchszeit. Aber vielleicht spielte Frau Herzog gar nicht auf die Tageszeit, sondern möglicherweise auf die Sendezeit des Fernsehens an, das in seinen Vormittagsprogrammen beliebte Serien zu wiederholen pflegte. Der heraushörbare Ärger in ihrer Stimme mochte mit der Störung ihres morgendlichen Sehgenusses zusammenhängen.

»Frau Herzog, ich brauche ein paar Auskünfte über Herrn Pflüger«, bat Gerhard in jenem flehenden Ton, der besonders bei alten Menschen selten seine Wirkung verfehlte. »Ich habe gehört, Sie arbeiten bei ihm im Haus.«

»Ich gebe keine Auskünfte über andere«, stellte sie unbeeindruckt fest und fügte hinzu, während sie mit beiden Händen übereinandergreifend ihren Schal nach oben zu ziehen begann: »Ich bin doch kein Klatschweib.«

Kurz bevor die letzten Zentimeter des Wolllindwurms, den sie an einsamen Abenden selbst gestrickt haben mochte, im Fenster verschwanden, beugte sie sich noch einmal nach vorne und verkündete entrüstet: »Und über so einen gebe ich schon mal gar nicht Auskunft. Wenn Sie unbedingt etwas von ihm wissen wollen, gehen sie ins ‚Adam'.« Das Zuknallen der

Fensterflügel machte Gerhard unmissverständlich das Ende der kurzen Unterredung, die im Grunde gar nicht als solche gelten konnte, deutlich.

Kopfschüttelnd verließ er die Weidenberggasse. Während er unbewusst wieder die Richtung zur Innenstadt einschlug, grübelte er darüber nach, was er denn nun eigentlich über Horst Pflüger erfahren hatte. Dabei wusste er noch nicht einmal, ob Pflüger mit dem Mann identisch war, den er in der Stiftsruine beobachtet hatte.

Aber sofort korrigierte er sich. Die Tatsache, dass auch Pflüger archäologisch tätig war, deutete ganz darauf hin, dass die berufliche Gemeinsamkeit mit Willmer das geheimnisvolle Bindeglied zwischen beiden darstellte und der Mann in der Weidenberggasse der Gesuchte war.

Noch etwas fiel ihm auf: Beide Gesprächspartner, die junge Silke Preußler ebenso wie die alte Frau Herzog, hatten auf seine Fragen nach Pflüger außergewöhnlich, wenn auch unterschiedlich, reagiert. So hatte die eine Befangenheit, die andere eher Empörung gezeigt, als er sie um Auskünfte über den Mann in ihrer Nachbarschaft gebeten hatte. Das war schon seltsam. Aber er hatte keine Ahnung, warum sie sich so verhalten hatten.

Als er den Marktplatz überquerte, kamen ihm Frau Herzogs letzte Wort in den Sinn: ‚Wenn Sie etwas erfahren wollen, gehen Sie zu ‚Adam'. So oder so ähnlich hatte sie ihm vor dem Zuschlagen des Fensters hinuntergerufen.

Aber wer oder was war Adam?

Gerhard betrat das Fremdenverkehrsbüro im Rathaus. Der Herr, der seinen Gruß erwiderte und ihm erwartungsvoll entgegenblickte, trug über dem am Kragen offenen Hemd ein Sportjackett. Es war angenehm kühl in dem altehrwürdigen Gebäude, dessen dicke Steinwände die Tageshitze ausschlossen.

»Was kann ich für Sie tun?«

»Ich suche einen Adam...«, begann Gerhard unsicher, »vielleicht auch eine Firma, die Adam heißt, oder ein Geschäft...«

»Adam?« Der Mann vom Verkehrsamt nahm die Brille ab und schaute in einer durch das Runzeln der Stirn noch betonten Geste des Überlegens zur Decke des Raumes. Man sah ihm an, dass seine Gedanken die Fußgängerzone und die Einkaufsstraßen der Stadt durchwanderten auf der Suche nach dem Schriftzug mit dem Wort Adam. Als er den Blick schließlich wieder auf Gerhard richtete, hob er bedauernd die Hände: »Tut mir Leid, ein Geschäft mit dem Namen Adam gibt es nicht in Rotenburg.« Dann aber schien ihm plötzlich ein Einfall gekommen zu sein. »Adam? Warten Sie.« Um seiner Erinnerung auf die Sprünge zu helfen, klopfte er ungeduldig mit den Fingern auf die Besuchertheke.

»Ja, da gibt es eine Kneipe, drüben, jenseits der Fulda, in der Neustadtstraße. Vielleicht ist es das, was Sie suchen.« Über die Brille, die er inzwischen wieder aufgesetzt hatte, sah er Gerhard mit einem Blick an, der diesem nur allzu bekannt war. Erst gestern in Bebra, als er den Alten im Garten nach Herrn Koch, dem Dessousvertreter, gefragt hatte, war ihm ein solcher Blick zugeworfen worden.

»Eine Kneipe, sagten Sie? Und die heißt Adam?«

»Ja, irgendetwas mit Adam ist in ihrem Namen. Hier«, der Herr nahm ein Blatt von einem Stapel, auf dem der Stadtplan ausgedruckt war. Mit einem Kugelschreiber kreuzte er die Lage an. »Gehen Sie hier hinunter«, markierte er den Weg mit Strichen, »überqueren Sie die alte Fuldabrücke und biegen dann gleich links ab, das ist die Neustadtstraße.«

Mit dem Stadtplan in der Hand verließ Gerhard das Fremdenverkehrsbüro. Er spürte regelrecht den Blick in seinem Rücken, der ihn verfolgte, bis er die Tür hinter sich geschlossen hatte.

Was würde ihn in der Neustadtstraße erwarten, fragte

er sich mit einem zwiespältigen Gefühl, als er vor der Ampelanlage an der Breitenstraße stand. Dann aber siegte die Neugier in ihm. Mit ausgreifenden Schritten überquerte er nach dem Umspringen des Verkehrslichtes die Fahrbahn und machte sich auf den Weg hinunter zur Fulda und hinüber zur Neustadt.

ADAMS PARADIES stand in handgemalten Großbuchstaben auf dem Blechschild über der Eingangstür, die Gerhard vergeblich zu öffnen versuchte. Nun, es war Mittagszeit, nur die Gaststätten, die Essen anboten, hatten um diese Zeit geöffnet. In dem Schaukasten neben der Tür, der als einzige Speisen Gulaschsuppe sowie Bockwurst mit Brot auswies, waren auch die Öffnungszeiten vermerkt. Als Gerhard las, dass ihm nicht vor 16.00 Uhr Zutritt zu ADAMS PARADIES gewährt werden würde, überlegte er, was er bis dahin tun sollte. Gut, er konnte die Wirtsleute herausklingeln und sie befragen. Was aber, wenn es die Gäste waren, die über die von Frau Herzog in Aussicht gestellten Informationen verfügten?

Gerhard entschloss sich, bis zum Nachmittag zu warten und erst dann der Kneipe einen Besuch abzustatten, wenn Wirt und Gäste ihm gleichermaßen für seine Nachforschungen zur Verfügung standen.

Er erinnerte sich an das Waldschwimmbad, in dem er vor Jahren mit seiner Mädchenhandballmannschaft einen schönen, wenn auch etwas kühlen Tag verbracht hatte. Nicht nur die damals aufziehende Bewölkung und die damit verbundene Luftabkühlung, sondern vor allen Dingen die niedrigen Wassertemperaturen in diesem von einer Waldquelle gespeisten Bad waren ihm in fröstelnder Erinnerung geblieben. Heute aber in diesem Backofen, den die ungebremste Sonneneinstrahlung fast unerträglich aufheizte, konnte das Wasser gar nicht kühl genug sein.

Als Gerhard wenig später nach einem langen, erfrischenden Bad im Schatten eines Baumes auf der Liegewiese lag, nahm er sich vor, in den kommenden drei Stunden Horst Pflüger völlig aus seinem Bewusstsein zu verdrängen. Er griff in die Badetasche, die er in den Sommermonaten stets gepackt in seinem Wagen mitführte, und holte ein Taschenbuch heraus. Aufgeschlagen legte er es sich auf den Bauch, faltete die Hände darüber und blickte unter den Blättern hindurch in den wolkenlosen Himmel. Einen kurzen Augenblick genoss er das befreiende Gefühl des weiten Raums über sich, genoss das Liebkosen der Wärme auf seiner im Quellwasser gekühlten Haut, bis ihn in unaufhaltsamer Plötzlichkeit die Müdigkeit überfiel und ihn in einen tiefen Schlaf fallen ließ.

Als er fast zwei Stunden später aufwachte, waren das Buch von seinem Bauch gerutscht, der linke Arm, auf dem er gelegen hatte, nahezu gefühllos und die Beine in den Strahlungsradius der wandernden Sonne geraten. Die brennende Rötung auf seinen Oberschenkeln kündigte ihm den Sonnenbrand an, unter dem er morgen mit Sicherheit leiden würde.

Kurz nach vier trat er durch die jetzt offene Tür in ADAMS PARADIES. Er war überrascht, wie viele Gäste sich schon so kurz nach Kneipenöffnung in dem schmalen Schankzimmer befanden. Vor allem die langgezogene Theke, die die Hälfte des Raumes einnahm, war belagert von Männern, die sich miteinander unterhielten. An einigen der kleinen unter den Fenstern zur Straßenseite stehenden Tischen saßen ebenfalls Männer. Sie hatten ihren Kaffee vor sich stehen und hielten sich, Gerhard stutzte, an den Händen. Verwirrt lenkte er den Blick zurück zur Theke. Er betrachtete noch einmal die dortigen Gäste, von denen er angenommen hatte, sie seien Werktätige irgendeines Unternehmens, die sich nach getaner Arbeit vor dem Nachhausegehen noch zu einem gemeinsamen Umtrunk trafen. Erst jetzt fiel ihm auf, dass die Kleidung der Männer nicht den Vorstellungen von Arbeitskleidung entsprach, sondern vielmehr einen gepflegten, teilweise eleganten, auf äußere Wirkung bedachten Eindruck machte. Auch fehlte das Polternde sonstiger Thekenrunden, die Konversation war angeregt und lebhaft, der Umgang der Sprechenden untereinander von höflicher Herzlichkeit geprägt.

Gerhard ließ seinen Blick zu den Pärchen an den Tischen zurückgleiten, dann nickte er. Nun bekam auch der Gaststättenname, der beim ersten Lesen so eigenartig angemutet hatte, seine Bedeutung und Erklärung: ADAMS PARADIES, natürlich, ein Paradies und Treffpunkt für Männer, die unter sich sein wollten und es hier waren.

Gerhard betrat nun vollends die Schwulenkneipe, ging bis zum Ende des Raumes und nahm dort auf einem Barhocker Platz. Erst jetzt bemerkte er, dass hinter der Theke kein Adam, sondern eine Eva stand, die ihn neugierig betrachtete. In dieser untereinander bekannten und vertrauten Gesellschaft musste jeder Fremde, der hereinkam, auffallen.

Gerhard bestellte Kaffee. Er hatte sich ans Ende der langen Theke gesetzt. Von hier aus konnte er den Raum gut überblicken. Es war das erste Mal, dass er in einem Lokal war, in dem sich vorwiegend Homosexuelle trafen. Aber bis auf die Tatsache, dass die Gäste ausschließlich Männer waren, konnte Gerhard wenig Unterschiede zu einer Gaststätte mit gemischtgeschlechtlichem Publikum feststellen. Er hatte sowieso nie verstanden, warum soviel Aufhebens, soviel moralische Entrüstung bis hin zur weltanschaulichen Dogmatisierung um diese Lebens- und Liebesform gemacht wurde. Es gab doch, weiß Gott, wichtigere und wirklich unmoralische Dinge und Zustände in dieser Welt, die es wert waren, angeprangert und angegangen zu werden.

Die Thekenbedienung, oder war es die Wirtin, eine zierliche Frau in mittleren Jahren, brachte den Kaffee.

»Sie sind zum ersten Mal hier«, stellte sie fest, während sie ihm die Tasse hinschob und Milch und Zucker dazustellte.

»Ja«, wandte er sich ihr zu, »Frau Herzog schickt mich her.« Dann aber fiel ihm ein, dass es eher unwahrscheinlich war, dass Frau Herzog in dieser Lokalität bekannt war.

»Ich suche Herrn Pflüger«, fügte er deshalb schnell hinzu und sah sie fragend an.

»Horst Pflüger?« Bedauernd hob sie die Schultern. »Der war lange nicht mehr da.«

Sie kehrte zum Zapfhahn zurück, füllte die Gläser voll und stellte sie auf die Theke. Gerhard sah ihr dabei zu und fragte sich, ob das vielleicht schon alles war, was er über Pflüger erfahren würde.

Zumindest wusste er jetzt von dessen homosexuellen Neigungen, von denen offensichtlich auch die Nachbarn Kenntnis hatten, wie unschwer aus den Reaktionen Frau Preußlers und Frau Herzogs herauszulesen war.

Die Bedienung kam heran, legte die Hände vor ihm auf den Tresen und blickte an ihm vorbei. »Das ist der Herr, der Horst sucht«, rief sie in den Hintergrund.

Gerhard drehte sich um. Ein Mann mit einem Bierglas in der Hand kam auf ihn zu, rückte sich den benachbarten Barhocker zurecht und setzte sich neben ihn.

Nachdem er einen Schluck getrunken hatte, stellte er das halbvolle Glas auf der Theke ab und sprach Gerhard an.

»Ellen sagt, Sie suchen Pflüger. Darf man fragen, was Sie von ihm wollen? – Übrigens, ich bin Rüdiger Kellner.«

Gerhard ergriff die hingestreckte Hand, stellte sich seinerseits vor und beantwortete die höflich vorgetragene Frage. »Ich muss mit Herrn Pflüger sprechen. Muss von ihm etwas wissen.« »Und was wollen Sie von ihm wissen?«

»Etwas...«, Gerhard fiel auf die Schnelle nichts Besseres ein, »...etwas Archäologisches. Ich brauche sein Urteil als Fachmann.«

»Aha.« Rüdiger Kellner schien erleichtert. Er griff nach seinem Bier und trank es aus.

»Kennen Sie Herrn Pflüger näher?« Gerhard blickte seinen Thekennachbarn fragend an.

Der schmerzliche Zug um Mund und Augen, das kurze Wegdrehen des Kopfes nahmen die Antwort vorweg.

»Ich war sein Freund.«

»Sein Freund, heißt das...?«

»Ich war sein fester Partner, sein Geliebter, wie auch immer Sie es nennen wollen. Zumindest solange, bis er mich verließ.«

»Er hat Sie verlassen?«

»Ja, vor einigen Wochen. Einfach so, ohne jegliche Vorankündigung.« Wieder wandte Rüdiger Kellner das Gesicht ab und verharrte einige Sekunden regungslos. »Und da erscheinen Sie jetzt hier und fragen nach ihm. Ich dachte, Sie könnten mir vielleicht sagen, was mit ihm ist. Ich habe mehrfach versucht ihn anzurufen, aber er meldet sich nicht.«

»Bedaure, da kann ich Ihnen nicht helfen. Wie ich Ihnen schon sagte, brauche ich ihn als Archäologen. Ein Bekannter hat ihn mir empfohlen«, blieb Gerhard bei seiner Version. »Für wen arbeitet Herr Pflüger eigentlich? Für ein Museum?«

»Horst ist freiberuflicher Archäologe, der sich auf die Begutachtung von Antiquitäten spezialisiert hat. Er wird sowohl von Museen als auch von Privatpersonen in Anspruch genommen, wenn es darum geht festzustellen, ob Sammlungsstücke echt sind oder nicht. Oder auch, aus welchen Epochen sie stammen und was sie wert sind.«

»Stammt Herr Pflüger denn aus Rotenburg?«

»Ja, hier geboren und aufgewachsen und später auch hierher zurückgekehrt, nachdem er zwischenzeitlich einige Jahre in einem Dorf bei Bad Hersfeld gewohnt hatte. Wir sind gemeinsam zur Schule gegangen, haben uns dann aber während seines Studiums aus den Augen verloren. Als er vor ein paar Jahren nach Rotenburg zurückkam, nahmen wir wieder miteinander Verbindung auf. Aus dem anfangs losen Kontakt hat sich eine innige Freundschaft und schließlich ein festes Verhältnis entwickelt. Ich hänge sehr an Horst.« Rüdiger Kellner seufzte und wischte sich über die Augen. »Wissen Sie, wie das ist, wenn man einen Freund verliert?« Aber er erwartete offenbar keine Antwort auf seine Frage, sondern rief stattdessen zum Zapfhahn hinüber. »Ellen, bitte noch ein Bier – und einen Kognak.« Er drehte den Kopf über die Schulter. »Trinken Sie einen mit?«

»Nein, danke«, wehrte Gerhard ab, »bei dieser Hitze nicht, das wirft mich um. Außerdem muss ich jetzt gehen.« Er trank seinen Kaffee aus.

»Sagen Sie, Herr Kellner, sagt Ihnen der Name Gernot Willmer etwas?«, fragte er, während er aufstand.

»Nein«, antwortete der Angesprochene ohne aufzusehen. Er kippte den Kognak, den Ellen zusammen mit dem Bier vor ihn hingestellt hatte, mit einer schnellen Bewegung hinunter. »Willmer? Dieser Name sagt mir nichts.«

Gerhard bezahlte und ging. Er spürte die zunehmende Selbstbemitleidung, die sich unter der Wirkung des Alkohols allmählich des sitzengebliebenen Liebhabers bemächtigte. Er wollte nicht riskieren, sich dessen Lebens- und Liebesgeschichte in Einzelheiten anhören zu müssen.

Während er nun schon zum vierten Mal auf dem Weg zu seinem Auto die eiserne Fuldabrücke überquerte, dachte er über das nach, was ihm der heutige Tag an Erkenntnissen über Horst Pflüger, den ehemals fremden, mysteriösen Mann, der langsam aus dem Dunkel des Unbekannten aufzutauchen begann, gebracht hatte.

Nun wusste er also von dessen Homosexualität, hatte von dem plötzlichen, unerwarteten Bruch seines Verhältnisses mit Rüdiger Kellner erfahren. Sein Wohnhaus hatte er gesehen, seinen Garten mit den antiken Säulenstücken, die bestätigten, was auch andere berichtet hatten: Pflüger war studierter Altertumsforscher.

Vor allem diese letzte Erkenntnis räumte in ihm jeden Zweifel aus, den richtigen Mann gefunden zu haben: Zwei Archäologen, Willmer und Pflüger, waren sich in den letzten Wochen begegnet, waren sich nahe gekommen. Das Spannungsfeld zwischen ihnen war spürbar und sichtbar. Noch kannte Gerhard nicht den Grund ihrer Annäherung, aber er war zuversichtlich, ihn schon bald in Erfahrung zu bringen.

13

Am Fuße der Cornberger Höhe, gerade als Gerhard einen Lastwagen überholte, klingelte das Handy. Überrascht registrierte er das wiederkehrende Läuten, das auffordernd aus seiner Hosentasche klang. Allen Überredungskünsten seiner Kinder zum Trotz hatte sich Gerhard nicht für einen melodischen Rufton oder ein anderes originelles akustisches Signal entschieden, sondern für den ihm von alters her bekannten Klingelton, der ihm ersparte, die »kleine Nachtmusik« oder den »Entertainer« in elektronischer Verstümmelung und Dauerwiederholung ertragen zu müssen.

Während er auf den Parkplatz am Ende des Anstiegs fuhr, wunderte er sich, dass er überhaupt über sein Mobiltelefon zu erreichen war. Denn normalerweise ließ er sein Handy ausgeschaltet und benutzte es nur, wenn er selbst jemanden anrufen wollte. Nach Jahren ständiger Telefonbereitschaft während seiner ärztlichen Tätigkeit genoss er es jetzt, in die Unansprechbarkeit abtauchen zu können. Offenbar hatte er nach seinem morgendlichen erfolglosen Anwählen von Pflügers Nummer vergessen, das Gerät auszuschalten.

Auf dem Display sah er, dass es Franziska war, die mit ihm sprechen wollte. Er stieg aus und wählte ihre Nummer.

»Hallo, Franziska, du hast gerade versucht, mich zu erreichen. Hier bin ich.«

»Oh Wunder«, hauchte seine Frau am Göttinger Leitungsende, »mein Mann hat tatsächlich mal sein Handy eingeschaltet. Nachdem ich schon mehrfach erfolglos in Oberhone angerufen habe, war ich so kühn, deine Handynummer zu wählen. Und wirklich, du reagierst darauf. Unglaublich. Was ist los, Heinrich?«

»Ich habe einfach vergessen, es auszuschalten«, bekannte er.

»Und wo steckst du? Ich höre im Hintergrund Autoverkehr.«

»Ich bin auf der Cornberger Höhe, oben auf dem Parkplatz, auf dem Weg zurück von Rotenburg nach Oberhone.«

»Und, hast du etwas erfahren über den Mann, der die Willmers verfolgt? Oder gar mit ihm gesprochen?«

»Angetroffen habe ich ihn nicht, aber ein paar interessante Sachen habe ich schon in Erfahrung gebracht. Zum Beispiel weiß ich...«

»Sag jetzt nichts«, unterbrach sie ihn, »erzähle mir lieber heute Abend alles ausführlich, wenn ich zu dir komme.«

»Du kommst? Aber die Theaterprobe ist doch erst morgen.«

»Nein, Heinrich, du irrst. Probe ist heute.«

Franziskas säuselnde Stimme ließ ihn aufhorchen. Vorsichtig fragte er: »Haben wir nicht gestern vereinbart, die heutige Probe ausfallen zu lassen, da Brigitte fehlt? Ohne Pallas Athene hat es wenig Sinn, den »Odysseus« zu spielen.«

»Heute proben wir nicht den ‚Odysseus'«

»Sondern?«, wollte Gerhard ahnungsvoll wissen.

»Heute proben wir ein Stück, bei dem alle Darsteller anwesend sind.«

»Und wie viele Darsteller hat das Werk?«, fragte Gerhard und stellte sich unwissend, obwohl er die Antwort längst kannte.

»Zwei, Heinrich. Für diese Thematik braucht es immer nur zwei Personen. Jede weitere wäre überflüssig.«

»Und, kenne ich die Darsteller?«, spielte Gerhard das Spiel weiter.

»Ja, natürlich, du kennst sie sogar sehr gut.«

»Gehe ich Recht in der Annahme, dass ein Akteur männlich ist und eine Darstellerin weiblich?«

»Pfui, Heinrich, alter Spielverderber, du kennst das Stück.«

»Na, nach über dreißigjähriger Probe sollte ich den Ablauf langsam kennen.«

»Und willst du nicht wissen, ob es ein Lustspiel oder ein Drama ist?«

»Nun, sag's mir. Was proben wir heute Abend?«

Ein schmachtendes Flüstern drang an sein Ohr. »Eine Romanze. Sie hat den schönen Namen »Franziskas Träume – Heinrichs Erfüllung.« Wie gefällt dir das?«

»Hhmm.« Gerhards Blick schweifte über das weite Waldgebiet, das sich unter ihm ausbreitete. Erste gelbe Flecken zeigten sich im grünen Laubdach, viel zu früh in dieser sommerlichen Jahreszeit, in der die Hitze einfach nicht enden wollte.

Franziskas erneutes Aufseufzen riss ihn aus der Betrachtung. »Du, Heinrich, erinnerst du dich noch an unser Lagerfeuer?«

»Wir haben oft am Lagerfeuer zusammengesessen. Welches meinst du?«

»Na, das mit dem brennenden Tisch natürlich. Weißt du noch?«

Gerhard lachte: »Glaubst du, das vergesse ich jemals? Besonders nicht den Folgetag, an dem ich den Teich säubern musste.« Es war zwar schon einige Zeit her, aber er hatte noch immer deutlich das Bild vor Augen, wie er seinerzeit das Abendessen, das auf einem Tisch am Lagerfeuer zubereitet war und das sich durch das Umstürzen des Gaskochers entzündet hatte, in übereifrigem Löschbestreben mitsamt dem Tisch in den Gartenteich geschleudert hatte, ohne an die Reinigungskonsequenzen zu denken.

»Lass uns heute Abend das Essen wieder am Lagerfeuer einnehmen«, bat Franziska, »das passt zu der Romanze.«

»Wieder mit brennendem Tisch?«

»Nein, das natürlich nicht, aber wieder mit anschließendem Kneipenbesuch bei Hilde – so wie damals. In »Knaufs Schänke« kannst du mir dann in Ruhe von deinen Nachforschungen berichten.«

Gerhard schmunzelte, als er daran zurückdachte, wie Franziska an jenem Abend in der Dorfgaststätte die Männer zu deren Entsetzen beim Skatspielen besiegt und diesen Triumph ausgekostet hatte. Klar, dass sie sich auch aus diesem Grund gerne an das damalige Geschehen erinnerte.

»Prinzipiell einverstanden«, stimmte er zu, »nur in ‚Knauf's Schänke' können wir nicht mehr gehen. Hilde hat ihre Wirtschaft zugemacht. Sie sei zu alt für das Kneipengeschäft, sagt sie, und außerdem wolle sie sich jetzt ganz ihren Enkeln widmen.«

»Schade«, bedauerte Franziska, »es war immer so gemütlich bei Knaufs. Hilde war eine Wirtin, die sich mit ihrer Gaststätte so ganz identifizierte. Leider findet man diese Art der Kneipenführung in Zeiten, in denen vorrangig wirtschaftlich gedacht und gerechnet wird, nicht mehr oft.«

»Sieh's nicht so pessimistisch. auch junge Gastwirte geben sich Mühe, denk nur an Kalle und Jutta im ‚Dorfkrug'. Und außerdem gibt's ja noch Hans und die ‚Linde'. Dort ist es um keinen Deut weniger gemütlich.«

»Ja, da hast du Recht, das ist eine gute Idee«, begeisterte sich Franziska, »wenn schon nicht Hilde, dann eben Hans. Also bis heute Abend.«

Gerhard hielt das Handy noch einige Sekunden in der

Hand, ehe er zweimal auf die Stopptaste drückte, um das Gerät erst aus- und dann abzuschalten. Er blickte auf das stille Land zu seinen Füßen und dachte an Franziska. Verwundert registrierte er, dass auch nach dreißig Ehejahren die Erwartung, seine Frau in die Arme schließen zu können, ein Glücksgefühl in ihm auslöste. Dankbarkeit durchströmte ihn, als er sein Auto bestieg und die Höhe hinunter- und Franziska entgegenfuhr.

Eltmannshausen, Oberhones Nachbardorf, hatte sich jahrelang in der glücklichen Lage befunden, über zwei Dorfgaststätten zu verfügen, die beide für sich in Anspruch nehmen konnten, Relikte der guten alten Zeit zu sein. Nichts als der Tresen war hier verchromt, vernickelt oder verzinkt. Holz dominierte das Mobiliar, bildete Decke und Wände. Es war altes Holz, abgenutzt und dunkel, Holz, auf das man gerne die Hände legte, gegen das man sich gerne lehnte.

Jetzt, nach dem Schließen von »Knaufs Schänke«, war es Hans vorbehalten, in seiner »Linde« die Tradition der Dorfkneipe hochzuhalten.

Als die Gerhards die Gaststätte betraten, begrüßte sie das Knallen der Würfelbecher auf den Holztischen wie ein vertrauter Laut, an dem man einen Ort oder ein Ereignis erkennt. Auch die verräucherte Raumluft, der der asthmatische Ventilator noch nie Herr geworden war, gab ihnen das Gefühl, dass sich Gott sei Dank nichts bei Hans geändert hatte und voraussichtlich auch nicht ändern werde.

Der kleine Tisch neben dem Wandschrank mit den Sparfächern, an dem Gerhard meistens saß, wenn er in der »Linde« seinen Abendschoppen trank, war unbesetzt. Er bugsierte Franziska durch das Gedränge rund um die Theke und hielt zwei ausgestreckte Finger in die Luft.

Während sie auf die bestellten Biere warteten, betrachteten

sie schweigend die Gäste und ließen das pulsierende Leben in der Gaststätte auf sich wirken. Hin und wieder hoben sie die Hand und grüßten Bekannte, die ihnen zuwinkten.

Hinter dem Tresen stand Hans und zapfte. Seine kräftige Gestalt überragte den Thekenbereich, seine Autorität war spürbar, während er mit bedächtigen Bewegungen das Kneipengeschäft lenkte. Gelegentlich tauchte, ihm gerade bis zur Brust reichend, seine Frau Christa auf, die in emsiger Geschäftigkeit Getränke auf einem Tablett in den angrenzenden Saal trug, in dem offenbar eine Versammlung stattfand.

Hans brachte die Biere an den Tisch. Er lächelte Franziska väterlich zu und stellte mit einer Kopfbewegung zu Gerhard hin fest: »Schön, dass du mal wieder da bist. Heiner wird sich freuen.« Dabei nickte er zwei-, dreimal und blickte von einem zum anderen. Augenscheinlich war er zufrieden mit dem Bild einer Zweisamkeit, die seinen konservativen Vorstellungen einer ehelichen Partnerschaft viel mehr entsprach als das, was die die Gerhards sonst praktizierten.

Hans war eine Institution. Er hatte die Siebzig weit überschritten und strahlte eine seinem Alter angemessene Souveränität aus, die an einen betagten Indianerhäuptling erinnerte, der mit der Erfahrung vieler Lebensjahre seinen Stamm ruhig und umsichtig lenkte. Hektik und Aufgeregtheit waren ihm fremd, mit sparsamen Gesten und wenigen Worten hatte er seine Gaststätte fest im Griff.

Gerhard war jedesmal wieder erstaunt, wie diszipliniert und höflich sich die Jugend des Dorfes verhielt, wenn sie sich bei Hans traf, sei es, um zu würfeln oder sich einzustimmen auf einen Discobesuch. Es bedurfte keiner Zurechtweisungen oder Ermahnungen. Ausschreitungen und Unflätigkeiten kamen erst gar nicht auf, und das Wort bitte war in der »Linde« eine häufig gebrauchte Vokabel. Hans‘ bedächtige Gelassenheit übertrug sich in wohltuender Weise auf seine Gäste.

Nur, wenn sich das Gespräch um seine frühere Ingenieurstätigkeit drehte, besonders, wenn man auf Brücken und Überführungen zu sprechen kam, mit deren Konstruktionen er zu tun hatte, war es um seine stoische Ruhe geschehen. Dann kam Hans ins Schwärmen. Seine begeisterten Erzählungen von Zug- und Druckkräften, von Armierung und Gründung wurden oft nur durch das ungeduldige Nachfragen eines Gastes nach der überfälligen Bestellung unterbrochen.

Als sie das zweite Bier vor sich stehen hatten, legte Franziska ihrem Mann die Hand auf den Unterarm und sah ihn fragend an: »Wie willst du jetzt weiter vorgehen, Heinrich? Nach dem, was du mir am Feuer erzählt hast, scheint es ja tatsächlich eine Verbindung zwischen Willmer und Pflüger zu geben. Beide sind Archäologen, das kann kein Zufall sein.«

»Nein, diese Parallelität ist zu auffällig, da stimme ich dir zu.«

Nachdenklich sah Gerhard in sein halbvolles Bierglas. Über die nächsten Schritte hatte er sich bisher noch wenig Gedanken gemacht. Als er vorhin am Lagerfeuer Franziska von seinen Nachforschungen berichtet hatte, war ihm während des Erzählens klar geworden, welch spärliches Ergebnis seine Recherche in Rotenburg im Grunde erbracht hatte. Eigentlich war es ihm nur gelungen, die Identität des ominösen Mannes aufzudecken, die Gründe aber, die ihn bewogen, Gernot Willmers Nähe zu suchen, kannte er nicht.

»Ich weiß einfach zu wenig von diesem Pflüger, weiß so gut wie gar nichts über seine Vergangenheit, seine Ausbildung, sein Archäologiestudium. Vielleicht gab es ja während seiner Studentenzeit Berührungspunkte zu Willmer.«

»Du könntest versuchen, herauszufinden, wo Willmer studiert hat«, schlug Franziska vor. »Vera Kändler wird das wissen oder zumindest in Erfahrung bringen können. Wenn du dann am Studienort nur tief genug in Zurückliegendem gräbst, kann es durchaus sein, dass du fündig wirst und Spuren von Pflüger entdeckst.«

»Ja, das könnte ein geeigneter Schritt sein, etwas Licht in das Dunkel der Beziehung dieser beiden Männer zu bringen.« Gerhard kratzte sich am Kopf. »Warum nur verfolgt Pflüger Gernot Willmer? Ob es da irgend eine alte archäologische Geschichte gibt? Vielleicht eine offene Rechnung?«

»Du bist zu voreilig in deinen Folgerungen, Heinrich. Es ist zwar möglich, aber längst nicht erwiesen, dass Horst Pflügers heimliche Anwesenheit Gernot Willmer gilt. Was, wenn das Objekt seiner Nachstellung nicht der Mann, sondern dessen Frau ist?«

Verwundert schaute Gerhard auf. »Katja?« Diese Möglichkeit hatte er bisher überhaupt noch nicht in Betracht gezogen. Zu sehr war er durch die berufliche Gemeinsamkeit der Archäologen davon überzeugt gewesen, dass die angenommene geheimnisvolle Verbindung nur zwischen den Männern bestehen konnte. »Katja Willmer?«, fragte er noch einmal ungläubig, »welche Beziehung sollte Pflüger zu der Frau haben?«

»Heinrich.« Franziska schaute ihrem Mann ins Gesicht, sah die Ahnungslosigkeit in seinem Blick und schüttelte nachsichtig den Kopf. »Heinrich, welche Beziehungen haben Männer zu Frauen?«

»Du meinst, Katja und Pflüger ...?«

»Wäre doch möglich, dass die beiden ein Liebesverhältnis haben oder hatten. Natürlich kann die Angelegenheit auch einseitig sein: Pflüger bewundert Katja als Künstlerin und Frau und sucht deshalb ihre Nähe.«

»Aber ich habe dir doch erzählt, dass der Mann schwul ist.«

»Vielleicht ist er bi«, demonstrierte Franziska mit hochgezogenen Augenbrauen ihre sexuelle Aufgeklärtheit.

»Und Gernot Willmers Gemütsverfassung? Wie passt die dazu?«

»Ausgezeichnet, wenn man annimmt, dass er Kenntnis von der Beziehung seiner Frau zu einem anderen Mann hat.

So etwas kann einen Ehemann völlig aus der Bahn werfen.«

»Hhmm«, Gerhard leerte sein Glas, während er über Franziskas Konstruktion nachdachte. »Hat was für sich, was du sagst und ist auch irgendwie logisch.«

»Es muss ja nicht so sein. Ich wollte dir nur klarmachen, dass es noch andere Erklärungsmöglichkeiten gibt. Das, was ich eben sagte, soll dich nur davor warnen, dich vorschnell auf eine Lösung festzulegen.« Sie machte eine Pause und gab Hans das Zeichen, zwei weitere Biere zu bringen. »Willst du wissen, was ich dir raten würde, wenn du weiter entschlossen bist, die mysteriösen Vorgänge bei den Willmers aufzuklären?«

»Schieß los.« Gerhard beugte sich vor, ergriff ihre Hände und sah sie auffordernd an.

»Du solltest im Umfeld und in der Vergangenheit aller vier Personen, die in dieser Geschichte eine Rolle spielen, herumstöbern. Vielleicht stößt du dabei auf Besonderheiten, auf Querverbindungen, die auffällig sind. Das könnte dich weiterbringen.«

»Du redest von vier Personen, ich sehe nur drei.«

»Vergiss Vera Kändler nicht. Die Tatsache, dass sie dich um Hilfe und Aufklärung gebeten hat, muss noch lange nicht heißen, dass sie nicht auf die eine oder andere Weise in die Vorgänge verwickelt ist. Wer weiß, was sie mit deiner Hinzuziehung bezweckt. Vielleicht benutzt sie dich für irgendwelche Machenschaften, von denen du keine Ahnung hast.« Ein ermahnender Vorwurf lag in ihrer Stimme, als sie hinzufügte: »Man weiß ja, wie blind Männer sind, wenn attraktive Frauen sie um etwas bitten.«

»Na, na«, empörte sich Gerhard, obwohl er wusste, dass Franziska durchaus Recht hatte.

»Und was heißt das im Klartext«, versachlichte er wieder das Gespräch, »welche Vorgehensweise schlägst du vor?«

Franziska richtete sich in ihrem Stuhl auf, legte in einer Gebärde der Entschlossenheit die Unterarme parallel vor sich auf die Tischplatte und sah ihren Mann mit leuchtenden Augen an. Sie liebte es, die Initiative zu ergreifen, Gespräche zu dominieren und Vorschläge zu machen.

»Als erstes solltest du herausfinden, woher die Geschwister Kändler stammen, wo sie aufgewachsen sind und ob es irgendwelche dubiosen Vorfälle in ihrer Vergangenheit gab. Vielleicht begegnet dir ja bei deiner Suche der Name Pflüger.«

»Gut, es dürfte nicht schwer sein, von Vera Kändler ihre Heimatstadt zu erfahren. Wahrscheinlich wird es das Beste sein, dort dann vor Ort ein paar Fragen zu stellen und Erkundigungen einzuziehen. Und wie soll's dann weitergehen?«

»Als nächstes solltest du Nachforschungen in der Universitätsstadt, in der Willmer sein Studium absolviert hat, anstellen. Möglicherweise gibt es eine frühere archäologische Zusammenarbeit, die Willmer und Pflüger verbindet.«

»Ja, das erscheint mir erfolgversprechend.«

»Solltest du dann aber noch immer nicht entscheidend weitergekommen sein, musst du eben nochmals in Pflügers Leben herumschnüffeln und versuchen, noch tiefer in seine Vergangenheit einzudringen.«

»Ein Riesenprogramm, das du mir da aufhalst«, beschwerte sich Gerhard und strahlte seine Frau an. Für ihn, den Jäger, gab es nichts Schöneres, als immer neue Spuren zu entdecken, denen er hinterherstöbern und folgen konnte. Gewöhnlich war das Nachgehen einer Fährte aufregender und bereitete ihm mehr Vergnügen als das letztendliche Aufspüren mit dem Wissen, dass die Pirsch nun zu Ende war.

Das wusste auch Franziska, als sie sagte: »Tu nicht so, solche Recherchen liebst du doch über alles. Na, wenigstens bist du bei den auswärtigen Nachforschungen außerhalb des verführerischen Zauberkreises deiner schönen Sängerin«, schmollte sie und schob die Lippen vor.

Gerhard lachte: »Wer weiß, wo überall mir unterwegs

Circen und Kalypsos auflauern und mich zu verführen versuchen.« Dann, nach einem kurzen Moment des Nachdenkens, fügte er hinzu: »Noch eine weitere Person sollte in diesem Zusammenhang überprüft werden. Ahnst du, wen ich meine?«

»Nein«, Franziska zuckte mit den Schultern, »wer sollte das sein?«

Gerhard blickte zum Gaststättenfenster und deutete in die Richtung, in der Oberhone lag: »Der Mann dort unten im Bruch, der Tote, dieser Franz Heimann aus Witzenhausen. Auch dessen Umfeld und Leben sollte gründlich unter die Lupe genommen werden.«

»Hattest du nicht Charly Montag versprochen, die Finger aus diesem Fall herauszuhalten?«

»Ja, das habe ich. Und ich gedenke auch nicht, mein Versprechen zu brechen. Da aber der Tote möglicherweise eine Verbindung zu meinem Problem hat, erlaube ich mir, diesem Zusammenhang nachzuspüren. Natürlich mische ich mich dabei nicht in Charlys und Gunters Fall ein.« In einer Geste demonstrativer Unschuld hob er die Hände.

»Du alter Pharisäer«, schimpfte Franziska und erwiderte sein spitzbübisches Lachen. »Aber was lässt dich glauben, dass es zwischen Willmer und dem Toten im Bruch eine Verknüpfung gibt? Ist es die damalige Bemerkung, die Gernot Willmer über den Mord gemacht hat?«

»Ja, wobei es nicht die Worte selbst sind, sondern die Art, wie er sie vorgebracht hat. Ich bin mir nahezu sicher, dass da eine Verbindung besteht. ‚Was wisst ihr schon' hatte er damals voller Qual ausgestoßen. Jetzt, mit ein bisschen Abstand glaube ich, diesen Halbsatz ergänzen zu können: ‚Was wisst ihr schon von Franz Heimann, von der Wahrheit über seinen Tod, die ich kenne'. Das hatte Willmer gemeint. Es muss zwischen beiden ein Bindeglied geben, das spüre ich. Und um herauszufinden, welches das ist, muss ich auch nach Witzenhausen fahren.«

Gerhard lehnte sich zurück und verschränkte die Arme über der Brust. Das Terrain war abgesteckt, die Marschroute für die nächsten Tage festgelegt. Jetzt wollte er nur noch die Anwesenheit seiner Frau genießen.

Franziska würde bis zur Theatervorstellung in der kommenden Woche in Oberhone bleiben, das hatte sie ihm zu seiner großen Freude bei ihrer Ankunft mitgeteilt. Das ständige Hin- und Herfahren sei ihr zu stressig, sie wolle so kurz vor der Aufführung nahe am Theatergeschehen und nahe bei ihm sein. Siggi könne das Reisegeschäft genauso gut ein paar Tage alleine abwickeln.

Nun also war Franziska da. Gerhard freute sich auf die gemeinsame Zeit, die vor ihnen lag und die mit dem heutigen Abend begonnen hatte.

Dann aber fielen ihm die Aktivitäten ein, über die sie gerade gesprochen hatten und die er in den nächsten Tagen durchzuführen sich vorgenommen hatte. Mit einer entschuldigenden Geste wandte er sich an seine Frau: »Ich werde bei meinen auswärtigen Recherchen für einige Stunden von zu Hause weg sein. Weißt du denn schon, was du in dieser Zeit machen willst?«

Franziska klopfte ihm beruhigend auf den Arm: »Sei unbesorgt, lieber Mann, deine Frau weiß sich schon zu beschäftigen. Schließlich gibt es in Eschwege schöne Cafés, entzückende Geschäfte und viele Bekannte, mit denen ich lange nicht gesprochen habe. Aber vielleicht komme ich auch mit auf Erkundungstour. Finde du erst einmal heraus, in welche Städte du musst. Dann kann ich mich immer noch entscheiden, ob ich mit dir fahren werde.«

Am großen Tisch wurde es still, das Knallen der Würfel verstummte, als Karsten, der Sportvereinsvorsitzende, vom Saal her die Gaststätte betrat. Die Gäste an der Theke unterbrachen ihr Gespräch und drehten sich zu ihm um. Erwartungsvoll sahen ihm alle entgegen.

»Und?«, fragte Mario, der seine Neugier nicht mehr bezähmen konnte, »wird was draus?«

Karsten wandte den Kopf nach allen Seiten und blickte einige Sekunden stumm in die gespannten Gesichter. Dann nickte er und streckte den Daumen nach oben. »Beschlossene Sache, die Mannschaft steht. Schon nächste Woche beginnt der Trainingsbetrieb.«

Gerhard sah zu Franziska, die den Mund verzog und den Kopf schüttelte. »Keine Ahnung, um was es hier geht.« Um ihre Unwissenheit zu unterstreichen, hob sie Schultern und Arme an. Hans, der gerade das Bier an den Tisch brachte, missdeutete diese Geste und drückte ihr die Gläser in die Hände.

Als der Gastwirt sich niederbeugte, um Striche auf den Deckel zu machen, wollte Gerhard von ihm wissen, wer denn da im Saal tagte.

»Der Vorstand der Fußballer«, gab Hans Auskunft und ergriff die leeren Gläser.

»Und was wurde heute Abend beschlossen?«, fragte Gerhard, aber seine Frage traf nur den breiten Rücken von Hans, der schon wieder seiner Theke zusteuerte.

Doch nur wenige Augenblicke später sollte er Auskunft erhalten über das, was das Gremium im Saal einstimmig, wie er später erfuhr, abgesegnet hatte. Denn eine markante, unüberhörbare Stimme verkündete lautstark von der Theke her: »Frauenfußball in Eltmannshausen. So ein Blödsinn. Eine Frechheit. Der reinste Witz.«

Gerhard drehte sich zum Tresen hin und blickte auf Harald Kleinschmidt, der sich nach seinen verbalen Ausfällen in anmaßender Pose im Gastraum umsah und herausfordernd der Reaktion der Gäste entgegensah. Dabei machte er, als er jetzt sein Bierglas zum Mund führte, den Eindruck, als dächte er gerade darüber nach, wie er seine Attacken gegen den Frauenfußball im Speziellen, den einzuführen offensichtlich an diesem Abend beschlossen worden war, und die Frauen im Allgemeinen fortsetzen konnte.

Berti, wie Harald Kleinschmidt von seinen Mitspielern genannt wurde, hatte mit Gerhard einige Jahre in der Alte-Herren-Mannschaft von Oberhone gespielt. Er war dafür bekannt, zielstrebig und ausdauernd solange dem Ball und dem Gegenspieler hinterherzujagen, bis er das Leder, was gelegentlich vorkam, mit weitem Schlag nach vorne oder ins Aus gedroschen hatte, oder den Gegner, was häufiger geschah, mit seiner berüchtigten Grätsche zu Fall gebracht hatte. Gerhard war sich sicher, dass Berti mit der gleichen unnachgiebigen Konsequenz, die er auf dem Platz gezeigt hatte, sich jetzt auch des Themas »Frauen und Fußball« annehmen würde.

»Wo kommen wir denn hin«, gab ihm schon im selben Augenblick Harald Kleinschmidt Recht, »wenn sich die Weiber jetzt auch noch auf dem Sportplatz breit machen. Schlimm genug, dass man selbst in der Kneipe nicht mehr vor ihnen verschont wird.« Ein kurzer Blick ging hinüber zu Franziska, ehe er mit dem Standardsatz machistischer Stammtische fortfuhr: »Frauen sollten Kinder kriegen, kochen und das Haus in Ordnung halten. Das ist ihre Aufgabe und Bestimmung, aber ganz sicher nicht das Fußballspielen.«

Er hob zur Bekräftigung das Glas und setzte es an die Lippen. Doch bevor er trank, konnte er es sich nicht verkneifen, seiner Tirade noch eine verbale Spitze aufzusetzen: »Und außerdem haben die Weiber keine Ahnung vom Fußball. Die kriegen es fertig und beißen in den Ball, weil sie glauben, es ist ein großgeratener Apfel.« Über diesen Witz lachte er so schallend in sein Bierglas, dass der Schaum aufflog und sich ihm auf Kinn und Nase setzte.

Gerhard sah besorgt zu Franziska hin, die den Blick scheinbar gelassen zur Gaststättendecke gerichtet hatte. Er kannte seine Frau, wusste, wie es in ihr brodelte und spürte, dass es nur noch wenig bedurfte, um das Maß toleranter Duldung zu überschreiten.

Und als dann Berti immer noch nicht genug hatte und mit Hohn in der Stimme die Frage in den Raum stellte: »Wie sollen denn die Weiber jemals die Abseitsregel kapieren?«, war das der Tropfen, der das Fass zum Überlaufen brachte.

Noch ehe Gerhard reagieren und besänftigend auf seine Frau einwirken konnte, hatte sich Franziska mit zorngeröteten Wangen in einer energischen Bewegung zur Theke hingedreht und den Provokateur mit eisigem Blick fixiert: »Aber du, du verstehst was vom Fußball, oder?« Ihre klare Stimme und der unheilverkündend ruhige Tonfall ließen Gerhard Schlimmes befürchten.

Berti, der belustigt zu seinen Mitzechern blickte, warf sich in die Brust und prahlte: »Natürlich verstehe ich etwas vom Fußball. Schließlich habe ich jahrelang gespielt. Und außerdem bin ich ein Mann«, schloss er selbstherrlich.

»Ha, du magst ja was von dem Fußball, wie man ihn vor dreißig Jahren gespielt hat, verstehen. Aber von modernen Spielsystemen hast du keine Ahnung.«

Es war leise geworden in der Gaststätte. Hans hatte das Radio heruntergedreht und das Geschirrspülen eingestellt, es herrschte High-Noon-Stille, der Shoot-Down stand unmittelbar bevor.

Franziska war es, die den ersten Schuss abfeuerte, der den selbsternannten Fußballkenner voll erwischte. Ihr gestreckter Finger zeigte wie eine Pistole auf Bertis Brust, als sie ihn aufforderte: »Dann sag mir doch mal, wo im modernen 4-4-3-System die Nahtstelle zwischen defensiver Zonenabwehr und offensivem, zirkulierendem Mittelfeld liegt.« Sie wartete fünf Sekunden, in denen sie den Finger weiter auf Harald Kleinschmidt gerichtet hielt, dann lehnte sie sich zurück und verschränkte die Arme vor der Brust. »Und?«, fragte sie nach und kostete Bertis offensichtliche Verblüffung und Verwirrung aus, die in dessen barscher Erwiderung deutlich wurde: »Was soll das? So ein Quatsch.«

»Ich sag's dir gerne noch einmal«, bot Franziska an und wiederholte die Frage. »Kann doch so schwer nicht sein.«

Die Köpfe der Zuschauer drehten sich nun alle zu Berti hin, dessen Gesicht man ansah, dass seine Gedanken sich mit der gestellten Aufgabe auseinandersetzten. Gerhard blickte kurz zu seiner Frau, deren anfangs zornige Miene nun einem Ausdruck boshaften Genießens gewichen war.

Ein plötzliches Hochziehen der Mundwinkel und ein Öffnen der halbgeschlossenen Augen signalisierten die Erleuchtung, die Berti soeben gekommen sein musste. »Ich hab's doch gesagt, da kommt nur Blödsinn raus, wenn Frauen vom Fußball reden.« Mit überlegenem Lächeln wandte er sich Franziska zu. »4-4-3-System. Dass ich nicht lache. Hast du mal ausgerechnet, wie viele Spieler das sind? – Elf Feldspieler sind das in deinem System, aber nur zehn sind erlaubt. Ha, ha, ha.« Vor lauter Begeisterung, diese Unsinnigkeit aufgedeckt zu haben, schlug er sich unter wieherndem Lachen auf die Oberschenkel und verstummte erst, als er gewahrte, dass der Zeigefinger erneut auf ihn zielte.

Franziska war jetzt aufgestanden und vor ihn hingetreten. Mit beißendem Spott bemerkte sie: »Du hast wohl noch nie etwas von einem fiktiven Verbindungsspieler gehört, der nur imaginär und nicht numerisch im Mannschaftsgefüge auftaucht? Aber ich wusste es ja: Groß tönen, aber keine Ahnung vom modernen Fußball.«

Auf dem Weg zurück zu ihrem Tisch drehte sie noch einmal den Kopf über die Schulter und fragte zu dem Verdutzten hin: »Du hast bestimmt auch keinen blassen Dunst, was man unter antizipiertem Abseits versteht? Oder sollte ich mich täuschen?«

»Und was soll das nun wieder?«, entfuhr es »Berti« Harald Kleinschmidt, dessen säuerlicher Stimmlage man anmerkte, dass er erneut getroffen war und in ein bedenkliches Torkeln und Schwanken zu geraten drohte.

Nun hielt Franziska nichts mehr zurück, ihm auch noch den Fangschuss zu versetzen, besonders da sie merkte, dass die Zuschauer ihres Duells anfingen, sich auf ihre Seite zu schlagen und den großmäuligen Sprüchemacher, der jetzt die Antworten schuldig blieb, auszulachen begannen.

Noch einmal erhob sie die Stimme und ließ ihre Worte wie Axthiebe auf Bertis eingezogene Schultern fallen: »Wer soviel fußballfachliche Inkompetenz wie du zeigt, der weiß natürlich auch nichts mit dem Begriff ‚ballbezogenes Antipressing' anzufangen.« Betont langsam ging sie nun zurück zu ihrem Tisch, wartete noch einige Sekunden, bevor sie sich setzte und triumphierend verkündete: »Wusst ich's doch, dass du's nicht weißt.« Dann drehte sie der Theke demonstrativ den Rücken zu und griff nach ihrem Bier.

Gerhard hielt die Luft an und schaute auf Berti, dessen Gesicht bleich geworden war. Unbeweglich saß er auf seinem Thekenstuhl und starrte ins Leere.

»Ballbezogenes Antipressing, das weiß doch jeder«, stieß Sterni am Würfeltisch Max an, der in das Lachen seines Nachbarn mit einstimmte. Wie eine Welle, die langsam aber stetig in immer größeren Kreisen über die Wasseroberfläche läuft, breitete sich das Gelächter im Gastraum aus und fand erst dann ein abruptes Ende, als Harald Kleinschmidt seine Faust mit einer solchen Wucht auf die Theke niedersausen ließ, dass die Gläser zum Klirren kamen und das Bier aus ihnen auf die Holzplatte spritzte.

»Mir reicht's jetzt!«, rief er mit bebender Stimme, während er aufstand und einen Geldschein auf den Tresen segeln ließ. »Verdammtes Weibergewäsch!«, waren seine Worte, bevor er wutentbrannt die Dorfkneipe verließ.

»Puh«, Gerhard stieß die Luft aus und sah seine Frau an. »Das war wohl nötig, wie?«

»Mehr als nötig«, bestätigte Franziska und atmete ihrerseits kräftig aus. »Oder soll ich mir als Frau solche Sprüche gefallen lassen?«

»Nein, nein, war schon in Ordnung. Berti musste mal einen Dämpfer bekommen. Er poltert halt gerne, meint es im Grunde aber nicht böse. Er redet so, wie er Fußball spielt: Schnörkellos, immer gerade drauflos und ohne Kompromisse. Bei dieser Spielweise kann einem leicht ein Eigentor unterlaufen. Heute hat er eins geschossen.«

Hans stellte zwei Gläser vor sie hin. »Die gehen aufs Haus, für die tolle Vorstellung eben. Ganz große Klasse, Franziska. Ich wusste gar nicht, dass du soviel Fußballverstand besitzt.«

»Ja, das wundert mich auch«, sagte Gerhard, als Hans weitergegangen war, »dieses Fachwissen hätte ich nie bei dir vermutet. Ich muss dir gestehen, dass auch ich keine Ahnung habe, was antizipiertes Abseits ist. Und von einem fiktiven Verbindungsspieler habe ich noch nie etwas gehört. Auch unter Antipressing kann ich mir absolut nichts vorstellen. Wie kommst du nur zu diesen Kenntnissen?«

Es war die Art, wie Franziska ihn von unten her mit schräg gelegtem Kopf und unverhohlenem Schalk in den Augen ansah, die in Gerhard einen ersten Argwohn erwachen ließ.

»Oder ist das etwa alles...?«, begann er.

Mit einer Handbewegung unterbrach ihn Franziska und lächelte ihn strahlend an. »Sieh mal, Heinrich, damals, als du zur Fortbildung in Lübeck warst, da musste unser Sohn im Rahmen seines Sportstudiums eine Hausarbeit über »Spielsysteme im Wandel der Zeit« oder so ähnlich abgeben. Du warst zum Korrigieren nicht greifbar, also bat Matthias mich, die Arbeit auf grammatikalische und Rechtschreibfehler durchzulesen. Dabei habe ich dann eine ganze Menge von diesen Fachausdrücken kennengelernt und mir gemerkt. Und heute, als Berti mir dermaßen großkotzig kam...«

»...da hast du dich an all die schönen Ausdrücke erinnert

und sie in fantasievollen Verbindungen frei zu wohlklingenden Neuschöpfungen kombiniert. War's nicht so?«

»Ja«, flüsterte Franziska glucksend hinter vorgehaltener Hand. »Aber verrat's nicht weiter, wo's doch so schön geklappt hat.«

Der alte Rhythmus hatte sich nach Harald Kleinschmidts brüskem Abgang bald wieder in der Gaststätte eingestellt, die Würfler waren erneut in ihr Spiel eingestiegen, die Besetzer der Theke hatte ihre Gespräche wieder aufgenommen. Ein kurzer Taktwechsel erfolgte, als der Sportvereinsvorstand aus dem Saal kam und sich den Gästen am Tresen zugesellte. Aber schon nach kurzem war das vorherige Gleichmaß wiederhergestellt, das Leben in der Dorfkneipe lief seinen gewohnten Gang.

Heinrich und Franziska genossen die Zweisamkeit. Sie sprachen wenig, ließen sich einhüllen von den Geräuschen und Gesprächsfetzen, die immer gedämpfter mit zunehmendem Fortschreiten des Abends zu ihnen drangen. Wie ein Mantel der Geborgenheit legte sich mehr und mehr eine wohltuende Müdigkeit über die verbliebenen Gäste.

Mit einem Ruck fuhren die schwer über Tisch und Theke gebeugten Köpfe nach oben, als plötzlich ein heulender Sirenenton in wiederkehrendem An- und Abschwellen erklang.

»Was ist los?« »Ob's brennt?« »Jetzt, um diese Zeit?«

Die kurze Spanne der Unsicherheit wurde schnell beendet, als Dietmar, der Chef der örtlichen Feuerwehr, in voller Montur die Gaststätte betrat.

»Schluss mit dem Feiern, Leute«, wandte er sich an die Anwesenden, die, das wusste Gerhard, zum Großteil der freiwilligen Ortsfeuerwehr angehörten. »Wir müssen raus, und zwar schnell. Es brennt lichterloh.«

»Wo, hier im Dorf?«

»Nein, nicht bei uns. Die Kollegen aus dem Nachbardorf haben uns angefordert. Sie werden alleine mit dem Brand nicht fertig. Eine Scheune steht in Flammen und bedroht die anliegenden Höfe. Es brennt beim Bauer Heckmüller in der Hintergasse in Oberhone.«

14

Wie eine Fackel, die während ihrer Annäherung an Oberhone an Leuchtkraft gewann, züngelten die Flammen der brennenden Scheune vor ihnen in den Sternenhimmel. Der Widerschein des hellen Feuers lief in Wellen über die rotziegeligen Dächer der Häuser und tauchte das Dorf in ein gespenstisches Halblicht.

Unmittelbar, nachdem Dietmar die Nachricht von der brennenden Scheune gebracht hatte, waren sie zusammen mit fast allen übrigen Gästen aus der »Linde« und aus Eltmannshausen aufgebrochen. Die schöne Vorstellung eines romantischen Fußwegs zurück durch die warme, duftende Nachtluft war nun einem Gefühl beklemmender Ahnungen und Befürchtungen gewichen. »Ich kann es einfach nicht fassen. Da leben wir Jahre lang eng nebeneinander und miteinander, vertrauen uns gegenseitig – und jetzt das. Erst der Tote im Bruch, dann der verschwundene Sprengstoff und heute steht eine Scheune in Flammen. Mord, Diebstahl und Brandstiftung in unserem Dorf.«

»Du weißt doch noch gar nicht, ob Brandstiftung dahintersteckt. Eine Scheune kann auch mal einfach so abbrennen. Durch einen Kurzschluss zum Beispiel oder durch eine Selbstentzündung«, gab Franziska zu bedenken.

»Aber jeder denkt doch, wenn's nach den Spannungen der letzten Tage ausgerechnet beim Heckmüller, dem fanatischsten Befürworter des Landverkaufs, brennt, dass die Umweltschützer und Dorfverschönerer die Scheune angesteckt haben.«

»Na, wir werden's erfahren.«

Sie näherten sich dem Ortsrand von Oberhone. In stummer Übereinkunft ließen sie ihr Haus rechterhand liegen, überquerten die Honer Straße und stiegen über die Mittelgasse hinauf zum Anger. Das halbe Dorf schien unterwegs zu sein und sternförmig dem Platz um die Kirche zuzustreben, in dessen unmittelbarer Nähe sich das Anwesen des Landwirts Heckmüller befand. Huschende Schatten bewegten sich im flackernden Feuerschein über die Häuserwände, der Rauch verbrannten Holzes erschwerte zunehmend das Atmen, je näher sie dem Brandherd kamen.

Franziska hielt sich in dem Versuch, sich vor der Glutwelle des Feuers zu schützen, die Hände vor die Augen, als sie an der Kirche vorbei auf die Hintergasse trat. Auch Gerhard musste das Gesicht mit dem Arm bedecken, um in das prasselnde Inferno blicken zu können. Die Bilder, die sich ihm boten, die hoch aus dem Dachstuhl lodernden Flammen, die brennenden Scheunenbalken, ließen keinen Zweifel aufkommen, dass ein Löschen des Brandes nicht mehr möglich war. Es ging den Feuerwehren offensichtlich nur noch darum, ein Übergreifen des Feuers auf die umgebenden Gebäude zu verhindern, denn Gerhard sah, dass sie ihre Wasserschläuche vorwiegend auf die Dächer der Nachbarhäuser und die Randzonen der brennenden Scheune gerichtet hatten.

Die Dorfbevölkerung stand in Gruppen am Rand des Angers zusammen und beobachtete, teils in stummer Faszination, teils unter heftigem Debattieren, die Löschversuche der Brandschützer.

In der Nähe des Plastikbandes, das die Feuerwehr zum Absperrren der Brandstelle über die Straße gezogen hatte, erblickte Gerhard die Mehrzahl der Bauern, die sich in den letzten Wochen in der Absicht, ihr Land an die Industrieansiedler zu verkaufen, zusammengefunden hatten. Schweigend standen sie in einer breiten, anklagenden Front beieinander und schauten in die Flammen. Die Fassungslosigkeit, die sich in ihren Gesichtern spiegelte, während sie den Löscharbeiten zusahen, verlor sich von einer Sekunde auf die andere, als Rolf Schreiber, der Bauer aus dem Kirchweg, mit dem Arm unter lebhaftem Gestikulieren die Otto-Seng-Straße hinaufdeutete. Die Köpfe der Landwirte fuhren herum und richteten sich auf Helmut Noack, der mit Stefan Schmidt, einem weiteren Mitglied der Dorfverschönerer, dem Anger und dem Brandgeschehen zueilte.

»Mein Gott!« Gerhard ergriff den Arm seiner Frau. »Nicht schon wieder.«

Franziska folgte seinem Blick. Er spürte ihr Erschauern, als sie sich eng an ihn schmiegte. »Sieh doch nur die Wut in den Gesichtern der Bauern«, flüsterte sie, »die sind fest davon überzeugt, dass die Gegenpartei die Scheune angezündet hat.«

Aus dem Pulk der wettergegerbten Landwirte schob sich die große Gestalt Lothar Thieles nach vorne und trat den beiden Dorfverschönerern, die inzwischen die Hintergasse erreicht hatten, mit energischem Gestus entgegen.

»Das Maß ist voll!«, übertönte die Stimme des Bauern das Knistern und Zischen des nahen Feuers. »Jetzt seid ihr zu weit gegangen – und dafür bekommt ihr nun die Quittung.« Er unterstrich seine Drohung mit einem weiteren Schritt auf die Männer zu, die verdutzt und erschrocken stehengeblieben waren.

Gerhard spürte, wie Franziska seinen Arm drückte und ihn anflehte: »Tu was, Heinrich, ehe es ein Unheil gibt!«

Doch gerade, als Gerhard sich aus dem festen Griff seiner Frau löste und auf die Kontrahenten zuging, kam Michael Otremba von der anderen Seite der Absperrung mit erhobenen Händen angelaufen.

»Schluss mit der Streiterei!«, rief er und kletterte unter dem Trassenband hindurch, »Schluss mit den gegenseitigen Beschuldigungen!« Dabei schob er sich, die Arme wie eine Trennbarriere weit ausbreitend, zwischen die gegnerischen Parteien.

Auch Gerhard war inzwischen herangekommen. In engem Schulterschluss stellte er sich neben den Ortsvorsteher und bedachte Thiele mit einen Kopfschütteln: »Lothar, was sollen diese unsinnigen Anschuldigungen und Drohungen. Die Stimmung im Dorf ist doch weiß Gott schon schlimm genug, wollt ihr sie mit eurem unbeherrschten Verhalten noch weiter anheizen?«

»Ist doch nicht unsere Schuld«, bellte der Landwirt und deutete auf Noack und Schmidt. »Die da, die Krötenfritzen, die sind's, die das Klima vergiften. Jetzt stecken sie sogar Häuser an.«

»So ein Quatsch!«, empörte sich der Dorfverschönerungsvorsitzende. Über Otrembas ausgestreckten Arm schrie er zu den Bauern hin: »Wir sind doch nicht so wie ihr, die nicht einmal davor zurückschrecken, Andersdenkende umzubringen.«

Das Krachen und Splittern der zusammenstürzenden Scheune bewirkte, dass alle Köpfe sich zu dem funkenstiebenden Schauspiel hindrehten, und verhinderte, dass die zugespitzte Lage eskalierte.

Gerhard nutzte die Ablenkung und zog den wortführenden Landwirt zur Seite. »Mensch, Lothar, was ist nur in euch gefahren in den letzten Tagen. Jahrelang lebt ihr friedlich zusammen, trinkt gemeinsam euer Bier und feiert die gleichen Dorffeste. Und auf einmal geht ihr aufeinander los, beschuldigt euch gegenseitig und behandelt euch wie Kriminelle. Denk doch mal nach, das passt einfach nicht zusammen.« Er legte Thiele den Arm um die Schulter und deutete zu den beiden Männern des Dorfverschönerungsvereins, auf die gerade der Ortsvorsteher intensiv einsprach. »Helmut Noack und Stefan Schmidt sind ganz normale, anständige Menschen wie du, ich und deine Landwirtkollegen. Wieso traut plötzlich jeder dem anderen das Schlimmste zu?«

»Weiß ich's«, brummte Thiele und befreite sich aus Gerhards Umarmung. »Muss die Hitze sein, die macht allen zu schaffen.«

Der Ortsvorsteher trat zu ihnen. Mit zusammengekniffenen Lippen und hochgezogenen Augenbrauen sah er den Landwirt so lange an, bis dieser unter dem strengen Blick betreten den Kopf zu Seite wendete.

»Du sagst jetzt deinen Leuten, Lothar, dass sie nach Hause gehen sollen. Hier behindert ihr nur die Lösch- und Aufräumarbeiten.« Mit einer Handbewegung unterband Otremba den Einwand, zu dem Thiele gerade ansetzen wollte. »Morgen früh um elf erwarte ich je zwei Vertreter von euch und von den Dorfverschönerern zu einem gemeinsamen Frühstück. Ich lade euch dazu in den Versammlungsraum der Gemeindeverwaltung ein. Wir müssen unbedingt über die Situation im Dorf sprechen. So kann das nicht weitergehen.«

»Wie, ich soll mich mit denen an einen Tisch setzen«, protestierte der Landwirt und gestikulierte zu den beiden Männern vom Dorfverschönerungsverein hin, die sich gerade anschickten, den Anger zu verlassen.

»Du musst und wirst, andernfalls wird die Polizei euch zu sich laden, aber ohne Frühstück. Helmut Noack kommt mit Stefan Schmidt, das hat er soeben zugesagt. Wen wirst du mitbringen?«

Zögernd kratzte sich Thiele am Kinn und tat, als müsse er nachdenken. Er rang mit sich, es fiel ihm sichtlich schwer, sich zu überwinden und nachzugeben. Kaum verständlich knurrte er schließlich: »Wenn's denn unbedingt sein muss. Ich bringe Rolf Schreiber mit.«

Alles Kämpferische, das er noch vor wenigen Augenblicken gezeigt hatte, war verschwunden, als er sich schwerfällig zu seinen Freunden umdrehte. Vielleicht war ihm jetzt zum ersten Mal klar geworden, wie leichtfertig er mit dem gegenseitigen Vertrauen, das sie sich jahrelang im Dorf untereinander entgegengebracht hatten, umgegangen war. Vielleicht begriff er, dass er mit seinen in unüberlegtem Zorn vorgebrachten Anschuldigungen weit über das hinausgegangen war, was Anstand und Respekt erlaubten, einem unbescholtenen Mitbürger zuzutrauen.

Ruhig sprach er jetzt auf seine Leute ein, deutete ein-, zweimal zu dem Ortsvorsteher hin und zuckte mit den Schultern. Schweigend hörten ihm die Landwirte zu. Dann, nach einer Weile zögernden Verharrens, kam Bewegung in die Gruppe. So, wie sie vor wenigen Minuten aus allen Richtungen zur Brandstelle gekommen waren, zerstreuten sie sich nun wieder und traten den Rückweg zu ihren Höfen an.

»Ich würde dich gerne morgen bei dem Gespräch dabeihaben, Heiner«, bat Michael Otremba, »quasi als neutralen Vermittler, der von beiden Seiten akzeptiert und respektiert wird. Könntest du kommen?«

Gerhard überlegte. Eigentlich hatte er vorgehabt, gleich morgen mit seinen Recherchen zu beginnen. Dann aber fiel ihm ein, dass er, bevor er irgendwelche Erkundigungen einholen konnte, zuerst wissen musste, wo er mit seinen Nachforschungen ansetzen sollte. Er musste also zunächst mit Vera Kändler, eventuell auch mit Gernot Willmer sprechen. Das würde ihn morgen den halben Tag beschäftigen und an Oberhone binden. Deshalb stand aus seiner Sicht einer Teilnahme an dem Aufklärungs- oder Versöhnungsfrühstück, wie auch immer man es bezeichnen wollte, nichts im Wege.

»Wenn du meinst, meine Anwesenheit trägt zur Entspannung der Situation bei, komme ich natürlich.« Gerhard sah den beiden Dorfverschönerern hinterher, die langsam die Otto-Seng-Straße hinaufgingen. »Es ist wichtig, dass wieder miteinander geredet wird. Wenn wir das morgen erreichen, ist schon viel gewonnen.« Ihm kam ein Gedanke. »Was hältst du davon, wenn wir Gunter Schröder dazuladen? Nicht offiziell als Polizeibeamten, sondern als Mitbewohner unseres Dorfes, der sich mit kriminalistischen Delikten auskennt und uns möglicherweise Ratschläge geben kann? Was meinst du, könnte das hilfreich sein?«

»Vielleicht. Schaden kann's zumindest nicht. Frag ihn, ob er kommen will, er ist herzlich eingeladen.«

Manfred Reimuth, der Oberhöner Feuerwehrmann, kam vom Brandherd herangewankt. Das Arbeiten in der Hitze hatte ihn ausgelaugt, die Erschöpfung stand ihm in sein rußgeschwärztes Gesicht geschrieben. Noch bevor er das Absperrband erreichte, deutete er auf das Feuer zurück und rief: »Die größte Gefahr ist vorbei. Jetzt nach dem Einsturz des Dachstuhls werden die Balken noch eine Weile vor sich hinbrennen, aber ein Auflodern der Flammen, das den Nachbarhäusern gefährlich werden könnte, ist nun nicht mehr zu erwarten.«

Otremba reichte dem Brandschützer ein Papiertaschentuch. »Wisch dir das Schwarze aus dem Gesicht, Manfred. Wer weiß, ob nicht gleich ein Reporter auftaucht und dich fotografieren will.« Mit einer Handbewegung zu den brennenden Scheunentrümmern hin stellte er die Frage, die auch Gerhard auf der Zunge lag: »Sag mal, gibt's denn irgendeinen Hinweis, wie das Feuer entstanden sein könnte? Zum Beispiel irgendeinen Anhalt für eine Brandstiftung?«

Unmerklich nickte der Feuerwehrmann und sah sich nach allen Seiten um, als wolle er sich vergewissern, keine ungewollten Zuhörer zu haben. Dann, noch einen Schritt näher herantretend, verkündete er in bedeutungsvollem Ton: »Es riecht verdammt nach Brandstiftung.«

»Es riecht, sagst du? Tatsächlich oder nur bildlich?«

»Der Geruch an einer Tankstelle könnte nicht intensiver sein.«

»Mein Gott, wer macht so etwas?« Franziska war hinzugekommen und schüttelte ungläubig den Kopf. Ihre blonden Haare, auf die die Glut des Feuers einen rötlichen Schimmer legte, schwangen zornig hin und her.

»Der Täter hat sich diesmal nicht die geringste Mühe gegeben, seine Tat zu verheimlichen«, berichtete Reimuth und zeigte zu den Scheunenresten hin. »Die Brandstiftung ist hier so offensichtlich und plump angelegt, dass es fast den Anschein hat, als wäre es beabsichtigt, dies für jedermann erkennbar zu machen.« Sarkastisch fügte er hinzu: »Nun, wenn wirklich einer von den Umweltfanatikern dem Heckmüller die Scheune angezündet hat, dann ist er auch daran interessiert, dass seine »Heldentat« mit seiner grünen Gesinnung in Verbindung gebracht und gewürdigt wird. Der Benzingeruch, der über dem Brandherd liegt, ist so etwas wie seine aromatische Visitenkarte.«

»Langsam, Manfred«, beschwichtigte Otremba, »noch wissen wir nichts über die Urheberschaft des Brandes. Deshalb sollte das Aussprechen eines Verdachtes zu diesem Zeitpunkt unterbleiben.«

»Gut, gut«, verteidigte sich Reimuth, »ich habe ja nur ausgesprochen, was die meisten hier im Dorf denken.« Achselzuckend ging er zu seinen Kameraden zurück.

Otremba schlüpfte unter dem Absperrband hindurch und folgte dem Feuerwehrmann. Er wollte noch ein letztes Mal die Brandstelle inspizieren, die jetzt nur noch aus einem Haufen glühender Balken bestand, aus dem hin und wieder kleine Flammen aufflackerten. Auf halbem Weg drehte er sich nochmals zu Gerhard um: »Wir sehen uns morgen, Heiner, um elf in der Gemeindeverwaltung. Und denk schon mal darüber nach, wie wir das gegenseitige Misstrauen aus diesen Dickschädeln herausbekommen.«

Auf dem Heimweg erzählte Gerhard seiner Frau von dem für morgen Vormittag angesetzten Treffen, an dem auch er teilnehmen würde. »Ein kluger Schachzug von Michael. Das gemeinsame Tafeln vor wichtigen Versammlungen und Beschlussfassungen war schon in früheren Zeiten ein probates Mittel, um verfeindete Gruppen und Stämme an einen Tisch zu bringen. Warten wir ab, ob es auch morgen funktioniert.«

15

Gerhard sah es als gutes Zeichen an, als er pünktlich um elf den Raum der Gemeindeverwaltung betrat und feststellte, dass schon alle versammelt waren und er der letzte der Eingeladenen war. Die sonst zu einer langen Tafel zusammengestellten Tische waren nun, wohl in der Absicht, die Beteiligten enger zusammenzusetzen, auseinandergerückt und in kleineren Gruppierungen angeordnet worden.

An einer dieser Sitzgruppen hatten die geladenen, oder vielmehr von Otremba zu diesem Treffen zitierten Teilnehmer Platz genommen. Die Stirnseiten des Tisches nahmen der Ortsvorsteher und Gunter Schröder ein, der am frühen Morgen die ihm telefonisch übermittelte Einladung freudig angenommen hatte, vor allem, als er von dem in Aussicht gestellten Frühstück erfuhr. Allerdings war er, wie Gerhard meinte, der Bitte, als einfacher Bürger in inoffizieller Mission und nicht als Ordnungshüter bei diesem Gespräch zu fungieren, in übertriebener Form nachgekommen. In dem Bestreben, jeglichen dienstlichen Anstrich zu vermeiden, trug er nun Shorts, ein ärmelloses Hemd, das über dem Bauch spannte, und strumpflose Sandalen, ein Anblick, der es in der Tat unmöglich machte, in ihm eine Amtsperson zu vermuten.

Einander gegenüber saßen an den Seiten, nur durch die Tischplatte getrennt und sich mit den Füßen fast berührend, die Vertreter der zerstrittenen Parteien. Lothar Thiele hatte der Bedeutung als Sprecher der Bauernschaft angemessen eine blaue Krawatte umgebunden, während sein Kontrahent Noack seine naturverbundene Lebenssicht mit einem blumengemusterten Hemd zum Ausdruck brachte.

Verwundert registrierte Gerhard, dass sich die Tischrunde lebhaft miteinander unterhielt. Von einer Spannung zwischen den Gesprächspartnern war in diesem Moment jedenfalls nicht das Geringste zu spüren.

Mit einem Augenzwinkern informierte der Ortsvorsteher, dem das Erstaunen nicht verborgen geblieben war, den Neuankömmling: »Ich habe gerade erzählt, dass die Stadt den Ausbau unseres Sporthäuschens genehmigt hat. Auch ein kräftiger Zuschuss vom Stadtkämmerer wurde bewilligt.«

Aha, deshalb also die rege Diskussion. Gerhard zog im Stillen seinen Hut vor dem gewieften Taktiker Otremba, der bei einer solch positiven Botschaft und dem unverfänglichen Thema sich der zustimmenden Äußerungen aller sicher sein konnte. Er hatte die Partie mit einem leichten Zug eröffnet, der keines großen Nachdenkens bedurfte, um erwidert zu werden. Das Spiel war jetzt erst einmal in Gang gekommen, man würde sehen, wie lange das Vorgeplänkel anhielt, ehe die eigentliche Spielphase begann.

Auch der zweite Zug Otrembas fand ungeteilten Beifall. Auf einem großen Tablett, das er aus der benachbarten Teeküche holte, trug er nun all das heran, was ein Nordhesse unter einem deftigen, opulenten Frühstück versteht: Eine Schicht Zwiebelringe bedeckte einen kindskopfgroßen Berg aus Schweinegehacktem, zwischen geraden und gebogenen Blut- und Leberwürsten standen Gläser und Schalen mit Gänsefett und Griebenschmalz. Natürlich fehlte auch nicht die legendäre ‚Ahle Worscht', das kulinarische Gütezeichen der Region.

»Greift zu«, ermunterte der Gastgeber, als er die Kaffeekanne zwischen den Brötchenkorb und das Gurkenglas auf den Tisch stellte.

In den folgenden Minuten, in denen jeder ausgiebig der Aufforderung des Ortsvorstehers nachkam, breitete sich jene schweigsame Zufriedenheit aus, die häufig speisende Männerrunden dominiert. Gelegentlich tönte ein ‚Reich mir mal' oder ‚Gibst du mir' auf. Auch das eine oder andere Lob auf die Qualität des Dargebotenen wurde geäußert, sonst aber gab man sich weitgehend lautlos dem Essgenuss hin.

Gerhard war froh, dass ihm Franziska mit dem Hinweis auf das spätere Frühstück zum Morgenkaffee nur einen Obstsalat vorgesetzt hatte. So brauchte er jetzt kein schlechtes Gewissen zu haben, kräftig zuzulangen.

Der Ortsvorsteher nutzte die Harmonie der in der gemeinsamen kulinarischen Hinwendung geeinten Runde, um nun endlich zu dem zu kommen, das den eigentlichen Grund für seine Einladung bildete. Noch während alle kauten oder aus den Kaffeebechern schlürften, erhob er sich und wischte sich mit der Serviette über den Mund.

»Lasst euch nicht vom Essen abhalten, greift ruhig weiter zu«, bat er mit auffordernder Armbewegung. »Währenddessen will ich kurz rekapitulieren, was sich in den letzten Tagen in unserem Dorf zugetragen hat und was auf dem besten Weg ist, den dörflichen Frieden zu zerstören.«

Aus seiner Hosentasche zog er ein zusammengefaltetes Blatt Papier, glättete es auf dem Tisch und bereitete sich darauf vor, die Ereignisse in ihrer Chronologie, die er sich aufnotiert hatte, vorzutragen. Dabei sah er mit Genugtuung, dass sich das Frühstück auch weiterhin regen Zuspruchs erfreute und die vollen, kauenden Münder ihm eine widerspruchslose Darlegung seiner Ausführungen verhießen.

Zunächst aber klärte er die Konfliktparteien über Schröders und Gerhards Anwesenheit auf: »Gunter ist heute, wie unschwer an seiner Kleidung zu erkennen ist, als Privatmann, als Mitbewohner unseres Dorfes und nicht als Polizist hier. Er soll uns, soweit das die Ermittlungen erlauben, mit Auskünften, aber auch mit Vorschlägen und Anregungen bei der Suche nach einer Lösung unserer Probleme zur Seite stehen. Genauso wie Heiner, den ich als unparteiischen Beobachter und Ratgeber zu dem Treffen gebeten habe.« Er nickte beiden zu, nahm einen Schluck aus seinem Kaffeebecher und fuhr fort: »Es ist nicht das erste Mal, dass im Dorf kontrovers gestritten wird. Auch früher, als es zum Beispiel um den Bau einer Sporthalle ging oder aber auch um die Zustimmung zu dem Gipsabbauvorhaben, wurde debattiert und diskutiert, auch geschimpft, verunglimpft und beleidigt. Aber niemals ist es dabei zu Gewalttätigkeiten oder gar zu kriminellen Aktionen gekommen, um ein Ziel zu erreichen. Die gegenseitige Achtung, das respektvolle Miteinander der Dorfbewohner verbot wie selbstverständlich ein solches Handeln. Jetzt aber soll von einem Tag auf den anderen das alles nicht mehr zählen? Soll das Vertrauen, das wir stets zueinander hatten, von heute auf morgen in Misstrauen umgeschlagen sein? Das glaube ich einfach nicht.« Kopfschüttelnd beugte er sich vor und sah von einem zum anderen. Gerhard bemerkte, dass sich so mancher Blick unter den Worten des Ortsvorstehers gesenkt und auf die Tischplatte fixiert hatte.

Es war still geworden in der Runde, sogar die Essgeräusche waren verstummt.

Otremba richtete sich auf: »Wir wollen uns jetzt die jüngsten Vorkommnisse, die unser Dorf so grundlegend erschüttert haben, mit allen Fakten, Gerüchten und Verdächtigungen noch einmal ins Gedächtnis rufen. Dazu könnt ihr dann Stellung nehmen und auch eure Meinung sagen, offen und gerade heraus, aber, und darum bitte ich euch, ohne jede Polemik.«

Wie zur Besiegelung seiner Ermahnung schaute der Ortsvorsteher noch einmal zu den Vertretern der Streitparteien hin, dann hob er das Blatt vor die Augen und begann mit seinen Ausführungen: »Grundlage aller, nennen wir es mal ‚Missverständnisse' der letzten Zeit war der Plan für eine Industrieansiedlung in der Wehreaue. Diese wurde von Umweltschützern und dem Dorfverschönerungsverein abgelehnt, einige Landwirte begrüßten dagegen das Vorhaben. Ich erspare mir, die Gründe für die Ablehnung beziehungsweise Zustimmung aufzuführen, da sie hinreichend bekannt sein dürften. Zunächst verlief die kontroverse Diskussion ja auch so, wie Dorfkonflikte üblicherweise ausgetragen werden: Es kam zu verbalen Schlagabtauschen, Vorwürfe wurden erhoben, die eine oder andere Gehässigkeit geäußert und jede Menge Versuche unternommen, die Gegenpartei in Misskredit zu bringen. Dann aber, mit der Versammlung im ‚Dorfkrug', die ich unseligerweise auch noch selbst einberufen habe, begann sich die Streitszenerie zu ändern. Der öffentliche Niederschlag des Vorsitzenden des Dorfverschönerungsvereins durch den Sprecher der Landwirte verschärfte den Konflikt, beide Seiten beschränkten sich nun nicht mehr nur auf verbales Attackieren, sondern verübten Aktionen und Einschüchterungsmanöver gegeneinander. Ich erinnere an das Bemalen von Scheunentoren oder das Abkippen von Mistladungen vor den Haustüren.«

Otremba stützte sich mit den Händen am Tischrand ab. »Vor diesem Hintergrund, der aufgeladenen, von Misstrauen erfüllten Atmosphäre in unserem Dorf, müssen wir all das, was nun folgte, sehen. Denn jeder wartete doch von jetzt an nur auf weitere Taten oder besser Untaten, alle fieberten - die einen furchtsam, die anderen eher neugierig - der nächsten Aktion entgegen. In diese Hochspannung hinein platzte dann die Nachricht, dass ein Toter im Bruch liegt. Ist doch klar, dass jeder sofort den Mord in der Schublade ablegte, in der er ihn gerne haben wollte, vor allem, als sich herausstellte, dass es sich bei dem Ermordeten um den Mann handelte, der aktiv an der Konfliktverschärfung am Vortag beteiligt war - diesen Heimann, den Umweltschützer aus Witzenhausen.«

Otremba wandte sich der Tischseite zu, an der die Mitglieder des Dorfverschönerungsvereins saßen, und forderte den Vorsitzenden auf: »Helmut, jetzt möchte ich doch gerne von dir wissen, auf welchen Fakten eure Anschuldigungen beruhen, die ihr damals im Dorf verbreitet habt. Denn schon kurz nach dem Auffinden der Leiche ging das Gerücht um, dass die Landwirte die Tat begangen hätten, um einen unliebsamen Gegner aus dem Weg zu räumen. Also, wie kamt ihr zu diesem fürchterlichen Verdacht?«

Ein Ruck ging durch die Gestalt Noacks. Sein Oberkörper streckte sich, als er auf Thiele zeigte, der ihn mit verschränkten Armen herausfordernd ansah.

»Der Zusammenhang springt doch geradezu ins Auge. Bei der Versammlung in der Dorfkneipe geht Lothar auf diesen Heimann los und will ihn zusammenschlagen, wobei er versehentlich mich trifft«, unwillkürlich fuhr er sich mit der Hand über die Schädelpartie, an der ihn der Schlag seinerzeit getroffen hatte. »Und am Tag darauf findet man Heimann erschlagen im Bruch. Man braucht nur eins und eins zusammenzuzählen, dann weiß man, wer's war.«

Empört blähte Thiele die Backen auf, stieß zischend die Luft aus und musste von Rolf Schreiber am Arm festgehalten werden, als er sich zu erheben versuchte. »Das ist doch...!« Mit einem Keuchen ließ sich der Bauer auf seinen Sitz zurückfallen.

Ohne Thieles Ausbruch zu beachten, wollte Otremba von Noack wissen: »Ist das alles? Basiert eure Verdächtigung auf nichts anderem als dem, was du gerade erzählt hast?«

»Na und, reicht das nicht?«, brummelte der Dorfverschönerungsvorsitzende und blickte zur Decke.

»Nein, das reicht natürlich nicht für eine solche Anschuldigung«, wies ihn Otremba in scharfem Ton zurecht. »Eine Mordbezichtigung ist ein so schwerer Vorwurf, dass es, um ihn zu erheben, gewichtigerer Gründe und beweisbarer Fakten bedarf. Deshalb sind eure vagen Schlüsse, die ihr aus dem Bauch heraus und ohne Nachdenken vorschnell gezogen habt, einfach nicht zulässig und unhaltbar.«

Der Ortsvorsteher ging um den Tisch herum und stellte sich zwischen Noack und Schmidt. In einer versöhnlichen Geste legte er ihnen die Hände auf die Schultern und fragte mit ernster Eindringlichkeit: »Helmut, Stefan, sagt mir jetzt aufrichtig: Wie wäret ihr noch vor ein paar Monaten, als keiner von einem möglichen Industriegebiet in unserer Gemeinde etwas wusste, der Behauptung, einer der Landwirte hätte jemanden umgebracht, begegnet? Wäret ihr nicht entrüstet und entschieden dieser Anschuldigung entgegengetreten? Vielleicht mit den Worten: Doch nicht der, den kenne ich von Jugend an. Das ist ein anständiger Mensch, der tut sowas nicht!«

Otremba kehrte zur Stirnseite des Tisches zurück; er wollte den Angesprochenen in die Augen sehen, als er jetzt sagte: »Ist es nicht so? Habe ich nicht Recht, Stefan?«

Unsicher rutschte Schmidt auf seinem Stuhl nach vorne und zog die Schultern ein. »Eigentlich ja«, antwortete er vorsichtig mit einem Seitenblick auf seinen Vorsitzenden.

»Und du, Helmut, was meinst du dazu?«

Noack, sichtlich bemüht, seine Verlegenheit zu überspielen, griff zum Messer und schnitt eine Scheibe Wurst ab, deren Pelle er in bewusster Langsamkeit entfernte. »Nun, was soll ich sagen?«, druckste er herum, ehe er ausweichend antwortete: »Menschen können sich verändern, besonders, wenn's um die persönliche Ehre oder ums Geld geht.«

»Natürlich, Helmut. Es gibt immer wieder Überraschungen, Da entpuppt sich der liebenswerte Nachbar, mit dem man jahrelang verkehrte, plötzlich als lange gesuchter Straftäter. Davon liest man, klar, und deshalb kann man auch nie ganz sicher sein, wie ein Mensch sich verhält. Aber das ist nicht Gegenstand meiner Frage. Ich will von dir wissen, ob du grundsätzlich, unabhängig von dem jetzigen Streit wegen der Industrieansiedlung, einem der Landwirte zutraust, mit einem Mord einen Konflikt lösen zu wollen. Schau dir Lothar Thiele und Rolf Schreiber an«, er deutete zu den beiden hin, »oder nimm die anderen im Dorf, Schülbe, Pröger, Steinmetz, alles ehrbare Bauern seit Jahren und Jahrzehnten. Sehen so Mörder aus?«

Wie ein Dirigent, der am effektvollen Ende eines Stückes noch einige Sekunden in Dirigierhaltung verharrt, um den Schlussakkord nachklingen zu lassen, hielt Otremba das Blatt mit seinen Notizen vor sich in die Höhe. Mit ernstem Blick schaute er darüber hinweg auf den Angesprochenen, der sich sichtlich unbehaglich auf seinem Stuhl bewegte.

»Natürlich nicht«, räumte der Vorsitzende der Dorfverschönerer mit einem heftigen Kopfschütteln ein. Er hob dabei die Hände und breitete die Arme aus, seine Wehrlosigkeit im Angesicht seiner solchen Frage war offensichtlich. Noch bevor Noack seinem Eingeständnis einen Einwand folgen lassen konnte, wollte Gerhard von ihm wissen: »Wie ist dieser Heimann eigentlich mit euch in Kontakt getreten? Oder habt ihr ihn aufgefordert, bei eurer Kampagne gegen den Landverkauf mitzuwirken?«

»Nein, wir haben uns nicht an ihn gewendet. Ehrlich gesagt wussten wir noch nicht einmal, dass eine Umweltvereinigung OBSA in Witzenhausen überhaupt existiert. Heimann hat von sich aus angeboten, unsere Sache zu unterstützen. Er muss davon aus einem Zeitungsartikel in der heimischen Presse erfahren haben.«

»Also kannte ihn keiner von euch vorher persönlich?«

»Nein, weder persönlich noch vom Hörensagen. Als er bei der Versammlung im ‚Dorfkrug' zum ersten Mal auftauchte, war er uns als Verbündeter natürlich recht. Zu diesem Zeitpunkt ahnten wir noch nichts von seiner fanatischen Einstellung, die er dann im Verlauf des Abends zeigte.«

Schröder wollte gerade in den Rest seines dritten Gehacktesbrötchens beißen, als ihn Otremba ansprach. »Gunter, hat die Polizei denn inzwischen einen Zusammenhang zwischen Oberhone und diesem Franz Heimann finden können? Gibt es irgendetwas, was er mit den Bewohnern gemeinsam hat, was ihn mit dem Dorf verbindet?«

Angesprochen jetzt als Polizist richtete sich Schröder aus seiner lässigen Sitzhaltung auf, legte das Brötchen auf dem Teller ab und schob die angebissene Gurke, die er in der anderen Hand hielt, in den Mund. Während er kaute und sich das verrutschte Hemd wieder über die Bauchrundung zog, gab er sich den Anschein, als dächte er nach. »So viel wir bis jetzt feststellen konnten, gibt es keine Verbindung des Toten zu Oberhone«, antwortete er schließlich. »Wir haben keinen Anhalt dafür finden können, dass er jemals früher hier war oder jemanden aus dem Ort gekannt hat. Es scheint wirklich so, wie Helmut sagte und was auch Heimanns Frau bestätigt hat, dass er am Vorabend seines Todes zum ersten Mal nach Oberhone kam.« Während der Oberkommissar nach einer weiteren Gurke griff, zuckte er mit den Schultern: »Das macht ja die Aufklärung dieses Falles so schwierig. Keinerlei Bezug zum Tatort, keinerlei Verbindung des Opfers zu den Menschen hier. Wie sollen wir da weiterkommen.« Die ausholende Handbewegung, mit der er die Schwierigkeiten der Polizei bei der Aufklärung dieses Mordes unterstrich, endete zielgerichtet auf dem Teller und dem darauf abgelegten Brötchen.

Gerhard überlegte kurz, ob er nicht doch von seinem Eindruck berichten sollte, dass der Archäologe, der am Weinberg grub, möglicherweise in irgendeiner Beziehung zu dem Mordopfer gestanden haben könnte. Aber das war ja das Problem: Es war nur ein Eindruck, der sich auf nichts anderes als die vagen Worte Willmers stützte, die dieser in einer seelischen Notlage geäußert hatte. Zu wenig, um einen vielleicht unbescholtenen Menschen grundlos polizeilichen Ermittlungen auszusetzen.

Otremba nahm sein Blatt zur Hand, studierte kurz das Notierte und nahm den Faden wieder auf: »Das nächste Vorkommnis in der Kette der Ereignisse, die unser Dorf heimsuchten, war das Verschwinden des Sprengstoffs aus dem Steinbruch, eine Tat, die möglicherweise mit unserem Konflikt nichts zu tun hat. Ich würde vorschlagen, diesen Vorfall erst einmal ganz auszuklammern, da es keinerlei Hinweise auf eine Beteiligung weder der Landwirte noch der Dorfverschönerer gibt. Oder sehe ich das falsch, Gunter?«

Schröder nickte erst, schüttelte dann aber, unsicher, ob eine Bejahung die richtige Antwort war, den Kopf und fügte sicherheitshalber hinzu: »Nein, das siehst du richtig, Michel, wir haben nicht den Hauch einer Spur, wer der Täter sein könnte.«

»Auch das Auffinden der unbekannten Toten auf dem Weinberg soll uns jetzt nicht beschäftigen«, setzte der Ortsvorsteher nach einem Blick auf das Papier seine Ausführungen fort. »Ihr Tod liegt einfach viel zu lange zurück und kann mit den jetzigen Meinungsverschiedenheiten unmöglich zusammenhängen. Kommen wir deshalb zu dem Ereignis des gestrigen Abends, dem Brand beim Bauern Heckmüller.«

Der Ortsvorsteher wandte sich an die Landwirte Thiele und Schreiber, die sich erwartungsvoll vorgebeugt hatten und Blicke untereinander tauschten.

»Auch hier zunächst die Frage an dich, Lothar. Wie kamst du gestern dazu, die Mitglieder des Dorfverschönerungsvereins der Brandstiftung zu bezichtigen? Hast du Beweise für deine Anschuldigungen?«

»Beweise? Wozu brauche ich Beweise, wo doch alles auf der Hand liegt. Karl Heckmüller steht das Wasser bis zum Hals. Er hat Schulden und war deshalb mehr noch als wir anderen an einem günstigen Verkauf seines Landes interessiert. Lautstark hat er verkündet, dass er sich durch die Umweltfanatiker nicht davon abhalten lassen würde. Er war denen ein ganz schöner Dorn im Auge, das ist sicher.«

»Und aus diesem Grund, glaubst du, hat jemand vom Dorfverschönerungsverein die Scheune angezündet?«

»Na klar doch, als Denkzettel für Heckmüller, vielleicht auch als Drohung an uns alle.«

Mit einem Seufzer fuhr sich Otremba durch das lichte Haar. Der Ausdruck von Betrübnis, der sich flüchtig auf sein Gesicht gelegt hatte, wurde jedoch sehr schnell abgelöst von einem zornigen Aufblitzen seiner Augen: »Du machst deinem Ruf als sturer, dickschädeliger Bauer alle Ehre, wenn ich dich so reden höre. Nach dem, was wir gerade bei der Erörterung des Mordfalls am Bruch hinsichtlich vorschneller Beschuldigungen besprochen haben, hätte ich nicht gedacht, dass du auch jetzt noch in das Horn haltloser Verdächtigungen stößt.«

Erregt kippte der Ortsvorsteher den Rest seines Kaffees hinunter, ehe er sich in beschwörendem Ton an die Landwirte wandte: »Mein Gott, lernt ihr denn gar nichts dazu! Erinnert euch doch nur an die Zeiten, die gerade mal ein paar Monate zurückliegen. An die Zeiten, in denen ihr euch gegenseitig vertraut habt und keiner auf die Idee gekommen wäre, sein Eigentum schützen zu müssen aus Angst, der Nachbar könne ihm bei der erstbesten Meinungsverschiedenheit das Haus anzünden. Es ist eine Sache des Glaubens an die ehrliche Grundeinstellung des Mitbürgers, an seine anerzogenen Redlichkeit, die nicht so einfach über Bord geworfen wird, nur weil die Umstände sich ändern. Ich selbst bin fest davon überzeugt, dass auf diese Grundwerte Verlass ist. Mir käme es nicht in den Sinn, so leichtfertig, wie ihr das tut, einen Mitbewohner des Dorfes eines Verbrechens zu bezichtigen. Siehst du das anders, Lothar?«

Unter dem fixierenden Blick Otrembas drehte der Landwirt in einer Geste der Beschämung, wie Gerhard zu erkennen glaubte, den Kopf zur Seite.

»War doch nur so eine Art Gedankengang«, brummte er vor sich hin, »von Beschuldigung kann doch gar keine Rede sein. Mehr so eine Andeutung einer Möglichkeit, wie der Brand hätte entstehen können.«

»Aber höchstwahrscheinlich nicht entstanden ist.« Wie vorher bei den Dorfverschönerern ging der Vorsteher nun zu Thiele und Schreiber, legte ihnen die Arme um die Schultern und fragte sie mit nahezu den gleichen Worten, die er vor kurzem an Noack gerichtet hatte: »Schaut euch Helmut und Stefan an, nehmt Heidrun Münkel, Günter Stecher oder wen auch immer aus diesem Verein hinzu. Sehen so Brandstifter aus?«

Auch diesmal ließ er die Frage einige Sekunden im Raum stehen, ehe er mit einer Handbewegung die Landwirte zu ihrer Beantwortung aufforderte.

Rolf Schreiber, dem gutmütigen, stets hilfsbereiten Jungbauern, sah man das Unbehagen an, das der Blick in den Spiegel, der ihm gerade von Otremba vorgehalten worden war, hervorgerufen hatte. Mit dem Ellbogen stieß er seinen Nachbarn an und bedrängte ihn: »Sag doch was, Lothar.«

Thiele hielt den Kopf gesenkt. Noch kämpfte sein Stolz mit der Vernunft, rang seine Unentschlossenheit mit der Notwendigkeit, eine Entscheidung zu treffen. Nach einem tiefen Atemzug, der ihm den Anschein gab, als bliese er sich vor Bekanntgabe seines Beschlusses auf wie ein Ballon, der Steigkraft gewinnen will, erhob er sich, und ging mit gewichtigem Schritt um den Tisch herum. Unwillkürlich duckte sich Noack bei der Annäherung des Landwirts, der sich wie ein Feldherr nach geschlagener Schlacht hinter dem Vorsitzenden des Dorfverschönerungsvereins aufpflanzte.

»Helmut«, verkündete Thiele nun mit Pathos in der Stimme, »Helmut, wir sind um keinen Deut besser als die Hornochsen, die bei mir auf der Weide stehen. Michel hat Recht, aus ehrlichen und vernünftigen Menschen dürfen nicht innerhalb weniger Monate Rindviecher werden, die ihren Verstand nur zum Wiederkäuen unausgegorener Anschuldigungen gebrauchen. Hier meine Hand und meine Entschuldigung für das, was ich dir und deinen Leuten in den letzten Tagen so alles an den Kopf geworfen habe.«

Noack war nun ebenfalls aufgestanden. Bewusst zögerte er, die ihm hingestreckte Hand zu ergreifen. Er wollte Thiele den Triumph der Erstinitiative nicht so ohne weiteres überlassen. Mit seinem Zaudern sollte sichtbar werden, dass er es war, der die letztendliche Entscheidung für das Versöhnungswerk traf.

Als er schließlich die Hand des Landwirts ergriff, war er ebenso wie sein Gegenüber von einer Feierlichkeit durchdrungen, wie sie Staatsmänner in Augenblicken befiel, die sie später als historisch bezeichneten.

Auch Noack rang sich nun zu einer Entschuldigung durch: »Tut mit Leid, all das Gerede die letzten Tage. Wäre wohl besser gewesen, mal miteinander zu sprechen, als immer nur abwertend übereinander zu reden.«

Eines schien dem Dorfverschönerungsvorsitzenden aber noch wichtig, seinem Gegenüber deutlich zu machen: »Ich war mir meiner Leute stets absolut sicher, wusste, dass sie zu den vorgeworfenen Handlungen gar nicht fähig waren. Deshalb war es für mich nicht leicht, immer ruhig zu bleiben bei euren Anschuldigungen.«

»War doch bei mir nicht anders«, sagte Thiele, der wieder auf seinen Platz zurückgekehrt war. »Ich kenne meine Kollegen seit Jahren und lege für ihre Unschuld die Hand ins Feuer. Klar, dass dann Verdächtigungen verbittern und zu unbedachten Äußerungen hinreißen lassen.«

Nun waren auch Rolf Schreiber und Stefan Schmidt aufgestanden. Sie wollten bei dem Waffenstillstandsfeierlichkeiten und dem in Gang gekommenen Aussöhnungsprozess nicht zurückstehen. Über den Tisch hinweg reichten sie sich die Hand und klopften sich auf die Schulter.

Otremba räusperte sich: »Es freut mich zu sehen, dass mir das, was ich mit meiner Einladung erreichen wollte, nun tatsächlich gelungen ist. Ihr redet wieder miteinander und habt hoffentlich eingesehen, wie unzulässig und gefährlich ein vorschnelles Verunglimpfen eines Meinungsgegners ist, insbesondere dann, wenn die Anschuldigungen aus einem Gefühl des Heimzahlens und Revanchierens erwachsen. Ihr beide, Lothar, du für die Landwirte und du, Helmut, für den Dorfverschönerungsverein, habt euch gerade für eure Leute verbürgt. Ihr habt uns zu verstehen gegeben, dass ihr euch sicher seid, dass sie mit den kriminellen Vorgängen in unserem Dorf nichts zu schaffen haben. Auch wenn es, wie ich vorhin schon einmal angedeutet habe, keine Garantien für menschliches Verhalten gibt, sollten wir davon ausgehen, dass eure Einschätzungen richtig sind. Ihr kennt eure Gruppierungen wie kein anderer, habt die Problematik der Industrieansiedlung in euren Reihen besprochen und das Für und Wider durchdiskutiert. Extreme Positionen, Fanatismus oder auch Gewaltbereitschaft wären euch aufgefallen und ihr hättet sie, dessen bin ich mir sicher, sofort unterbunden. Wenn wir jetzt also annehmen, dass eure Mannschaften sich lediglich an den verbalen Auseinandersetzungen beteiligt haben - von den kindischen Einschüchterungsaktionen mal abgesehen - aber mit den Straftaten nichts zu tun haben, dann bleibt natürlich die Frage: Wer kommt als Täter in Betracht?«

Als Gerhard eine halbe Stunde später die Gemeindeverwaltung verließ, war die Frage Otrembas noch immer unbeantwortet. Sie hatten noch eine Weile debattiert, ohne jedoch zu einem Ergebnis gekommen zu sein. Vor allem war es ihnen nicht gelungen, einen gemeinsamen Nenner für die Ereignisse im Dorf zu finden. Zu unterschiedlich waren die Tatabläufe, ein einheitlicher Plan war nicht auszumachen, ein gemeinsamer Nutzen oder Schaden, auf den die Taten hinzielten, nicht zu erkennen. Man hatte sich mit dem Versprechen getrennt, zukünftig von gegenseitigen Beschuldigungen Abstand zu nehmen, die Augen offenzuhalten und sich über Beobachtungen und Erkenntnisse untereinander auszutauschen.

Durch die Hitze des Mittags, die sich inzwischen wieder über Wiesen und Felder gelegt hatte, ging Gerhard langsam zurück zu seinem Haus. Am Ende des Sportplatzes blieb er stehen und drehte sich zu den im Sonnenlicht glitzernden Dächern um. Der Schatten, in dem er seinerzeit im Steinbruch sein Dorf hatte liegen sehen, war noch immer zu erahnen. Aber, das hatte dieser Morgen gezeigt, es wurden immer mehr Menschen, die aus ihm heraustraten, sich umsahen und wissen wollten, wer diesen Schatten warf.

16

Franziska empfing ihn am Teich mit einer Ankündigung. »Um vier Uhr erwartet dich Gernot Willmer auf dem Weinberg. Er wird dich herumführen und dir die Funde zeigen. Da du doch so an der Geschichte der Bronzezeit interessiert bist.«

»Wie. Ich soll mich für die Bronzezeit...?«

»Habe ich ihm zumindest bei meinem Besuch heute Morgen erklärt.«

»Du warst da? Bei den Willmers?«

Zufrieden lehnte sich Franziska in ihrem Gartenstuhl zurück und legte die nackten Beine auf den Tisch. Mit einem Blick in den wolkenlosen Himmel sprach sie in die Luft: »Deine Frau ist während deiner Abwesenheit nicht tatenlos geblieben. Übrigens kommen, ebenfalls um vier«, sie schaute auf die Armbanduhr, »also in eineinhalb Stunden, Vera Kändler und Katja Willmer zum Kaffeetrinken hierher.«

»Zum Kaffeetrinken? Warum denn das?«

»Weil ich sie eingeladen habe, Heinrich. Schließlich willst du doch wissen, woher sie stammen, ob es vielleicht irgendetwas Besonderes in ihrer Vorgeschichte gibt, oder? Du fragst den Archäologen aus, ich die Schwestern .«

»Und sie kommen?«

»Hast du schon mal eine Frau erlebt, die eine Einladung zum Kaffee und damit die Möglichkeit zu einem Schwätzchen ausgeschlagen hätte?«

Gerhard nickte. In der Tat, eine solche Frau würde erst noch erschaffen werden müssen. Ein Gedanke beruhigte ihn: »Dann bin ich ja, da ich zur gleichen Zeit mit Willmer verabredet bin, zu eurem Kaffeeplausch gar nicht da.«

»Habe ich absichtlich so eingefädelt, Heinrich. Ich kenne doch deine Abneigung, an solchen Treffen teilzunehmen. Ist ja auch schwer für einen Mann, bei einem Damenkränzchen zu Wort zu kommen. Und die Gesprächsthemen der Frauen sind ja auch nicht gerade...« Sie winkte ab, stand auf und stellte sich vor ihn hin. »So, nun erzähle aber erst einmal von eurer Versammlung. Ich sehe keine Blutspuren an dir. Also ging alles friedlich ab?«

Gerhard lachte und begleitete Franziska in die Küche, wo sie Vorbereitungen für den Nachmittagskaffee treffen wollte. Er berichtete ausführlich von der wundersamen Einsicht und Versöhnung der Parteien, pries Otrembas Verhandlungsgeschick und verglich das Ergebnis der Zusammenkunft mit einer Schachpartie, in der die Gegner sich am Ende, die Aussichtslosigkeit vor Augen, noch einen siegbringenden Zug anbringen zu können, mit einem Handschlag auf ein Remis einigten, das beiden Spielern die Niederlage ersparte.

Gerhard war schweißgebadet, als er kurz vor vier die ersten Meter zum Weinberg hinaufgestiegen war. Im Schatten eines hohen Busches blieb er stehen und schaute auf die flimmernden Felder. Die Hitze schien ihm heute intensiver und dichter noch als in den Vortagen, noch unentrinnbarer als sonst. Auch hier im Schutz der Blätter spürte er die Wärme vom aufgeheizten Boden aufsteigen. Selbst die Pflanzen und der Busch strahlten die Glut zurück, die sie in den letzten Wochen aufgenommen hatten.

Während seines Anstiegs überlegte Gerhard, wie er Gernot Willmer am ehesten dazu bringen konnte, etwas von dem Geheimnis, das ihn umgab, preiszugeben. Wie konnte er ihn dazu bewegen, über seinen archäologischen Kollegen Horst Pflüger und dessen auffällige Annäherung zu sprechen, wie ihn veranlassen, sich zu dem Mord am Bruch zu äußern, in den, davon ging Gerhard inzwischen aus, er in irgendeiner Weise verwickelt war?

Als er am Rand der als Treffpunkt verabredeten zeltüberdachten Ausgrabungsvertiefung angekommen war, hatte er sich noch nicht entschieden, wie er vorgehen wollte. Natürlich konnte er Willmer direkt ansprechen, ihm seine Fragen stellen und hoffen, dass er Antworten erhielt. Aber genausogut konnte es geschehen, dass ihm jegliche Auskunft verweigert wurde. Was dann?

Fünf Personen arbeiteten am Grund der Grube im Halbschatten der hellen Zeltplane. Die nackten Oberkörper der Männer glänzten unter der schweißtreibenden Arbeit mit Hacke, Schaufel und Kelle. Deutlich unterschied sich die kräftige Gestalt des Archäologen von den jugendlichen Körpern seiner Studenten, die zu Gerhard aufsahen, als Willmer ihn von unten anrief: »Kommen Sie herunter. Hier kann ich Ihnen am besten erklären, was wir so treiben und was wir gefunden haben.«

Er winkte Gerhard zur Leiter hin und ordnete, als dieser vorsichtig die engen Sprossen herunterstieg, seinen Mitarbeitern an: »Wir machen jetzt eine Pause.« Dabei wies er zu einer gelben Kühlbox hin, die im Wandschatten der Grube stand. »Denkt daran, dass ihr bei dieser Hitze ausreichend trinkt«, ermahnte er. Dann reichte er seinem Besucher die Hand und begrüßte ihn.

Gerhard sah sich um. Er konnte das Gefühl eines schaudernden Unbehagens nicht unterdrücken, als er auf die Vielzahl der Knochen blickte, die ihn umgaben und ihn daran erinnerten, dass er in einem Menschengrab stand, einer letzten Ruhestätte, die zu betreten normalerweise ein Tabu war.

Mit dem gestreckten Arm zeigte der Archäologe auf die Skelette: »Dieser Ausgrabungsort hier ist im Moment unser wichtigster Arbeitsplatz. Aber ich bin mir sicher, dass wir noch weitere Entdeckungen gleicher Größenordnung und Wertigkeit machen werden, wenn wir an anderen Stellen des Weinbergs graben. Die Ausdehnung des Gräberfeldes lässt auf eine dichte vorzeitliche Besiedlung schließen, viel dichter, als wir bisher angenommen haben. Kommen Sie, ich zeige Ihnen die Ergebnisse unserer Tätigkeit und erkläre Ihnen die Bedeutung der Funde - weil Sie sich doch für die bronzezeitliche Historie interessieren, wie Ihre Frau mir sagte.«

Gerhard konnte keine Ironie in den Worten des Gelehrten erkennen, der sich einfach zu freuen schien, einem Seelenverwandten seine altertumskundliche Arbeit näherbringen zu können.

Welch ein Unterschied zu damals, als er zum ersten Mal Willmer begegnet war, dachte Gerhard, als er in den Folgeminuten den lebhaften Ausführungen des Archäologen lauschte, der in zum Teil schwer verständlichen Fachausdrücken detailliert über die Bestattungsriten, die Symbolik der Grabanordnungen und die Todessicht der Urvölker sprach.

Ihm kam die zerbrechlich wirkende Gestalt Willmers an jenem Nachmittag auf der Terrasse vor Augen, das Bild des gequälten Menschen, der sich kaum auf den Beinen halten konnte. Nein, dieser Mann heute hatte so, wie er begeistert von seinen Ausgrabungen sprach, nichts gemein mit der jämmerlichen Erscheinung von damals.

Als Gerhard schließlich dem Archäologen auf der Sprossenleiter hinauf zum Grubenrand folgte, fragte er sich, ob

Willmers völlige Hingabe an sein Grabungswerk ihn die Belastungssituation, unter der er damals zweifellos gelitten hatte, so vergessen lassen konnte, dass sie zumindest jetzt nicht erkennbar war. Oder war die Bürde, die ihn in der Vergangenheit bis zur Selbstzerstörung bedrückt hatte, inzwischen von seinen Schultern genommen und er von der Last, an der er so schwer zu tragen hatte, befreit?

Der Archäologe hatte sich einige Schritte von der großen Ausgrabungsgrube entfernt. Er schien unschlüssig, wohin er sich wenden sollte. Schließlich winkte er Gerhard zu sich. »Ich will Ihnen etwas zeigen; eine Kostbarkeit, von der sonst keiner etwas weiß.« Er schaute zum Zeltdach zurück, unter dem sein Grabungsteam ruhte, und spähte nach allen Seiten, als wolle er sich davon überzeugen, dass er unbeobachtet war. Schließlich wandte er sich einem unwegsamen Abhang zu, der an der Westflanke des Weinbergs bis hinunter zur Landstraße reichte.

Gerhard folgte ihm in die steile Böschung hinein, auf der Willmer mit erstaunlicher Behändigkeit schräg nach oben kletterte. Bedacht, den Fuß in dem abschüssigen Gelände mit Sorgfalt zu setzen, blieb Gerhard einige Meter hinter dem Archäologen zurück. Dadurch verlor er ihn hinter einer Gruppe dicht zusammenstehender Haselnusssträucher aus den Augen. In dem Bestreben, wieder Anschluss zu finden, bahnte er sich einen Weg durch das dichte Gesträuch, als er plötzlich unmittelbar neben sich eine Stimme hörte, die ihn zum Eintreten aufforderte. Verdutzt blieb er stehen und drehte den Kopf in die Richtung, aus der die Einladung kam. Von dem Sprecher war nichts zu sehen, aber er bemerkte einen schmalen Durchgang zwischen den Ästen und Stämmen, der ihm vorher nicht aufgefallen war.

Nur kurz zögerte er. Dann schlüpfte er mit gesenktem Kopf in die Öffnung, kroch in gebückter Haltung ein paar Meter vorwärts und gelangte endlich auf einen kleinen Grasplatz, hinter dem sich eine gut drei Meter hohe Felsmauer senkrecht erhob. Am Fuß der Wand hockte Willmer und deutete in das Innere einer Höhle. »Das ist mein Refugium«, verkündete er feierlich, »mein Heiligtum und mein Geheimnis. Kommen Sie herein; Sie sind der Erste, der es zu sehen bekommt.«

Das Felsgewölbe, das Gerhard nun betrat, war niedrig und nicht sehr geräumig. Er musste den Kopf einziehen, um nicht an die Decke zu stoßen, und schon nach wenigen Schritten stand er vor der Rückwand des kleinen Raums. Auch zu den Seiten hin war die Ausdehnung gering und ließ den beiden Menschen nur wenig Bewegungsfreiheit.

Als Gerhards Augen sich an das Dämmerlicht gewöhnt hatten, bemerkte er ein Rechteck aus aneinandergelegten Steinen, auf dessen Rand sich Willmer niederließ. »Hier«, der Archäologe zeigte in das eingefasste Areal, »sehen Sie nur, welchen Schatz ich hier entdeckt habe.«

Gerhard beugte den Oberkörper weit vor und schaute auf den Grund des Gevierts, konnte aber zunächst nichts Auffälliges entdecken. Erst als Willmer vorsichtig mit der Hand über den Boden strich und die oberste Erdschicht zur Seite schob, erkannte Gerhard Partien eines Skeletts, das innerhalb der Steineinfriedung ruhte.

»Wahrscheinlich ein Fürst, der hier liegt«, erklärte der Archäologe mit Ehrfurcht in der Stimme, »vielleicht auch ein Mitglied des damals herrschenden Kriegsadels. Jedenfalls ein Vornehmer, wie die kostbaren Grabbeigaben zeigen.«

Wieder griffen seine Finger in den lockeren Erdbelag und förderten zwei kleine Gegenstände zu Tage, die er Gerhard unter die Augen hielt. »Sind sie nicht wundervoll, diese Stücke? Eine archäologische Sensation«, schwärmte er. »Hier, eine Radnadel, und hier ein Armring, beides aus Bronze. Ich bin sicher, dass wir noch Wertvolleres finden werden, möglicherweise auch Waffen, wenn wir diese Grabstelle freilegen.«

Vergeblich versuchte Gerhard, die Begeisterung des Archäologen zu teilen, der ihm noch immer die unscheinbaren Schmuckstücke entgegenstreckte. Durch die prachtvollen Goldfunde in ägyptischen, griechischen und römischen Gräbern war er verwöhnt. Es fiel ihm schwer, in den kleinen, matten Gegenständen irgendetwas Sensationelles zu sehen.

»Und von diesem Höhlengrab weiß bisher noch niemand außer Ihnen?«

»Nein. Rein zufällig bin ich während eines Abendspaziergangs auf diesen versteckten Ort gestoßen. Bisher ist es mir gelungen, ihn geheimzuhalten. Aber lange werde ich das nun nicht mehr können. Irgendwann muss ich meine Entdeckung publik machen.«

Willmer stand auf und trat ins Freie. »Schade.« Er wandte sich zu Gerhard um, der ebenfalls die Höhle verließ. »Hierhin kann ich mich zurückziehen, wann immer mir danach zumute ist: Wenn ich meine Ruhe brauche oder über etwas nachdenken muss. Aber auch, wenn ich das Gefühl habe, die Welt stürzt über mir zusammen. Das hier ist meine Fluchtburg. Der Tote aus der Bronzezeit in seinem steinernen Grab war mir bisher ein geduldiger und schweigsamer Zuhörer.«

»Aber warum verraten Sie jetzt ausgerechnet mir Ihr Geheimnis?«, wollte Gerhard wissen.

»Ach, ich weiß nicht. Vielleicht brauche ich einfach jemanden, dem ich von der Schönheit dieser Entdeckung berichten kann. Sie wissen ja, wem das Herz übervoll ist, dem läuft der Mund über. Und außerdem vertraue ich auf Ihre Verschwiegenheit, wenn ich Sie bitte, dieses Geheimnis für sich zu behalten; zumindest solange, bis ich selbst den Fund bekanntgebe.«

Sie verließen die Graslichtung, zwängten sich noch einmal durch das Haselnussgestrüpp und kehrten auf das Grabungsgelände zurück. Das archäologische Team rastete noch immer am Grund der Grube, niemand schien ihren Ausflug bemerkt zu haben.

»Weiter oben liegt noch eine weitere interessante Fundstelle. Wenn Sie wollen, zeige ich sie Ihnen.«

»Gerne«, nickte Gerhard und stieg hinter Willmer den Hang hinauf. Während des Gehens fragte er den Wissenschaftler: »Ihre Mitarbeiter, sind das Ihre Studenten? Gehört so etwas wie das, was sie hier machen, zu ihrer Ausbildung?«

»Ja, die Teilnahme an solchen Freiluftprojekten ist ein Teil des archäologischen Studiengangs. Diese Art Betätigung ist bei den Studenten sehr beliebt, auch meine Gruppe hier ist mit Feuereifer bei der Sache.«

»Dann haben Sie früher als Studierender wohl auch solche Feldarbeiten durchführen müssen - oder, besser gesagt, durchführen dürfen nach dem, was Sie gerade erzählt haben?«

»Ja natürlich gehörte das auch zu meiner Ausbildung. Ich hatte das Glück, an einer Auslandsgrabung in Griechenland teilnehmen zu können. Die Marburger Uni, an der ich damals studierte, hatte einen Grabungsauftrag auf dem Peloponnes angenommen. Das war natürlich etwas ganz Besonderes. Über ein halbes Jahr hat unser Team in der geschichtsträchtigen Erde gewühlt und zum Teil aufsehenerregende Funde gemacht. Eine tolle Zeit war das.«

Willmer war stehengeblieben und ließ seinen Blick über die kargen Wiesen des Weinbergs gleiten. Ganz offensichtlich waren mit der Erwähnung der damaligen hellenistischen Ausgrabung Bilder früherer Zeiten vor seinen Augen erschienen, denen er sich eine Weile träumerisch hingab.

Um so mehr erschrak Gerhard, als sich die Gesichtszüge des Archäologen von einer Sekunde auf die andere wie unter einer schmerzlichen Erinnerung verdüsterten. Das vorher so lebhafte Mienenspiel erstarrte, ein Ausdruck peinigender Qual lag auf den fest zusammengepressten Lippen.

Gebannt verfolgte Gerhard die Veränderung des großen Mannes, der einige Augenblicke unbeweglich mit geschlossenen Augen dastand und mit einem inneren Bild, das ihn zu bedrängen schien, rang. Dann, nach einem schmerzvollen Aufseufzen und einem kurzen Blick auf Gerhard, drehte er den Kopf abrupt zur Seite und stapfte mit schweren Schritten weiter bergauf.

Schweigend näherten sie sich dem Erdhaufen und der kleinen Grube dahinter, an deren Rand sie kurz darauf anlangten. Gerhards Blick fiel auf weitere skelettierte Zeugen früherer Zeiten, die dort am Grund in stummer Reihe nebeneinander lagen.

Er versuchte später vergeblich, vor Franziska und auch vor sich selbst zu begründen, was ihn in diesem Augenblick im Angesicht der bleichen Knochen und noch unter dem Eindruck der soeben erlebten Wandlung bewogen hatte, den Archäologen am Arm zu fassen, ihn zu sich hinzudrehen und ihn anzuflehen: »Herr Willmer, sagen Sie mir doch, um Himmels Willen, was Sie bedrückt. Mit irgendetwas kommen Sie nicht zurecht, das habe ich schon bei unserer ersten Begegnung gespürt. Wenn ich weiß, unter was Sie leiden, kann ich Ihnen vielleicht helfen.«

Einen kurzen Augenblick hatte es den Anschein, als hätte Gernot Willmer die Worte nicht gehört oder nicht verstanden. Reglos stand er am Rande des Grabes und starrte auf die freigelegten Gebeine. Dann, mit einem Ruck, befreite er seinen Arm aus Gerhards Griff, trat einen Schritt nach vorne und rutschte über die Erdböschung in die flache Grube hinunter.

»Sie wollen mir helfen?« Das gequälte Lachen, das seine Worte begleitete, machte Gerhard Mühe, ihn zu verstehen. »Sie wollen mir helfen?«, wiederholte er ungläubig und fügte leise mit Resignation in der Stimme hinzu: »Mir kann niemand helfen.«

Gerhard, von der plötzlichen Entwicklung des Geschehens überrumpelt, begriff die Tragweite seiner Entscheidung erst, als es zu spät war und er die Frage schon gestellt hatte: »Hat das, was Sie quält, vielleicht etwas mit Ihrem Kollegen Pflüger zu tun?«

Ein leiser Aufschrei wie das Wimmern eines in die Enge getrieben Tieres drang vom Grund der Grube herauf. »Was wissen Sie von Horst?«, stöhnte Willmer und krallte seine Finger in das lockere Erdreich. Seine Stimme gehorchte ihm kaum mehr unter dem Entsetzen, das ihn befallen hatte. Wie ein leiser Hauch nur erreichten seine Worte Gerhards Ohr: »Was wollen Sie von mir? Wer hat Sie geschickt?«

Aber noch bevor Gerhard antworten konnten, sank der schwere Mann unter einem erneuten gepeinigten Aufstöhnen langsam zu Boden. In dem hilflosen Versuch, sich festzuhalten, riss er Gras, Erde und Steine mit sich, die mit einem rieselnden Geräusch über die ausgegrabenen Knochen rollten.

Als Gerhard Anstalten machte, in die Grube hinunterzuspringen, um Hilfe zu leisten, richtete der Archäologe seinen schweißigen Oberkörper mit einer äußersten Willensanstrengung auf, lehnte den Rücken an die Wand des Grabes und streckte den Arm in abwehrender Haltung aus. »Bleiben Sie«, flehte er, »bleiben Sie oben. Ich komme zurecht.« Dann, als Gerhard noch immer sprungbereit am Rande der Grube hockte, bat er: »Gehen Sie jetzt. Sie sehen, ich habe zu arbeiten.« Dabei drehte er sich von der Wand weg zu den Knochen hin und fing an, die freigelegten Skelette mit den Händen von dem heruntergefallenen Abraum zu befreien.

Noch immer zögerte Gerhard, den Mann in seiner augenscheinlichen Hinfälligkeit alleine zu lassen. »Herr Willmer«, begann er in einem erneuten Versuch, seine Hilfe anzubieten.

Ein abermaliges, diesmal bestimmt und befehlend ausgesprochenes »Gehen Sie!« veranlasste Gerhard, sich zu erheben. Noch einmal blickte er hinunter in das alte Grab, auf den am Boden sitzenden Archäologe, der, ohne zu ihm aufzusehen, weiter die Erde zur Seite räumte. Wortlos drehte er sich um, stieg über den Erdwall und trat den Heimweg an.

Gerhard ließ sich Zeit. Er hatte es nicht eilig, nach Hause zu kommen. Nichts wünschte er sich in diesem Moment weniger als eine plaudernde Damenrunde, die möglicherweise versuchen könnte, ihn in ihre belanglosen Gespräche mit einzubeziehen.

Das soeben Erlebte hatte ihn aufgewühlt, hatte in ihm erneut die Frage aufgeworfen, was ihm das Recht gab, sich in die persönlichen Angelegenheiten des Archäologen einzumischen. Sicherlich, er war von Vera Kändler gebeten worden, den Gründen für die Veränderungen ihres Schwagers nachzuspüren und sie aufzudecken. Dies war, davon ging er aus, einzig und allein aus ihrer Sorge um seine Gesundheit und sein Wohlergehen geschehen. So betrachtet, wenn man nur die beabsichtigte Hilfe und den Nutzen für Gernot Willmer herausstellte, erhielt ihr und sein Handeln eine gewisse Legitimation. Aber trotzdem konnte sich Gerhard eines unguten Gefühls nicht erwehren, als er jetzt den Weg hinunter zur Wehre nahm und, ihrem Uferpfad folgend, langsam seinem Haus entgegenging.

Franziska saß allein am Teich, das Kaffeegeschirr stand noch auf dem Gartentisch, als Gerhard den Hof betrat.

»Du kommst vom Fluss her«, stellte sie lächelnd fest, während er herankam und sich auf einem Korbstuhl neben ihr niederließ. »Das heißt, du hast deinen Heimweg so lange hinausgezögert, bis du sicher sein konntest, dass unsere Damenrunde sich aufgelöst hat.« Sie nickte vor sich hin, jedes andere Verhalten ihres Mannes hätte sie verwundert. »Aber beinahe hättest du dich verkalkuliert. Vor noch nicht einmal fünf Minuten sind Katja und Vera erst gegangen.«

»Und wie war euer Kränzchen? Weißt du jetzt das Neueste über die diesjährige Sommermode und die Skandale an den europäischen Fürstenhäusern?«

»Du mit deinen Vorurteilen, als hätten Frauen keine anderen Gesprächsthemen.«

»Doch, doch, Männer zum Beispiel.« Gerhard schlug die Beine übereinander und kreuzte die Arme vor der Brust. »Ich nehme an, das ist das Lieblingsthema jeder Frau.«

»Wenn du dich da mal nicht täuschst. Die Zeiten, in denen die Hennen ihren Gockel pausenlos umgackern und umschwärmen, sind vorbei. So etwas findest du heute nur noch auf dem Hühnerhof. Nein, wir haben viel über Kunst gesprochen, hauptsächlich über die Musik und den modernen Opernbetrieb. Es war für mich ein interessanter Blick hinter die Kulissen.«

»Hast du etwas erfahren können, was mir bei meinen Nachforschungen hilft?«

Franziska schüttelte denn Kopf. »Eigentlich wenig. Die Ausbildung und die beruflichen Karrieren der Schwestern verliefen nach ihren eigenen Aussagen zielstrebig, geradlinig und ohne Auffälligkeiten. Auch ihr Privatleben, soweit sie es mir offenbart haben, gibt wenig her. Katja hat Gernot Willmer während ihrer Ausbildung an der Musikhochschule in Marburg kennengelernt. Sie scheint ihn zu bewundern und zu verehren und, nach meinem Gefühl, aufrichtig zu lieben. Vera hingegen geht ganz in ihrem Beruf auf und will deshalb wohl keine feste Beziehung eingehen.« Sie zuckte mit den Schultern. »Keine Affären, keine Skandale, nichts.«

»Hast du herausbekommen, wo die Kändlers aufgewachsen sind?«

»Ja, sie kommen aus Westfalen, genauer gesagt aus Warendorf. Nach dem Abitur haben sie ihr Elternhaus und ihre Heimatstadt verlassen, um ihre Studien aufzunehmen. Katja in Marburg und Vera am Konservatorium in Detmold. So, wie sie erzählten, scheinen sie sich mit voller Hingabe ihrer Musikausbildung und dem Aufbau ihrer künstlerischen Laufbahn gewidmet zu haben.«

»Na, das klingt ja reichlich unverdächtig. Im Grunde widerstrebt es mir auch, die Schwestern mit irgendwelchen dunklen Machenschaften oder Geheimnissen in Verbindung zu bringen. Sie haben eine so positive Ausstrahlung...«

»Und sehen außerdem gut aus«, ergänzte Franziska. »Klar, dass ein Mann außerstande ist, solchen Engelsgesichtern zu misstrauen. Aber, wenn ich ehrlich bin, es fällt mir auch schwer, Vera und Katja in eine Unrechtmäßigkeit verwickelt zu sehen.«

»Sollte ich bei meinen Recherchen nicht weiterkommen, kann ich mich ja immer noch dazu entschließen, nach Warendorf zu fahren, um ihre Vergangenheit zu überprüfen.«

Gerhard zog sich das schweißnasse Hemd über den Kopf, hängte es auf die Armlehne und goss sich von dem Saft ein, der noch auf dem Tisch stand. Während er trank, fragte ihn Franziska nach dem Verlauf und dem Ergebnis seiner Begegnung mit dem Archäologen. »Hast du das, was du wissen wolltest, in Erfahrung bringen können?«

Gerhard strich sich mit der Hand über die Stirn. Das Bild des großen Mannes, den er zwischen Knochen und Schutt am Boden des Grabes zurückgelassen hatte, erschien vor seinen Augen und bedrängte ihn.

Franziska spürte, dass Heinrich jetzt einen Augenblick der Sammlung brauchte. Sie stand auf und räumte das Geschirr auf ein Tablett. »Ich bringe das schnell in die Küche. Dann kannst du erzählen.«

Der Bericht, den er ihr nach ihrem Zurückkehren in aller Ausführlichkeit und unter großer innerer Beteiligung gab, mündete in heftigen Selbstvorwürfen: »Ich weiß nicht, was mich plötzlich geritten hat, ihn nach Horst Pflüger zu fragen. Nie und nimmer hätte ich mich dazu hinreißen lassen, wenn ich seine Reaktion vorausgeahnt hätte. Mein Gott, wenn ich daran denke, wie hilflos er da unten in der Grube saß.«

»Heinrich, früher oder später hätte er ohnehin diese Frage beantworten müssen. Nimm's deshalb doch mal von der Seite: Mit seiner Reaktion hat Willmer den endgültigen Beweis geliefert, dass die Verbindung zu diesem Pflüger ein Schlüssel zu dem Geheimnis ist, das ihn umgibt. Der Nachteil ist natürlich, dass er jetzt weiß, dass du es kennst.«

Gerhard hatte sich erhoben und war an den Rand des Teiches getreten. Nachdenklich schaute er in das trübe Wasser und versuchte, sich die einzelnen Szenen am Weinberg noch einmal ins Gedächtnis zu rufen, versuchte herauszufinden, was denn die Wende in Willmers anfangs so positiver Stimmung herbeigeführt hatte?

Als er sich zu Franziska umdrehte, nickte er: »Ja, ich bin mir absolut sicher. Der Umschwung in seinem Verhalten kam, als er mir von den Ausgrabungen in Griechenland erzählte, an denen er als Student teilgenommen hatte. Seine plötzliche Verwandlung muss mit einer Erinnerung an diese Zeit zusammenhängen. Doch ich muss dir gestehen, dass ich kein Ahnung habe, welche das sein könnte.«

Zögernd stand Gerhard, die Arme in ratloser Gebärde erhoben, einige Sekunden am Rande des Wassers, offensichtlich unentschieden, wie er weiter vorgehen sollte. Dann aber in einer plötzlichen Entscheidung kehrte er entschlossen zum Tisch zurück, schlug mit der flachen Hand auf dessen Oberfläche und verkündete: »Ich muss nach Marburg, muss wissen, ob es eine in die Vergangenheit zurückreichende Verbindung zwischen Pflüger und Willmer gibt. Auch muss ich herausbekommen, was damals in Griechenland geschehen ist. Vielleicht sehe ich danach klarer. Kommst du mit?«

»Das fragst du? In unsere Stadt, die so voller gemeinsamer Erinnerungen ist? Natürlich fahre ich mit.«

»Also gut«, entschied Gerhard, »gleich morgen nach dem Frühstück starten wir. Ich freue mich auf Marburg, besonders, weil du bei mir bist, und ich bin neugierig, welche Antworten wir auf unsere Fragen erhalten werden.«

17

Heute fuhren sie anders in die Stadt hinein, als sie es üblicherweise taten, wenn sie Marburg besuchten. Sie verzichteten auf den nostalgischen, an ihre gemeinsame Ausbildungszeit erinnernden Umweg durch das alte Klinikviertel, verließen an der zentralen Abfahrt Marburg-Mitte die Schnellstraße und parkten in der Biegenstraße. Von hier aus war es nicht weit zum archäologischen Seminar, das, wie Gerhard nachgesehen hatte, in der gleichen Straße lag. Auch die Universitätsbibliothek, die er möglicherweise zum Nachschlagen weit zurückliegender Vorkommnisse in Anspruch nehmen musste, war zu Fuß gut zu erreichen.

Franziska hatte sich vorgenommen, in der Zeit, in der er recherchierte, hinauf zur nahen Altstadt zu steigen, über die behaglichen Plätze zu flanieren und ziellos die kopfsteingepflasterten Gassen zu durchstreifen. Gerhard war sich indessen ziemlich sicher, dass sie schließlich zielgerichtet in einem der schönen Geschäfte oder Boutiquen der Fußgängerzone landen würde.

Wie in Bestätigung seiner Ahnung bat Franziska um den Autoschlüssel: »Für den Fall, dass ich etwas im Wagen deponieren muss.«

Sie hatten vereinbart, sich am frühen Nachmittag in einem Bistro in der Barfüßerstraße wieder zu treffen. Sollte diese Verabredung aus irgendeinem Grund nicht eingehalten werden können, wollten sie sich über Handy verständigen.

Gerhard sah Franziska nach, bis ihr blondes Haar im Menschenstrom der belebten Biegenstraße aus seinem Blickfeld verschwand. Er schaute auf die Uhr. Wollte er das Pensum, das er sich vorgenommen hatte, in der zur Verfügung stehenden Zeit schaffen, musste er unverzüglich mit seinen Nachforschungen beginnen.

Sie waren später, als sie geplant hatten, von Oberhone aufgebrochen. Nach einer unruhigen Nacht hatte Gerhard lange in den Morgen hinein geschlafen und zudem noch vor dem Losfahren zwei Telefongespräche führen müssen.

Charly Montag hatte ihn während des Kaffeetrinkens angerufen, ihm mitgeteilt, dass die gegenwärtigen Ermittlungen in den Oberhöner Kriminalfällen, wie er sie nannte, keine weiterführenden Erkenntnisse gebracht hatten. Die skelettierte Frauenleiche am Weinberg habe man bisher noch nicht identifizieren können, eine unnatürliche Todesursache sei auch nach eingehenden gerichtsmedizinischen Untersuchungen nicht feststellbar. Über den Toten im Bruch wisse man zwar jetzt so ziemlich alles, aber es sei nicht gelungen, eine andere Beziehung Heimanns zu Oberhone zu finden als die, dass er den hiesigen Amphibien hatte helfen wollen.

»Einer der zum Beschweren des Körpers verwendeten Feldsteine steht jetzt zweifelsfrei als Tatwaffe fest. Sonst aber gibt es - wenn man die Gegnerschaft der Landwirte mal außen vor lässt - nicht die Spur eines Mordmotivs. Heimann hat ein untadeliges, geradezu langweiliges Leben geführt, das nicht den geringsten Grund erkennen lässt, warum jemand es gewaltsam beenden sollte. Nun, ich hatte versprochen, dich auf dem Laufenden zu halten. Mehr kann ich dir leider nicht bieten.« Mit einem selbst durch das Telefon ahnbaren Schulterzucken hatte sich der Hauptkommissar verabschiedet.

Der zweite Anruf war, gerade als sie aufbrechen wollten, von Vera Kändler gekommen. Sie fahre, informierte sie ihn, für zwei, drei Tage nach Wiesbaden, da sie erst am kommenden Freitag wieder bei den Festspielen singen müsse. Sie hatte ihm versprochen, sich sofort nach ihrer Rückkehr in Oberhone zu melden.

Gerhard wusste, dass er sich nun in Anbetracht dessen, dass sie zur abendlichen Theaterprobe rechtzeitig wieder zu Hause sein wollten, sputen musste, wollte er auf die offenen

Fragen, die ihn zu der heutigen Fahrt nach Marburg veranlasst hatten, noch Antworten erhalten.

Das archäologische Institut der Phillips-Universität befand sich im Ernst-von-Hülsen-Haus, einem nahezu quadratischen Repräsentationsbau, der vor gut 75 Jahren mit dem Ziel errichtet worden war, eine Heimstatt für die Schönen Künste zu schaffen. Gerhard kannte das Gebäude von früheren Visiten: Schon vier-, fünfmal war er in dem stimmungsvollen, kleinen Museum mit seiner prächtigen Gemäldesammlung gewesen. Auch den im Südflügel gelegenen Konzertsaal hatte er während seines Studiums hin und wieder zu Musikaufführungen und Vorträgen aufgesucht.

Eine breite Treppe mit abgetretenen Holzstufen führte zum ersten Stock hinauf, in dem sich die Archäologie eingerichtet hatte. Gerhard durchquerte eine mit Steinfliesen ausgelegte Vorhalle und betrat die Räumlichkeiten des Seminars für Früh- und Vorgeschichte. Er sah sich um. Am Ende eines schmalen Flurs erkannte er durch eine offenstehende Tür dicht beieinanderstehende Regale, die, vollgepackt mit Büchern, bis unter die Decke des hohen Raumes reichten. Ein muffiger Geruch nach Staub und vergilbtem Papier lag in der Luft und erinnerte Gerhard an seine immerhin schon fünfunddreißig Jahre zurückliegende Studentenzeit. Die Institute von damals, die nahezu ausschließlich in ähnlich altehrwürdigen Gebäuden wie diesem untergebracht waren, hatten in ihrer Verschlissenheit einen morbiden Charme und eine geistige Durchdringung ausgestrahlt, wie sie in den funktionalen Universitätsneubauten von heute kaum mehr zu finden waren. Gerhard genoss es, diese vertraute Atmosphäre von Lehre und Gelehrsamkeit hier im archäologischen Institut noch vorzufinden.

Ein kleines Türschild verkündete, dass ein Dr. Weinhold in dem Zimmer, an das er jetzt anklopfte, seine Arbeit verrichtete. Als Gerhard keine zum Eintreten auffordernde Antwort vernahm, schlug er noch einmal, diesmal kräftiger, mit den Fingerknöcheln gegen die alte Holztür. Gleichzeitig drückte er die Klinke herunter und schaute durch den Türspalt in den Raum.

Auf den ersten Blick glaubte er das Zimmer leer. Ein großer Schreibtisch, auf dessen Oberfläche sich in beachtlicher Höhe Papiere, Akten und Kartons stapelten, dominierte den schmalen Raum. Durch ein hohes, jetzt offenstehendes Fenster konnte er auf einen dem Südflügel vorgelagerten kleinen Park blicken.

Schon wollte Gerhard die Tür wieder schließen, als er ein hinter dem Papierwulst emporsteigendes Rauchwölkchen gewahrte, das, nur für einen flüchtigen Augenblick deutlich sichtbar, im Luftstrom zwischen Tür und Fenster zu einem kaum mehr wahrnehmbaren Schleier zerfloss.

Gerhard trat nun ganz in das Zimmer, schloss hinter sich die Tür und ging bis zum Rand des Schreibtischs.

»Herr Dr. Weinhold?«, fragte er in den von den Aktenbergen verborgenen, nicht einsehbaren Raum hinein. »Herr Dr. Weinhold, sind Sie da?«

Drei, vier Sekunden vergingen, in denen Gerhard in regloser, schweigender Erwartung verharrte. Endlich schob sich in einer zögerlichen Bewegung langsam ein Kopf über die Papiere empor, ein staunender Blick fiel auf den unerwarteten Besucher. Unwillkürlich fühlte sich Gerhard an eine Statue erinnert, die nach Jahrhunderten der Verschüttung aus dem dunklen Erdreich wieder auftaucht und mit sehenden Augen in das wiedererlangte Licht schaut.

»Herr Dr. Weinhold?«, wiederholte er zum dritten Mal und fügte hinzu: »Entschuldigen Sie bitte, wenn ich störe.« Denn, dass er störte, war ganz offensichtlich. So wie man einen Schlafenden stört, wenn man ihn aufweckt, hatte er den Gelehrten augenscheinlich aus einer Jahrtausende alten Vergangenheit in die Gegenwart zurückgeholt.

Nun erschien, diesmal in schnelleren Bewegungen, auch der Oberkörper des Archäologen hinter dem Papierberg. Über die Akten hinweg streckte er Gerhard seine Hand entgegen.

»Was kann ich für Sie tun?«, begrüßte er freundlich seinen Gast und kam mit lebhaften Schritten um den Schreibtisch herum. Zwischen den Fingern hielt er eine langstielige, offenbar antike Tonpfeife, aus der er Schwaden hellen Rauches in das Zimmer paffte.

Dr. Weinhold war von kleiner Statur, ein liebenswürdiger Mann in mittlerem Lebensalter, der nun, nachdem er von seiner vorgeschichtlichen Gedankenexkursion in die Jetztzeit zurückgekehrt war, Gerhard mit wachen Augen und einem Gesichtsausdruck ansah, der Hilfs- und Auskunftsbereitschaft signalisierte.

In Erwartung der Frage nach seinem Anliegen hatte sich Gerhard eine aus seiner Sicht glaubhafte Geschichte zurechtgelegt, die er nun präsentierte: »Herr Dr. Weinhold, ich brauche ein paar Auskünfte und hoffe, dass Sie mir diese geben können. Es geht um Ihren Kollegen, Herrn Willmer.«

»Ah, Gernot. Was ist mit ihm? Er ist zur Zeit nicht hier. Er gräbt irgendwo in Nordhessen.«

»Ja, ich weiß, deswegen bin ich hier. Ich möchte nämlich für die Werra-Rundschau in Eschwege, in dessen Umgebung Herr Willmer die Ausgrabungen durchführt, einen Artikel über seine Arbeit schreiben. Dafür benötige ich noch etwas mehr an Wissen über den Menschen Willmer.«

»Warum fragen Sie ihn nicht selbst?«

»Das habe ich schon getan. Ausgiebig bin ich mit ihm seine Grabungen durchgegangen«, erklärte Gerhard in zweideutiger Halbwahrheit, »habe mit ihm über sein Leben und seine Arbeit gesprochen. Nein, Fakten stehen mir zur Genüge zur Verfügung. Das, was mir jetzt noch fehlt, ist eher das Atmosphärische, das Private und auch das Arbeitsumfeld des Wissenschaftlers. Und da ich heute zufällig in Marburg zu tun hatte«, log er, »dachte ich mir, schau doch mal bei den Archäologen rein, vielleicht erfährst du etwas Persönliches, Kollegiales über Willmer.« Mit ausgebreiteten Armen, die seine Aufnahmebereitschaft für jegliche Art von Informationen verdeutlichen sollten, blickte Gerhard auffordernd den kleinen Altertumsforscher an.

Dr. Weinhold trat ans Fenster, zog an seiner Pfeife und blies den Rauch in die flirrende Luft des auch heute wieder heißen Sommertages. »Was, zum Beispiel, wollen Sie wissen?«

Gerhard beschloss, sich nun nicht mehr lange mit Umwegen aufzuhalten, sondern gleich zu dem zu kommen, was zu erfahren er sich vorgenommen hatte. »Bei meinen Gesprächen erschien mir Ihr Kollege Willmer sehr ernst und zurückhaltend, fast so, als bedrücke ihn etwas. Entspricht das seinem tatsächlichen Naturell? Ist er wirklich so introvertiert und verschlossen, wie er sich gibt?«

»Gernot, introvertiert und zurückhaltend?« Dr. Weinhold lachte amüsiert. »Da müssen Sie ihn in einem der seltenen Momente getroffen haben, in dem alles so schief lief, dass selbst er seine gute Laune verlor. Nein, Gernot Willmer ist alles andere als ein verschlossener Mensch. Im Gegenteil, er ist eine Frohnatur, ein Mensch mit viel Humor, der es versteht, mit seiner positiven Lebenseinstellung andere anzustecken.«

»Nun, ich habe ihn anders erlebt.«

»Dann muss er sich in den fünf, sechs Wochen, in denen er in Nordhessen gräbt, so verändert haben. Als er sich hier von uns verabschiedet hat, war er so unbefangen und gut gelaunt wie immer.«

»Und einen Grund für diese Veränderungen - können Sie sich den vorstellen?«

»Nein, beim besten Willen nicht.« Dr. Weinhold schüttelte den Kopf. »Sicher, es gibt bei solchen Grabungen immer mal wieder Ärger, zum Beispiel mit den Behörden, mit Grundstückseignern oder extremen Wetterlagen. Aber das ist kein Grund, die gute Laune zu verlieren - besonders nicht für Gernot.«

»Und privat? Könnte es da vielleicht Probleme geben?«

Der kleine Archäologe sah erstaunt auf, trat näher zu Gerhard hin und belehrte ihn: »Noch unvorstellbarer! Gernot und Katja - das ist die große Liebe schlechthin. Aber solche Fragen sollten Sie nicht mir stellen, sondern an meinen Kollegen selbst richten«, fügte er mit leicht indignierter Stimme hinzu.

Gerhard begriff, dass er zu weit gegangen war. Er hatte die Tabuzone des Privatlebens Gernot Willmers betreten und damit ein Erlöschen der Auskunftswilligkeit Dr. Weinholds riskiert. Schnell wechselte er das Thema: »Herr Willmer hat mir von einer Ausgrabung in Griechenland erzählt, an der er als Student teilgenommen hat. Archäologen der Uni Marburg sollen damals über ein halbes Jahr auf dem Peloponnes tätig gewesen sein. Wissen Sie etwas davon?«

»Ah, Sie reden von der großen Grabung in Skoutari. Das war zwar lange vor meiner Zeit an diesem Institut, aber natürlich weiß ich davon. Schließlich war diese Grabung die bedeutendste, die der archäologische Fachbereich je durchgeführt hat.«

»Dann gibt es doch sicher noch irgendwelche Dokumentationen dieses Unternehmens: Aufzeichnungen, Auflistungen der gefunden Gegenstände, Fotografien. Gerade Bilder aus früheren Zeiten lockern einen Zeitungsartikel ungemein auf.«

»Selbstverständlich ist dieses Projekt seinerzeit in allen Einzelheiten dokumentiert worden. Ein reich bebilderter Katalog, so eine Art Protokoll des damaligen Grabungsablaufs, steht in der Bibliothek. Ich habe selbst schon mehrfach darin nachgeschlagen. Wenn Sie wollen, zeige ich Ihnen das Bändchen.« Dr. Weinhold sah ihn fragend an.

»Ja, gerne, das würde mich interessieren. Schon wegen der Fotos«, nickte Gerhard erfreut. »Wenn es Ihnen nichts ausmacht und Ihre Zeit es zulässt.«

»Ach, wissen Sie«, der kleine Mann lächelte wehmütig, »wir Archäologen führen mehr oder weniger ein Schattendasein. Wir bewegen uns größtenteils im Verborgenen und Dunkeln, stehen und arbeiten meist unsichtbar und unbemerkt in Löchern, Höhlen und Gruben. Da freuen wir uns natürlich, wenn sich uns die Möglichkeit bietet - so wie jetzt durch Ihren Artikel -, mal ans Licht und in das Bewusstsein der Öffentlichkeit zu treten. Seien Sie deshalb unbesorgt, ich helfe Ihnen gerne.«

Mit flinken Schritten, denen zu folgen Gerhard Mühe hatte, eilte er den Gang entlang, betrat durch die noch immer offenstehende Tür die Bibliothek und verschwand in einem der engen Gänge zwischen den Regalen. Gerhard war sich unsicher, ob er hinterhergehen sollte. Unschlüssig ließ er seinen Blick über die unzähligen etikettierten und nummerierten Bücherrücken gleiten, die in akkurater Ordnung eine beeindruckende Phalanx bildeten.

Aber noch ehe er eine Entscheidung treffen konnte, tauchte Dr. Weinhold aus dem Dunkel der Regalreihen wieder auf. In der Hand schwenkte er einen Heftband. »Hier ist sie, die Abhandlung über die Skoutarigrabung. Schauen Sie sie sich in Ruhe an, vielleicht können Sie etwas daraus gebrauchen.«

Er legte das zusammengeheftete Buch auf ein Holztischchen, zog einen Stuhl heran und bedeutete seinem Besucher Platz zu nehmen.

Doch bevor Gerhard sich setzte, wollte er von Weinhold wissen: »Was ist, wenn ich jetzt Aufnahmen finde, die zu meinem Artikel passen. - Kann ich als Außenstehender mir diesen Band ausleihen, um die Bilder zu Hause abzufotografieren?«

Das zweifelnde Hin- und Herwiegen des Kopfes und das bedauernde Anheben der Arme verrieten die Antwort im Voraus: »Leider nein. Diese hauseigene Bibliothek steht ausnahmslos den Studierenden zur Verfügung.« Bekümmert, seinem Gast nicht helfen zu können, senkte der Archäologe den Blick und betrachtete eine Zeitlang schweigend seine Schuhspitzen.

Aber gerade, als Gerhard sich anschickte, mit dem Studium der Grabungsaufzeichnungen zu beginnen, kam wieder Leben in die schmächtige Gestalt des Wissenschaftlers. Sein kleiner Körper richtete sich auf, seine kurzen Arme streckten sich und legten sich auf Gerhards Schultern. Mit einiger Mühe drehte er ihn zum Tisch hin und drückte ihn mit sanfter Gewalt auf den Stuhl. »Fangen Sie ruhig schon mit dem Lesen an«, forderte er auf und wandte sich zum Gehen. »Vielleicht kann ich Ihnen doch noch behilflich sein. Ich bin gleich wieder da.« Mit einem flüchtigen Winken hob er die Hand, trat erneut zwischen die Regalwände und war kurz darauf im Dämmerlicht verschwunden.

Die Ausgrabungschronik, die Gerhard nun aufschlug, bestand zum größten Teil aus einer systematischen Auflistung der Fundstücke, ihrer zeichnerischen und fotografischen Dokumentation und ihrer archäologischen Bewertung. Ein kurzer Einleitungsteil gab die Chronologie von der Planung des Projekts über seine Ausführung bis hin zu dem erfolgreichen Abschluss wieder. Von außergewöhnlichen Vorfällen wurde, soweit Gerhard dies beim schnellen Überfliegen des Textes feststellen konnte, nichts berichtet. Enttäuscht über das wenig ergiebige Resultat blätterte er bis zum Ende der Abhandlung, wo in einer komprimierten Zusammenfassung eine archäologische Einordnung und ein Fazit des über halbjährigen Grabungsunternehmens vorgenommen wurde.

Schon wollte Gerhard das Buch zur Seite legen, als sein Blick auf die Rückseite des aus festem Glanzkarton gefertigten Einbands fiel. Eine nahezu den ganzen Buchdeckel ausfüllende Fotografie zeigte eine Gruppe fröhlicher Menschen, die sich die Arme um die Schultern gelegt hatten und vergnügt in die Kamera lachten. Die Bildunterschrift verriet, das es sich bei den Abgebildeten um die Mitglieder der Ausgrabungsmannschaft handelte, die auch namentlich aufgeführt waren.

Der Namenszug Gernot Willmers fiel ihm als erstes auf. Es war der junge Mann ganz links oben auf dem Foto. Jetzt, da er es wusste, stellte er eine gewisse Ähnlichkeit des Studenten von damals mit dem stämmigen Mann fest, den er am Weinberg kennengelernt hatte. Er war sich nicht sicher, ob er ohne die Namensangabe den jungen Willmer erkannt hätte.

Ein Professor Klotz, ein rundgesichtiger älterer Herr mit buschigem Haar, war als Leiter der Grabungsexpedition in der Mitte des Bildes abgelichtet. Jede seiner behaarten Hände hielt die Schulter einer seiner Studentinnen in fester Umarmung umschlungen.

Als Gerhard erneut auf die Bildunterschriften sah, stutzte er. Ein Name stach ihm ins Auge, ein Name, den er gesucht und heute zu finden gehofft hatte. Er las die Bildlokalisierung »Dritter von rechts«, zählte die Personen der vorderen Reihe ab und blickte in das braungebrannte jugendliche Gesicht Horst Pflügers, das mit einem spitzbübischen Lächeln direkt in die Kamera schaute.

Nun also hatte er sie gefunden, die schon vermutete Beziehung, die die beiden Archäologen zueinander hatten. Beide hatten hier in diesem Fachbereich Altertumskunde studiert und beide waren Teilnehmer des Ausgrabungsprojektes auf dem Peloponnes gewesen. Folglich hatten sie sich gut gekannt, hatten über längere Zeit miteinander gearbeitet und auf engem Raum zusammen gelebt.

Doch noch immer war unbeantwortet, welcher Schatten auf ihrer Verbindung lag, was die studentische Freundschaft von damals heute belastete. Wenn er in die lachenden Gesichter auf dem Foto sah, fiel es Gerhard schwer, sich vorzustellen, dass die jetzige geheimnisvolle Spannung, die zwischen Willmer und Pflüger spürbar war, etwas mit dem damaligen Griechenlandaufenthalt zu tun hatte.

Dr. Weinhold kehrte zurück. In der Hand hielt er das geheftete Buch, das Gerhard erstaunt als das gleiche, das vor ihm auf dem Tisch lag, erkannte.

»Ich wusste es doch«, triumphierte der Archäologe, »eine ganze Kiste davon steht noch im Archiv. Als diese Ausgrabungschronik anlässlich der Ausstellung der Funde seinerzeit gedruckt wurde, hat man wohl das Publikumsinteresse überschätzt. Viele Exemplare blieben unverkauft und wurden in Kartons eingelagert. Hier«, er streckte Gerhard das Buch entgegen, »nehmen Sie es. Sie können es behalten, wir haben genügend davon.«

Gerhard bedankte sich, froh, die Abläufe der damaligen Grabung zu Hause noch einmal in Ruhe durchgehen zu können. Vielleicht gelang es ihm doch noch, ein besonderes Vorkommnis, eine Auffälligkeit, die er beim ersten, flüchtigen Lesen übersehen hatte, zu entdecken.

Die Unruhe, die Dr. Weinhold nun befiel, war augenscheinlich. Von einem Bein trat er auf das andere, fuhr sich mit der Zunge über die schmalen Lippen und nestelte an einer Haarsträhne.

Gerhard stand auf und reichte dem kleinen Mann die Hand. »Vielen Dank, Herr Dr. Weinhold, für Ihre Hilfe.« In Erinnerung, wie er ihn tief in seine Arbeit versunken vorgefunden hatte, fügte er hinzu: »Ich will Sie nun nicht länger aufhalten. Sie forschen bestimmt auf einem interessanten Gebiet, habe ich Recht?«

»Ja, ja«, versicherte der Archäologe eifrig, während sie dem Ausgang zugingen. »Ich untersuche momentan die Speisefolge, die die Hethiter zu ihren Hochzeitsfeierlichkeiten zu reichen pflegten. Als Sie vorhin kamen, war ich gerade dabei, das Kräutersortiment, das sie zur Würzung ihrer Suppen verwendeten, zusammenzustellen.«

Als er die glänzenden Augen des Archäologen sah, der nun nichts lieber wollte als zu seinen Forschungen zurückzukehren, hatte Gerhard ein schlechtes Gewissen, noch eine abschließende Frage zu stellen: »Aus dem ehemaligen Ausgrabungsteam - kennen Sie außer Gernot Willmer vielleicht noch jemanden, den man über diese Zeit befragen könnte? Alte Geschichten machen sich immer gut, sind der nostalgische Farbtupfer in einem Artikel. Vor allem ältere Menschen lesen so etwas gerne. Möglicherweise haben Sie die eine oder andere Adresse eines der Grabungsteilnehmer?«

»Ja, natürlich haben wir noch Kontakt zu den Kollegen, die die Skoutariexpedition mitgemacht haben. Irgendwo sind auch ihre Adressen gespeichert. Aber warum halten Sie sich mit Fritzchen auf«, Dr. Weinhold machte eine wegwerfende Handbewegung, »wenn Fritz gleich nebenan wohnt?«

»Wie bitte? Wie soll ich das verstehen?«

»Professor Klotz, der Grabungsleiter von damals, wohnt hier in Marburg, präzise gesagt im Wehrdaer Weg 44.«

»So genau wissen Sie das?«, wunderte sich Gerhard.

»Erstens war ich schon einige Male bei ihm zu Hause. Und dann - 44 - Cäsars Todesjahr, so etwas merkt sich ein Archäologe, der wiederholt in römischem Boden gegraben hat.«

»Dieser Professor, ist der denn noch in der Altertumsforschung tätig?«

»Nein, er ist schon vor einigen Jahren in den Ruhestand getreten. Aber er beschäftigt sich immer noch mit der Archäologie und verfügt über ein enormes Wissen. Er lädt seine ehemaligen Mitarbeiter gelegentlich zu wissenschaftlichen Symposien in sein Haus ein und überrascht uns immer wieder mit seinen Kenntnissen. Wenn Ihnen jemand Auskunft über die damalige Grabung auf dem Peloponnes geben kann, dann ist es Professor Klotz.« Verschmitzt lächelnd sah er zu Gerhard auf. »Dort werden Sie - erschöpfende - Antworten auf Ihre Fragen erhalten.«

Mit einem kurzen Abschiedsgruß wandte sich Dr. Weinhold nun um und begann, den langen Gang zurückzugehen. Ehe er die Tür zu seinem Arbeitsraum öffnete, drehte er noch einmal den Kopf und rief über die Schulter: »Viel Glück.« Dann verschwand er im Zimmer.

Eine Weile blieb Gerhard noch stehen. Vor seinem geistigen Auge sah er den kleinen Gelehrten vor sich, wie er jetzt wieder hinter dem Papierberg auf seinem Schreibtisch verschwand und erneut die lange Zeitreise 4000 Jahre zurück zu den Hethitern antrat, zurück zu Fenchel, Thymian und Basilikum und der so wichtigen Frage, ob und wie sie zur Würzung der hethitischen Hochzeitssuppen verwendet wurden.

Als er das archäologische Seminar verließ und die alte Treppe hinunterstieg, hatte er das Empfinden, eine Welt zu verlassen, um die Jahrhunderte und Jahrtausende einen Kokon gesponnen hatten, dessen warme Hülle ein Gefühl von Schutz, Geborgenheit und Unantastbarkeit erzeugte. Plötzlich verspürte er den starken Wunsch, Teil sein zu können, zusammen mit den Archäologen eintauchen zu dürfen in die beharrliche Suche nach Vergangenem, das seine Bedrohlichkeit verloren, seine Schönheit und Erhabenheit aber bewahrt hatte. Flüchtig wünschte er, sich auch verlieren zu können in diese stille Welt der schweigenden Zeugen, sich eins fühlen zu dürfen mit den Wissenschaftlern, die in ihrer Arbeit aufgingen und so gänzlich darin versinken konnten, wie einst die Städte versunken waren, die Tempel und Statuen, die sie ausgruben.

Gerhard seufzte, als er hinaustrat in die gleißende Sonne. Man konnte eben nicht alles haben im Leben.

18

Das Haus im Wehrdaer Weg entsprach so ganz den Vorstellungen, die man von dem Domizil eines angesehenen, gebildeten und gut bezahlten Akademikers, der eine ästhetische Sichtweise einer pekuniären überordnete, zu haben pflegte. Eine in weitem Bogen ansteigende Treppe führte über eine Grünfläche zu einer ornamentierten Eingangstür, die sich an der linken Seite der großen zweistöckigen Villa befand. Schon von hier war der Blick hinunter auf die Lahnwiesen beeindruckend. Um wie viel großartiger noch musste die Aussicht von einem der drei Balkone an der Westseite des Hauses sein.

Gerhard betätigte den Klingelknopf. Er hatte sich kurz nach Verlassen des archäologischen Instituts telefonisch bei Professor Klotz angemeldet, hatte, in Anbetracht der Tatsache, dass die Mittagsruhe bevorstand, angefragt, ob ein Besuch jetzt noch möglich sei. Der alte Archäologe war sofort Feuer und Flamme gewesen, als er Gerhards Wunsch hörte, etwas über die damalige Ausgrabung zu erfahren. Er hatte von einer Mittagsruhe nichts wissen wollen und ihn gebeten, doch gleich zu kommen.

Der Summer ertönte, doch die Sprechanlage blieb stumm. Gerhard drückte gegen die schwere Tür, die sich mit einem lauten Schnappen öffnete.

Das Erste, was ihm auffiel, als er eintrat, war die Kühle, die in der dämmrigen Vorhalle herrschte. Gerhard vermochte nicht zu entscheiden, ob das massive Mauerwerk und die marmorverkleideten Wände die Glut, die über der Stadt lag, abhielten oder die angenehmen Temperaturen einer Klimaanlage zu verdanken waren.

Professor Klotz kam mit ausgestreckten Armen seinem Besucher entgegen. »Ich nehme an, Herr Gerhard?«, fragte er und ergriff, ohne eine Bestätigung abzuwarten, seinen Arm. Unter lebhaftem Gestikulieren zog er ihn zu einer Treppe, die in das darüberliegende Stockwerk führte.

»Kommen Sie, ich habe schon mit den Vorbereitungen begonnen.«

Während sie die breiten Marmorstufen hinaufstiegen, betrachtete Gerhard den Archäologen näher. Das runde Gesicht, das er von dem Foto her kannte, war, anders als auf dem Bild aus Griechenland, jetzt von einem schlohweißen Haarkranz eingerahmt. Gang und Haltung indessen verrieten nicht, dass der Mann an seiner Seite die Achtzig überschritten haben musste. Die mittelgroße Gestalt bewegte sich leichtfüßig, als sie Gerhard voran zu einem Raum ging, der ganz offensichtlich ein Arbeitszimmer war. »Hier, bitte«, er zeigte auf einen Sessel an der dem Fenster zugekehrten Seite des großen Schreibtisches. »Setzen Sie sich. Es geht gleich los.«

Verwundert nahm Gerhard Platz und sah dem alten Mann zu, der gerade ein großes Magazin mit Diapositiven in einen auf einem Tischchen aufgebauten Projektor schob. Zwei weitere Magazine voller Bilder standen auf dem Schreibtisch bereit. Über einem Bücherregal an der Langseite des Zimmers hing eine aufrollbare Leinwand, deren Halterung in die Stuckdecke des Raumes eingelassen war. Mit einem Haken zog der Professor nun die reflektierende Projektionsfläche herunter und arretierte sie.

Ein kurzer Blick überprüfte die Vollständigkeit seiner Anordnung. Zufrieden nickte er und trat zum Fenster. Eine plötzliche Dunkelheit legte sich über den Raum, als er die schweren Vorhänge zuzog. Noch während der alte Mann sich zu seinem Platz hinter dem Projektor zurücktastete, versprach er seinem Besucher: »Sie werden staunen über die Fülle der Kostbarkeiten, die wir damals gefunden haben.«

In der kommenden Stunde war Gerhard, der bisher noch nicht einmal dazu gekommen war, sich dem Professor näher vorzustellen, geschweige denn, ihm sein Anliegen genauer zu erläutern, einer Flut von im Lichtbild festgehaltenen optischen Dokumentationen jedes noch so kleinen Fundstückes, das man damals in Skoutari ausgegraben hatte, ausgesetzt. Er musste ein Bombardement von facharchäologischen Ausdrücken über sich ergehen lassen, das mehr zu seiner Verwirrung als zu einer Aufklärung beitrug.

Wenigstens soviel verstand er, dass der Tempel, den man zunächst zu finden geglaubt hatte, sich bei weiterem Graben als ein großes, prächtiges Herrenhaus herausgestellt hatte, das, vollgestopft mit Kunstschätzen und wertvoller Keramik, sich als eine hochkarätige archäologische Fundgrube entpuppt hatte. Vasen, Amphoren, Wandmalereien und Statuen jeder Größe hatte man gefunden, dazu noch die kostbaren Gegenstände eines herrschaftlichen Haushaltes, die alle fotografiert, registriert und dokumentiert worden waren.

»Ist das nicht herrlich«, jubelte der alte Mann nach dem letzten Bild seines dritten Magazins, um sich sogleich auf seinem Drehstuhl dem hinter ihm stehenden Regalschrank zuzuwenden. Einer Schublade entnahm er eine weitere, prall mit Lichtbildern gefüllte Kassette: »Das muss ich Ihnen noch zeigen. Meine etruskischen Funde in der Toskana.«

Gerhard richtete sich erschrocken auf. Ein heimlicher Blick auf die Uhr verriet ihm, dass Franziska, wenn sie pünktlich war, jetzt schon im Bistro in der Barfüßerstraße auf ihn warten musste.

»Herr Professor Klotz«, begann er und erhob sich zögernd aus seinem Sessel, »ich bin mit meiner Frau in der Stadt verabredet. Sie wird ungeduldig werden, wenn ich jetzt nicht gleich...«

»Ach!« Der tiefe Seufzer der Enttäuschung veranlasste Gerhard, sich wieder in die Polster zurückfallen zu lassen. Resignierend hob er die Hände. Er würde es nicht übers Herz bringen, den freundlichen alten Mann, der ihm gerade so enthusiastisch sein Lebenswerk vorstellte, zu enttäuschen. Auch wenn die auf Dia Nr. 142 abgebildete Tonscherbe für ihn, den Laien, nicht anders ausgesehen hatte als die auf Nr. 17 oder Nr. 66, auch wenn seine Aufmerksamkeit bei der Flut der Bilder inzwischen nahezu erloschen und seine Begeisterung auf dem Nullpunkt angelangt war, er würde es dem Archäologen nicht abschlagen können, ihm jetzt auch noch die Lichtbilder der etruskischen Scherben und Vasen zu zeigen.

Aus der Tasche zog er sein Handy. »Ich muss meine Frau anrufen. Sie kann mich hier bei Ihnen abholen.« Während er wählte, schob der Archäologe das Magazin, das er unschlüssig in der Hand gehalten hatte, mit sichtlicher Erleichterung in den Projektor.

Franziska versprach zu kommen. Ihre Frage, ob sie sofort losfahren sollte, bejahte er und beendete die Verbindung.

Während er sein Mobiltelefon in der Hosentasche verstaute, bemerkte er, das der alte Mann aufgestanden war, um das Licht, das er kurzfristig eingeschaltet hatte, wieder zu löschen. Gerhard begriff, dass sich ihm nun in unmittelbarer Anknüpfung an die eben gezeigten Dias die möglicherweise einzige Chance bot, etwas über die damalige Skoutariexpedition zu erfahren.

Er entschloss sich, mit einer provozierenden Behauptung den Archäologen herauszufordern. »Warten Sie noch einen Moment mit den Bildern aus der Toskana«, intervenierte er mit dem Ergebnis, dass der Professor die Hand vom Lichtschalter zurückzog und sich zu ihm umdrehte. »Mich würde vorher noch interessieren, was Sie von dem Gerücht halten, es sei während der Grabungen auf dem Peloponnes zu dubiosen Vorfällen gekommen. Angeblich soll der Student Gernot Willmer darin verwickelt gewesen sein.«

Die Reaktion des alten Mannes bestätigte Gerhard, dass er mit seiner Mutmaßung ins Schwarze getroffen hatte. Unwillig schüttelte Professor Klotz den Kopf und kam zum Schreibtisch zurück. »Nicht nur Willmer, uns alle hat man beschuldigt, die Statue gestohlen zu haben.«

»Also ist was dran an dem Gerücht«, schürte Gerhard die Glut.

Der Archäologe stampfte zornig mit dem Fuß auf den Boden. »Nichts davon ist wahr. Von uns hat keiner den Apollo entwendet. Ich lege für meine Leute die Hand ins Feuer.« Mit gerunzelter Stirn blickte er Gerhard an. »Woher wissen Sie eigentlich von der Sache? Wir hatten uns damals darauf geeinigt, nichts von dieser unerfreulichen Angelegenheit publik werden zu lassen.«

»Nun, Sie wissen doch, wie geredet wird«, wich Gerhard aus und fragte nach: »War denn die Apollofigur so wertvoll, dass es lohnte, sie zu stehlen?«

»Ah«, stöhnte der Archäologe und raufte sich in seiner Betrübnis über den Verlust die weißen Haare. »Wenn Sie sie gesehen hätten, würden Sie nicht so fragen. Es war das schönste Objekt, das ich je ausgegraben habe. Wenn ich Ihnen die Figur wenigstens auf einem Bild zeigen könnte. Aber nein, noch am selben Abend, an dem wir sie gefunden haben, verschwand sie, bevor wir sie ablichten oder zeichnen konnten.«

»Und daraufhin hat man die Grabungsmitglieder des Diebstahls bezichtigt?«

»Ja, mit Anschuldigungen, besonders gegenüber Ausländern, ist die griechische Polizei schnell zur Hand.« Er lachte verächtlich und machte eine abfällige Bewegung. Dann streckte er Gerhard den Zeigefinger entgegen. »Es waren einheimische Diebe, wie einst die Grabräuber in Ägypten. Sie haben die Tür zu dem Raum, in dem wir die Funde vor ihrer Registrierung abstellten, gewaltsam aufgebrochen.«

»Und wieso kam ausgerechnet Willmer ins Gerede?«, setzte Gerhard seine Befragung fort.

»Gernot Willmer und Horst Pflüger, zwei meiner Studenten, waren die Letzten, die mit der Statue zu tun hatten.

Sie sollten sie reinigen und danach einschließen. Klar, dass die Griechen die beiden zuerst im Verdacht hatten. Aber die Polizei hat sehr schnell einsehen müssen, dass alle Verdächtigungen gegen uns absolut haltlos waren.«

»Und die Täter, hat man die gefasst?«

»Nein, natürlich nicht. Auch die Statue ist, soviel ich weiß, bis heute nicht wieder aufgetaucht.«

Sein erneuter Gang zum Lichtschalter verriet, dass das Thema für ihn nun abgeschlossen war und er darauf brannte, seinem Gast die Schönheiten der etruskischen Kultur näherzubringen. »Wir haben ein Mosaik von der Größe einer Zimmertür entdeckt. Es zeigt einen Flötenspieler. Ein meisterhaftes Werk. Ich habe jedes Steinchen einzeln herausfotografiert. Sie werden begeistert sein.«

Das Verlöschen des Lichtes, die Monotonie der Bildkommentierung und die Unzahl der abgelichteten Steinblättchen bewirkten, dass Gerhard schon nach kurzem in eine Art Halbschlaf gefallen war, der solange anhielt, bis das helle Läuten der Haustürklingel ihn aufschreckte. Eine Frauenstimme rief vom Erdgeschoss herauf: »Ich mache auf, Paul. - Und dann kommt zum Kaffeetrinken, ich habe alles vorbereitet.«

Augenblicklich schaltete Professor Klotz den Diaprojektor aus, erhob sich eilig und zog die Fenstervorhänge zurück. »Meine Frau hat gerufen«, verkündete er seinem vermeintlichen Zuhörer, der sich über die Augen rieb und in seinem Sessel gerade setzte. »Wir sollen zum Kaffee kommen.« So, als gehorche er einer amtlichen Anordnung, von der man erwartete, dass sie widerspruchslos befolgt wurde, begab sich der alte Mann zur Tür. Auch Gerhard stand auf und verließ mit dem Archäologen das Zimmer.

Zwei Frauen, die gegensätzlicher nicht wirken konnten, erwarteten sie am Fuß der Treppe.

Die alte Dame in der hochgeschlossenen, langärmeligen Seidenbluse und der braunen Strickjacke darüber war offensichtlich die Gattin des Professors. Ihr eisgraues Haar, das sie zu einem Knoten zusammengesteckt hatte, die prüfenden Augen und die aufrechte, reglose Haltung verliehen ihr eine Aura von Distanziertheit, die sich Gerhard selbst auf die Entfernung hin mitteilte. Stumm stand sie mit zusammengekniffenen Lippen da und schaute ihm mit taxierendem Blick entgegen.

Wie viel Wärme und Lebensfülle hingegen strahlte Franziska an ihrer Seite aus. Ihre braungebrannte Haut glänzte im Schweiß ihres erhitzen Körpers, das blonde Haar war aus der Stirn gestrichen und hinter die Ohren gelegt. Sie sah vital, sportlich und aktiv aus und ihr schneller Atem verriet, dass sie sich beeilt hatte, zu ihm zu kommen.

»Sie sind Herr Gerhard«, sprach ihn Frau Klotz an. Die inquisitorische Schärfe ihrer Anrede veranlasste ihn, auf dem Treppenabsatz stehenzubleiben und sie verwundert anzusehen. »Ja, der bin ich«, bestätigte er.

»Diese Dame«, die Professorengattin zeigte auf Franziska, »behauptet, Ihre Frau zu sein.« Sie ließ diese Feststellung wie eine Frage im Raum schweben.

Gerhard wusste im ersten Augenblick nicht, was er sagen sollte. Wortlos stieg er die Treppe hinunter, verharrte noch einmal auf der letzten Stufe und sah Franziska an. Dann wandte er sich Frau Klotz zu. In belustigtem Ton, der seine Unsicherheit überspielen sollte, stellte er fest: »Tatsächlich, das ist meine Frau.«

Die alte Dame ließ ihren Blick abschätzig über Franziska gleiten, schüttelte den grauhaarigen Kopf und ging langsam, das linke Bein etwas nachziehend, zu einer Tür im Hintergrund der Eingangshalle. »Kommen Sie mit!«, rief sie in strengem Ton, der weniger einer Aufforderung als vielmehr einem Befehl glich. »Es gibt Kaffee.«

Als Gerhard an der Seite seiner Frau dem Professor und seiner Gattin in den abgedunkelten Erkerraum, in dem der Kaffeetisch gedeckt war, folgte, beschlich ihn eine Ahnung, dass das Zusammentreffen dieser ungleichen Frauen möglicherweise einige Reibungen mit sich bringen könnte. Offenbar war der konservativen, um nicht zu sagen altmodischen Hausherrin Franziskas lockeres Auftreten, ihr frisches, manchmal burschikoses Erscheinungsbild und ihre der Witterung angemessene legere Bekleidung aufgestoßen und hatten ihr Missfallen erregt, um so mehr, als sie bemerkt haben musste, dass das Auge ihres Mannes lange und wohlgefällig auf dem von einer ärmellosen Bluse nur spärlich verhüllten Oberkörper Franziskas geruht hatte.

Mit einer stummen Handbewegung forderte Frau Klotz zum Platznehmen auf. Der Tisch war eingedeckt für drei Personen. Kaffeekanne, Milchgießer und Zuckerdose aus dünnem Porzellan waren zusammen mit einer Schale englischen Teegebäcks auf einer reich verzierten, geklöppelten Unterdecke angeordnet.

Mit sichtbarem Widerwillen trug die Gastgeberin nun ein weiteres Kaffeegedeck herbei und stellte es vor Franziska auf den Tisch. Dabei würdigte sie ihre Person in demonstrativer Missbilligung keines Blickes.

Gerhard, dem Professor Klotz gerade den Aufbau der etruskischen Kuppelgräber zu erklären versuchte, hörte nur mit halbem Ohr zu. Ihn beschäftigte und beunruhigte vielmehr die ungewohnte Schweigsamkeit, die seine Frau befallen hatte, die zunehmende konzentrierte Ruhe, die er an ihr wahrnahm, so als sammle Franziska Kraft vor einer großen Anstrengung. Er erinnerte sich noch allzu gut an den Abend bei Hans in der »Linde«. Die gleiche Sammlung und Ruhe wie heute war damals dem Sturm, der Harald Kleinschmidts selbstgefälliges Schiff so kräftig ins Schlingern gebracht hatte, vorausgegangen.

Frau Klotz, die sich bisher darauf beschränkt hatte, in schweigsamer Noblesse am Tisch zu sitzen, merkte erst auf, als der Professor Gerhard nach seinem Beruf fragte und sie erfuhr, dass er Arzt, Akademiker also, und zudem promoviert sei. Nun endlich ließ sie sich herab, die eine oder andere Bemerkung mit ihm, dem gesellschaftlich fast ebenbürtigen, zu wechseln. Franziskas Anwesenheit ignorierte sie dabei bewusst, schenkte ihr keinerlei Beachtung und gewahrte so auch nicht das Funkeln ihrer Augen, das sich von Minute zu Minute verstärkte. In einer Gesprächspause, in der der Professor Kaffee nachschenkte, wandte sich Franziska überraschend ihrem Mann zu: »Heinrich.«

Sofort alarmiert von dem Vibrieren ihrer Stimme und der gekünstelten, fast ordinären Affektiertheit, die sie ihr beimischte, sah Gerhard seine Frau an.

»Heinrich«, wiederholte sie, »denk unbedingt daran, dass wir rechtzeitig zurückfahren. Du weißt, ich muss heute Abend noch auftreten.«

»Du musst auftreten? Meinst du die Theaterprobe?«

»Den Club meine ich, den Club, in dem ich jeden Abend auftrete.«

»Sie stehen auf der Bühne, Frau Gerhard?« Interessiert beugte sich der Professor zu Franziska hinüber. »Um welche Kunstrichtung handelt es sich denn, wenn ich fragen darf?«

»Ich singe.«

»Ah, Sie singen.«

»Und ich tanze.«

»Großartig!« Der Professor rückte noch ein Stück näher zu ihr hin. »Es muss Spaß machen, Sie tanzen zu sehen«, vermutete er und ließ sein Auge anerkennend über ihren Körper gleiten. »Und wie, wenn ich das noch wissen darf, tanzen Sie? Klassisch oder modern?«

Franziska schaute kurz zu Heinrich hin. In sichtlicher Vorfreude auf das Kommende knöpfte sie mit anmutiger, wie zufälliger Bewegung einen weiteren Knopf ihrer Bluse auf und beugte sich ebenfalls vor. »Ich würde eher sagen, ich tanze mal mit und mal ohne.«

»Wie?« Der alte Mann sah sie verständnislos an.

Franziska klärte ihn auf. Dabei bedachte sie genüsslich die blasierte Gattin, das eigentliche Objekt ihrer Ansprache, die schockiert und sprachlos dasaß, mit einem boshaften Blick und einem maliziösem Lächeln. »Ich tanze mal mit Kleidung, dann aber auch...«

Die Botschaft brauchte eine Weile, bis sie in das Bewusstsein der alten Menschen vorgedrungen war und sie zu einer Reaktion veranlasste.

Als erster reagierte der Professor. Mit einem Kopfnicken lehnte er sich zurück und faltete die Arme über der Brust. Er lächelte und sah Franziska stumm an. »So, so«, war schließlich alles, was er dazu äußerte.

Anders seine Frau Gemahlin, die mit einem lauten Aufschrei der Empörung auffuhr und hervorstieß: »Wusst ich's doch.« Ein mehrmaliges Schnappen, wie es Fische hervorbringen, die an Land nach Atem ringen, kam aus ihrem Mund, ehe sie aufgebracht und in äußerster Rage mit der flachen Hand auf den Tisch schlug und ausrief: »Ich habe doch gleich bemerkt, dass da etwas nicht stimmt, so wie diese Lady hier aufgetreten ist. Tänzerin. Na bitte.«

Das Beben in ihrer Stimme und das Zittern der Lippen machten ihre puritanische Entrüstung deutlich. In einer Demonstration moralischer Erhabenheit hob sie den Kopf, schloss die Augen und kniff den Mund zusammen. Wenn sie sich die Finger in die Ohren gesteckt hätte, es hätte Gerhard nicht verwundert.

Es war Zeit zu gehen. Professor Klotz brachte sie an die Haustür. »So eine Lektion, das braucht sie von Zeit zu Zeit«, flüsterte er und deutete auf das Erkerzimmer, in dem seine Frau am Tisch sitzengeblieben war. »Ab und zu muss man sie von ihrem hohen Ross herunterholen.« Verlegen sah er das Ehepaar Gerhard an. »Ob Sie's mir glauben oder nicht. Ich liebe sie trotzdem.«

Dann, mit einem Ruck, streckte er Franziska die Hand hin. »Schön, Sie kennengelernt zu haben, Frau Gerhard. Schade, dass Ihre Geschichte erfunden ist. Es wäre sicher großartig gewesen, Sie einmal tanzen zu sehen - egal ob mit oder ohne.« Kichernd blickte er vor sich auf den Boden.

Dann wandte er sich ihrem Mann zu. »War mir ein Vergnügen, Herr Gerhard, Ihnen die Bilder meiner Ausgrabungsfunde vorführen zu können. Aber das, was Sie gesehen haben, war nur ein Bruchteil dessen, was ich Ihnen noch zeigen kann. Meine sizilianischen Grabungen zum Beispiel...«

Gerhard verstand nun, was Dr. Weinhold mit seiner doppeldeutigen Formulierung, von Professor Klotz könne er erschöpfende Auskunft erhalten, gemeint hatte.

Als sie über den breiten Gartenweg und dann hinunter zur Straße gingen, fasste Franziska ihren Mann am Arm. »Heinrich, bist du mir böse wegen der kleinen Vorstellung eben? Aber ich konnte mir das doch unmöglich gefallen lassen.«

»Natürlich nicht, du musstest dich doch wehren.«

»Ich wusste doch, du hast Verständnis für deine Frau. Eine solche Kränkung.« Erbost schaute sie zum Haus zurück.

Gerhard hatte seine Zweifel an der Entrüstung, die Franziska zur Schau trug. Da bedurfte es schon schwerwiegender Attacken, um sie ernsthaft zu kränken.

»Na, ich weiß nicht«, äußerte er deshalb, »so leicht lässt du dich doch nicht aus der Fassung bringen. Hast du nicht viel eher die Gelegenheit beim Schopf gepackt, eine deiner geliebten Zurechtweisungskomödien zu spielen?«

Franziska sah ihn trotzig an. »Na und, hat doch allen Freude gemacht, oder?«

»Mir auf jeden Fall«, gab Gerhard zu, »ich sehe es gerne, wenn deine Augen blitzen und du die funkensprühende Erinnye gibst.«

»Und der Professor hatte ebenfalls seinen Spaß«, war sich Franziska sicher, »spätestens dann, als ich den Blusenknopf geöffnet habe. Aber auch der Denkzettel für seine Frau hat ihm gefallen. Er hätte nie den Mut aufgebracht, ihr unmögliches Verhalten zu kritisieren und sie zurechtzuweisen. Und weißt du was, auch Frau Klotz hat auf ihre Art die Szene genossen. Menschen wie sie benötigen ein Forum für ihre Gehässigkeiten, brauchen eine Person, über der sie ihre Bosheiten ausschütten können. Sie wird jetzt auf mich, das ordinäre Weib, schimpfen, sich dabei glücklich und in ihrem Dünkel bestätigt fühlen.«

»Na, dann ist ja alles gut«, sprach Gerhard das Schlusswort und legte Franziska den Arm um die nackte Schulter. Mein Gott, wenn ihn Frau Klotz so gesehen hätte.....

19

Auf der Rückfahrt nach Oberhone berichtete Gerhard, was er im archäologischen Institut und bei Professor Klotz über Willmer und Pflüger in Erfahrung gebracht hatte. »Es ist nicht viel, aber ergänzt doch das Bild, das sich so langsam von ihrer Beziehung zueinander formt. Eines, was sich schon andeutete, steht nun fest: Die beiden Archäologen kannten sich von früher, studierten am gleichen Institut und nahmen beide an der Ausgrabung in Skoutari teil. Um so verdächtiger natürlich muss ihr jetziges Verhalten wirken, so zu tun, als würden sie sich nicht kennen.«

»Und die Wesensveränderung Willmers?«, fragte Franziska, deren Haare im Fahrtwind des offenen Seitenfensters flatterten. »Hatten seine Kollegen in der Archäologie dafür eine Erklärung?«

»Von einer Wesenswandlung ist dort nichts bekannt. Dr. Weinhold, mit dem ich mich unterhalten habe, kennt Gernot

Willmer nur als lebensfrohen, humorvollen Menschen. In dieser Stimmungslage sei er auch gewesen, als er nach Nordhessen zu der Grabung aufbrach, da war sich der Kollege sicher. Das deckt sich ja auch mit den Beobachtungen Vera Kändlers. Erst während seiner Arbeit am Weinberg muss sich Gernot Willmer verändert haben.«

»Ja, aber warum? Warum wird ein Mensch mit soviel positiver Ausstrahlung plötzlich zu einem solchen nervlichen Wrack? Hast du dafür Gründe finden können? Was ist zum Beispiel mit Willmers Ehe?«

»Untadelig. Nach Dr. Weinholds Aussage die große Liebe schlechthin. Aber von dem Professor habe ich dann etwas erfahren, was sich vielleicht als wertvoll erweisen könnte.« Gerhard erzählte von dem Diebstahl der Apollofigur. »Pflüger und Willmer waren als Letzte bei dem Fundstück, bevor es verschwand. Was, wenn sie zusammen den Raub der Statue begangen haben?«

»Kannst du mir sagen, warum ein so lange zurückliegender Diebstahl, wenn er überhaupt von den beiden verübt wurde, jetzt plötzlich Wirkung entfalten und Willmer zusetzen soll, nachdem er ihn jahrelang ganz augenscheinlich nicht belastet hat?«

»Nun, vielleicht erpresst der eine den anderen?«

»Erpresst? Mit was denn?«

»Zum Beispiel mit der Drohung, die alte Geschichte offenzulegen. Durch so etwas kann der Ruf eines Archäologen sehr leicht zerstört werden.«

»Aber damit würde er sich doch auch selbst schaden?«

»Ja, allerdings.« Gerhard seufzte und hob in einer Geste der Ratlosigkeit die Hände vom Lenkrad. »Ich weiß auch nicht, was ich davon halten soll. Vielleicht sollten wir die heutigen Eindrücke sich erst einmal setzen lassen. Ich will mir morgen noch einmal in Ruhe die Aufzeichnungen über die damaligen griechischen Ausgrabungen durchlesen. Möglicherweise sehe ich danach klarer. Warten wir es also ab.«

Zwei Störungen unterbrachen die Theaterprobe am Abend.

Gleich zu Beginn des ersten Aktes lenkte das Erscheinen Katja Willmers im Aufgang zum Steinbruch die Aufmerksamkeit der Schauspieler in einer Weise ab, dass sich Gerhard genötigt sah, die Probe kurz zu unterbrechen. Er verließ den Felsabsatz über dem See und ging der Pianistin entgegen. Trotz der Sonnenbräune, die jeder in diesen Tagen angenommen hatte, sah Katja blass aus. Das rote Leinenkleid, das sie trug, verstärkte diesen Eindruck noch.

»Bitte entschuldigen Sie, wenn ich störe, Herr Gerhard. Aber meine Schwester hat mir von Ihren abendlichen Proben hier im Gipsbruch erzählt; und da ich heute alleine zu Hause bin, dachte ich, ich könnte vielleicht...«

»Aber ja doch, seien Sie willkommen bei uns, Frau Willmer. Ihr Mann gräbt wohl noch auf dem Berg?«

»Nein, er musste heute nach Hannoversch-Münden. Seine Mutter ist vor einigen Monaten in ein Altenwohnheim gezogen. Nun, da sein Elternhaus verkauft werden soll, sind noch einige juristische Formalitäten zu erledigen. Wenn Gernot dagewesen wäre, hätte er mich sicherlich hierhin begleitet. Er liebt das Theater über alles. Als Vera uns von Ihrem Festspielprojekt erzählt hat, haben mein Mann und ich spontan beschlossen, den Aufführungen, wenn irgend möglich, beizuwohnen.« Mit einem Blick zu den wartenden Schauspielern bat sie: »Bitte, lassen Sie sich durch mich nicht aufhalten. Ich setze mich ganz unauffällig hier auf einen Stein und bin, wenn es Ihnen nichts ausmacht, ein stiller, unsichtbarer Zuschauer.«

Gerhard kehrte zum Felsplateau und seinem probenden Ensemble zurück. Noch einmal schaute er hinunter auf die zusammengekauerte Gestalt Katja Willmers, die wie eine verlorene Blume in dem sie umgebenden hellen Gipsgestein wirkte. Es fiel ihm schwer, sich wieder auf seine Theaterrolle zu konzentrieren.

Die zweite Störung erfolgte mitten im dritten Akt und war, zumindest anfangs, eine Kopie der ersten. Auch hier kam in der beginnenden Dämmerung eine Gestalt vom Steinbrucheingang her auf die Schauspielgruppe zu. Die Unterbrechung der Probenarbeit war diesmal um so störender, da sie in einem der emotionalsten Momente des Historiendramas erfolgte. Der heimgekehrte Odysseus hielt gerade, selbst in Rührung zerfließend, den »Vater, Vater« stammelnden Sohn in den Armen, als Michael Otremba zum Felsabsatz hinaufrief: »Heiner, ich muss dich sprechen.«

Für einen Moment verharrte Gerhard irritiert in seiner Pose. Dann entwand er sich Telemachos' schluchzenden Umarmungen, ordnete eine kurze Pause an und stieg zu dem Ortsvorsteher hinunter, der am Rande des Wassers auf ihn wartete.

»Bitte entschuldige, wenn ich störe«, eröffnete Otremba mit den gleichen Worten wie vorhin Katja Willmer das Gespräch. »Aber ich muss da einer Sache, von der ich gerade Kenntnis bekommen habe, nachgehen. Joachim Schmitt hat mich angerufen.«

»Joachim Schmitt? Wer ist das?«

»Einer der Brüder, die letztes Jahr das Baugeschäft übernommen haben. Er hat von der ehemaligen Betreiberfirma des Gipsabbaus den Auftrag bekommen, nach dem Steinbruch und vor allem auch nach den unterirdischen Anlagen zu sehen. Er soll sie so in Ordnung halten, dass keine Gefährdung von ihnen ausgeht. Wie gesagt, soeben hat er mich angerufen und mir mitgeteilt, dass sich jemand im Bergwerksstollen herumtreibt. Er hat dort Spuren entdeckt.«

Otremba blickte zu der schwarzen Höhlung hin, die sich in einigen Metern im Fels auftat. Er wandte sich wieder Gerhard zu: »Ich bin zu dir gekommen, um dich zu fragen, ob euch irgendetwas aufgefallen ist. Vermisst ihr vielleicht etwas von den Theatersachen, die ihr dort gelagert habt?«

Gerhard hob die Schultern und drehte die Handflächen nach oben: »Kann ich dir nicht sagen, Michel. Da wir etwas später angefangen haben, proben wir heute ohne Kulissen. Ich habe deshalb unseren Unterstellraum noch nicht betreten.«

»Komm, lass uns nachsehen«, entschied der Ortsvorsteher und ging zum Stolleneingang voran. Bilder eines Ausgräberfilms kamen Gerhard vor Augen, als er nun durch die Hitze des Felskessels den steinigen Weg hinter Otremba herstapfte, der zerklüfteten Steinwand und der Bergöffnung entgegen. In Gedanken sah er den Lagerraum vor sich, leer, ausgeräumt bis auf den letzten Gegenstand, nicht eines der vielen Theaterutensilien war zurückgeblieben. Oder genauso schlimm: Alle Säulen und Büsten, alles Mobiliar zerstört, zersplittert und zerschlagen am Boden des Felsengewölbes, durcheinandergeworfen, verstreut und in gleicher chaotischer Unordnung wie seinerzeit die geplünderten Pharaonengräber.

Um so größer war die Erleichterung, als er im Lichtkegel der starken Lampe, die Otremba mitgebracht hatte, in den Gewölberaum hineinsehen konnte und feststellte, dass noch alles unverändert so dastand, wie sie es gestern verlassen hatten. Er überprüfte das Vorhängeschloss, mit dem er nach dem Sprengstofffund den Riegel gesichert hatte. Es war unversehrt und abgeschlossen.

»Nein, hier ist alles in Ordnung«, drehte sich Gerhard zu dem Ortsvorsteher um. »Keine Anzeichen dafür, dass jemand hier war. Welche Spuren hat denn der Eindringling hinterlassen? Und wo?«

»Hinten am Absperrgitter zu den unterirdischen Stollengängen sollen Fußabdrücke erkennbar sein.« Der Ortsvorsteher setzte sich in Bewegung. »Wir wollen uns das mal ansehen«, sagte er und schritt tiefer in den Gang hinein.

»Was ist denn daran ungewöhnlich, wenn jemand bis zur Absperrung geht? Wahrscheinlich waren es neugierige Kinder, die mal durch das Gitter schauen und sehen wollten, wie's dahinter aussieht«, vermutete Gerhard, während er ihm folgte.

»Nein, daran wäre nichts Besonderes, wenn die Abdrücke sich vor der Absperrung befänden. Aber Schmitt sagt, er hat die Spuren jenseits davon gefunden. Außerdem ist er sich sicher, dass an dem Torschloss manipuliert worden ist. Kratzspuren auf der Oberfläche deuten darauf hin, dass es mit einem Gegenstand geöffnet und danach auch wieder verschlossen worden ist. Vielleicht mit einem Draht oder einem Dietrich.«

Inzwischen waren sie an dem Gitter angelangt, das sich über die ganze Breite des Stollens erstreckte. Es war so genau zwischen die Felswände eingepasst, dass es weder für eine Person noch für ein größeres Tier ein Durchschlüpfen zuließ. In der Mitte des Gitters war eine kleine Tür eingelassen, auf deren Schloss Otremba jetzt leuchtete. Deutlich waren Schlieren und Kratzer auf dem verchromten Vorderblatt rund um das Schlüsselloch zu erkennen. Der Ortsvorsteher zog einen an einem Holzbrettchen mit der Aufschrift »Gipsstollen« befestigten Schlüssel aus der Tasche und schloss auf. Als der Lichtstrahl langsam vor ihnen über den Boden wanderte, stellte Gerhard verwundert fest, dass nahezu alle Spuren, die Arbeiter, Maschinen und Besucher in den Tagen der Nutzung des Bergwerks hinterlassen hatten, getilgt worden waren. Es hatte den Anschein, als sei der feine Gesteinsstaub sorgfältig geglättet worden, so wie die Vertiefungen im Sand einer Weitsprunggrube nach jedem Sprung von den Kampfrichtern gerecht werden, um den folgenden Abdruck besser erkennen zu können.

Otremba erklärte: »Herr Schmitt hat regelmäßig nach den Inspektionsbesuchen im Stollen seine Fußtritte mit einem Besen verwischt, um vor dem erneuten Betreten feststellen zu können, ob jemand sich unbefugt Zutritt verschafft oder aber ein Tier sich in die unterirdischen Gänge verirrt hat. Gestern nun hat er Spuren von Schuhabdrücken entdeckt. - Hier, siehst du.« Er lenkte den Lichtschein auf mehrere schwache Sohlenprofile, die nur undeutlich in der trockenen Staubschicht zu erkennen waren. »Hier ist ein Mensch gegangen.« Aber es war unmöglich, zu entscheiden, ob die Abdrücke von einem großen oder kleinen, einem Herren- oder Frauenschuh herstammten. Der Lampenstrahl verfolgte die Spur noch einige Meter in den Stollen hinein, bis sie sich im Dunkeln verlor.

»Der Mensch, der hier eingedrungen ist, ist nicht nur hinein-, sondern auch hinausgegangen.« Gerhard hatte sich gebückt und deutete auf einen Abdruck. »Schau nur, hier die Rundung der Fußspitze. Sie zeigt eindeutig auf den Ausgang zu.« Er richtete sich wieder auf und sah den Ortsvorsteher an. »Willst du der Spur in den Stollen hinein folgen? Oder vielleicht sogar die Polizei informieren?«

»Nein«, Otremba wehrte mit einer Handbewegung ab und verschloss das Absperrgitter wieder. »Nein, Heiner, wozu. Da hat sich jemand höchstwahrscheinlich Eintritt zu einer unerlaubten, unterirdischen Erkundungstour verschafft. Nicht mehr und nicht weniger. Wir wollen die Angelegenheit nicht dramatisieren, sie aber im Auge behalten. Ich bitte auch euch, wachsam zu sein und mir sofort Bescheid zu sagen, wenn euch etwas auffällt.«

Langsam gingen sie zurück zum Stollenausgang, genossen die Kühle des Felstunnels, ehe sie in die noch immer heiße Abendluft hinaustraten.

»Mir ging es hauptsächlich darum zu sehen, ob sich jemand an euren Sachen vergriffen hat. Deshalb bin ich gleich nach Schmitts Anruf heraufgekommen. Tut mir Leid, dass ich euch in der Probe stören musste.« Otremba reichte Gerhard die Hand, winkte zu den Schauspielern hinauf und verließ den Steinbruch.

Erst als er schon wieder auf dem Felsvorsprung stand und seine Mitspieler zur Fortsetzung der Probe aufgefordert hatte, fiel Gerhard auf, dass der Stein, auf dem Katja Willmer gesessen hatte, jetzt leer war. Er ließ seinen Blick durch den Steinbruch gleiten, konnte sie aber nirgends entdecken. Es war offensichtlich, sie war gegangen.

»Wir beginnen noch einmal mit der Szene, in der Odysseus seinen treuen Schweinehirten wiedersieht«, ordnete Gerhard an und nahm, als bettlerverkleideter Held sich schwer auf einen krummen Stab stützend, Positur an. Als dann schließlich Eumaios, zwei Stoffschweine hinter sich herziehend, zu seiner Hütte hinaufgestiegen kam und vom Mischpult die passenden Grunzlaute dazu eingespielt wurden, nahm die Probe ihren Fortgang und verlief in ungestörtem Ablauf bis zu ihrem Ende.

20

Auch die Werra führte wie alle Flüsse in diesem heißen, trockenen Sommer nur wenig Wasser. Ausgebleichte Sand- und Kiesbänke lagen wie Inseln in dem abgesenkten Flussspiegel; Altarme, überwiegend vom Grundwasser gespeist, waren nahezu ausgetrocknet.

Gerhard befand sich auf dem Weg nach Witzenhausen. Rechterhand der Straße spiegelte sich der Fluss in der Sonne, verschwand gelegentlich aus dem Blickfeld, wenn die Straße eine Schleife abkürzte, um hinter einer Böschung oder Biegung wieder aufzutauchen und erneut die Wegstrecke zu begleiten.

Gestern Abend, lange nach der Theaterprobe, waren sie noch einmal kurz auf den Fortgang der weiteren Nachforschungen zu sprechen gekommen. Sie hatten einmal mehr

- das wievielte Mal nun schon in diesem Jahrhundertsommer - auf ihren Luftmatratzen unter dem unverändert wunderbaren Sternenhimmel gelegen, hatten dem Zauber der warmen Nacht, den vielfältigen Geräuschen und Gerüchen nachgespürt und geschwiegen, bis Franziska endlich fragte: »Wie soll es nun weitergehen, Heinrich? Was willst du als nächstes unternehmen?«

»Hhmm, ich weiß nicht so recht. Ich könnte zum Beispiel versuchen, mehr über Pflüger herauszufinden. Oder aber auch Willmer mit dem Apollodiebstahl von damals konfrontieren und sehen, wie er darauf reagiert. Außerdem könnte ich in der Vergangenheit der Kändlerschwestern herumstöbern, obwohl ich mir davon nicht viel verspreche...«

»Nein, Heinrich, das ist jetzt nicht vorrangig. Da du so davon überzeugt bist, dass Gernot Willmer etwas über den Toten im Bruch weiß, ist es an der Zeit, an dieser Stelle anzusetzen. Ich habe so ein Gefühl, dass vieles sich löst, wenn du Willmers Beziehung zu Franz Heimann aufklärst.«

»Das sagt dir dein Gefühl? Und auf was basiert dieses Gefühl?«

»Es ist ein weibliches Gefühl, Heinrich«, hatte sie ihn belehrt, »du weißt, dass man eine Frau nie nach Gründen für ihre Gefühle fragen sollte.« Eher anordnend als zuratend hatte sie ihn abschließend aufgefordert: »Du solltest nach Witzenhausen fahren. Versuch herauszufinden, was Gernot Willmer mit diesem Heimann verbindet. Ich glaube, dann kannst du dir viele deiner anderen Recherchen ersparen.«

Er musste Franziska Recht geben. Wenn er tatsächlich so hundertprozentig daran glaubte, dass der Archäologe und der Umweltschützer irgendwelche Gemeinsamkeiten hatten, dann war es nur konsequent zu versuchen, diese aufzudecken.

Also war er heute Morgen losgefahren, werraabwärts dem Ort entgegen, der ihm möglicherweise Hinweise zur Entschlüsselung des Rätsels liefern konnte.

Witzenhausen, die durch die Gebietsreform benachteiligte gleichschöne Schwester Eschweges, an die sie die Kreisstadtrechte seinerzeit verloren hatte, wurde allgemein die Kirschenstadt genannt. Dies verdankte sie den ausgedehnten Obstbaumplantagen, die die Hänge ringsum bedeckten und sie im Frühjahr mit einem weißen Blütenteppich umgaben. Hier in Witzenhausen trank man Kirschwein, wählte die Kirschenkönigin und feierte die Kesperkirmes, das traditionelle Kirschenfest.

Gerhard parkte in der Gartenstraße. Auf einem Uferweg entlang der Gelster, die, jetzt ein Rinnsal nur, hier in die Werra mündete, gelangte er auf das Gelände der Hochschule für ökologische Landwirtschaft. Er passierte das Tropengewächshaus, durchquerte den umgebenden Park und erreichte das Verwaltungsgebäude der kleinen Universität.

Es erschien ihm sinnvoll, sich zunächst einmal am Arbeitsplatz des Ermordeten umzuhören. Vielleicht gelang es ihm, aus den Gesprächen etwas herauszufiltern, das ihn weiterführte. Er wollte sehen, was die Erwähnung des Namens Willmer bewirkte, ob sie eine Reaktion hervorrief, die die vermutete Verbindung zwischen den beiden Männern bestätigte.

Von einem Besuch anlässlich eines »Tages der offenen Tür«, an dem ein Student über die Geschichte dieser Lehranstalt referiert hatte, wusste Gerhard noch, dass der jetzige Universitätsfachbereich in den Räumlichkeiten der früheren deutschen Kolonialschule untergebracht war. Als am Ende des neunzehnten Jahrhunderts eine Ausbildungsstätte für in den Kolonien tätige Deutsche gegründet werden sollte, fiel die Standortwahl damals auf Witzenhausen. Dort, in den Mauern eines ehemaligen Wilhelmiterklosters und den Gebäuden der Königlich Preußischen Domäne wurden die Kolonialaspiranten darauf vorbereitet, was sie in Togo, Kamerun und Neuguinea erwartete, wie sie sich als gute Deutsche im fernen Ausland zu verhalten hatten und welche Segnungen des Mutterlandes sie ihren eingeborenen Neumitbürgern zukommen lassen sollten.

Während Gerhard die Eingangshalle des Verwaltungsgebäudes betrat, dessen Fensterbögen und Stützsäulen noch Zeugnis der Klostervergangenheit ablegten und den Eintretenden in eine Atmosphäre geistiger Spiritualität eintauchen ließen, fragte er sich, welche Aufgaben einer Kolonialschule, die immerhin bis 1943 existiert hatte, nach dem Verlust der Kolonien im ersten Weltkrieg denn noch geblieben waren. Ein Betätigungsfeld, das gerade heute in Zeiten der touristischen Neokolonialisierung mehr denn je seine Berechtigung hätte, fiel ihm sofort ein: Wie wäre es, wenn sich jemand um die Erziehung der Zeitgenossen kümmerte, die auf Reisen ihrem Gastland so häufig den Respekt versagten und ihr teutonisches Nabel-der-Welt-Gebaren in so abstoßender Weise zur Schau stellten.

Auf seinem Weg zum Universitätssekretariat im ersten Stock des Hauptgebäudes begegnete Gerhard jungen Menschen unterschiedlicher Herkunft und Hautfarbe. Die ökologische Landwirtschaft, die man hier studierte, war ein Aufgabenfeld, das die ganze Erdbevölkerung betraf. Es machte froh und zuversichtlich zu sehen, wie junge Menschen aus allen Kotinenten gemeinsam an der Bewältigung dieser Mission arbeiteten.

Gerhard betrat das Sekretariat. Eine Frau mittleren Alters saß an einem ausladenden Schreibtisch und schrieb etwas in eine zusammenfaltbare Liste. Als sie sein Eintreten bemerkte, wandte sie sich ihm zu und sah ihn über ihre Lesebrille hinweg von unten her an.

»Was kann ich für Sie tun?«, fragte sie und hielt den Kugelschreiber weiter schreibbereit dicht über dem Papier, so als rechne sie mit einer nur kurzen Auskunftserteilung, die sich möglicherweise darauf beschränkte, dem Besucher klar zu machen, dass er, wenn sie sein Alter in Betracht zog, hier am falschen Ort war.

Gerhard schien ihre Gedanken zu erraten, denn eilig versicherte er: »Ich komme nicht als Studierender zu Ihnen, Frau Seeger«, - ihren Namen hatte er einem neben ihr auf dem Schreibtisch platzierten Schild entnommen -, »vielmehr wollte ich Sie, sozusagen als die Seele des Fachbereichs, um ein paar Auskünfte bitten«, schmeichelte er.

Die Sekretärin zog die Brille ab und strich sich die Haare zurecht.

»Auskünfte? Über was denn?«, fragte sie, hob die Augenbrauen und sah ihn aus großen, dunklen Augen neugierig an.

»Ein Mitglied Ihres Lehrkörpers, Herr Franz Heimann, ist zu Tode gekommen.« Er machte eine Pause, um ihr Gelegenheit zu geben, ihre Anteilnahme zum Ausdruck bringen zu können. Als sie nach einem kurzen Senken des Blicks wieder zu ihm aufschaute, begann er, ihr sein Lügenmärchen aufzutischen: »Wir, die ‚Liberale Zentralvereinigung zur Bewahrung von Lebensraum und Lebensvielfalt', die Sie sicherlich unter ihrem abgekürzten Namen ‚Libelle' kennen« - zu seinem Erstaunen nickte sie -, »möchten als Dachverband aller ökologischen Bewegungen eines unserer engagiertesten Mitglieder ehren, das im Einsatz für die gute Sache unter so dramatischen Umständen den Tod gefunden hat. Man hat mich beauftragt, eine Erinnerungsseite in unserer bundesweit vertriebenen Zeitschrift ‚Libellenflug' zum Andenken an Franz Heimann zu schreiben.«

Gerhard holte Luft. Bis hierhin hatte er sich die Schwindelgeschichte zurechtgelegt, mit deren Hilfe er an Auskünfte und Informationen zu kommen hoffte. Ab jetzt musste er improvisieren. »Ich nehme an, Franz Heimanns Einsatz für die bedrohte Natur war auch hier bekannt?«

»Ja, ja, das schon.« Frau Seeger druckste herum, ehe sie freimütig bekannte: »Er konnte einem mit seinen Fröschen und all dem anderen ekligen Viehzeug ganz schön auf den Wecker gehen, wenn Sie verstehen, was ich meine. Es gibt, weiß Gott, Wichtigeres, als sein halbes Leben mit so etwas zu verbringen.« Sie schüttelte sich in offensichtlichem Unbehagen. »Wissen Sie, welchen Namen ihm die Studierenden hinter vorgehaltener Hand gaben? – Froschkönig, so nannten sie ihn, stellen Sie sich das mal vor.«

Dann fiel ihr ein, dass sie von einem Toten sprach, dem Negatives nachzusagen man üblicherweise unterließ. Schnell ergänzte sie: »Er war ein ausgezeichneter Dozent, beliebt bei seinen Studenten und angesehen in der Fachwelt. Vor allem in Bewässerungsfragen war er ein Experte.«

Gerhard kramte in der Hosentasche, zog einen kleinen Block und einen Stift hervor und gab sich den Anschein, das Gesagte in Stichworten zu notieren. Er hatte die menschliche Eitelkeit im Laufe seines Lebens zur Genüge kennengelernt; nun wollte er sie sich zunutze machen. Einem Notizblock, der versprach, die eigenen Gedankengänge und Formulierungen einer breiten Öffentlichkeit nahezubringen, konnten nur die wenigsten Menschen widerstehen.

Auch Frau Seeger erlag der Versuchung und war mitteilsam. In den nächsten Minuten erfuhr Gerhard einiges allerdings ausnahmslos Belang- und Bedeutungsloses aus dem Arbeitsumfeld Heimanns, wurde informiert über die Verhältnisse im Fachbereich und die Schwierigkeit, bei immer knapper werdenden Geldmitteln die Qualität des Lehrbetriebs aufrecht zu erhalten.

Obwohl es ihm schwerfiel, Frau Seeger nicht in ihrem Redefluss zu unterbrechen, zwang sich Gerhard zur Geduld. Was er jetzt vor allem brauchte, waren nicht Angaben über Heimanns beruflichen Rahmen, sondern die Kernfakten seines Lebens: Wo kam er her? Wie war er ausgebildet? In welchen Familienverhältnissen hatte er gelebt? Nur so, mit diesem Wissen, würde er eventuelle Kreuzungspunkte in seinem und Willmers Lebensläufen aufspüren können.

»Bei all den interessanten Dingen, die Sie mir gerade berichtet haben, wäre es aber auch wichtig, einige biographische Daten Heimanns in den Nachruf einzubringen. Könnte ich denn vielleicht« - Gerhard hob Stift und Block sichtbar in die Höhe - »einen kurzen Blick in die Personalakte werfen und mir daraus einiges notieren?«

Erschrocken drehte die Sekretärin den Kopf zu einem seitlichen Regal, in dem in mehreren Reihen und sorgfältiger Ausrichtung Ordner standen, die offensichtlich die Personaldaten enthielten. Sie war unschlüssig, ein leichtes Kopfschütteln verriet ihre Bedenken. »Ich kann Ihnen leider keinen Einblick in die Personalakte geben«, bedauerte sie, »die Angaben dort dienen nur dem internen Gebrauch.«

»Schade«, gab sich Gerhard enttäuscht, »es wäre schon wichtig für mich gewesen zu wissen, wo Heimann herstammt, wo er studiert hat, wo er wohnte.«

»Aber seine Adresse kann ich Ihnen doch geben«, fiel Frau Seeger eifrig ein, »die ist kein Geheimnis, die steht in jedem Telefonbuch. Hier.« Von einem Verzeichnis, das an einer Pinnwand angeheftet war, las sie die Anschrift ab, schrieb sie auf ein Blatt Papier und reichte es ihm. »Heimann wohnt - oder vielmehr wohnte - in der Oberburgstraße. Das ist gleich oberhalb des Kirchplatzes, in der Innenstadt. Von seiner Frau können Sie wahrscheinlich alles das, was Sie wissen wollen, erfahren.« Sie legte den Kopf schief auf die hochgezogene Schulter und schenkte ihm ein um Verzeihung bittendes Lächeln. »Tut mir Leid, dass ich Ihnen nicht helfen kann, aber so sind nun mal die Vorschriften.«

»Kann man nichts machen«, lächelte Gerhard zurück. »Danke jedenfalls für Ihre Mühe.« Er reichte der aparten Frau die Hand und verabschiedete sich.

Auf der Treppe fiel ihm ein, dass er ganz vergessen hatte, den Namen Willmer ins Gespräch zu bringen. Entschlossen drehte er sich um, stieg noch einmal die Steinstufen hinauf und öffnete die Tür zum Sekretariat. Erstaunt sah er sich Frau

Seeger gegenüber, die ebenfalls die Hand auf die Klinke gelegt hatte und ihn ihrerseits verwundert ansah.

Gerhard hob in entwaffnender Geste die Hände. »Ich habe vergessen, Ihnen eine Frage zu stellen, die für mich von Wichtigkeit sein könnte«, erklärte er sein Zurückkommen.

»Und mir ist soeben eingefallen, wie ich Ihnen vielleicht doch noch helfen kann. Deshalb wollte ich gerade hinter Ihnen herlaufen.« Lachend gingen beide in das Sekretariat zurück.

»Zunächst also Ihre Frage«, forderte sie ihn auf, »ich hoffe, ich kann und darf sie beantworten.«

»Nun, es ist keine schwere Frage und auch nichts, was Sie in Schwierigkeiten bringt. Kennen Sie einen Mann namens Gernot Willmer? Er ist Archäologe, lehrt an der Universität Marburg und ist etwa im gleichen Alter wie Heimann.« Bis hierhin hielt er sich an die Wahrheit, fuhr nun aber in freier Erfindung fort: »Dieser Willmer ist ebenfalls im Naturschutz aktiv, hatte engen Kontakt zu der hiesigen Umweltgruppe und auch zu Heimann. Es könnte mir weiterhelfen, wenn ich wüsste, ob er in letzter Zeit mit ihm zusammengetroffen ist.« Auffordernd sah er sie an.

»Willmer? Nein, dieser Name sagt mir gar nichts.« Sie rieb sich mit dem Finger den Nasenrücken und klärte ihn auf: »Wir sind eine kleine Universität, hier kennt jeder jeden und weiß von den Projekten des anderen. Wenn Herr Heimann mit diesem Archäologen zu tun gehabt hätte, wäre mir dies bekannt, zumindest, wenn es unseren Fachbereich betroffen hätte.«

»Nun gut, dann ist meine Frage schon beantwortet.« Gerhard wusste, dass es wenig Sinn machte, weiter in Frau Seeger zu dringen. Es war zu offensichtlich, dass sie mit der Person Willmer nichts anfangen konnte.

»Sie sagten soeben, Ihnen sei noch etwas eingefallen.« Durch ihre vorherige Andeutung neugierig geworden, spürte er die leise Hoffnung, vielleicht doch noch etwas Brauchbares zu erfahren. »Haben Sie etwas finden können, das mir weiterhilft?«

»Ich glaube schon.« Die Genugtuung darüber, ihm möglicherweise von Nutzen sein zu können, spiegelte sich in ihrem Gesicht. »Das heißt, zuerst muss ich nachsehen, ob ich es auch finde«, fügte sie hinzu und trat zu dem Wandregal.

An dem abwechselnden Senken, Neigen und Drehen ihres Kopfes erkannte Gerhard, dass sie die beschrifteten Rücken der Ordner und Bücher überflog auf der Suche nach dem, was ihm angeblich weiterhelfen konnte.

Schweigend verfolgte er die lautlosen Bemühungen der Sekretärin. Offenbar wusste sie, dass es das, wonach sie Ausschau hielt, gab, konnte sich aber nicht mehr erinnern, wo sie es einsortiert hatte. Von links nach rechts, von oben nach unten ging sie alle Regalreihen durch. Als sie schließlich als letztes das unterste Regal durchmusterte, verharrte plötzlich ihr suchender Blick und fixierte sich auf einen Punkt. Ein leiser Ausruf verkündete, dass sie fündig geworden war. Mit feierlicher Bewegung zog sie einen grünen Ordner heraus, legte ihn auf den Schreibtisch und durchblätterte ihn mit großer Fingerfertigkeit. Endlich heftete sie ein dünnes Bändchen, das kaum mehr als zwanzig Seiten enthalten mochte, aus dem Ordner und hielt es in die Höhe. »Hier ist es. Ich wusste doch, dass ich es irgendwo abgelegt hatte.«

Als Gerhard sie fragend ansah, fügte sie erklärend hinzu: »Franz Heimanns Dissertationsarbeit über die Bewässerung von Maniok und Yams in Westafrika.« Triumphierend streckte sie die Hand, die die wissenschaftliche Arbeit des toten Dozenten hielt, ihrem Gegenüber hin.

Die zwei auf dem Deckblatt abgebildeten tropischen Knollenfrüchte sprangen Gerhard als erstes ins Auge, darüber war der Titel der Dissertation, darunter Heimanns Name als Verfasser aufgeführt. Nach einem Augenblick verständnislosen Zögerns nahm er das Bändchen entgegen, wobei er ratlos die

Sekretärin anblickte: »Yams und Maniok, gut und schön, aber wie soll diese Studie mir weiterhelfen?«

Frau Seeger zog ihm mit einem Lächeln die Abhandlung wieder aus der Hand und schlug sie auf. Es war augenscheinlich, dass sie seine Verwirrung genoss und ihren Wissensvorsprung auskostete. »Das hier«, sie blätterte einige Seiten durch und reichte ihm das aufgeschlagene Büchlein zurück, »das ist doch genau das, was Sie suchen. Oder?« Froh, doch noch einen Beitrag zu Heimanns Nachruf in der Umweltzeitung geleistet zu haben, setzte sie sich nun wieder an ihren Schreibtisch. Zufrieden faltete sie die Hände und lehnte sich entspannt in ihren gepolsterten Stuhl zurück.

Gerhard betrachtete die in der Mitte der wissenschaftlichen Schrift zwischen Tabellen und Zahlenkolonnen eingefügte Doppelseite, auf der, kurz und stichwortartig nur, aber doch in ausreichender Ausführlichkeit der Lebenslauf Franz Heimanns skizziert war, der dem Leser die Person des Verfassers näherbringen sollte.

»Ja, tatsächlich, das ist es, was ich suche«, rief Gerhard erfreut und sah auf. Die unausgesprochene Frage, die in seinem Gesicht geschrieben stand, veranlasste Frau Seeger, ihm zu versichern, dass er über diese Daten verfügen könne. Sie seien ja seinerzeit veröffentlicht worden und damit jetzt für jedermann frei zugänglich.

»Passen Sie auf«, schlug sie vor, »ich kopiere Ihnen die Seiten. Dann können Sie zu Hause in Ruhe alles durchlesen und sich das, was Sie für den Artikel brauchen, herausziehen.«

Als Gerhard das stimmungsvolle Verwaltungsgebäude der kleinen Universität verließ, hielt er die zwei Blätter, auf die ihm Frau Seeger Heimanns Biographie kopiert hatte, wie einen Schatz zwischen den Fingern. Ein Anfang war gemacht, das biographische Gerippe hatte er in den Händen; jetzt galt es, dieses gründlich zu studieren und eventuell mit weiteren

Informationen zu füllen, die er von Heimanns Ehefrau zu erhalten hoffte.

Die wenigen hundert Meter bis in die Innenstadt legte Gerhard zu Fuß zurück. Trotz der Anspannung, mit der er dem bevorstehenden Gespräch entgegensah, nahm er die stille Schönheit des kleinen Werrastädtchens auf seinem Weg zur Oberburgstraße in sich auf: Die geschlossenen Reihen der alten Fachwerkhäuser, die sich wie ein dichtgefügter Schutzwall um die zentralen Innenstadtplätze drängten, den belebten Marktplatz mit dem Rathaus und den ruhigen, verschlafenen Kirchplatz, an dem er sich im Schatten der Liebfrauenkirche auf einer Bank niederließ.

Bevor er gleich mit der Witwe sprechen würde, wollte er die Kurzbiographie ihres Mannes durchgelesen haben, um zu eventuellen Auffälligkeiten oder auch Ungereimtheiten gezielt Fragen stellen zu können. Nur kurzfristig befiel ihn ein ungutes Gefühl, als er sich daran erinnerte, Hauptkommissar Montag versprochen zu haben, sich aus dem Mordfall Heimann herauszuhalten. Dann aber wischte er es mit dem schon einmal gegenüber Franziska geäußerten Argument beiseite, nicht den gewaltsamen Tod des Naturschützers zu untersuchen, sondern seine Verbindung zu Willmer. Wenn er dabei, natürlich zufällig und ungewollt, irgendwelche den Mord betreffende Entdeckungen machte, was konnte er dafür.

Er hob die kopierten Blätter mit der Vita des Dozenten vor die Augen und vertiefte sich, nicht ohne über seine sophistische Spitzfindigkeit zu schmunzeln, in die Lebensdaten Heimanns: Geboren in Gimte an der Weser, nur wenige Kilometer entfernt vom Zusammenfluss von Fulda und Werra, hatte der junge Heimann die Schulausbildung bis zu ihrem Abiturabschluss durchlaufen, danach Biologie und Agrarwissenschaften an der Universität in Göttingen studiert. Seine ersten beruflichen Meriten erwarb er sich in Afrika während eines Forschungsvorhabens des Entwicklungsdienstes, das sich mit dem Versuch einer künstlichen Bewässerung des Sahelgürtels befasste. Aus dieser Zeit rührte auch sein Interesse für hydrotechnische Agrarprojekte, als deren anerkannter Fachmann er sich im Laufe der Jahre etablierte. Eine Vielzahl von Fortbildungskongressen und Fachpublikationen waren aufgeführt, an denen Heimann teilgenommen, beziehungsweise, die er publiziert hatte. Nichts davon jedoch erschien Gerhard von Bedeutung oder in einem Zusammenhang mit Willmer zu stehen.

Vor sechs Jahren schließlich war Heimann an die Universität nach Witzenhausen gekommen und dort als Dozent in den Lehrkörper aufgenommen worden. Zusammen mit seiner Frau war er damals in die Stadt an der Werra umgezogen. Von Kindern war nirgends die Rede. Schließlich fand am Schluss der Biographie Heimanns Engagement im Naturschutz und der Einsatz für den Erhalt der Amphibienbiotope eine kurze Erwähnung, das war's dann aber auch schon.

Im ersten Augenblick war Gerhard enttäuscht, konnte er doch auf Anhieb nichts aus der knappen Zusammenfassung der Lebensstationen Heimanns herauslesen, das in irgendeiner Form auf eine Verbindung zu Willmer hindeutete. Im Grunde hatte der Dozent - abgesehen vielleicht von dem Arbeitsaufenthalt in Afrika - ein recht alltägliches Leben geführt, das bestimmt war von der beruflichen Qualifizierung und dem Aufbau einer wissenschaftlichen Karriere. Es war schwer, sich vorzustellen, dass ein Mensch mit einer solch hausbackenen Biographie Feinde hatte, die vor einem Mord nicht zurückschreckten. Es sei denn, man kehrte wieder zum Ausgangspunkt aller Überlegungen und Verdächtigungen zurück und suchte das Tatmotiv in Heimanns fanatischem Eintreten für das Oberhöner Auenbiotop, das ihm sehr wohl eine erbitterte Gegnerschaft eingetragen hatte.

Gerhard stand auf, faltete die Blätter zusammen und steckte sie in die Hosentasche. Als er aus dem Schatten des Kirchenschiffes auf die Marktgasse und in die Sonne hinaustrat, empfing ihn die vertraute Hitze des späten Vormittags, die die Kühle des Morgens längst verdrängt hatte.

Auf dem Weg zur Oberburgstraße versuchte Gerhard, noch einmal das, was er soeben gelesen hatte, zu rekapitulieren. Aber soviel er auch nachdachte, auch jetzt fiel ihm keine Auffälligkeit ein, die ihm sofort ins Auge gesprungen wäre. Nein, da war nichts, was ihm weiterhalf. All die vielen beruflichen Qualifizierungen Heimanns, die Unzahl von wissenschaftlichen Arbeiten, die keinerlei Bezug zur Archäologie erkennen ließen - das war eine Welt für sich, die mit der Welt Willmers nichts gemein hatte.

Oder doch? Ein noch vages, unbestimmtes Empfinden, dass da doch vielleicht etwas sein könnte, befiel ihn unvermutet, gerade, als er in die Oberburgstraße einbog. Je mehr er sich der Wohnadresse Heimanns näherte, desto lebendiger wurde das Gefühl, beim Durchlesen der biographischen Angaben an ein Ereignis, vielleicht auch an einen Ort oder ein Wort erinnert worden zu sein, das ihm erst kürzlich während seiner Recherchen begegnet war.

Schnell kramte er die jetzt schon reichlich zerknitterten Kopien wieder aus der Hosentasche hervor, faltete sie auseinander und begann noch einmal, in dem Lebenslauf zu lesen. Eine Gruppe Jugendlicher, die mit Eistüten in den Händen vom Marktplatz heraufkam, teilte sich vor ihm wie ein um einen Felsen fließendes Wasser und bedachte den in seine Lektüre Vertieften mit einigen spöttischen Bemerkungen, die er jedoch nicht mitbekam.

Schon beim erneuten Lesen des ersten Absatzes wusste Gerhard, was in ihm die Erinnerungssaite des Erst-kürzlich-Gehörten ins Schwingen gebracht hatte. Es war ihm nur deshalb nicht sofort aufgefallen, weil ihn zunächst ein gedanklicher Umweg zu dem Gemeinsamen führen musste, das gleichermaßen in Heimanns als auch in Willmers Biographie auftauchte: Seine Kindheit und Jugendzeit hatte Heimann in Gimte verbracht, stand hier geschrieben, und die Schulausbildung mit dem Abitur abgeschlossen. Wo aber besuchte ein Junge aus Gimte, einem kleinen Dorf, das über keine eigene Schule verfügen dürfte, das Gymnasium? Natürlich in der nächstgelegenen Stadt, in Hannoversch-Münden, der Heimatstadt Gernot Willmers. Wenn man nun noch in Betracht zog, dass der Agrarbiologe und der Archäologe etwa gleichaltrig waren, so lag der Schluss nahe, dass sie gemeinsam in Hannoversch-Münden zur Schule gegangen waren, vielleicht sogar die gleiche Klasse besucht hatten und sich folglich kennen mussten.

Hier also war sie, die Verbindung zwischen Heimann und Willmer, von deren Existenz sowohl Franziska als auch er so fest überzeugt gewesen waren. Nahm man die Bekanntschaft der beiden Männer jetzt als gegeben an, so war es nur noch ein kleiner Schritt zu der Folgerung, dass ihre gemeinsame Anwesenheit in Oberhone am Mordtag nicht zufällig war. Aber welcher Grund, welche Absicht sie dort zusammengeführt haben könnte und, vor allem, welches Geschehen den Tod des einen dann letztendlich nach sich gezogen hatte, das blieb Gerhard nach wie vor ein Rätsel.

Zunächst jedoch war es vorrangig, von Frau Heimann bestätigt zu bekommen, dass Willmer und ihr Mann sich tatsächlich kannten. Erst dann war es an der Zeit, nach der Art und Intensität ihrer Beziehung zu forschen und der Witwe die entsprechenden Fragen zu stellen.

Die Häuser der Oberburgstraße waren nahezu ausnahmslos Fachwerkbauten, die dicht aneinandergedrängt kaum einen Zwischenraum oder einen Durchgang ließen. Nur wenig unterschied sich das Haus Heimanns von denen der Nachbarschaft. Hier wie dort umrahmte rotbraunes Balkenwerk weiß geputzte Gefache, Sprossenkreuze unterteilten die Fenster und gaben den Fassaden ein anheimelndes Aussehen.

Gerhard entschied sich, sein Kommen telefonisch anzumelden. Er konnte sich vorstellen, dass es Frau Heimann so kurz nach dem Tod ihres Mannes nicht leicht fiel, fremden Besuch zu empfangen. Deshalb empfand er es als eine Sache des Anstands und der Rücksichtnahme, sich vorher anzukündigen und ihr die Entscheidung zu überlassen, ob sie mit ihm sprechen wollte oder nicht.

Unter dem Torbogen des Nachbarhauses wählte er die Nummer, die Frau Seeger ihm zusammen mit der Adresse aufgeschrieben hatte. Nach dem dritten Läuten meldete sich die Hausherrin. Natürlich werde sie ihn empfangen und mit ihm sprechen, versicherte sie, nachdem er ihr sein Anliegen dargelegt hatte. Er könne, wenn er wolle, gleich kommen.

Zwei, drei Minuten ließ Gerhard jedoch erst noch verstreichen, bevor er schließlich aus dem Schutz des Bogens heraustrat und zur Haustür ging. Aus Gründen, die er selbst nicht hätte formulieren können, war es ihm peinlich, durch sein sofortiges Erscheinen erkennen zu geben, dass er den Anruf aus der unmittelbaren Nachbarschaft getätigt hatte.

Es war ein enges Haus, in dem ihn kurz darauf Frau Heimann empfing. Auf der linken Seite führte eine Treppe zu den oberen Stockwerken, die so schmal war wie der dunkle Flur, durch den sie ihren Gast zu einer rückwärtigen, überdachten Terrasse geleitete. Um so überraschter war Gerhard über das weitläufige, langgestreckte Gartengrundstück, das ein Vielfaches der Hausgrundfläche ausmachte. Auch die Nachbarhäuser verfügten über ähnlich große Grünflächen, eine Großzügigkeit, die sich dem Betrachter der Anwesen von der Straßenseite her nicht erschloss.

»Mein Gott, wie schön Sie es hier haben«, entfuhr es Gerhard, als er von der Terrasse auf einen binsenbestandenen Teich blickte, der das Zentrum einer mit Liebe und Sorgfalt angelegten Buschlandschaft bildete.

Doch sogleich legte er erschrocken die Hand auf den Mund

und verstummte, als er sich der Taktlosigkeit seines spontanen Ausrufs bewusst wurde. Fraglos war es schön, wunderschön sogar, von hier auf das Wasser und die blühenden Buschreihen zu schauen. Aber für Frau Heimann - das wurde Gerhard erst klar, als es schon zu spät war - würde die Wahrnehmung dieser Schönheit, die sie bisher mit ihrem Mann gemeinsam genossen hatte, in Zukunft immer mit der schmerzlichen Erinnerung an den erlittenen Verlust verbunden sein.

Die Witwe half Gerhard mit einem Lächeln über seine Verlegenheit hinweg. »Sie haben Recht. Wir haben uns hier ein kleines Paradies geschaffen.« Mit einem Seufzer ließ sie den Blick über die Grünfläche schweifen und deutete auf das Wasser. »Bis vor zwei Jahren hatte Franz dort seine geliebten Amphibien. Allein fünfzehn verschiedene Arten von Fröschen lebten in diesem Teich, darunter seltene Exemplare aus Südamerika und Afrika.«

Traurig ließ sie den Arm sinken und erklärte: »Alle musste er abgeben oder in anderen Gewässern aussetzen. Die Nachbarn haben sich beschwert. Wegen des Lärms, besonders in der Paarungszeit.« Wieder seufzte sie. »Und nun ist er selbst gegangen.« Ihr resignierendes Kopfschütteln zeigte, wie schwer es ihr noch immer fiel, mit dem unerwarteten Tod ihres Mannes fertig zu werden.

Unsicher betrachtete Gerhard die kleine Frau, die verloren vor ihm stand, ihm den Rücken zugekehrt hatte und mit leerem Blick in ihren einstigen Garten Eden schaute. Er scheute sich davor, ihr Trost zu spenden mit den üblichen, abgenutzten Beileidsbekundungen, die, so fühlte er, hier fehl am Platz sein würden. Deshalb schwieg er und wartete.

Als Frau Heimann sich schließlich umdrehte, verriet nur noch der Glanz in ihren Augen ihre gerade gezeigte Gemütsbewegung. »Bitte, setzen Sie sich doch«, forderte sie ihn mit einer Handbewegung auf. »Was darf ich Ihnen zu trinken bringen?«

»Wenn Sie irgendetwas Kaltes hätten, ein Wasser zum Beispiel. Aber bitte, machen Sie sich keine Umstände«, bat Gerhard.

»Nein, wozu auch«, sagte sie mit leiser Stimme und ging ins Haus, um das Getränk zu holen.

Als sie sich kurz darauf gegenüber saßen und die Gläser eingeschenkt waren, wandte Frau Heimann ihm den Kopf zu und sah ihn an. Es war deutlich, wie sehr sie sich zwingen musste, ihn direkt anzuschauen.

»Vor Ihrem Haus also wurde Franz' Leiche gefunden?«, fragte sie, ohne das leichte Zittern in ihrer Stimme verbergen zu können.

Als Gerhard nickte, fuhr sie fort: »Und jetzt wollen Sie von mir etwas über einen Archäologen wissen, der mit dem Tod meines Mannes zu tun haben könnte? Ich glaube, Sie sollten mir die Zusammenhänge ein wenig genauer darstellen, damit ich entscheiden kann, wie ich Ihnen helfen kann - und auch, ob ich Ihnen helfen will.«

Er entschloss sich zu völliger Aufrichtigkeit. Ohne Winkelzüge und vorgeschobene Erfindungen schilderte er das Auffinden des Leichnams ihres Mannes in unmittelbarer Nähe seines eigenen Wohnhauses, erzählte auch von seinen Untersuchungen im Umfeld des Archäologen, um die ihn dessen Schwägerin gebeten hatte. Im Zuge dieser Nachforschungen habe sich dann herauskristallisiert, dass jener Archäologe mit ihrem Mann in einer wie auch immer gearteten Verbindung gestanden haben musste, möglicherweise sogar in die Mordtat verwickelt war.

Bisher hatte Frau Heimann wortlos zugehört, nun fragte sie: »Haben Sie etwas mit der Polizei zu tun?«

Gerhard schüttelte den Kopf. »Nein, ich untersuche diese Angelegenheit als Privatmann. Wie ich Ihnen schon sagte, hat mich die Verwandtschaft des Archäologen, die in Sorge um ihn war, darum ersucht. Rein zufällig bin ich dabei auf Hinweise gestoßen, die den Verdacht auf einen Zusammenhang mit dem Mord an Ihrem Mann nähren.«

»Und warum gehen Sie mit diesem Wissen nicht zur Polizei?«

Gerhard hatte sich diese Frage schon mehrfach selbst gestellt. Er versuchte der Witwe nun klarzumachen, dass er nur auf Grund von Annahmen, die sich durchaus als falsch herausstellen konnten, und ohne stichhaltige Beweise keine polizeilichen Ermittlungen in Gang setzen wollte. »Deshalb, Frau Heimann, bin ich heute nach Witzenhausen gekommen. Vielleicht gelingt es mir, mit Ihrer Hilfe meine Vermutungen zu erhärten und Beweise zu finden. Dann werde ich selbstverständlich alle gewonnenen Erkenntnisse an die Polizei weitergeben.«

Das Verschütten des Getränks verriet ihre innere Bewegung, als sich die Witwe erneut das Glas vollgoss. Mit mühsam beherrschter Stimme forderte sie ihn auf: »Sagen Sie also, was Sie von mir wissen wollen.«

Gerhard erkannte, dass Frau Heimann weniger aus Anteilnahme oder gar Neugier jetzt zur Auskunft bereit war, vielmehr wollte sie es hinter sich haben, von ihm an das schreckliche Geschehen erinnert zu werden. Er formulierte deshalb ohne Umschweife die Frage, deren Beantwortung ihm am meisten am Herzen lag. »Der Archäologe, von dem ich Ihnen erzählt habe, heißt Gernot Willmer. Ist Ihnen dieser Mann oder doch zumindest sein Name schon einmal begegnet?«

Gespannt sah Gerhard die zierliche Frau an und registrierte erfreut das kaum merkliche Nicken ihres Kopfes.

»Ja, irgendwann habe ich diesen Namen schon einmal gehört. Aber ich komme im Moment nicht darauf, wo das gewesen sein könnte.«

»Frau Heimann, können Sie mir sagen, ob Ihr Mann in Hannoversch-Münden zur Schule gegangen ist? Dort vielleicht sein Abitur gemacht hat?«

»Ja, er war dort auf dem Gymnasium. Das weiß ich. In dem kleinen Dorf, in dem seine Eltern wohnten, gab es keine weiterführenden Schulen, deshalb musste er in die nahe Stadt zum Schulbesuch. Aber warum wollen Sie das wissen?«

Gerhard schraubte die Wasserflasche auf und schenkte sich ein. Nachdem er einen Schluck getrunken hatte, beugte er sich vor und fragte: »Könnte es sein, dass Gernot Willmer ein Mitschüler Ihres Mannes war?«

»Aber natürlich!« In einer fahrigen Bewegung strich sich Frau Heimann mit der Hand über die Stirn, als wolle sie den Schleier, der über ihrem Gedächtnis gelegen hatte, beiseite streichen. »Deshalb also kam mir der Name bekannt vor. Gernot Willmer, ja, jetzt weiß ich, woher ich ihn kenne. Er ist mit Franz in die gleiche Klasse gegangen, hat mit ihm zusammen Abitur gemacht.«

»Wie kommt es, dass Sie das wissen?«

»Ich weiß das deshalb, weil mich Franz einmal zu einem Jubiläumstreffen seines Abiturjahrgangs mitgenommen hatte. Dort habe ich diesen Willmer kennengelernt.«

»Sind Sie da ganz sicher, Frau Heimann?«

»Ja, ja, wenn ich es Ihnen doch sage. Ich erinnere mich jetzt auch, dass mich Franz auf ihn aufmerksam gemacht hatte. Es muss wohl irgendeine ernsthafte Kontroverse zwischen beiden in der Schulzeit gegeben haben.«

»Eine Kontroverse? Um was ging es denn damals?«

»Das kann ich Ihnen nicht sagen. Soweit ich mich erinnern kann, hat mein Mann keine Einzelheiten erwähnt. Er hat lediglich zu verstehen gegeben, dass er sich mit Willmer nie so richtig verstanden hat.« Sie griff wieder nach ihrem Wasserglas, hielt aber in halber Bewegung inne.

»Da fällt mir ein, ich habe doch noch...« Sie erhob sich mit einer Schwerfälligkeit, der man die Anstrengung, die dieses Gespräch für sie bedeutete, anmerkte.

»Warten Sie, ich bin gleich wieder da«, beschied sie ihren Gast und verschwand im Haus.

Gerhard spürte, dass es höchste Zeit für ihn war zu gehen. Frau Heimann war am Ende ihrer Kräfte. Der Verlust ihres Mannes war noch zu frisch, die zeitliche Distanz zu dem Ereignis noch zu gering, als dass sie ohne innere Anteilnahme darüber sprechen konnte. Gleich, wenn sie zurückkam, würde er sich von ihr verabschieden, zumal er das, was er wissen wollte, erfahren hatte.

Er trank sein Glas aus und sah Frau Heimann entgegen, die durch den offenen Türbogen wieder auf die Terrasse hinaustrat. In der Hand hielt sie ein Foto in Postkartengröße, auf dem, das sah Gerhard selbst auf die Entfernung, eine Personengruppe abgelichtet war.

»Hier, dieses Bild vom letzten Klassentreffen meines Mannes vor vier Jahren - vielleicht hilft das Ihnen weiter.«

Vorsichtig fasste Gerhard die Fotographie an den Seiten und drehte sich so zum Garten hin, dass das helle Tageslicht auf die glänzende Schwarz-Weiß-Aufnahme fiel und alle Details deutlich erkennen ließ.

Das Bild musste zu Beginn des Klassentreffens aufgenommen worden sein, vielleicht unmittelbar nach der Begrüßung, als die Teilnehmer der Runde noch unsicher und befangen mit ernsten Mienen und zugeknöpften Hemden in die Kamera schauten und der Alkohol ihre Umgangsformen noch nicht gelockert hatte. Sie strahlten die Würde aus, die sie der im Laufe ihrer meist akademischen Jahre erworbenen gesellschaftlichen Stellung schuldig zu sein glaubten. An beiden Seiten der Gruppe hatten sich einige ältere Herrschaften aufgestellt. Gerhard nahm an, dass es sich um ehemalige Lehrkräfte handelte, die von ihrer einstigen Abiturklasse zu dem Treffen eingeladen worden waren.

»Das hier ist Franz.« Frau Heimann war neben ihren Gast getreten und zeigte mit dem Finger auf die schmächtige Gestalt ihres Mannes. Obwohl Gerhard den toten Dozenten und Amphibienfreund nur ein einziges Mal lebend gesehen hatte – damals an dem turbulenten Abend im »Dorfkrug«–, erkannte er ihn sofort wieder. Die langen, bis weit in den Nacken reichenden Haare, die wuschelig das schmale Gesicht einrahmten, hoben ihn aus der Parade der gutfrisierten Köpfe seiner Mitschüler deutlich hervor.

Gerhard hielt die Fotographie dicht vor die Augen. Als sein Blick, den er weiter über die Versammlung der einstigen Abiturienten gleiten ließ, auf der großen Gestalt mit dem markanten, wettergegerbten Gesicht hängenblieb, konnte er einen halblauten Ausruf des Triumphes nicht unterdrücken. Erregt hielt er das Bild Frau Heimann hin und deutete mit lebhafter Geste auf die Person, die in der letzten Reihe der Gruppe, alle anderen an Größe überragend, stand.

»Dieser Mann hier - das ist Gernot Willmer.« Aufgewühlt stieß er die Luft aus. Die Anspannung des Tages bahnte sich ihren Weg, jetzt, wo er seine Vermutung definitiv bestätigt sah und mit dem Foto den Beleg dafür schwarz auf weiß vor sich hatte. »Ich wusste es«, brach es aus ihm hervor, »Franz Heimann und Gernot Willmer kannten sich. Das hier ist der endgültige Beweis.«

21

Gerhard spürte, dass er nun nicht länger seine Kenntnisse den Ermittlungsbehörden vorenthalten konnte. Noch immer suchte die Polizei vergeblich nach einer Verknüpfung des Mordopfers mit dem Dorf Oberhone. Trotz intensiver Befragung der Bewohner war eine Verbindung Heimanns zu Ort und Region nicht zu erkennen. Er empfand keine Genugtuung darüber, mehr als die Polizei zu wissen. Hätte er nicht auf Vera Kändlers Wunsch in der Vergangenheit ihres Schwagers herumgestöbert, wäre wohl auch ihm entgangen, dass Willmer und Heimann die gleiche Schule besucht hatten.

Gestern Nachmittag, unmittelbar nach seiner Rückkehr aus Witzenhausen, hatte er Hauptkommissar Montag angerufen und sich mit ihm für heute Morgen in der Polizeidirektion verabredet. Von Charly war der Vorschlag gekommen, Oberkommissar Schröder zu der Besprechung dazuzubitten. In Anspielung auf die in der Vergangenheit gemeinsam gelösten Kriminalfälle hatte Montag hinzugefügt: »Wir wollen die bewährte Troika früherer Tage erneut zusammenführen und den inspirierenden Geist unserer damaligen Sitzungen wiederaufleben lassen. Und um den vertrauten äußeren Rahmen für ein erfolgreiches Zusammenwirken zu schaffen...«

»...bringe ich die Gebäckstückchen mit und ihr kocht den Kaffee.«

»Ich sehe, wir verstehen uns«, hatte der Hauptkommissar das Gespräch beendet.

Es war windstill wie an all den Morgen der letzten Wochen, seit die Glut sich über Deutschland gelegt hatte. Gerhard spazierte durch die stillen Felder und Wiesen auf seinem Fußweg nach Eschwege. Er folgte zunächst dem Bachlauf des Bruchgrabens bis an den Rand von Niederhone, um hinter dem Ort in das breite Tal der Werra einzuschwenken und talaufwärts der Stadt zuzuwandern. Vorher hatte er noch in der Dorfbäckerei die vorbestellten Mohnschnecken und Quarktaschen abgeholt, denen, da war er sich sicher, die Kommissare schon jetzt entgegenfieberten.

Mit Franziska war vereinbart, dass sie sich nach seinem Gespräch in der Polizeidirektion auf der »Schubartshöhe«, Eschweges bekannter Ausflugs- und Aussichtsgaststätte, zu einem frühen Mittagessen treffen wollten. Es sei an der Zeit, all das, was in den vergangenen Tagen aufgedeckt worden war, zu erörtern und auf seine Wertigkeit zu überprüfen.

Gerhard schaute zum Himmel. War das wolkenlose Blau

heute weniger intensiv als in den Vortagen? Bildete er sich den leichten Schleier, den er um die Sonne wahrzunehmen glaubte, nur ein oder gab es ihn tatsächlich? Unbewusst hob er die Nasenflügel und zog die Luft ein. Er glich in diesem Augenblick einem Tier, das lange, bevor Hinweise sichtbar waren, Veränderungen witterte und fühlte. Sollte das Wetter umschlagen, der lang ersehnte Regen doch noch kommen? Er blickte auf graue Gerstenhalme, von deren Spitzen kümmerliche Ähren schlaff herunterhingen.

Vor kurzem erst hatte er Rolf Schreiber nach den Auswirkungen und Folgen der diesjährigen Hitze- und Trockenperiode für die Landwirtschaft befragt. Mit einem verwundernden Fatalismus hatte der Landwirt achselzuckend berichtet, das seine Getreideernte nahezu vernichtet sei. Unter diesen extremen Dürrebedingungen hätten sich die Körner so wenig entwickelt, dass sie allenfalls noch als Viehfutter verwendet werden konnten. Gerhard sah zu dem Maisfeld hinüber, das sich linkerhand bis hin zur Werra erstreckte. Dort, wo sich um diese Zeit die ersten Rundungen der bauchigen Kolben zu bilden pflegten, war von einer Herausbildung der Früchte nichts zu erkennen.

So, als würde geteiltes Leid ihm Trost geben, hatte Rolf die Milchbauern angeführt, die sich in ähnlich schwieriger Lage befanden. Bei dem ungenügenden Graswachstum konnten sie ihre Kühe nicht mehr ernähren. »Zufüttern?«, hatte er Gerhards Einwurf abgetan. »Wer soll denn das bezahlen. Da bleibt nichts, als den Viehbestand zu verringern und zu schlachten.« Mit einem bedeutungsvollen Kopfnicken hatte er noch hinzugefügt: »Dieser Sommer wird für viele ans Eingemachte gehen. Wer keine Reserven zurückgelegt hat, der hat es schwer zu überleben.«

Gerhard ließ die Felder hinter sich, folgte ein Stück dem Lauf der Werra, bis erste Kleingartensiedlungen die Stadtnähe ankündigten. Hier im westlichen Ortsbereich war auf dem

Gelände eines ehemaligen Flugplatzes, dessen militärische Bedeutung das ansonsten eher bedeutungslose Eschwege einige Bombenabwürfe im letzten Krieg zu verdanken hatte, ein weitläufiges Industriegelände angelegt worden. Noch immer waren zahlreiche Parzellen des erschlossenen Terrains frei und warteten auf Kaufinteressenten. Warum, fragte sich Gerhard und dachte an die Erschließungsplanungen in Oberhone, warum mussten ständig neue Industrieansiedlungen projektiert werden, wenn die Kapazität der bestehenden noch längst nicht ausgeschöpft war. Nun, Schlagworte, die als Antwort herhalten konnten, fielen ihm zur Genüge ein: Gewerbesteuereinnahmen, gemeindenahe Arbeitsplätze, aber auch lokalpolitische Denkmäler.

Charly Montag begrüßte den Freund mit einem kräftigen Händedruck. Er deutete auf den kleinen Rucksack, den Gerhard gerade mit der freien Hand von der Schulter streifte. »Sind sie da drin?«, fragte er flüsternd, als könne er durch lautes Reden den Inhalt aufwecken und zum Fortlaufen veranlassen.

»Ja«, flüsterte Gerhard zurück, »sechs von der einen Sorte und sechs von der anderen.«

»Wie, nur sechs?«

»Bleib ruhig, Charly«, dämpfte Gerhard das Entsetzen des Hauptkommissars. »Ich bin nachher mit Franziska zum Essen verabredet, werde mich also nur am Kaffee gütlich tun. Das hier«, er legte die zwei Tüten auf den Schreibtisch, »ist ganz allein für Gunter und dich bestimmt.«

»Dann ist ja alles gut.« Erleichtert schlug Montag seinem Besucher auf die Schulter und forderte ihn auf, sich den einzigen Stuhl, der im Zimmer stand, heranzuziehen und Platz zu nehmen.

Oberkommissar Schröder betrat, von seinem Chef telefonisch über Gerhards Ankunft und seine Gebäckmitbringsel informiert, mit einem Stuhl in der Hand das Dienstzimmer.

Der Kaffee dampfte bereits in den Bechern, geblümte Kuchenteller standen auf dem Schreibtisch. Alles war gerichtet, die Besprechung konnte nun in von früheren Zusammenkünften gewohnter Form ohne Verzögerung beginnen.

In nahezu synchroner Bewegung tauchten die Hände der Kommissare in die Bäckertüten ein und zogen genüsslich ein Kaffeestückchen hervor. Während Gunter sofort mit hörbarem Wohlbehagen in die erbeutete Mohnschnecke biss, forderte Charly, die Quarktasche in der Hand schwenkend, Gerhard auf: »Los, Heiner, erzähl uns jetzt, was du entdeckt hast.« Dann schob auch er sich sein Gebäckstück in den Mund und lehnte sich zufrieden zurück.

Gerhard wusste, dass die Kommissare nun dankbar für jede Ausschmückung und Ausschweifung in seiner Berichterstattung sein würden, gab sie ihnen doch Gelegenheit, sich, solange er sprach, dem uneingeschränkten Essgenuss hinzugeben. Aber er hatte nicht vor, alles, was er in den letzten Tagen aufgedeckt hatte, der Polizei mitzuteilen. Vera Kändler hatte ihn in Bezug auf das, was er im Umfeld ihres Schwagers zutage fördern würde, um Vertraulichkeit gebeten. Außerdem war noch völlig offen, ob Willmers mysteriöser Beziehung zu Pflüger überhaupt irgendetwas Strafbares anhing. Solange dies nicht klar war, würde er der Polizei nichts davon berichten. Er würde den Kommissaren nur soviel erzählen müssen, dass sie verstanden, wie er zu der Entdeckung gekommen war, die ihn heute hierher geführt hatte.

In kurzen Zügen berichtete er von der Bitte der Sängerin, ihr in einer privaten, familiären Angelegenheit behilflich zu sein. Er erzählte, wie ihm während seiner Kontakte mit Willmer dessen seltsame Reaktion aufgefallen war, als sie über den Mord im Bruch sprachen. Das habe ihm zu denken gegeben und ihn dazu gebracht, der Frage nachzugehen, ob Willmer etwas mit dem Toten verband.

Hier unterbrach der Hauptkommissar seinen Kauvorgang.

Energisch beugte er sich vor: »Hattest du mir nicht versprochen, dich aus den Untersuchungen im Mordfall Heimann herauszuhalten?« Der volle Mund, mit dem er sprach, nahm dem Vorwurf viel von seiner beabsichtigten Strenge.

»Hab ich, Charly, hab ich«, beschwichtigte Gerhard mit erhobenen Händen den Freund. »Aber begreif doch, meine Nachforschungen galten nicht dem Mörder, sondern zielten lediglich darauf, Willmers Bekanntschaft mit Heimann aufzudecken. Ich musste doch den Kontakten des Archäologen in alle Richtungen nachspüren, zufälligerweise auch in Richtung Witzenhausen.«

»Zufälligerweise«, höhnte Montag und langte in die Gebäcktüte. Dabei traf er auf die Hand seines Oberkommissars, der ebenfalls gerade dabei war, sich zu verproviantieren. »Und was, darf man erfahren, hast du in Witzenhausen herausgefunden?«

Gerhard schaute von einem Kommissar zum anderen, ehe er sprach: »Ihr habt doch, soviel ich weiß, alle Oberhöner nach Heimann befragt. Ob sie ihn kennen, geschäftliche oder private Verbindungen zu ihm hatten, ihm schon früher einmal begegnet sind. Richtig?«

»Ja, natürlich. Gunter hat einen ganzen Tag damit verbracht, von Haus zu Haus zu gehen und Fragen zu stellen.«

Schröder schüttelte den Kopf. »Nichts, was uns weiterhalf. Keiner im Dorf kannte Heimann oder wusste etwas über ihn.«

»Hast du wirklich alle befragt?«

»Ja doch«, knurrte Gunter, dem die schweißtreibende Befragung aller Haushalte noch allzu gut in Erinnerung war. »Die Gemeinde hatte mir eine Liste sämtlicher Dorfbewohner gegeben. Ich habe keinen ausgelassen.«

»Und die Gäste, hast du die auch befragt?«

»Die Gäste? Welche Gäste?« Die Hand des Oberkommissars, die gerade eine Quarktasche zum Mund führen wollte, verharrte in der Bewegung; verständnislos blickte er Gerhard an.

»Die Willmers zum Beispiel, die den Sommer im Ferienhaus am Weinberg verbringen.«

»Der Archäologe?«

»Ja, der, dazu seine Frau Katja und seine Schwägerin Vera.«

»Nein, die habe ich nicht befragt. Die standen ja nicht auf meiner Liste«, verteidigte sich der Oberkommissar, als er den tadelnden Blick seines Chefs auf sich gerichtet sah.

»Nun, hättest du es getan, wärest du möglicherweise auf das gestoßen, was mir bei meinen Nachforschungen aufgefallen ist. Ich gehe davon aus, dass ihr die Lebensdaten Heimanns überprüft habt und wisst, dass er aus der Nähe von Hannoversch-Münden stammt und in dieser Stadt das Gymnasium besucht hat.« Gerhard blickte zu den Polizisten, die nickten und ihn erwartungsvoll ansahen. »Was würdet ihr sagen, wenn ich herausgefunden habe, dass der ermordete Heimann und Willmer Klassenkameraden waren, sich also gut kannten?«

Die Tatsache, dass Charly Montag seine Mohnschnecke ablegte, ohne hineingebissen zu haben, zeigte die Bedeutung, die er dieser Mitteilung zumaß. Auch Schröder folgte seinem Beispiel und deponierte den Rest seiner Quarktasche auf dem Teller. Beide Kommissare tauschten Blicke, ehe Gunter ohne große Überzeugung einwand: »Das kann aber auch reiner Zufall sein und keinerlei Bedeutung haben. Zwei Schulkameraden befinden sich am selben Ort, ohne davon zu wissen.« Er zuckte mit den Schultern. »So was gibt's.«

»Natürlich gibt es das. Aber nicht in diesem Fall«, war sich Gerhard sicher. Jetzt, da wir von der Bekanntschaft der Männer wissen, könnte diese Tatsache ein neues Licht auf eure Untersuchungen werfen. Zudem, wie Frau Heimann erzählte, ein gespanntes Verhältnis zwischen beiden ehemaligen Mitschülern bestanden haben soll.«

Er berichtete von seinem gestrigen Gespräch mit der Witwe und schloss: »Ich hielt es jedenfalls für meine Pflicht, euch zu unterrichten. Nun seid ihr dran zu überprüfen, ob meine Entdeckung etwas mit dem Mordfall zu tun hat oder nicht.«

Bevor Gerhard ging, diskutierten sie noch die dürftigen Ermittlungsergebnisse in den übrigen Untersuchungsfällen. Von dem verschwundenen Sprengstoff war noch nichts wieder aufgetaucht, von den Dieben fehlte jede Spur. Die skelettierte Frauenleiche vom Weinberg blieb mysteriös und unidentifiziert, der Abgleich mit den bei den hiesigen Zahnärzten archivierten Gebissformeln hatte keine Übereinstimmung ergeben. Ebenfalls ergebnislos war die Überprüfung aller unklaren Fälle verlaufen, bei denen Frauen in den letzten Jahren in Nordhessen als vermisst gemeldet worden waren. Man würde die Ermittlungen in dieser Richtung jetzt bundesweit ausdehnen müssen.

»Und die Brandstiftung?«, fragte Gerhard.

»Wir ermitteln«, beschied ihn der Hauptkommissar, fügte dann aber mit Genugtuung hinzu. »Es könnte sein, dass wir wenigstens in dieser Sache bald Erfolg haben werden.«

Die Tüten waren nur zur Hälfte geleert, als sich Gerhard verabschiedete. Er war beunruhigt. »Was ist los? Haltet ihr Diät?«

»Mach dir mal keine Sorgen, Heiner«, lächelte Montag. »Der Tag ist lang, man muss mit seinen Kräften haushalten.«

Schröder klärte auf. »Ein Kollege wird gleich verabschiedet, mit Sekt und belegten Broten. Das ist wie beim Langstreckenlauf: Du musst dir die Strecke einteilen, wenn du durchhalten willst.«

»Ihr schafft das schon«, munterte Gerhard die Freunde auf und verließ die Polizeidirektion.

Von seiner Herkunft Mittelhesse hatte Gerhard die ersten

Jahrzehnte seines Lebens in der kleinen Lahnstadt Weilburg verbracht, war dort geboren und aufgewachsen, aber er war sich nicht sicher, welche Stadt, welche Region er nennen würde, fragte man ihn nach seiner Heimat. Wenn er es für sich so definierte, dass dort seine Heimat lag, wo er sich wohlfühlte und wo er sich vorstellen konnte, für immer zu bleiben, dann war nach über zwanzig Jahren Lebens in Eschwege dieser nordhessische Zipfel, mit dem er sich inzwischen tief verwachsen fühlte, seine Heimat. Er hatte eine tiefe Zuneigung entwickelt zu der Landschaft, der Stadt und dem Dorf, die so still und beschaulich wirkten, die aber auch so blutvoll lebendig sein konnten, dass es trotz der abseitigen Lage Freude machte, hier zu leben.

Gerhard durchwanderte die Stadt auf seinem Weg zu den Leuchtbergen, an deren Westhang »Schubartshöhe« lag. Kurz nur querte er die Fußgängerzone. Bei den jetzt noch erträglichen Temperaturen waren viele Menschen auf den Beinen, die noch vor dem Einsetzen der Mittagshitze ihre Einkäufe tätigen wollten. Die vollbesetzten Straßencafés, die luftig und bunt gekleidete Menge vermittelten eine Urlaubsatmosphäre, fast ein südliches Flair, das Eschwege gut zu Gesicht stand.

Gerhard ging ein Stück die belebte Marktstraße entlang und gelangte zum Rathaus, diesem spätklassizistischen Exoten, der in kühner Arroganz zwischen prächtige Fachwerkreihen hineingebaut worden war.

Natürlich gab es Puristen, denen dieser fremdstilistische Repräsentativbau im Herzen der Stadt ein Dorn im Auge war, die ihn als städtebauliche Entgleisung betrachteten. Für Gerhard jedoch stellte das große, geradwinklige Gebäude mit dem lichten, sonnenfarbenen Anstrich einen Blickfang dar, der, sooft er ihn ansah, sein zustimmendes Lächeln hervorrief. Er hatte schon immer die Ausreißer gemocht, die aus der langen Reihe der Normalität ausscherten.

Der flüchtige Gruß des Bürgermeisters, der gerade aus

dem Rathaus trat und mit den Worten »Wir sehen uns morgen« herüberwinkte, brachte Gerhard das bevorstehende Theaterereignis in Erinnerung. Sie hatten die gestrige Probe kurzerhand zur Generalprobe umfunktioniert, waren sich einig gewesen, dass sie nun nichts weiter verbessern konnten. Die Rollentexte saßen, die Kostüme waren geschneidert, die Kulissen angefertigt. So hatten sie beschlossen, die Probe am heutigen letzten Tag vor der Aufführung ausfallen zu lassen. Jeder sollte sich nach eigenem Gusto auf die morgige Odysseus-Vorstellung, mit der der Kulturkreis Oberhone als Gastgeber die Sommerfestspiele eröffnete, vorbereiten.

Als Gerhard jetzt vorbei am Dünzebacher Torturm den Leuchtbergen zuwanderte, verspürte er zum ersten Mal jenes schwer kontrollierbare Kribbeln, das ihn stets befiel, wenn sich der Tag oder die Stunde der Aufführung näherte. Aber noch war es ein vorübergehendes Gefühl, das sich schnell verflüchtigte und schließlich ganz verschwunden war, als er den Aufstieg zu »Schubartshöhe« in Angriff nahm.

Die Terrasse der Gaststätte war an diesem fortgeschrittenen Vormittag erst spärlich besucht. Eine Wandergruppe nahm ein spätes, möglicherweise auch zweites Frühstück ein. An einem Randtisch saß sich ein junges Pärchen gegenüber, Hand in Hand und Aug in Aug, ohne einen Blick für die großartige Aussicht zu haben, die sich von hier oben dem Gast erschloss.

Gerhard setzte sich an einen der vorderen Tische, der eine ungehinderte Panoramasicht gewährte, und genoss den freien Blick auf die Stadt und das Umland. Er erinnerte sich noch gut an das erste Mal, als er und Franziska hier auf »Schubartshöhe« gesessen hatten. Zwei Jahrzehnte war das nun schon her, sie waren gerade nach Eschwege umgezogen. Damals hatten sie noch die topographische Karte der Umgebung vor sich ausgebreitet, um darauf die markanten Punkte, die sie erkennen konnten, zu identifizieren und mit Namen zu belegen.

Gerhard ließ seinen Blick umherschweifen, verweilte auf

der Bergsilhouette des Meißners und folgte dem Lauf der Werra, bis der Fluss nach Norden abbog.

Heute brauchte er keine Karte mehr. Die geographischen Objekte, die Berge und Ortschaften, die Kirchen und Türme der Stadt waren ihm vertraut. Er wusste sie zu benennen, kannte ihre Beschaffenheit, ihre Geschichte. Ein warmes, dankbares Gefühl, so wie man es hat, wenn man nach Hause kommt, erfasste ihn und verstärkte sich, als er aufschaute und Franziska herankommen sah.

Wenig später, als sie zusammen am Tisch saßen, sich an den Händen hielten und stumm auf Eschwege hinunterblickten, war es Heinrich, der nach einer Weile das Schweigen unterbrach: »Weißt du, jedesmal, wenn ich von oben auf etwas hinabschaue, passiert mir das Gleiche: Zuerst empfinde ich eine beglückende Befreiung, fast so etwas wie das Gefühl, einen Sieg über das Alltägliche errungen zu haben. Dann aber, meist bald schon, zieht es mich wieder hinunter in die Geborgenheit meines gewohnten Lebensumfelds. Dann freue ich mich auf die vier Wände meines Hauses, die Wiesen und Felder meines Dorfes, die Gassen der Stadt.« Gerhard sah seine Frau an. »Komisch, wie?«

Franziska schüttelte den Kopf. »Nein, Heinrich, überhaupt nicht. Denn genauso gerne - wenn du dich nur lange genug in den Niederungen des Alltags aufgehalten hast - steigst du wieder hinauf auf einen Gipfel. Oder aber brichst auf zu einem fernen Ziel, um dann um so freudiger wieder heimzukehren. Das ist der Kreislauf des Lebens: Die Sehnsucht nach dem Anderen ist eine der großen Triebfedern unseres Handelns.«

Lachend umfasste sie mit beiden Händen seinen Arm, so als wolle sie ihn festhalten. »Aber ehe dich jetzt der unwiderstehliche Drang zum Abstieg überfällt, sollten wir uns zunächst einmal etwas zu essen oder zu trinken bestellen. Dabei kannst du mir erzählen, wie Charly und Gunter auf das, was du zu berichten hattest, reagiert haben.«

Bei einem Omelett und einem Salatteller, dem sie der Hitze wegen den Vorzug vor einer opulenten Mahlzeit gaben, schilderte Gerhard seiner Frau das morgendliche Gespräch mit den Kommissaren. »Ich glaube, sie waren froh über meinen Hinweis, dass Willmer und der Tote sich aus der Schulzeit kannten.«

»Kein Wunder, sie treten in diesem Fall auf der Stelle, haben so gut wie nichts in der Hand und sind natürlich dankbar für jeden Fingerzeig.«

»Ja, aber es ist auch nicht leicht für die Polizei«, Gerhard schob den leeren Teller zur Seite. »Dieser Mord an Heimann ist so sinnlos. Der Mann führte ein unauffälliges Leben, hatte keine Feinde...«

»Vergiss die Bauern nicht, denen er den Landverkauf vermasseln wollte.«

»Ach, die. Ich dachte, wir sind uns einig, dass die gar nicht fähig sind, eine solche Tat zu begehen.« Er griff nach seiner Apfelschorle. »Nein, die scheiden für mich ein für alle Mal aus.« Er trank das Glas leer und strich mit der Hand waagerecht durch die Luft, als wolle er eine Trennlinie ziehen. »Den Täter zu finden ist Sache der Polizei. Ich habe versprochen, mich aus der Mörderjagd herauszuhalten. Mich darf jetzt nur noch die Angelegenheit Willmer, nicht aber der Fall Heimann interessieren.«

»Ob du es willst oder nicht, nach deinem Besuch in Witzenhausen steckst du mitten in beiden Fällen. Was, wenn der Archäologe seinen ehemaligen Mitschüler getötet hat?«

Gerhard erschauerte bei der Vorstellung, die auch ihn schon seit einiger Zeit beschäftigte. Franziska führte den Gedanken weiter: »Heimann und Willmer treffen sich in Oberhone, ob verabredet oder zufällig, wissen wir nicht. Der alte Streit, von dem die Witwe erzählt hat, kommt wieder hoch. Willmer gerät in Wut und schlägt zu. So könnte es doch gewesen sein.« Sie sah ihn fragend an.

Gerhard zögerte mit der Antwort. Natürlich war dieser Ablauf möglich, doch was hatte Gernot Willmer mitten in der Nacht hinunter zum Bruch getrieben, in dessen unmittelbarer Nähe sich dann der Mord ereignet hatte? War er dort mit Heimann verabredet gewesen? Oder traf er Pflüger? Vera Kändler hatte ihm von ihrer Überzeugung erzählt, dass solche nächtlichen Treffen zwischen den beiden Archäologen stattfanden.

»Gut und schön, Franziska, aber deine Tatkonstruktion gründet sich einzig und allein auf Spekulationen. Es erscheint mir mehr als fraglich, dass ein Streit unter Schülern noch im Erwachsenenalter soviel Brisanz besitzen soll, dass er mit einem Mord endet. Und von anderen Reibungs- und Berührungspunkten zwischen Heimann und Willmer ist uns nichts bekannt. Nein, so kommen wir nicht weiter. Lass uns lieber das zusammenfassen, was wir an Fakten herausgefunden haben. Dabei steht die Person Gernot Willmer bei mir ganz im Vordergrund. Ich habe Vera Kändler versprochen, die Hintergründe seines veränderten Verhaltens zu beleuchten; dies und nichts anderes werde ich tun.«

»Gut, Heinrich«, Franziska stützte die Ellbogen auf die Stuhllehne und beugte sich vor, »was wissen wir also von dem Archäologen?«

»Zunächst kennen wir einige wichtige Eckdaten in seinem Leben, so zum Beispiel die Tatsache, dass er aus Hannoversch-Münden stammt und dort zur Schule gegangen ist. Außerdem wissen wir, dass er in Marburg Archäologie studiert hat und nach dem Studium in den Lehrkörper des altertumskundlichen Instituts aufgenommen wurde. Seit dieser Zeit unterrichtet er Studenten und betreibt archäologische Forschung. In Marburg hat er auch seine spätere Frau Katja, die dort Musik studierte, kennengelernt.«

»Ein beruflich geradliniges Leben. Wieso ist das auf einmal so aus den Fugen geraten?«

»Wenn ich das wüsste. Vera Kändler - und wir nehmen

jetzt einmal das, was sie sagt, als gegeben und richtig an, sonst kommen wir gar nicht voran - laut Vera hat das Leben ihres Schwagers erst mit dem Erscheinen Horst Pflügers eine Veränderung erfahren. Er, der sonst lebensfrohe Mann, wurde bedrückt, grüblerisch, ja geradezu verzweifelt, seit Pflüger vor einigen Wochen in seinem Umfeld auftauchte.«

»Aber das steht doch auch für uns fest?«, warf Franziska fragend ein. »Die geheimnisvolle Präsenz dieses Mannes im Hintergrund hat Willmer aus der Bahn geworfen. Oder?«

»Ja, zweifellos, Pflügers Anwesenheit ist die Last, die Willmer bedrückt. Doch was mich verwundert, ist das Einvernehmen beider, ihre Bekanntschaft nicht erkennen zu geben. Wenn wir nur wüssten, warum sie das tun. Ich bin überzeugt, dass wir dann den Schlüssel zu der ganzen Geschichte in den Händen hielten.«

»Von einem gemeinsamen dunklen Vorkommnis in ihrer Vergangenheit wissen wir«, erinnerte Franziska.

»Du meinst den Diebstahl der Apollofigur, damals in Skoutari.« Zweifelnd wiegte Gerhard den Kopf. »Erstens ist es überhaupt nicht erwiesen, dass sie damit etwas zu tun hatten. Professor Klotz zum Beispiel legt für die Unschuld seiner Leute die Hand ins Feuer. Und zweitens, sollten sie das Diebstahlding doch gedreht haben und darüber jetzt in Unstimmigkeiten geraten sein: Diese Geschichte erscheint mir einfach zu unbedeutend, um als Erklärung für die gravierenden Einschläge in Willmers Seelenleben herzuhalten. So was regeln Männer auf andere Weise.«

»Aber dein Eindruck damals auf dem Weinberg, als der Archäologe bei der Erwähnung der Griechenlandexpedition die Fassung verlor - wie erklärst du dir das?«

»Vielleicht gibt es noch etwas anderes bezüglich der damaligen Ausgrabung, von dem wir nichts wissen.« Gerhard seufzte. Mit den Fingern angelte er sich eine Olive aus dem Salatrest und steckte sie in den Mund. »Ich glaube, es geht kein Weg daran vorbei: Ich muss Pflüger zur Rede stellen und ihn mit dem, was wir herausgefunden haben, konfrontieren. Und ich werde dafür sorgen, dass er mir auf meine Fragen keine Antwort schuldig bleibt.« Wie zur Bekräftigung spuckte er den Olivenkern in die Handfläche und schnippte ihn auf den Teller.

»Dieser Pflüger, was ist uns eigentlich von dem bekannt?«, sinnierte Franziska. »Für mich ist er immer noch ein ziemlich unbeschriebenes Blatt.«

»Ja, das ist er im Grunde auch für mich. Es ist nicht viel, was ich über ihn erfahren habe, So weiß ich gerade mal, dass er in Rotenburg geboren ist, mit Willmer in Marburg Archäologie studiert hat und schwul ist. Wenn ich der Auskunft seines Ex-Freundes glauben darf, arbeitet er als freiberuflicher Archäologe, häufig auch an auswärtigen Objekten. Deshalb ist er viel unterwegs. Nach einigen Jahren berufsbedingter Abwesenheit ist er wieder nach Rotenburg gezogen und bewohnt dort ein Haus in der Weidenberggasse. Das ist eigentlich schon alles, was ich von Pflüger weiß. Die gemeinsame Studienzeit und die Grabung auf dem Peloponnes scheinen die einzigen Verbindungen zu Willmer gewesen zu sein. Ich sehe im Augenblick nichts, das darauf hinweist, dass es später noch einmal Kontakt zwischen beiden gegeben hat.«

Gerhard stand auf, trat an den Rand der Aussichtsterrasse und stützte sich auf das begrenzende Holzgeländer. Er schaute auf die Hügel jenseits der Stadt, die Oberhone und den Weinberg verdeckten. Die Bilder der bewegten vergangenen Tage tauchten vor seinen Augen auf, die Vielzahl der Ereignisse verwirrte ihn.

Franziska trat neben ihn und legte ihm die Hand auf die Schulter. »Über was denkst du nach?«

»Ich habe mir vorgenommen, mich nur noch um die Angelegenheit Willmer zu kümmern. Aber die Geschehnisse in unserem Dorf lassen mich einfach nicht los. In den letzten Tagen ist soviel geschehen, wie sonst in Jahren nicht. Ein Mord, dann der Sprengstoffdiebstahl, später der Leichenfund am Weinberg und schließlich die Brandstiftung - das kann doch keine zufällige Häufung sein. Da muss doch irgendeine Gemeinsamkeit dahinterstecken. Aber so sehr ich mir auch den Kopf zerbreche, ich finde den Zusammenhang nicht.«

»Außer, man bemüht wieder den Dorfkonflikt zwischen Landwirten und Umweltschützern.«

»Nein, Franziska, daran glaube ich einfach nicht mehr. Streiche, Gehässigkeiten, Anpöbeleien, ja, die traue ich beiden Parteien jederzeit zu, aber keine so schwerwiegenden kriminellen Handlungen. Nein, da stecken andere Motive dahinter. Aber trotz meiner vielen Nachforschungen weiß ich nicht, welche.«

Sie kehrten zum Tisch zurück und bestellten bei der Frau, die gerade das Geschirr abräumte, Kaffee.

»Ich sehe die Einzeltaten«, klagte Gerhard, als er sich setzte, »aber ich begreife das große Ganze nicht, das dahintersteckt.«

»Vielleicht machst du einen Fehler, Heinrich.« Franziska zog ihren Stuhl neben den ihres Mannes und legte ihm die Hand auf den Unterarm. »Du suchst Zusammenhänge, die es möglicherweise gar nicht gibt.«

»Glaubst du im Ernst, dass es sich um eine zufällige Summierung von Ereignissen handelt?«

»Nein, nein, die verschiedenen Vorkommnisse hängen schon miteinander zusammen, nur nicht so, wie du es annimmst. Ich glaube nicht so recht an einen gemeinsamen Verursacher. Ich könnte mir eher vorstellen, dass zum Beispiel der Scheunenbrand oder auch die Entwendung der Sprengstoffstangen so eine Art Spontanaktionen waren, die ohne jegliche Planung abliefen. Die günstige Gelegenheit war die Mutter der Taten, und nichts anderes.«

»Erkläre mir das bitte näher«, bat Gerhard verständnislos

und goss Milch in den Kaffee, der gerade gebracht worden war. »Spontanaktionen, wie soll ich das verstehen?«

»Versetz dich in die Lage des Bauern Heckmüller. Wir haben gehört, dass sein Hof hochverschuldet ist und dass er, um zu Geld zu kommen, ein kämpferischer Verfechter des Landverkaufs an die Erschließungsgesellschaft war. Da durch den Widerstand der Dorfverschönerer und Umweltschützer diese dringend benötigte Einnahmequelle unter Umständen gar nicht zum Sprudeln kommt, fiel ihm eine andere, ebenso lukrative Einnahmemöglichkeit ein....«

»Ich ahne, was du meinst«, unterbrach sie Gerhard und beugte sich vor. »Er zündet seine eigene Scheune an.«

»Es sollte mich wundern, wenn das Gebäude nicht hoch versichert ist.«

»Das also meinst du, als du von der Gelegenheit als der Mutter der Taten sprachst: Heckmüller nutzt spontan die Spannungssituation im Dorf aus, um die Gegenpartei in Verdacht zu bringen. Deshalb machte er die Brandstiftung auch so offensichtlich. - Mein Gott, ja, das könnte stimmen.« Ihm fiel Charly Montags Bemerkung ein, die Polizei rechne im Fall der Brandstiftung mit einem baldigen Erfolg. Vielleicht hatte sie die Versicherungspolice Heckmüllers überprüft und war zu dem gleichen Schluss wie Franziska gekommen.

»Und das Verschwinden des Sprengstoffs? Wie passt das in deine Spontanaktionstheorie?

»Ganz einfach, jemand hat zufällig mitbekommen, dass ihr die Stangen im Gipsbruch gefunden habt, vielleicht auch, dass Michael Otremba sie erst am nächsten Morgen dort wegholen wollte. Daraufhin hat er die Gelegenheit beim Schopf gepackt, ist in den Stollen gegangen und hat den brisanten Fund mitgehen lassen.«

»Aber für was braucht jemand Sprengstoff?«

»Heinrich.« Franziska schob die Kaffeetasse beiseite und stützte den Ellbogen auf den Tisch. Mit schief in die Hand gelegtem Kopf sah sie ihn an. »Heinrich, für was verwendet man Sprengstoff? Vom Terroristen bis zum Schuljungen kann dir jeder genügend Anwendungsmöglichkeiten für dieses explosive Spielzeug nennen. Du könntest zum Beispiel unserem Nachbarn eine Sprengstoffstange in seinen Teich werfen und ihn danach fragen, warum seine Fische alle bauchoben im Wasser treiben.«

»Aber unser Nachbar hat doch gar keinen Fischteich.«

»War doch nur ein theoretisches Beispiel. Genausogut könntest du das Finanzamt in die Luft sprengen, weil du dich von ihm ausgequetscht und ausgenommen fühlst.«

»Das leuchtet mir schon eher ein.« Gerhard kratzte sich am Kopf. »So betrachtet passt sogar der Mord an Heimann in deine Günstige-Gelegenheit-These. Jemand nutzt die Gegnerschaft der Naturschützer zu den Landwirten aus, weiß, dass der Verdacht sofort auf diese fallen muss und begleicht eine alte Rechnung mit Heimann.«

»Und schon sind wir wieder bei Gernot Willmer als Tatverdächtigem.«

Der Kaffee war getrunken. Stumm saßen die Gerhards einige Augenblicke am Tisch und blickten auf die Stadt, deren aufgeheizte Ziegeldächer in der flirrenden Luft verschwammen. Ihr Schweigen verriet die Ratlosigkeit. Sie begriffen, dass sie sich im Kreis bewegten, immer wieder bei den gleichen Argumenten landeten und stets dieselben Einwände machten. Auch wenn Franziskas Theorie sie auf den Nebenschauplätzen heute weitergebracht haben mochte, so lagen der Mordfall am Bruch, die mysteriöse Verbindung Willmer - Pflüger und auch der Leichenfund am Weinberg in einem uneinsehbaren Dunkel.

»Was nun?«, fragte Franziska in die stille Betrachtung hinein. »Wie wollen wir weiter vorgehen?«

Gerhard war froh, dass sie im Plural sprach, ihm zeigte, dass sie ihm zur Seite stand und er jederzeit mit ihrer Unterstützung rechnen konnte.

»Vielleicht gelingt es der Polizei, den Grund für den damaligen Schülerkonflikt zwischen Heimann und Willmer herauszufinden. Möglicherweise hilft das in dem Mordfall weiter. Ich meinerseits werde mir als nächstes Pflüger vorknöpfen. Mit meinem bisherigen heimlichen, rücksichtsvollen Vorgehen komme ich nun nicht mehr weiter, jetzt gilt es, schärfere Geschütze aufzufahren.« Er zog das Portmonee aus der Hosentasche. »Lass uns zahlen und gehen. Ich werde zu Fuß zurückwandern, durch das Schlierbachtal hinauf zum Forsthaus Hunsrück. Dort im Wald ist es kühl und ruhig, genau die richtige Umgebung, um noch einmal ungestört meine Theaterrolle durchzusprechen.«

Als Gerhard wenig später im Schatten breitkroniger Buchen und Eichen das schöne Waldtal emporstieg, nahm er sich vor, bis zur Aufführung am morgigen Abend seine Gedanken voll auf das Theaterprojekt zu konzentrieren. Solange mussten seine Nachforschungen ruhen. Er würde die düsteren Ereignisse der vergangenen Tage aus seinem Bewusstsein verdrängen und sich ganz der Vorfreude auf die Festspiele hingeben.

Zu diesem Zeitpunkt ahnte Gerhard noch nicht, dass er schon in wenigen Stunden erneut in den Strudel des dunklen Geschehens geraten würde, einen Strudel, dessen Strömung ihn mitreißen würde und dessen Wirbel ihn zu vernichten drohten.

22

Als Gerhard nach fast dreistündigem Fußmarsch nach Oberhone zurückkehrte, war Franziska nicht im Haus. Das Auto stand im Hof, die Laufschuhe fehlten im Regal. Wahrscheinlich machte sie einen Spaziergang durch die Felder und repetierte, so wie er es getan hatte, noch einmal ihre Rolle.

Müde von der langen Wanderung in der Hitze des Tages beschloss er, Franziskas Abwesenheit zu einer kurzen Siesta zu nutzen. Er duschte, wusch sich den Schweiß vom Körper und spritzte sich mit kaltem Wasser ab. Dann streckte er sich auf seinem Bett aus, griff nach einem Buch und genoss die Kühle des Raumes.

Bei der Heimkehr von ihrem Spaziergang fand Franziska ihren Mann tiefschlafend vor. Das Buch auf der nackten Brust hob und senkte sich mit den ruhigen, von leisen Schnarchgeräuschen begleiteten Atemzügen. Die vergangenen Tage hatten ihn angestrengt. Auch wenn es ihm Freude machte, Unbekanntem nachzuspüren und Unklarem auf den Grund zu gehen, so hatten die Recherchen doch an seiner Substanz gezehrt. Dazu kamen die täglichen Theaterproben, die ihm stets volle Konzentration abverlangten und ihn mehr erschöpft hatten, als er zugeben wollte. Franziska weckte ihn nicht, ließ ihn sich im Schlaf erholen und seine Kräfte regenerieren. Morgen zur Festspieleröffnung würde er sie gebrauchen können.

Als Gerhard erwachte, stand die Sonne tief, es konnte nicht mehr lange dauern, bis sie den dunklen Bergwald berühren und schließlich in ihn eintauchen würde. Er fühlte sich ausgeruht, die Müdigkeit war aus den Beinen und dem Körper verschwunden.

Franziska empfing ihn am Teich mit pathetischem, geografisch allerdings etwas westwärts abgedriftetem Willkommensgruß: »Salve, mein Heldengemahl Odysseus. Erfreut sehe ich, wie vollkommen du dich in deine mediterrane Rolle hineinversetzt und die heiße Tageszeit verschläfst, so wie es deine südländischen Brüder es zu tun pflegen.« Mit einer auffordernden Handbewegung winkte sie ihn heran. »Komm, setz dich her. Zur Einstimmung auf den morgigen hellenistischen Abend habe ich einen leckeren griechischen Salat zubereitet.«

Während des Essens fragte Franziska: »Meinst du, morgen klappt alles?«

»Zumindest haben wir alles in unserer Macht Stehende getan, damit es klappt. Alle Absprachen sind getroffen, die Gymnastikdamen zur Bewirtung eingeteilt, die Reservierungsschilder für die Ehrengäste gedruckt. Das Einzige, was noch fehlt, sind die Bestuhlung und der Getränkestand. Die Brauerei hat versprochen, sie gleich morgen früh anzuliefern und aufzustellen.«

»Na, da wird schon nichts schief gehen«, war Franziska um Zuversicht bemüht.

»Ich werde gleich nach dem Essen noch einmal zum Steinbruch hinaufgehen und nach unseren Sachen sehen. Ich schlafe einfach besser heute Nacht, wenn ich weiß, dass alles in Ordnung ist.«

Der Stolleneingang lag schon in tiefem Schatten, als Gerhard kurze Zeit später den Gipsbruch betrat. Nur auf dem obersten Rand der rückwärtigen Gesteinswand fing sich noch ein Schimmer des immer schwächer werdenden Abendlichts. Der kleine See am Grund des Felsens hatte eine dunkle Farbe angenommen, seine Oberfläche war reglos und glatt. Gerhard wurde an das ruhende Auge eines Wirbelsturmes erinnert, als er zu den sich lebhaft bewegenden Büschen und Bäumen aufsah, die den Steinbruch an den Seiten einfassten. Ein Wind war aufgekommen, der die Wipfel bog und an den dürren Blättern zerrte. Alles deutete darauf hin, dass sich das Wetter bald ändern würde, aber noch immer war keine Wolke am Himmel zu sehen.

Franziska hatte nicht mitkommen wollen. Sie zog es vor, sich vor ihrem morgigen Theaterauftritt sowohl geistig als auch körperlich zu entspannen. Dazu hatte sie die Beine auf den Couchtisch gelegt und sich entschieden, einen Kriminalfilm im Fernsehen anzuschauen.

Es kam nicht häufig vor, dass im Hause Gerhard der Fernseher lief. Meist waren es Sportübertragungen, deretwegen der Apparat eingeschaltet wurde, gelegentlich auch eine Nachrichtensendung. Aber nachdem sie bewusst einmal darauf geachtet hatten, wie sehr die oft willkürlichen Bildsequenzen der Fernsehberichterstattung von Inhalt und Text der eigentlichen Nachricht ablenkten, waren sie dazu übergegangen, die Tagesmeldungen im Radio zu hören oder der Zeitung zu entnehmen. Fernsehfilme oder gar Serien sahen sie nahezu nie. »Lass uns direkt leben«, hatte Franziska einmal gesagt, »noch können wir die Abenteuer, die uns das Leben bietet, selbst bestehen. Die Zeit, in der wir notgedrungen die Bildschirmhelden für uns agieren lassen müssen, wird früh genug kommen.«

Auf seinem Weg zur Stollenöffnung fiel Gerhard die Lautlosigkeit auf, die hier unten am Boden des felsumschlossenen Ovals herrschte. Kein Vogelschrei, kein Rascheln eines Tieres. Lediglich das Rauschen des Windes in den Ästen und Zweigen weit oberhalb lag wie ein fernes Wispern über der Stille.

Als Gerhard den Gang betrat, knipste er die kleine Taschenlampe an, die er sich vorsorglich eingesteckt hatte. Sie würden zwar morgen während der Vorstellung und auch in den folgenden Tagen Strom für die Bühnenbeleuchtung und den Getränkestand geliefert bekommen, aber heute Abend lief der dafür herbeigeschaffte Generator noch nicht.

Von dem aufkommenden Wind war hier drinnen im Berg nichts mehr zu hören. Die Stille war vollkommen. Lediglich das eigene Auftreten auf dem felsigen Boden drang leise an Gerhards Ohr, als er jetzt, den Lampenstrahl vor sich gerichtet, auf das Felsgewölbe zuging, in dem sie die Theaterutensilien aufbewahrten. Durch die Holzlatten, die den Raum verschlossen, leuchtete er in das Innere.

Das Licht war kaum stark genug, um die hintersten Winkel des Lagers zu erhellen, aber es reichte aus, um Gerhard zu überzeugen, dass die Kulissen und Gegenstände, die sie zur morgigen Vorstellung brauchten, dort noch immer vollständig und unversehrt aufgereiht und übereinandergestapelt lagen. Er machte sich nicht die Mühe, das verschlossene Vorhängeschloss zu öffnen und den Raum zu betreten. Der Anblick der Säulen und Kapitelle, der Vasen und Amphoren, die sie in Odysseus‘ Boot verstaut hatten, der Blick auf die Schwerter und Lanzen, auf die Pfeile und Bögen genügte, ihn zu beruhigen und ihm die Gewissheit zu geben, dass alles für das Theaterereignis gerichtet war.

Als er sich umdrehte, um zum Ausgang zurückzukehren, bemerkte er weiter drinnen im Berg eine schwache Reflexion des Lampenlichtes. Ihm kam das Gitter in Erinnerung, das den Stollen verschloss, um ein unbefugtes Betreten des Bergwerks zu verhindern. Ob sich wieder jemand an ihm zu schaffen gemacht und in das unterirdische Ganggewirr einzudringen versucht hatte? Unwillkürlich lenkte er seinen Schritt auf die im Lichtschein jetzt deutlicher sichtbar werdende Eisengittertür zu.

Jetzt, wo er wusste, auf was er achten musste, fielen ihm die Sohlenkonturen auf dem von grusigen Sandkörnern bedeckten Felsengrund sofort auf. So wie damals, als er mit dem Ortsvorsteher zum ersten Mal Spuren in diesem Bereich des Stollens entdeckt hatte, waren die Abdrücke auch diesmal nur undeutlich zu erkennen und unvollständig. Gerhard ließ den schmalen Lichtkegel der Taschenlampe durch die Stäbe auf den dahinterliegenden Boden fallen. Auch jetzt setzten sich die Spuren ins Berginnere fort und verloren sich im Dunkel des Gangs. Die Fährte war jedoch heute breiter als seinerzeit. Gerhard war sich sicher, dass hier mehr als nur ein Mensch gegangen war.

Er richtete die Lampe auf das Gitterschloss. Die vielen Kratzer auf der glänzenden Oberfläche zeigten an, dass es erneut gewaltsam geöffnet worden war. Es verwunderte ihn nicht, dass er, als er den Griff betätigte, den Schnapper zwar eingerastet, aber nicht verschlossen vorfand.

Gerhard öffnete die Tür und trat ein Stück hinter das Gitter in den Gang hinein. Was hatte das zu bedeuten? Befanden sich vielleicht gerade jetzt unerlaubterweise Personen im Stollen? Wenn ja, was machten sie da?

Er kniete sich nieder, um noch einmal genau die Schuhabdrücke zu betrachten. Führten die Spuren nur in den Berg hinein oder auch wieder zum Ausgang zurück? Sorgfältig inspizierte er die Rundungen von Schuhspitze und -absatz.

Ein Knall ließ ihn vom Boden auffahren und den Kopf erschreckt nach allen Seiten drehen. Es dauerte nur kurz, bis ihm klar wurde, dass er einen Schuss gehört hatte und dass dieser aus der Tiefe des Stollens gekommen war. Weitere drei, vier Sekunden verharrte er, unsicher, was er tun sollte. Dann rannte er los.

Er würde wohl nie Franziskas spätere, vorwurfsvolle Frage beantworten können, warum er nicht, wie jeder vernünftige Mensch, beim Ertönen eines Schusses erst einmal die Flucht ergriffen hatte, würde wahrscheinlich selbst nie verstehen, warum er in den Gang hineingelaufen war, dem Schützen und einer möglichen Gefahr entgegen. Vielleicht war es der in den vielen Jahren seiner ärztlichen Tätigkeit eingeschliffene Helferreflex, der ihn zum Unglücksort hineilen ließ, anstatt ihn zu fliehen.

Gerhard hastete den Stollen entlang, der Stelle, an der der Schuss gefallen war, entgegen. Trotz des nur spärlichen Lichtes seiner Lampe kam er zügig voran, denn der Gang war breit und eben. Hier mussten damals die Fahrzeuge gefahren sein, die das Gipsgestein aus dem Berg heraustransportiert hatten.

Er sah den Lichtschein erst, als er um eine der mächtigen Felssäulen bog, die seinerzeit bei der Heraussprengung des Stollens zur Stützung der Decke stehengeblieben waren. Mit einer Abruptheit, die ihn stolpern und fast hinstürzen ließ, verhielt er seinen Lauf und starrte auf das Szenarium, das sich seinen Augen darbot. Der Gang hatte sich vor ihm zu einer Art Felshalle erweitert, dessen Dach und Wände von einem Scheinwerfer, wie ihn Camper benutzen, bestrahlt wurde. Andere Säulen, die vom Boden zur Gewölbedecke aufragten, warfen lange Schatten auf die glatten Felsen. Das Bild eines Kirchenschiffs, in das nur wenig Tageslicht fällt, tauchte flüchtig vor Gerhard auf, ehe seine Aufmerksamkeit durch eine Bewegung, die er aus den Augenwinkeln wahrnahm, auf den Grund der Höhlung gerichtet wurde. Vor einem kreisrunden Loch - wohl einem ehemaligen Schacht - kauerte eine Gestalt. Es war, wie er bei näherem Hinsehen erkannte, ein Mann, der einen unter den Achseln gepackten menschlichen Körper vom Boden hochzuziehen versuchte. Vornübergebeugt unter dem schweren Gewicht bemühte er sich mit sichtbaren Anstrengungen, seine Last weiter anzuheben.

Unfähig, sich bemerkbar zu machen, verfolgte Gerhard die Bewegungen des Mannes, bis er plötzlich begriff, was sich vor ihm abspielte. Entsetzt fuhr er aus seiner Reglosigkeit auf. »Halt, was soll das?« Sein lauter Aufschrei echote an den Felswänden. Aber sein Ruf kam zu spät, denn gerade hatte der Mann den leblosen Körper soweit an den Rand des Loches gehievt, dass dieser, als er ihn jetzt losließ, langsam darüber hinwegglitt und lautlos in der Öffnung verschwand.

Gerhard, aus seiner Erstarrung erwacht, stürzte auf

den Mann zu, der sich nach dem Schrei zu ihm umgedreht hatte. Mit der Taschenlampe leuchtete er ihm ins Gesicht. »Sie?« Fassungslos starrte er auf Gernot Willmer, der ihn mit geweiteten Augen ansah. »Was machen Sie denn hier?« Die stammelnd vorgebrachte Frage drückte Gerhards ganze Hilflosigkeit aus, die er angesichts der verwirrenden Situation empfand. »Waren Sie es, der geschossen hat?«

Mit langsamen, schleppenden Bewegungen, die an das mühevolle Aufrichten eines alten Menschen erinnerten, erhob sich der Archäologe aus seiner gebückten Stellung. Seine Gesichtszüge, noch vor wenigen Sekunden schreckverzerrt, waren nun von einer tiefen Traurigkeit und Bestürzung erfüllt, so als sehe er etwas Unausweichliches vor sich und fürchte sich vor dem Kommenden.

»Nun auch Sie noch«, sagte er müde. Resignation klang aus seinen Worten und das langsame Hin- und Herbewegen des Kopfes spiegelte seine ganze Hoffnungslosigkeit.

Gerhard trat nahe an den Rand des Schachtes und schaute mit zögerlichem Blick in das Dunkel der Öffnung. »Waren Sie es, der geschossen hat?«, wiederholte er seine Frage. »Und wer, um Himmels Willen, liegt jetzt da unten?« Mit zitterndem Finger zeigte er in das Loch.

Dicht nebeneinanderstehend verharrten die Männer einige Sekunden und blickten in die undurchdringliche Schwärze, ehe Willmer aufsah und antwortete: »Ja, ich habe geschossen.« Ein plötzliches Schauern schüttelte ihn, als er fortfuhr: »Ich habe meinen Freund erschossen, meinen besten Freund, der nichts anderes verbrochen hat, als mich zu lieben.« Noch einmal hoben und senkten sich seine Schultern im unkontrollierten Aufwallen der Gefühle. Dann aber zwang er sich zur Ruhe und trat von der Schachtöffnung zurück. In einer nun wieder beherrschten Bewegung glitt seine Hand in die rechte Hosentasche. Als er sie wieder hervorzog, hielt sie eine Pistole umschlossen, die er auf Gerhard richtete. Aus seinen Worten war aufrichtiges Bedauern herauszuhören, als er jetzt sagte: »Es tut mir leid, dass ich nun auch Sie erschießen muss, Herr Gerhard. Aber das Opfer, das ich soeben erbracht habe, ist zu groß, um vergebens gewesen zu sein.«

Gerhard starrte auf die Waffe. Die Panik, die ihn plötzlich überfiel, war von solcher Gewalt, dass ihm der Schweiß aus allen Poren brach und seine Lippen zu zittern begannen. Unwillkürlich machte er einen Schritt zur Seite, um aus dem Schussfeld zu kommen.

»Halt!« Gernot Willmers Stimme klang jetzt entschieden. »Bleiben Sie stehen und bewegen Sie sich nicht von der Stelle. Und zweifeln Sie nicht daran, dass ich schießen werde. Ich habe zuviel zu verlieren, um nicht abzudrücken.« Wie zur Bekräftigung seiner Entschlossenheit bewegte er die Pistole auf Gerhard zu. Dann aber wollte er zunächst von ihm wissen: »Wie haben Sie mich eigentlich hier aufgespürt? Ich war mir ziemlich sicher, unbemerkt den Stollen betreten zu haben.«

Mit Erleichterung fühlte Gerhard die Welle der Panik abebben. Er begann, wieder die Herrschaft über sein Denken zu gewinnen. Augenblicklich wurde ihm klar, dass er nur dann eine Chance hatte, lebend aus dieser Situation herauszukommen, wenn es ihm gelang, den Archäologen in ein Gespräch zu verwickeln und zu versuchen, seine Emotionalität auf eine andere Ebene zu lenken. Willmer war kein kaltblütiger Krimineller. Er war ein Mensch, der sich in einer Grenzsituation befand, mit der er nicht klarkam. Verzweiflung hatten ihn dazu gebracht, eine für ihn normalerweise unantastbare Barriere zu überschreiten und vor dem Töten eines anderen Menschen nicht zurückzuschrecken.

Aber noch immer verstand Gerhard nicht, was ihn zu diesem verhängnisvollen Schritt bewogen hatte.

»Ich habe Ihren Schuss gehört«, beeilte er sich, Willmers Frage zu beantworten. »Ich war gerade im Stollen, um nach den Theaterrequisiten zu sehen, als der Knall ertönte. Da bin ich losgelaufen. Sie können sich vorstellen, welchen Schreck ich bekam, als ich sah, was hier vor sich ging.« Gerhard schnaubte. Trotz seiner misslichen Lage konnte er seine Empörung nicht ganz unterdrücken. Ohne sich nach der Schachtöffnung umzudrehen, wies er noch einmal mit der Hand hinter sich. »Sie haben mir immer noch nicht gesagt, wen Sie gerade da hinein geworfen haben.«

Willmers Blick heftete sich auf die Stelle, auf die Gerhard zeigte. Ein Schwanken erfasste den großen Mann, seine Hand griff haltsuchend um sich. Unsicher tastete er sich rückwärts zu einem der Stützpfeiler und lehnte sich schwer atmend dagegen. Trotz seiner augenscheinlichen Schwäche hielt er die Pistole unverändert auf Gerhard gerichtet.

Einige Augenblicke verstrichen, ehe er antwortete: »Ich habe es Ihnen doch schon gesagt. Mein toter Freund liegt dort unten. Ich musste ihn erschießen.«

»Pflüger?«

Wieder vergingen Sekunden, dann nickte Willmer. »Ja, mein Freund Horst Pflüger.«

Gerhard wusste, dass er den Archäologen am Reden halten musste, wollte er verhindern, dass er auch auf ihn schoss. Deshalb fragte er schnell: »Sie mussten ihn erschießen? Warum?«

Diesmal antwortete Willmer ohne Zögern, fast eifrig, so, als wolle er seine Tat rechtfertigen: »Es war besser so. Horst hätte es nicht überlebt, wenn er gehört hätte, was ich ihm zu sagen hatte.« Als er Gerhards offenkundige Verständnislosigkeit sah, fügte er hinzu: »Mein Entschluss, unser Verhältnis ein für allemal zu beenden, hätte ihm den Todesstoß versetzt.«

»Verhältnis? Heißt das...?«

Willmer löste sich von der Felssäule. Mühsam machte er zwei Schritte nach vorn, dabei blickte er Gerhard fest an. Es war ihm anzusehen, wie wichtig es für ihn war, seinem Gegenüber die Gründe für sein Handeln darzulegen, ihn verstehen zu lassen, warum er Pflüger erschießen musste.

Er sprach jetzt mit ruhiger Stimme, so wie man eine Bilanz zieht oder ein Schlusswort vorbereitet: »Sie wissen viel, Herr Gerhard, haben einiges herausgefunden über mich, aber auch über Horst Pflüger, wie Sie mir kürzlich zu erkennen gegeben haben. Schon seit einiger Zeit bemerkte ich, wie Sie mich aushorchen, beobachten und taxieren. Bei einem Anruf im archäologischen Institut in Marburg hat mir Dr. Weinhold von Ihrem Besuch und Ihrem Interesse an meiner Vergangenheit erzählt.« Er zuckte die Schultern und seufzte. Dabei hob er den Arm, der die Pistole hielt und strich sich mit dem Handrücken über die Stirn. Ein nachdenklicher Ausdruck legte sich auf sein Gesicht. »Eines möchte ich gerne noch von Ihnen wissen: War es Vera oder vielleicht sogar Katja, die Sie auf meine Fährte gesetzt hat?« Fast ängstlich sah er einer Antwort entgegen.

»Es war Vera«, gab Gerhard Auskunft, »sie war besorgt um Sie. Sie hat mich gebeten herauszufinden, was Sie bedrückt und wie sie Ihnen helfen kann.«

Erleichtert atmete Willmer auf. »Das ist gut. Katja darf nichts erfahren.« In bittendem Tonfall sprach er weiter. »Ich weiß, dass Sie mein Tun nicht billigen werden, aber vielleicht bringen Sie ein bisschen mehr Verständnis für mich auf, wenn Sie erfahren, in welchen Zwiespalt ich in den letzen Wochen und Tagen geraten bin.« Mit dem Pistolenlauf deutete er nach unten. »Setzen Sie sich«, forderte er auf, »es wird etwas dauern, meine Geschichte zu hören.«

Mit langsamen, jedes mögliche Missverständnis ausschließenden Bewegungen hockte sich Gerhard, einen Schenkel unter den anderen schiebend, auf den Felsboden. Er war bemüht, seine Erleichterung über die gewonnene Frist nicht sichtbar werden zu lassen. Auch Willmer setzte sich, ebenfalls mit gekreuzten Beinen, ihm gegenüber auf eine flache Steinplatte.

Die Hand mit der Pistole ruhte auf seinem rechten Knie, die Mündung zielte unverändert auf Gerhards Brust.

Es hätte das friedliche Bild zweier Männer sein können, die sich zum gemeinsamen Palaver und Meinungsaustausch niedergelassen hatten, wäre nicht die Waffe in der Hand des einen und die drohende Schachtöffnung im Rücken des anderen gewesen. So aber wirkte die Szene in der schemenhaften Beleuchtung der Felskulisse unwirklich und gespenstisch, eine unheilverkündende Stille erfüllte für kurze Zeit den Raum.

Dann begann Willmer zu erzählen: »Ich erinnere mich noch genau an meine erste Begegnung mit Pflüger. Horst begann damals gerade sein Archäologiestudium in Marburg, während ich mich zu dieser Zeit schon im vierten Semester befand. Ich war voll bei der Sache und begeisterte mich mit zunehmender Studienzeit immer mehr für mein Fachgebiet. Schon als Kind, später dann als Schüler, hatte ich Freude daran, Figuren aus Holz zu schnitzen oder aus Kerzenwachs zu modellieren. Die Ebenmäßigkeit der Form zog mich an, die Harmonie schöner Proportionen faszinierte mich. Wahrscheinlich war es diese Empfänglichkeit für die Ästhetik eines Körpers, die mich der Archäologie in die Arme trieb. Möglicherweise erklärt sie auch, warum mich Horst Pflüger schon vom ersten Augenblick unseres Zusammentreffens vollkommen gefangen nahm.«

Verloren in Erinnerungen blickte er während des Sprechens an Gerhard vorbei auf ein Bild, das sich im Dunkel des Gewölbes vor seinen Augen zu formen schien. Die Waffe hatte er neben sich auf den Stein gelegt. Es bedurfte keiner Bedrohung mehr; Gerhard würde, das wusste Willmer, nun seine Geschichte bis zu ihrem Ende anhören. »Es klingt immer seltsam, dies von einem Mann zu sagen, aber Horst Pflüger war ein schöner Mann. Die Ausgewogenheit von Geist und Körper, der innere und äußere Einklang, in dem er sich befand, machten ihn zu einem vollkommenen Menschen.

Es war schwer, sich seiner Anziehungskraft zu entziehen. In dem Wunsch, ihn kennenzulernen, suchte ich seine Nähe und Gesellschaft und gewann in ihm schon bald einen Freund, mit dem ich all das unternahm, was Studenten normalerweise zu unternehmen pflegten: Wir feierten, tranken und stiegen den hübsche Kommilitoninnen nach. Es war eine unbeschwerte Zeit, in der wir unsere Seelenverwandtschaft entdeckten und vertieften.« Eine Spur von Wehmut hatte sich seinen letzten Worten beigemischt, für einen kurzen Augenblick blieb er stumm. Dann aber, als wolle er die Zäsur in seinem Leben deutlich machen, ließ er den erhobenen Arm jählings niedersausen. »Seit Skoutari, seit unserer Exkursion nach Griechenland, hat sich mein Leben verändert. Horst und ich bewohnten während der Ausgrabungszeit gemeinsam ein Zimmer in einer griechischen Pension. Für ein herrliches halbes Jahr lebten wir auf engstem Raum zusammen und kamen uns so nah, wie sich zwei Menschen nur nahe kommen können. Wir begannen, uns mit völliger Hingabe zu lieben.

Während ich in Horst das makellose Ebenbild göttlicher Schönheit gefunden zu haben glaubte und seiner vollendeten Erscheinung bedingungslos erlag, war es für ihn vor allem mein scharfer Intellekt, meine Tatkraft und vorwärts drängende Energie, die er bewunderte und die ihn anzog. Wir waren ein Liebespaar, das sich in seiner Gegensätzlichkeit ergänzte.« Gedankenversunken ließ er seinen Blick über die Felsdecke gleiten. Hatte auch er bemerkt, dass das Licht der Campingleuchte schwächer zu werden begann? Gerhard bezweifelte es. Zu sehr war Willmer in seine Erinnerungen eingesponnen, zu sehr in Vergangenem gefangen, um die kaum sichtbaren Veränderungen um ihn herum zu bemerken.

»Auch nach unserer Rückkehr aus Griechenland blieben wir als Paar zusammen. Wir mieteten ein Appartement, das wir zusammen bezogen. Dort setzten wir in glücklicher Gemeinsamkeit unserer Archäologiestudium fort. Seinerzeit war es noch nicht selbstverständlich, sich zur Homosexualität zu bekennen. Der gleichgeschlechtlichen Liebe hing noch ein Gott sei Dank heute weitgehend verschwundener anrüchiger Makel an. Deshalb verbargen wir unsere Beziehung unter dem Anstrich einer studentischen Wohngemeinschaft.

Horst und ich waren damals gleichermaßen überrascht von der Gewalt, mit der die Liebe über uns gekommen war. Beide hatten wir zuvor ausnahmslos weibliche Partnerschaften gepflegt und auch nie einen Gedanken an eine gleichgeschlechtliche Bindung verschwendet. Wie Kinder, die in eine Wunderwelt eintraten, erlebten wir die Schönheit und Tiefe unseres Verhältnisses, in dem Erotik und Sexualität nur eine untergeordnete Rolle spielten. Es war vielmehr die geistige Verknüpfung, das Band gleichempfundener Wahrnehmungen und gemeinsamer Lebenssicht, das uns in enger, teilweise rauschhafter Umschlingung zusammenhielt.«

Das Zucken seiner Gesichtsmuskeln verriet die Erregung, in die Willmer sich bei der Schilderung der damaligen Zeit geredet hatte. In dem Versuch, sich wieder unter Kontrolle zu bringen, presste er die Zähne aufeinander und drehte den Kopf zur Seite. Einige Sekunden vergingen, bis er Gerhard erneut das Gesicht zuwandte.

»Dann, ich stand kurz vor meinem Abschlussexamen, trat Katja in mein Leben. Ich sah sie zum ersten Mal während eines Prüfungsvorspiels, das sie mit anderen ihrer Klavierklasse im Konzertsaal der Musikhochschule abhielt. Horst und ich waren häufig zu Gast bei solchen öffentlichen Vorspielen. Wir liebten das Ungezwungene dieser Konzerte, die in meist nur halbvollem Saal vor einer größtenteils leger gekleideten, aber sachverständigen Zuhörerschaft stattfanden. Der Funke der Begeisterung, mit der die Studenten zu Werke gingen, sprang bei der räumlichen Nähe zu den Künstlern sofort auf das Publikum über, die Leidenschaft des Spiels junger Menschen teilte sich unmittelbar mit. Ich erinnere mich an diesen Abend noch so genau, als sei er erst gestern gewesen. Ich saß mit Horst ganz vorne, direkt vor dem Bühnenpodest, auf dem der Flügel stand. Katja war der dritte Prüfling, der mit dem Vorspielen an der Reihe war. Noch deutlich sehe ich das Bild vor mir, wie sich die seitliche Tür öffnete und das schlanke Mädchen die Bühne betrat. In dem einfachen schwarzen Kleid, das ihren Körper bis zu den Knöcheln umschloss, strahlte Katja eine ernsthafte Selbstsicherheit aus, die mich, noch bevor sie den ersten Ton anschlug, ganz in ihren Bann zog. Später erzählte sie mir von dem Lampenfieber, das sie in Wirklichkeit hatte, wie schweißnass ihre Hände, wie zittrig ihre Beine gewesen waren. Es habe ihr Mühe bereitet, dies nicht sichtbar werden zu lassen. Als sie sich aber an den Flügel gesetzt und die ersten Noten gespielt habe, sei alle Aufregung von ihr abgefallen. Die Musik umgebe sie jedesmal wie eine Schutzmauer, sei wie ein Raum, in dem sie alle Ängste verliere.

Sie spielte himmlisch an jenem Abend, zuerst eine Chopin-Mazurka und danach die Toccata von Schumann. Selten habe ich dieses männliche Werk so kraftvoll von solch zarten Händen spielen gehört. Ich war berauscht von der Musik, verzaubert von der schönen Gestalt und der Anmut ihrer Bewegungen. Am liebsten hätte ich das Konzert sofort verlassen, als sie mit ihrem Spiel zu Ende war.«

Willmer hatte die Augen geschlossen, er schien den Tönen des damaligen Vorspiels nachzulauschen, schien die Bilder des Abends zurückholen zu wollen. Kurz kam Gerhard in den Sinn, den in Erinnerungen versunkenen Mann zu überrumpeln und die Pistole an sich zu nehmen. Aber er blieb, gefesselt von dem Gehörten, auf seinem Platz und lauschte der weiteren Erzählung.

»Ich war, fast wie eine Vorwegnahme meiner jetzigen Situation, in den Folgetagen hin- und hergerissen zwischen meiner Zuneigung zu Horst und dem Wunsch, Katja Kändler wiederzusehen. Heimlich suchte ich die Musikhochschule auf und erkundigte mich nach der Studentin. Ich erfuhr, dass sie sich so völlig der Musik und ihrem Studium widmete, dass für männliche Bekanntschaften bisher kein Raum geblieben war. - Um es kurz zu machen: Ich kam mit Katja - ohne jetzt auszuführen, auf welche Weise - schon bald in Kontakt. Wir verabredeten und trafen uns, wobei ich die Zusammenkünfte anfangs so legte, dass Horst nichts davon mitbekam.

Aber mit der Intensivierung unserer Begegnungen war es letztendlich unvermeidlich, dass er von unserer Verbindung und meiner Liebe zu Katja erfuhr. Als ich ihm schließlich mitteilte, dass ich die Absicht hatte, mich von ihm zu trennen und zu ihr zu ziehen, brach eine Welt für ihn zusammen. Er fühlte sich gedemütigt und verletzt, verließ Marburg und verschwand vollkommen aus meinem Blickfeld. Jahrelang habe ich nichts von ihm gehört.«

Der Archäologe verstummte, als müsse er Kraft sammeln, bevor er in seiner Geschichte fortfahren konnte.

Gerhard nutzte die Pause zu einer Frage: »Weiß Katja von Ihrer Beziehung zu Pflüger? Ahnt sie, welche Bedeutung er in Ihrem Leben hatte?«

Willmer schüttelte den Kopf: »Nein, sie kann nichts wissen. Ich habe ihr nie etwas von Horst erzählt, habe alle Hinweise auf unsere damalige Verbindung beseitigt. Die Tatsache, dass er Marburg so schnell verlassen hat und auch später nicht versucht hat, mit mir in Kontakt zu kommen, gibt mir die Gewissheit, dass Katja nichts weiß.«

»Und da tritt vor ein paar Wochen Ihr ehemaliger Studienkollege, Freund und Geliebter wieder aus der Versenkung hervor. Es muss ein Schock für Sie gewesen sein.«

»Ein Schock?« Der Archäologe lachte bitter auf. »Es war eine Katastrophe. Nach all den harmonischen Ehejahren, nach der langen, schönen Zeit an der Seite Katjas kehrte mit einem Mal die Vergangenheit, die ich längst verdrängt hatte, zurück und bedrohte mein Glück.« Wie in einer Anklage an das

Schicksal hatte Willmer die Arme erhoben. Sein Atem ging keuchend, er war zu aufgewühlt, um sofort weiterzusprechen.

Gerhard ließ einige Augenblicke verstreichen, ehe er fragte: »Wie kam es, dass Pflüger, nachdem er jahrelang keinen Kontakt zu Ihnen hatte, so plötzlich wieder in Ihrem Umfeld auftauchte?«

»Er hatte von meiner Grabung in der Zeitung gelesen. Ein Fund dieser Größenordnung, auch wenn ich zunächst die wahre Bedeutung der Funde geheimhielt, wird natürlich ausführlich publiziert, stellt in dem eher ereignisarmen Nordhessen eine Sensation dar, auf die sich die Reporter sofort stürzen. Auch die Lokalpresse in Rotenburg hat darüber geschrieben und einen detaillierten Bericht zusammen mit einem Bild von mir veröffentlicht. Horst hat mir erzählt, welche Empfindungen der plötzliche Anblick meines Gesichtes in ihm ausgelöst hat. Er, der die größte Enttäuschung seines Lebens überwunden zu haben glaubte, sich inzwischen mit anderen Partnerschaften darüber hinweggetröstet hatte, war dem erneuten Erwachen seiner Liebe zu mir wehrlos ausgeliefert. Von dem Augenblick an, als er mein Konterfei in der Zeitung erblickte, hatte er, wie er gestand, nur den einen Wunsch, mich wiederzusehen. - Nun, auch hier will ich Ihnen Einzelheiten ersparen. Horst zeigte sich mir und suchte meine Nähe. Wir richteten es ein, dass wir uns meist nachts heimlich trafen, uns voneinander berichteten und miteinander sprachen. Ich kann mir vorstellen, dass Sie mein Verhalten dumm und leichtfertig nennen werden und nicht verstehen können, was mich, den glücklich Verheirateten, wieder zu diesem Mann hintrieb. Aber Sie kennen Horst Pflüger nicht so, wie ich ihn kennengelernt habe. Sich ihm und seiner Ausstrahlung zu entziehen, ist schwer, für mich nahezu unmöglich.«

Sein Kopf sank mutlos auf die Brust, sein leerer Blick folgte dem Finger, der gedankenverloren Kreise auf die Felsplatte zeichnete. »Als ich bemerkte, dass sich mit jeder neuen

Begegnung meine Gefühle für den Freund vertieften und ich auf dem besten Weg war, die alte Beziehung wiederherzustellen, wurde mir mit erschreckender Klarheit bewusst, was das für Katja bedeuten würde. Ich suchte einen Ausweg aus der unerträglichen Lage, die, je länger sie anhielt, für mich immer belastender wurde.«

Der Finger verhielt in seiner Bewegung, mit der flachen Hand wischte Willmer über den Stein, als wolle er die unsichtbaren Kreisfiguren auslöschen. In seinem Blick lag Qual, als er zu Gerhard aufblickte. »Und dann diese schreckliche Tat, die mich vollkommen aus der Bahn warf.«

Obwohl er die Antwort kannte, stellte Gerhard die Frage: »Heimann? Der Tote im Bruch?«

Willmer nickte, schwer hob und senkte sich der Kopf. »Ja, mein ehemaliger Schulkamerad Franz Heimann. Ein schreckliches Unglück.«

Unter dem Druck der Bilder, die nun auf ihn einstürmten, stemmte sich der massige Körper vom Boden ab. Während des Aufrichtens tastete die Hand nach der Pistole, unsicher ergriff er die Waffe und steckte sie die Tasche. »Ein fürchterliches Unglück«, wiederholte er.

Der Schrecken des damaligen Ereignisses hatte ihn erneut ergriffen. Unruhig wanderte er, die Hände zu Fäusten geballt und mit auf dem Rücken gekreuzten Armen vor Gerhard auf und ab. Er beruhigte sich erst, als er von dem Geschehen in jener Nacht zu berichten begann: »Um sicher zu sein, dass Katja tief schlief und auch die Dorfbewohner in ihren Betten lagen, wartete ich bis nach Mitternacht, ehe ich das Haus verließ. Ich hatte mich mit Horst an der alten, alleinstehenden Scheune verabredet, die unweit des Sportplatzes in den Feldern liegt. Auf dem Weg dorthin begegnete ich keinem Menschen, die Sommernacht war warm, wie all die Nächte in den letzten Wochen. Horst erwartete mich bereits, als ich an der Scheune ankam. Wir glaubten uns allein, gingen deshalb nicht ins Innere des Gebäudes, sondern blieben im Freien. Wir unterhielten uns, leise zwar, aber nicht flüsternd, da wir niemanden in der Nähe vermuteten, riefen uns alte Zeiten in Erinnerung und tauschten Zärtlichkeiten untereinander aus. Dabei ließen wir keine besondere Vorsicht walten, wir waren uns sicher, von niemandem belauscht oder beobachtet zu werden.

Um so größer war der Schreck, als plötzlich wie aus dem Nichts ein Mensch vor uns stand. Er war so lautlos herangeschlichen, dass wir nichts von seiner Annäherung bemerkt hatten. Entsetzt fuhren wir auf. Der Schein einer Taschenlampe fiel uns ins Gesicht, der starke Lichtstrahl blendete uns. Es war unmöglich auszumachen, wen wir vor uns hatten. Erst, als der Unbekannte sprach, mich voller Erstaunen mit meinem Namen anredete, erkannte ich an der Stimme Franz Heimann, meinen früheren Mitschüler. Er hatte, so erfuhr ich später, eine Art nächtlichen Patrouillengang gemacht, um das Krötengebiet vor Übergriffen zu schützen. Dabei hatte er uns aufgespürt. Für ihn war die delikate Situation, in der er mich angetroffen hatte, ein gefundenes Fressen. Es war eine unverhoffte Gelegenheit, sich für eine Schmach, die er einst durch mich erlitten hatte, zu rächen. Damals, es mochte in der Obersekunda gewesen sein, hatte ich ihn - ob zu Recht oder Unrecht, kann ich jetzt nicht mehr sagen - des Diebstahls an einem Mitschüler bezichtigt. Das hat er mir nie verziehen. Wenn wir uns später bei Klassentreffen oder ähnlichem begegneten, hat er mir stets seine Abneigung offen zu verstehen gegeben. Nun also eröffnete sich ihm die Möglichkeit, mir seine damalige Bloßstellung heimzuzahlen - und ich versichere Ihnen, dass er die Gelegenheit dafür weidlich ausnutzte.

Ich will Ihnen ersparen, wie er mich, den Schwulen, titulierte und verunglimpfte, wie er mir drohte, meine ‚abartige Neigung' in wissenschaftlichen Kreisen publik zu machen und, was das Allerschlimmste war, meine Frau über die ‚perversen Umtriebe' ihres Mannes zu informieren. Er redete sich in Rage, sein in Jahren aufgestauter Hass gegen mich entlud sich nun in einem nichtendenwollenden Schwall bösartiger Schmähungen. Ich stand wie versteinert im Lichtkegel seiner Lampe, unfähig mich zu wehren. Horst indessen sprang nach nur kurzer, anfänglicher Erstarrung auf Heimann zu, packte sein Handgelenk, zog und schüttelte daran und forderte ihn auf, seine Drohtirade sofort zu beenden.«

Willmer durchlebte offenbar gerade noch einmal die Szene. Mit ausgestrecktem Arm stand er im Raum und ahmte die rüttelnde Bewegung Pflügers nach. »Heimann dachte nicht daran, seine Abrechnung zu beenden. Mit der Taschenlampe schlug er nach Horst, befreite sich aus seinem Griff und setzte seine Beschimpfungen fort. Er redete, gestikulierte und steigerte sich in immer schlimmere Gehässigkeiten. Dann, mit einem Mal, verstummte er. Der Lichtschein, eben noch in mein Gesicht gerichtet, irrte zur Seite. Wie vom Blitz getroffen stürzte Heimann zu Boden. Dabei schlug die Lampe auf die ausgetrocknete Erde auf und verlosch. Es dauerte einige Sekunden, bis meine Augen sich an die Dunkelheit angepasst hatten und ich etwas erkennen konnte. Horst stand, noch mit erhobenem Arm, hinter dem jetzt am Boden liegenden Heimann. In der Hand hielt er einen Feldstein. Ich begriff sofort, was geschehen war. Entsetzt rief ich Pflüger zu: »Mein Gott, was hast du getan!« Horst verteidigte sich, dass Heimann nicht habe aufhören wollen, mich zu beleidigen. Da habe er ihn zum Schweigen gebracht.

Die folgenden Minuten waren die unrühmlichsten meines Lebens. In panischer Angst liefen wir davon. Der uralte Reflex, sich in kritischen Momenten der Verantwortung zu entziehen, anstatt für seine Taten geradezustehen, ließ uns durch die nächtlichen Felder vom Tatort wegeilen. Gut zwei Minuten mochten wir gelaufen sein, als uns klar wurde, dass wir einen Menschen zurückgelassen hatten, der vielleicht unsere Hilfe brauchte. Der möglicherweise starb, wenn wir ihn so liegen ließen. Voller Entsetzen über unsere feige Flucht hasteten wir den Weg zurück. Aber wir kamen zu spät. Als wir uns zu Franz Heimann hinunterbeugten, war er bereits tot.

Unser nachfolgendes Handeln war nichts anderes als eine Kurzschlussreaktion, entstanden aus der völligen Verwirrung, die uns im Angesicht des Toten befiel. In dem Wunsch, den Leichnam so schnell wie möglich verschwinden zu lassen, schleppten wir den Körper zu dem nahen Wasser, beschwerten ihn mit Steinen und versenkten ihn.« Bitter lachte Willmer auf. In einer Geste der Kapitulation schüttelte er den gesenkten Kopf. »Als könne man eine Tat dadurch ungeschehen machen, dass man ihr Ergebnis beseitigt. Wer das glaubt, der irrt. Die Schuld, die wir auf uns geladen hatten, brannte sich in den Folgetagen wie ein Feuer in uns ein. Horst litt ebenso wie ich. Er, der eigentliche Täter, zerfleischte sich in Selbstvorwürfen. Wir waren kurz davor, uns der Polizei zu stellen, nahmen aber dann doch davon Abstand. Wir wären gezwungen gewesen, die Umstände der Tat offenzulegen und unser nächtliches Treffen zu erklären. Das wollte und konnte ich Katjas wegen nicht. Also schwiegen wir und versuchten, mit der Bürde, die wir uns mit dem Tod Franz Heimanns aufgelastet hatten, fertig zu werden.«

Das Lampenlicht war nun deutlich schwächer geworden, sein Schein erreichte kaum noch die Gewölbedecke. Auch Willmer bemerkte jetzt die Veränderung. Sein Blick glitt über die Felswände hin zu der Leuchte, die er auf dem Boden abgelegt hatte. Mit einer entschiedenen Bewegung wandte er sich wieder Gerhard zu. »Sie sollen jetzt auch noch den Rest meiner Geschichte hören. Es bleibt nicht mehr viel zu sagen. Sie haben es ja selbst miterlebt, wie wenig ich mit der Last meiner geteilten Liebe und der Schuld am Tod eines Menschen fertig wurde. Mein Leben war aus den Fugen geraten, ich stand vor einem endgültigen Zusammenbruch. Mir wurde klar, dass ich Katja nicht mehr lange vorgaukeln konnte, die anstrengende

Arbeit sei für meinen desolaten Zustand verantwortlich. Was aber sollte ich ihr antworten, wenn sie nach den wahren Gründen fragte? Nein, so konnte es nicht weitergehen. Ich musste eine Entscheidung treffen, solange ich noch dazu in der Lage war.«

Wieder trat Willmer zu dem Pfeiler, an dem er schon einmal gelehnt hatte. Den Arm und die Schulter an den Fels gestützt begann er mit dem letzten, dem schwersten Teil seines Bekenntnisses: »Horst Pflüger, diesen Prototyp einer ästhetisch vollkommenen Schöpfung, liebte ich vor allem mit den Augen, meine Frau Katja hingegen auch mit dem Herzen. Sie aufzugeben oder zu verlieren war für mich einfach unvorstellbar. Damit war die Entscheidung gefallen: Ich musste mich, endgültig nun, von Pflüger trennen, musste zudem vermeiden, dass Katja jemals von unserer Beziehung erfuhr. Ich grübelte und begriff, dass es im Grunde nur eine Lösung gab: Ich musste Horst Pflüger töten. Bei aller Verwirrung, die die letzten Tage mit sich gebracht hatten, war ich mir auch darüber im Klaren, dass ein aufgefundener Leichnam immer Ermittlungen nach sich ziehen würde. Wie leicht war es dann möglich, dass dabei unser Verhältnis aufgedeckt wurde. Also suchte ich nach einem Ort, an dem ich Horst erschießen konnte, ohne dass die Tat sichtbar oder hörbar war; suchte einen Platz, der sich außerdem dazu eignete, den toten Körper unauffindbar verschwinden zu lassen. Bei Veras Erzählung von ihrem Besuch hier im Steinbruch kam mir die Idee, dass dies vielleicht schon die richtige Örtlichkeit sein konnte. Heimlich inspizierte ich das Gelände, fand den Stollen und drang mit Hilfe eines Nachschlüssels in sein Inneres ein. Als ich auf diese Felshalle stieß, den Schacht sah, vor dem Sie sitzen, wurde mir sofort klar, dass dies die Stelle war, die ich gesucht hatte. Hier tief im Berg würde uns niemand beobachten können, niemand den Schuss hören. Auch würde es kaum Schwierigkeiten machen, den Toten an das Loch heranzuziehen und ihn hineinzuwerfen. Mein Entschluss war gefasst: Ich wollte mich mit Horst Pflüger unter dem Vorwand, mit ihm ein ungestörtes, entscheidendes Gespräch zu führen, hier treffen, wollte ihn dann töten und seine Leiche in der Tiefe des Schachtes verschwinden lassen. Nun, es war nicht schwer, Horst heute Abend hierher zu locken. Er vertraute mir, ihm wäre zu keiner Zeit in den Sinn gekommen, ich könnte etwas gegen ihn im Schilde führen.«

Gernot Willmers Blick ging flüchtig hinüber zu der Lampe, deren Leuchtkraft immer mehr nachließ. Auch wenn er um eine sachliche Schilderung bemüht war, verriet das schwankende Zittern der Stimme seine innere Bewegung, als er von dem Verrat an dem Freund erzählte: »Ich hatte mir vorgenommen, Horst meinen Entschluss, ihn für immer zu verlassen, mitzuteilen, bevor ich ihn tötete. Ich wollte ihm die Gründe meines Handelns genau erklären, ihn um Verständnis und um Verzeihung bitten. Doch dann, als wir uns hier an dieser Stelle gegenüberstanden, er mich erwartungsvoll ansah, was ich denn Wichtiges ihm mitzuteilen hatte, war ich nicht in der Lage, auch nur ein Wort hervorzubringen, das ihn kränken oder enttäuschen konnte. Ich wusste, wie schwer ihn eine erneute Trennung von mir treffen würde; mehrfach hatte er angedeutet, dass er ein nochmaliges Verlassen nicht überleben werde. Also schwieg ich. - Ich war außerstande, ihn anzublicken, als ich ohne Vorwarnung die Waffe zog und auf ihn schoss. Erst, als er am Boden lag, wagte ich, meinen toten Freund anzusehen. Wieviel mehr Überwindung kostete es mich, den leblosen Körper anzuheben und zum Rand des Loches zu ziehen.« Ein Schaudern durchlief die große Gestalt, ein Stöhnen brach sich Bahn, als er jetzt mit zitternden Lippen zum Ende seiner Geschichte kam. »Das Weitere haben Sie selbst miterlebt. Horst liegt nun tot am Grund des Schachtes. Es kann Jahre, vielleicht auch Ewigkeiten dauern, bis man ihn ich diesem verlassenen Bergwerk findet. Ich meine, es war gut, ihm nichts von meinen Absichten gesagt zu haben. Er ist gestorben in dem überzeugten Glauben an unsere Liebe, möglicherweise ein besseres Ende als das qualvolle Wissen, enttäuscht und verlassen worden zu sein.«

Willmer schwieg. Er hatte erzählt, was zu erzählen ihm am Herzen gelegen hatte. Gerhard ahnte, welches Leid die Ereignisse der letzten Tage, Stunden und Minuten über ihm aufgetürmt hatten, ahnte die Last, die ihn bedrängte und mit der heutigen Tat unerträglich geworden war. Wie ein Topf, dessen Deckel sich hebt, wenn der Dampfdruck übergroß wird, hatte Willmer sich seine Pein von der Seele reden müssen. Auch wenn er vordergründig ihm, Gerhard, sein Tun verständlich zu machen versucht hatte und seine Absichten vor ihm zu verteidigen bemüht war, so war doch offensichtlich, dass die Anführung von Gründen für sein Handeln und die daraus abgeleitete Rechtfertigung für niemanden anderen als ihn selbst bestimmt waren. Seine abstrusen Gedankengänge, den Freund töten zu müssen, um ihm den Schmerz enttäuschter Liebe zu ersparen, hatten den üblichen moralischen Rahmen längst verlassen und bedurften solcher Erklärungs- und Rechtfertigungskonstrukte, wie sie Willmer gerade geliefert hatte. Es war ihm darauf angekommen, dass Gerhard seine Taten und sein Vorgehen, so verquer sie ihm auch scheinen mochten, verstand, dass er begriff, dass er nur so und nicht anders handeln konnte.

Das wenige Licht, das die Lampe noch abstrahlte, war inzwischen so schwach geworden, dass es kaum noch Schatten warf. Undeutlich nur war der Stützpfeiler auszumachen, an dem Gernot Willmer lehnte.

Gerhard erschrak, als ihm bewusst wurde, dass seine Frist abgelaufen war. Die Geschichte war erzählt, die Wahrheit verkündet. Nun kannte er den Ablauf der Ereignisse, kannte Täter und Opfer, Schuld und Verstrickung. Ihm wurde klar, dass Willmer ihn mit diesem Wissen unmöglich am Leben lassen konnte.

»Die Apollostatue in Skoutari?«, versuchte er den Zeitpunkt der Entscheidung hinauszuzögern. »Haben Sie die damals zusammen mit Pflüger entwendet?«

Unwille war aus der Antwort des Archäologen herauszuhören. »Natürlich nicht, wir sind doch keine Diebe«, eine Feststellung, die angesichts der gerade eingestandenen Taten unverhältnismäßig und grotesk wirkte.

»Und die anderen Geschehnisse im Dorf? Haben Sie da etwas mit zu tun? Was ist zum Beispiel mit der verwesten Frauenleiche auf dem Weinberg? Oder der Brandstiftung und dem Sprengstoffdiebstahl?«, versuchte Gerhard, weiter Zeit zu gewinnen.

Willmer stieß sich von der Felssäule ab. Die rechte Hand verbarg er in der Hosentasche. »Pah, was habe ich mit dem Skelett zu tun. Der Tod dieser Frau liegt Jahre zurück. Und von den anderen Sachen, die Sie erwähnten, weiß ich nichts.«

Er trat nahe zu Gerhard hin. In der Hand hielt er die Pistole, die er beim Gehen aus der Tasche gezogen hatte. »Es tut mir leid, dass es so kommen musste, Herr Gerhard. Ich hätte uns beiden das gerne erspart, aber die Umstände lassen mir keine andere Wahl. Sie hatten das Pech, mich im falschen Moment am falschen Ort anzutreffen; damit haben Sie sich selbst Ihr Todesurteil gesprochen. Ich bedaure diesen Ausgang.« Er hob den Arm mit der Waffe, streckte ihn und fixierte sein Ziel.

Blitzschnell wägte Gerhard ab: Sollte er vorschnellen und versuchen, die Pistole zu ergreifen? Oder aber sich rückwärts fallen lassen, hinein in den Schacht? Vielleicht überlebte er den Sturz und fand im Dunkel der Tiefe Schutz vor den Kugeln?

Ein ohrenbetäubendes Krachen über ihm enthob ihn einer Entscheidung. Er riss den Kopf zurück und blickte ungläubig nach oben auf das Bersten und Brechen des Felsdaches, in dem sich ein klaffender Spalt geöffnet hatte. Ein Regen von

Gesteinsbrocken stürzte wie eine Wasserflut aus dem dunklen Riss heraus.

Was war passiert?

Doch ihm blieb keine Zeit, sich umzusehen. Mit einem hellen Klirren zersplitterte die Lampe, undurchdringliche Dunkelheit legte sich über den Raum.

Gerhard richtete sich auf. Unschlüssig stand er in der Finsternis und lauschte dem Prasseln des Gesteins, das noch immer von der Decke herunterfiel.

Ein plötzlicher dumpfer Aufprall und ein stechender Schmerz an seiner Schläfe ließen ihn erschrocken einen Schritt zur Seite machen. Die Beine, steif vom langen Sitzen am Boden, gehorchten ihm nicht, er strauchelte, blieb hängen und kam ins Stolpern. Vergeblich versuchte er sich abzufangen, aber sein Fuß fand keinen Halt in der Leere, die sich unter ihm auftat. Das Letzte, was er wahrnahm, war, dass er in eine bodenlose Tiefe stürzte.

23

Benommen blieb Gerhard einige Sekunden am Grund des Schachtes liegen. Der Aufprall war hart, aber weniger schmerzhaft gewesen, als er während des Fallens befürchtet hatte. Er war mit der Schulter aufgekommen, hatte sich zur Seite abrollen können und lag nun auf dem Rücken. Vorsichtig hob er den Arm. Mit Erleichterung registrierte er, dass er ihn ohne größere Beschwerden bewegen konnte. Seine Hand strich über körnigen Untergrund, als er den Boden abtastete. Offenbar war er nicht auf Felsen, sondern auf weichem, sandigem Abraum gelandet, dessen nachgiebige Oberfläche den Aufschlag abgemildert hatte. Er hatte Glück gehabt.

Gerhard horchte in das Dunkel hinein. Das Prasseln der herabstürzenden Felsbrocken hatte aufgehört, nur noch vereinzelt schlug ein Stein auf dem Gewölbeboden über ihm auf.

Wie tief mochte er gefallen sein? Der Sturz war ihm endlos vorgekommen, aber er wusste, wie überlang sich die Zeit in extremen Situationen dehnen konnte. Nein, er hatte keine Ahnung, wie weit der Schacht hinunterreichte.

Er befühlte seine Schläfe. Eine Beule zeigte an, wo ihn der Stein getroffen hatte. Eine Unterblutung der Kopfhaut, mehr nicht, der Schädelknochen schien intakt.

Bemüht zu begreifen, was geschehen war, versuchte Gerhard, sich die Bilder und Eindrücke vor dem Verlöschen des Lichtes ins Gedächtnis zurückzurufen: Da war der Spalt über ihm, aus dem ein Schwall von Gestein hervorgebrochen war. Da war Willmer, der mit angeschlagener Waffe vor ihm gestanden hatte, bereit abzudrücken und zu töten. Und dann das explosionsartige Krachen unmittelbar vor dem Niederstürzen der Felsbrocken. Hatte vielleicht eine Detonation Teile des Gewölbedaches zum Einstürzen gebracht, womöglich sogar Willmer mit einem Schuss das Bersten bewirkt? Oder hatte sich ein Gas entzündet und die Explosion ausgelöst?

Das Aufschlagen der Steine hatte nun ganz aufgehört, der Felsen war zur Ruhe gekommen. Totenstille lag über dem Schacht. Gerhard hielt den Atem an und lauschte nach oben. Was war mit Willmer? Stand er womöglich schussbereit am Rand der Öffnung und wartete auf eine Bewegung, die ihm seine Lage verriet? Oder war auch er von dem Steinhagel getroffen und verletzt, vielleicht sogar getötet worden?

Gerhard ließ weitere vier, fünf Minuten verstreichen, ohne sich zu rühren. Die dünne Sommerbekleidung schützte ihn nur ungenügend vor der Kühle, die hier drinnen im Berg herrschte. Er begann zu frösteln, spürte, wie sich Gänsehaut auf seinem Körper bildete. Langsam drehte er sich auf die Seite. Die Hände auf den Boden gestützt, richtete er den Oberkörper auf, beugte die Beine und kniete sich in den Sand. Nichts rührte sich über ihm, nicht die kleinste Reaktion erfolgte auf seine Bewegungen.

Erleichtert atmete er auf. Er war sich jetzt nahezu sicher, dass Willmer nicht mehr an der Schachtöffnung auf ihn lauerte. Vielleicht war er in der Befürchtung, die Hallendecke könnte ganz herabstürzen, zum Stolleneingang zurückgelaufen. Neuer Mut erwachte in Gerhard. Er hatte bis hierhin überlebt, nun galt es, einen Weg zu finden, der aus dieser nach wie vor bedrohlichen Lage herausführte.

Behutsam tastete er sich, auf allen Vieren kriechend, zur Schachtwand. Mit den Fingern prüfte er sorgfältig den vor ihm liegenden Untergrund. Er hielt es für möglich, dass er nicht auf den Boden des Schachtes, sondern auf einen in ihn hineinragenden Absatz gefallen war. Er wollte nicht riskieren, von dort plötzlich weiter in die Tiefe zu stürzen.

Die Felswand, die er nur wenig später erreichte, war so glatt, als wäre sie abgemeißelt oder geschliffen worden. Vorsprünge, an denen man sich festhalten konnte oder die erlaubten, einen Fuß darauf zu setzen, gab es nicht. Gerhard war enttäuscht. Er hatte gehofft, an den Wandabstufungen soviel Halt zu finden, dass er aus dem Schacht herausklettern konnte. Nun, das entfiel. Aber vielleicht war an anderer Stelle eine Leiter oder etwas ähnliches in den Felsen eingelassen. Und wenn es nur ein paar Eisensprossen waren, an denen er sich nach oben ziehen konnte.

Gerhard richtete sich nun gänzlich auf. Unsicher kam er auf die Beine. Er musste sich an der Wand festhalten und einige Male auf der Stelle treten, um die Steifheit seiner Muskeln zu lockern und das Blut wieder in Umlauf zu bringen. Dann begann er, mit großer Sorgfalt Fuß vor Fuß setzend, die Rundung des Schachtes abzugehen.

Gewissenhaft prüfte er, wohin er trat, und befühlte, eng an die Wand gepresst, das Gestein. Aber überall, wo seine tastenden Finger suchten, fanden sie nichts als glatten, stufenlosen Felsen, der einen Aufstieg ausschloss.

Gerade, als Gerhard glaubte, den Schacht in seinem ganzen Umfang abgegangen und wieder am Ausgangspunkt seiner Erkundung angelangt zu sein, stieß sein Fuß an ein Hindernis. Augenblicklich wusste er, dass er den Körper Horst Pflügers vor sich hatte, den Willmer ja an fast der gleichen Stelle in den Schacht geworfen hatte, an der auch er in die Tiefe gestürzt war. Obwohl Gerhard im Laufe seiner langjährigen ärztlichen Tätigkeit mit vielen Leichen in Berührung gekommen war, kostete es ihn jetzt unter diesen abweisenden Bedingungen einige Überwindung, sich niederzuknien und sich davon zu überzeugen, dass seine Vermutung richtig war.

Schon nach kurzem Abtasten sah sich Gerhard bestätigt, den Körper eines Mannes zu berühren; ja sogar die Physiognomie und den Haarschnitt Pflügers glaubte er zu erkennen, als er das Gesicht und den Kopf umfuhr. Routinemäßig ließ er die Hände über den Hals nach unten gleiten, hatte fast die Schlüsselbeingruben erreicht, als er einen kaum wahrnehmbaren Druck gegen die Kuppen der tastenden Finger bemerkte. Erschrocken hielt er einen Augenblick inne, ehe er seine Hand gezielt auf die Stelle legte, an der der Puls der Halsschlagader fühlbar ist. Er hatte sich nicht getäuscht. Die schwache, aber regelmäßige Druckwelle, die er unter der Mittelfingerspitze fühlte, zeigte, dass Pflügers Herz schlug. Schnell überstreckte Gerhard den auf die Brust gesunkenen Kopf, um die Luftwege freizumachen. Mit dem Handrücken, den er vor Pflügers Nase hielt, überprüfte er die Atmung. Tatsächlich, kaum merklich bogen sich die Hauthärchen im Luftstrom kraftloser Atemzüge.

Pflüger lebte, das war eindeutig. Aber Gerhard erkannte, dass sein Leben kurz vor dem Erlöschen stand. Mit einem Ruck riss er ihm das Hemd auf und ließ suchend seine Hand über den behaarten Brustkorb gleiten. Auf der linken Seite, dort, wo er den Einschuss vermutete, fand sich keine Verletzung. Erst, als seine Hand über die rechte Brustseite strich, stießen seine Finger auf die klebrige Schicht geronnenen Blutes. Aber auch frisches Blut fühlte er aus der gut drei Querfinger über dem Rippenbogen tastbaren Schusswunde sickern. Ein Lungenschuss, zweifellos, aber offensichtlich war auch ein oberflächliches Thoraxgefäß verletzt worden, aus dem es noch immer blutete. Willmer hatte erzählt, dass er nicht hatte hinsehen können, als er auf Pflüger schoss; dass er die Augen beim Abdrücken geschlossen gehalten hatte. Dies also war das Ergebnis des schlecht gezielten Schusses.

Gerhard wusste, dass das Leben des Verletzten am seidenen Faden hing. Die kaltschweißige Haut verriet den schweren Schockzustand, in dem sich Pflüger befand. Unklar war, wieviel Blut er über die innere Verletzung verlor; aber die konnte Gerhard unter diesen Bedingungen sowieso nicht beeinflussen. Was ihm blieb, war, die äußere Blutung zu stillen, um einen weiteren Volumenverlust zu stoppen.

Ohne zu zögern streifte er sich sein Hemd über den Kopf, legte es zu einem mehrlagigen Paket zusammen und drückte es mit beiden Händen auf die Einschusswunde. So verharrte er einige Minuten, bis er merkte, wie die Kälte, die er unter der Entdeckung und Untersuchung des Angeschossenen missachtet hatte, über seinen nackten Oberkörper kroch. Er musste sich bewegen, musste daran denken, seine eigene Muskulatur und seinen Kreislauf in Gang zu halten. Außerdem brauchte er seine Hände, um Pflügers Vitalfunktionen kontrollieren und ihn in eine kreislaufstabilisierende Position bringen zu können.

Kurzentschlossen zog er sich nun auch die beige Leinenhose aus, die nach dem Sturz längst ihre makellose Helle verloren hatte, schob sie unter Pflügers Rücken hindurch und verknotete die Beine über dem die Wunde komprimierenden Hemd. Nun hatte er die Hände frei für eine nochmalige

Überprüfung von Atmung und Herzschlag. Beide waren noch immer schwach, funktionierten aber erfreulicherweise mit unveränderter Regelmäßigkeit.

Gerhard richtete sich auf. Nun, da er sich bis auf die Unterhose entkleidet hatte, war er den niedrigen Temperaturen im Schachtinnern noch ungeschützter ausgesetzt als vorher. Mit kreisenden Armen und Kniebeugen versuchte er, der Auskühlung entgegenzuwirken. Als endlich das Frösteln aufhörte und sich ein erster Schweiß unter den Achseln bildete, beendete er seine Übungen und hockte sich wieder zu Pflüger hin.

Er musste unbedingt etwas gegen die Kreislaufschwäche tun. Bei einem Fortbestehen des Schockzustandes hatte der Verletzte kaum eine Chance zu überleben. Also ergriff er Pflügers Beine, hob sie an und legte sie sich auf die Schultern. So würde das wenige Blut, das noch im Körper war, dorthin fließen können, wo es am dringendsten gebraucht wurde. Nun war alles getan, was unter diesen Umständen getan werden konnte. Nichts blieb jetzt mehr, als auf Hilfe von außen zu warten. Was aber, wenn keine Hilfe kam?

Die Zeit verrann, ohne dass Gerhard wusste, wie viele Minuten inzwischen vergangen waren. Als er auf seine Armbanduhr blickte, sah er in ein ziffern- und zeigerloses Blechgehäuse, das ihn wie ein leeres, blindes Auge anschaute. Nun rächte es sich, dass er stets nur die billigsten Kaufhausuhren erwarb, die nur in den wenigsten Fällen den Qualitätsvermerk »shockproof« enthielten. Aber es waren zu viele Uhren gewesen, die er in seinem Leben schon verloren hatte. Meist hatte er sie liegengelassen, in Sporthallen, Umkleidekabinen und Hotelzimmern, gelegentlich auch unauffindbar verlegt. Er hatte sich vor dem Ärger gefürchtet, den der Verlust einer teuren Uhr in ihm hervorrufen würde. Also hatte er sich damit begnügt, die preiswerten Modelle zu kaufen, so wie das jetzige, das den Beweis seiner Schlag- und Stoßfestigkeit gerade schuldig geblieben war.

Gerhard fror, er schnatterte wie ein Entenschnabel, wenn die Zähne aufeinander schlugen. Drei-, viermal schon hatte er die Schocklagerung Pflügers unterbrechen müssen, um seine steifen, in der Kälte gefühllos gewordenen Muskeln aufzuwärmen und zu dehnen. Dabei hatte er festgestellt, dass Pflügers Zustand sich zu verschlechtern begann. Der Puls war inzwischen kaum noch zu tasten, erste Unregelmäßigkeiten in der Herzschlagfolge hatten sich eingestellt. Ohne Hilfe würde er die nächste Stunde nicht überleben.

Es dauerte einige Momente, bis Gerhard die gedämpften, kaum bis auf den Grund des Schachtes reichenden Laute als menschliche Stimmen erkannte. Angestrengt lauschte er, die Handflächen hinter die Ohrmuscheln gelegt, den Rufen, die von oben zu ihm drangen und immer näher zu kommen schienen. Als er endlich verstand, dass man seinen Namen rief und ihn suchte, formte er die Hände vor seinem Mund zu einem Trichter und schrie so laut er konnte. »Ja, hier bin ich, hier unten im Schacht.«

Ein Strahl aus der offenen Himmelspforte konnte nicht beglückender sein als der Lichtschein, der kurz darauf von oben in den Schacht fiel. Auch wenn die verdutzten Gesichter Michael Otrembas und Bernd Meiers hinter der in die Öffnung gehaltenen Lampe wenig Gottähnlichkeit vermittelten und die Frage »Heiner, was machst du denn da unten?« jegliche himmlische Erleuchtung vermissen ließ, war das Auftauchen der Freunde dort am Schachtrand in diesem Augenblick für Gerhard gleichzusetzen mit dem Erscheinen des Erlösers.

In wenigen Sätzen informierte er sie über den Schwerverletzten, den er nur notdürftig versorgt hatte und der dringend intensivärztliche Hilfe brauchte. Außerdem warnte er vor Willmer, der möglicherweise noch mit der Waffe im Bergwerk umherlief. »Alleine schaffe ich es nicht, hier unten herauszukommen; ich brauche Unterstützung«, rief er nach oben. »Holt die Feuerwehr, die haben das richtige Gerät zur Bergung.«

Bevor die Leuchte sich aus Gerhards Blickfeld entfernte, munterte die Stimme des Ortsvorstehers ihn auf: »Halte durch, Heiner, wir sind gleich wieder da.« Dunkelheit legte sich erneut über den Schacht, als der Lichtschein nun wieder schwächer wurde und schließlich ganz verschwand.

Eine halbe Stunde später stand Gerhard auf dem Boden der nun gut ausgeleuchteten Felshalle und sah dem Abtransport des Verletzten zu, der auf einer Trage nach draußen gebracht wurde. Es war höchste Zeit gewesen, dass Pflüger aus dem Loch herauskam. Sein Kreislauf war kurz davor gewesen zusammenzubrechen, seine Herzfunktion drohte zu versagen. Noch an Ort und Stelle hatte ihm der herbeigerufene Notarzt ein Blutersatzmittel infundiert, das den bedrohlichen Schockzustand zumindest vorübergehend behoben hatte. Nun würde er ins Krankenhaus nach Eschwege gefahren und dort weiterversorgt werden.

Bernd Meiers Kommentar war knapp ausgefallen, seine unsinnige Fragestellung wohl Folge der Entgeisterung beim Anblick Gerhards, als dieser fast nackt und vor Kälte schlotternd im Rettungssitz der Feuerwehr in der Schachtöffnung erschienen war. »Oh je, ein Höhlenmensch«, hatte Bernd gerufen und anschließend gefragt: »Warst du baden da unten?«

Trotz der ernsten Lage, aus der er gerade befreit worden war, hatte Gerhard schmunzeln müssen. Höchstwahrscheinlich hätte er sich ähnlich geäußert, wenn er sich so hätte sehen können. »Ja, Bernd, ich habe ein Gott sei Dank nur kurzes Bad im Styx genommen«, hatte er dem verständnislos dreinschauenden Freund geantwortet, der ganz offensichtlich mit dem Namen des Totenflusses nichts anfangen konnte.

Der Leiter der inzwischen eingetroffenen Spurensicherung hatte alle Hände voll zu tun, die Feuerwehrleute und Rettungskräfte von der Stelle, an der Willmer auf Pflüger geschossen hatte, fernzuhalten. Gerhard beobachtete das vergebliche Bemühen der Beamten, ein Absperrband um den Tatort zu spannen. Trotz aller Anstrengungen gelang es nicht, die Eisenstäbe, an denen das Trassierband befestigt werden sollte, in den Felsboden zu treiben.

Eine Hand legte sich auf seine Schulter, eine Stimme seufzte hinter ihm: »Heiner, Heiner.«

Gerhard drehte den Kopf und sah erstaunt auf Karl Montag. »Charly, du hier?«, wunderte er sich. »Wie kommst du hierher?«

»Das sollte ich besser dich fragen.« Dann aber winkte der Hauptkommissar kapitulierend ab. »Es ist wohl besser, ich gewöhne mich daran. Da, wo geschossen und gemordet wird, ist Dr. Heiner nicht weit. – Aber ich habe dich gewarnt, die Nase zu tief in solche Geschichten hineinzustecken. Das hier hätte auch ins Auge gehen können.«

»Glaub mir, Charly, ich habe mich nicht nach diesem Abenteuer gedrängt. Mehr zufällig bin ich da hineingestolpert«, verteidigte sich Gerhard.

Dann fiel ihm ein, was er vordringlich wissen wollte. »Habt ihr Willmer gefasst?« Unter der Wolldecke, die man ihm umgehängt hatte, kam sein nackter Arm hervor und beschrieb einen Bogen. »Steckt er vielleicht noch irgendwo hier im Berg?«

»Nein, das glaube ich nicht. Wir haben natürlich sofort, als der Ortsvorsteher uns von Willmer und seiner Pistole erzählt hat, die zugänglichen Stollen und Quergänge abgesucht, ohne ihn jedoch zu finden.« Montag klang sicher und überzeugt, als er vermutete: »Er wird das Bergwerk nach der Explosion fluchtartig verlassen haben.«

»Der Explosion? Was ist eigentlich passiert?«

»Gleich, Heiner, gleich sollst du alles erfahren. Wenn wir hier fertig sind – ich schätze in etwa einer halben Stunde– kommen wir zu dir nach Hause und besprechen bei einem

Kaffee das Vorgefallene. Dann wollen wir erst einmal ausführlich hören, was du zu berichten hast. Anschließend sollst du auch erfahren, was wir wissen. Jetzt aber fährt dich Gunter schnellstens heim. Du bist ja ganz blaugefroren.« Er winkte zum Spurensicherungstrupp hinüber, dem, wie Gerhard jetzt erst sah, Oberkommissar Schröder bei der Arbeit zuschaute. »Nimm ein heißes Bad – und zieh dir vor allem etwas an«, riet Montag mit missbilligendem Blick auf die nackte Haut, die immer wieder zwischen den Deckenfalten hervorschaute.

Gunter war inzwischen herangetreten. Die Geste war die gleiche und die Worte auch, als er, wie vorher sein Vorgesetzter, Gerhard die Hand auf die Schulter legte und ihn mit einem halb vorwurfsvollen, halb besorgten und von einem Kopfschütteln begleiteten »Heiner, Heiner« begrüßte. Dann aber, als er Montags Anweisung hörte, den Unterkühlten unverzüglich nach Hause zu bringen, nickte er und machte damit deutlich, dass er diese Maßnahme billigte. Resolut wie eine Krankenschwester fasste er Gerhard am Arm und führte ihn wie ein Kind, von dem man Folgsamkeit erwartet, wortlos durch den Stollen dem Ausgang zu und aus dem Berg hinaus.

Trotz der warmen Sommernacht draußen und des heißen Wannenbades, in das er von Franziska sofort gesteckt worden war, nachdem Gunter ihn zu Hause abgeliefert hatte, trotz des dampfenden Kaffees und des flackernden Kaminfeuers fror Gerhard noch immer. Die Tasse mit dem heißen Getränk zitterte, als er sie zum Mund führte.

Montag beugte sich weit aus seinem Sessel zu Gerhard hinüber, legte ihm mit fast väterlicher Fürsorge die Hand auf den Arm und fragte: »Wie geht's dir, Heiner? Fühlst du dich in der Lage, uns einen detaillierten Bericht von den Ereignissen heute Abend zu geben? Wir sind alle gespannt, was genau sich da drinnen im Berg abgespielt hat.« Er deutete mit dem Arm auf die Runde, die es sich in den gemütlichen Schaukelsesseln rund um den Kamin bequem gemacht hatte. Franziska saß dicht neben Heinrich auf dem Sofa, hielt seine kalte Hand und schmiegte sich an ihn. Mit sichtlichem Behagen wiegte sich Oberkommissar Schröder in seinem Polster vor und zurück, während der Ortsvorsteher eher nachdenklich vor sich hinschaute. Bernd Meiers Blicke hingegen enthielten die eindeutige Aufforderung, nun endlich mit der Schilderung der Vorkommnisse im Gipsbergwerk zu beginnen.

Gerhard richtete sich auf und wandte sich an die Kommissare: »Gut, ich will versuchen, euch eine möglichst genaue Wiedergabe des Geschehens zu geben. Ihr braucht Fakten, das ist mir klar, um mit eurer Arbeit voranzukommen.«

Als er sah, dass Gunter, von Charly dazu aufgefordert, ein Notizbuch aus der Gesäßtasche zog und sich mit gezücktem Stift in Schreibposition zurechtsetzte, stand er auf und ging hinüber zu dem großen Wohnzimmerschrank, aus dessen unterem Fach er ein kasettenrecorderähnliches Gerät hervorholte. »Spar dir die Mühe, Gunter. Es ist viel, was ich zu berichten habe. Wenn du das alles aufschreiben willst...« Er stellte den kleinen Apparat auf den Couchtisch, platzierte ein Mikrofon in die Mitte und legte eine Kassette ein. »Mein altes Diktiergerät aus der Praxis«, erklärte er und drückte den Aufnahmeknopf. »Du kannst das Band nachher mitnehmen.«

Während der Oberkommissar erleichtert Block und Stift wieder einsteckte, begann Gerhard zu erzählen. Noch einmal durchlebte er die schrecklichen Minuten der Bedrohung durch Willmers Pistole, wurde erneut von einem Schaudern erfasst, als er von dem unheimlichen Aufenthalt am dunklen Schachtgrund berichtete. Schweigend und kommentarlos hingen die Zuhörer an seinen Lippen, als er Willmers Schilderung der Tatabläufe wiedergab.

»Das Tragische an der ganzen Geschichte, dem Totschlag an Heimann und dem missglückten Mordanschlag auf Pflüger, ist das Motiv, aus dem die Taten begangen wurden«, beendete Gerhard seinen Bericht. »Beide handelten aus einer übergroßen, alles beherrschenden Liebe heraus. Pflüger erschlägt Heimann, um den geliebten Freund vor dessen Beschimpfungen und Diffamierungen zu schützen; Willmer erschießt Pflüger, um die Verbindung zu Katja, die ihm die Welt bedeutet, nicht zu gefährden.«

»Du willst doch nicht etwa die Straftaten der beiden gutheißen, nur weil sie aus Liebe – aus missverstandener Liebe wohlgemerkt – begangen wurden?«, empörte sich Hauptkommissar Montag.

»Nein, Charly, nein, so habe ich das nicht gemeint. Natürlich war es nicht die reine, selbstlose Liebe, die beide in dieser Weise handeln ließ. Jedem ging es letztendlich darum, in egoistischem Selbstinteresse die eigene Beziehung zu retten. Nein, was ich damit darstellen will, ist lediglich, welchen Antrieb, welche Kraft die Liebe entwickeln kann, eine Kraft, der man häufig wehrlos und unentrinnbar ausgesetzt ist. Das soll das Abgelaufene nicht rechtfertigen, aber es kann dazu beitragen zu verstehen, wie bis dahin unbescholtene Menschen zu Straftätern werden konnten.«

»Ja, ja«, winkte Montag ab, »schon immer mussten die Liebe und ihre Folgezustände dazu herhalten, Absonderlichkeiten im Verhalten der Menschen zu erklären – manchmal auch zu verklären. Wir Polizisten sollen und wollen uns ausschließlich an Fakten halten, und die besagen, dass Pflüger Heimann erschlagen hat und Willmer versucht hat, seinen Freund zu erschießen. Die Beurteilung der Beweggründe ist später Sache des Gerichts.« Der Hauptkommissar strich mit der Hand durch die Luft. Er wollte diese Art der Betrachtung, die in seinen Augen gegenwärtig zu nichts führte, beendet sehen.

Während Charly sich Kaffee nachschenkte, fragte ihn Gerhard: »Wie kommt es überhaupt, dass du so schnell im

Stollen auftauchen konntest. Das dauert doch seine Zeit, dich zu alarmieren. Und dann von Eschwege bis hierher nach Oberhone...«

Gunter fiel ihm ins Wort: »Charly war schon im Dorf, in der Hintergasse beim Bauern Heckmüller. Wir waren gerade dabei, ihn zu verhören, da knallte es draußen. Zunächst haben wir uns nichts dabei gedacht und unsere Vernehmung fortgesetzt. Dann aber kam der Kollege, der im Auto wartete, herein. Er erzählte von dem Gerücht, dass es im Gipsberg eine Explosion gegeben habe. Wir machten uns sogleich auf den Weg hinauf zum Steinbruch. So kam es, dass wir zusammen mit der Feuerwehr am Unglücksort eintrafen.«

»Am Tatort«, verbesserte der Hauptkommissar und klärte Gerhard auf: »Die Explosion war nämlich kein Unglücksfall, sondern wurde absichtlich herbeigeführt.«

»Absichtlich? Wer macht denn so etwas?«

Mit einer Handbewegung forderte Montag Schröder auf, weiter zu berichten.

»Du wirst es nicht glauben, wenn du es hörst, Heiner«, fuhr Gunter fort, dem die Ungläubigkeit selbst ins Gesicht geschrieben stand. »Die beiden Täter konnten noch am Tatort von Dorfbewohnern festgehalten werden. Die zwei hatten sich nämlich im Gebüsch versteckt, um die Auswirkungen ihrer Tat zu beobachten.«

Ein leichtes Schmunzeln legte sich um den bartumrahmten Mund des Oberkommissars. Auch Montag schien amüsiert.

»Und die ließen sich so einfach festnehmen? Ohne Fluchtversuch und Gegenwehr?«, wunderte sich Gerhard.

»Ich nehme an, der Explosionsknall ist ihnen so in die Glieder gefahren, dass sie sich nicht mehr von der Stelle bewegen konnten. Sie wollten ihren Spaß haben und haben den Schreck ihres Lebens bekommen.« Gunter lachte jetzt leise vor sich hin. Dann aber wiegte er den Kopf und fügte mit wieder ernster Miene hinzu: »Das hätte aber auch schiefgehen können. Alle drei Stangen auf einmal in die Luft zu sprengen, das gibt schon einen gewaltigen Schlag. Da können einem auch mal die Brocken um die Ohren fliegen.«

»Drei Stangen? Heißt das, dass es sich um den aus dem Stollen entwendeten Sprengstoff...?«

»Na klar. Heute Abend hat sich – neben anderen Klärungen – auch der ominöse Sprengstoffdiebstahl aus dem Lagerraum im Bergwerk aufgeklärt.«

»Und was sollte die Sprengung bewirken?«

»Nichts. – Die Täter wollten lediglich sehen und hören, was drei aneinandergebundene Sprengstoffstangen, die sie mit brennender Lunte in ein Felsloch geworfen hatten, anrichten können. Eines hatten sie jedenfalls nicht beabsichtigt, nämlich dir mit ihrem Feuerwerk das Leben zu retten – übrigens der einzige positive Aspekt an dieser Kracherei.«

»Also nichts anderes als Spaß am Knallen? Aber wer macht so etwas?«, wiederholte Gerhard und schaute verständnislos in die Runde.

»Ja, wer macht so etwas«, nahm Montag die Frage auf. »Erinnere dich doch einmal an deine Kindheit und Jugend, Heiner. Hast du da nicht auch gerne mal etwas in die Luft gejagt?«

»Oh ja.« Ein kurzes Aufleuchten erschien in Gerhards Augen, als er an die Baumstümpfe und Astgabeln dachte, die er und seine Freunde früher auseinandergesprengt hatten. »Mit Salpeter und Schwefel haben wir uns das Pulver selbst zusammengemixt.«

»Na also.« Der Hauptkommissar stemmte sich aus seinem Sessel hoch und stellte sich in Positur, um das Unglaubliche zu verkünden: »Markus, der älteste der Täter, ist dreizehn Jahre alt, Christoph, der andere, erst zwölf.«

Verblüfft sahen sich Franziska und Heinrich an. Auch Michael Otremba und Bernd Meier schienen überrascht, offensichtlich kannten sie diese Fakten noch nicht. Bevor sich

Montag wieder setzte, wies er Schröder mit einer Kopfbewegung an, den Sachverhalt darzulegen und die Zusammenhänge zu erklären.

»Die beiden Oberhöner Jungen«, begann der Oberkommissar nach einem Räuspern, »sind jetzt in Begleitung ihrer Eltern auf der Polizeidirektion in Eschwege. Sie werden dort vernommen und ihre Aussagen protokolliert. Bei der ersten Befragung unmittelbar nach ihrer Festnahme haben sie zugegeben, die Sprengstoffstangen damals aus dem Stollenraum entwendet zu haben. Als Mitglieder der Geburtstagsgesellschaft von Martin Otremba hatten sie mitangehört, wie Vater Michael seiner Frau von dem Fund berichtete und auch erwähnte, dass er erst am nächsten Morgen die Stangen aus dem Stollen wegholen wollte.«

»Mein Gott.« Das Aufstöhnen des Ortsvorstehers unterbrach das angespannte Schweigen, unter dem die Zuhörer Gunters Ausführungen lauschten.

»Spontan entschlossen sich Markus und Christoph, den Sprengstoff in ihren Besitz zu bringen. In bester Abenteuermanier verabredeten sie sich um Mitternacht, zur Geisterstunde. Heimlich verließen sie ihre Elternhäuser und trafen sich am Steinbruch. Ich kann mir gut ihre weichen Knie beim Betreten des Stollens vorstellen und ihre schlotternden Glieder, als sie dann die Sprengstoffstangen in den Händen hielten.«

Schröders versonnenes Lächeln schien eigenen Jugenderinnerungen zu gelten, ehe er wieder sachlich fortfuhr: »Markus versteckte den Sprengstoff zu Hause im Holzschuppen. Durch die turbulenten Ereignisse im Dorf trauten die beiden sich zunächst nicht, ihn sogleich auszuprobieren. Schließlich aber konnten sie ihre Neugier nicht länger bezähmen. Sie entschieden, die Explosion auszulösen, ‚ehe der ganze Trubel mit dem Theaterspielen beginnt‘, wie Markus sich ausdrückte. Also schlichen sie sich heute Abend im Schutz der fortgeschrittenen Dämmerung hinauf zum Gipsberg, suchten sich eine tiefe Felsspalte und brachten dort den Sprengstoff zum Explodieren.« Zur Demonstration der Detonationsgewalt warf Schröder in theatralischer Geste die Arme auseinander und lüftete sein voluminöses Gesäß um einige Zentimeter von der Sitzfläche des Sessels. Hätte er dabei »bumm« gerufen, wen hätte es gewundert.

»Unglaublich«, rief Franziska und schüttelte den Kopf. »Da löst sich diese geheimnisvolle Angelegenheit quasi mit einem Knall auf und es stellt sich heraus, dass sie eher eine Räuber- und Gendarmgeschichte als ein Kriminalfall ist.«

Während alle ihrer Verwunderung über das eben Gehörte Ausdruck gaben, erlebte Gerhard noch einmal die unterirdische Szene: Den schussbereiten Willmer, das plötzliche Krachen im Felsen, das Splittern und Bersten der herabstürzenden Steine. Dankbarkeit erfüllte ihn gegenüber den beiden Oberhöner Buben, deren Neugier und Abenteuerlust er es zu verdanken hatte, dass er noch lebte.

Ihm fiel ein, dass er Gunter noch etwas fragen wollte. »Du hast vorhin erwähnt, dass ihr, Charly und du, bei Heckmüller wart. Du sagtest, ihr hättet ihn verhört. Habt ihr diesen Brandstiftungsfall etwa gelöst? Hat Heckmüller tatsächlich seine eigene Scheune angezündet?«

»Da siehst du's«, wandte sich Montag an seinen Oberkommissar. Resignierender Sarkasmus klang aus seiner Stimme. »Das weiß Superinspektor Gerhard also auch schon. Für was reißen wir uns eigentlich die Beine aus, um einen Fall zur Lösung zu bringen. Unser Hobbydetektiv hier klärt sowas im Vorübergehen auf.«

»Du irrst, Charly«, berichtigte Gerhard und zeigte auf seine Frau. »Franziska war es, die den Verdacht hatte, Heckmüller könnte seinen Hof selbst angesteckt haben, um die Versicherung zu kassieren.«

»Oh weh, jetzt auch noch eine Superinspektorin«, spielte Montag den Entsetzten. »Aber Franziska hat Recht. Heckmüller hat in der Tat versucht, seinen hochverschuldeten Hof warm zu sanieren. Bei der Vernehmung heute Abend hat er sich so in Widersprüche verwickelt, dass er am Ende die Brandstiftung eingestehen musste. Die Versuchung war einfach zu groß, die aufgeheizte Atmosphäre im Dorf zu nutzen und seine kriminelle Tat den Dorfverschönerern in die Schuhe zu schieben.«

Spürbar erleichtert atmete Otremba auf. »Schön für mich als Ortsvorsteher zu hören, wie sich die Schuldvorwürfe an die Dorfbevölkerung jetzt mit zunehmender Aufklärung relativieren. Mit dem Mord am Bruch haben die Bewohner Oberhones absolut nichts zu tun, der Sprengstoffraub entpuppt sich nun als Dummer-Jungen-Streich und die Brandstiftung ist die Einzeltat eines Bauern in finanzieller Not. Bleibt jetzt nur noch der Leichenfund am Weinberg, der dem Dorf zur Last gelegt werden könnte. Gibt es denn in dieser Sache etwas Neues?«

»Nein, leider noch immer nicht.« Der Hauptkommissar hob Hände und Schultern und vertröstete: »Wir müssen die bundesweite Fahndung abwarten. Immerhin haben wir ein DNA-Profil der toten Frau. Vielleicht deckt sich das mit dem einer vermissten Person.«

Montag stand auf. Sein Blick ging hinüber zu Schröder, der sich beeilte, seinem Beispiel zu folgen. »Wir müssen los. Wir haben noch einiges zu tun in dieser Nacht, müssen noch einmal mit der Spurensicherung sprechen und dann noch die Ereignisse protokollieren. Und außerdem ist Willmer noch flüchtig.«

»Wart ihr schon bei seiner Frau? Vielleicht hat er sich dort verborgen.«

»Heiner, was glaubst du, wo wir zuerst gesucht haben. Frau Willmer fiel aus allen Wolken, als wir ihr von der Tat ihres Mannes erzählten. Hinter dem Haus am Weinberg ist ein Streifenwagen postiert, mit zwei Beamten, die sofort zugreifen, wenn er dort auftaucht.«

»Aber das kann gefährlich werden. Willmer hat eine Waffe.«

»Hat er nicht. Wir haben die Pistole neben der Schachtöffnung gefunden. Er muss sie während des Steinschlags verloren haben. Übrigens ist er gar nicht mehr dazu gekommen, auf dich zu schießen. Wir haben das Magazin überprüft. Lediglich eine Patrone fehlt.«

Die Kommissare gingen zur Tür. Gerhard nahm das Band aus dem Diktiergerät und gab es Gunter. »Ich sage dir Bescheid, Heiner, wenn wir Willmer gefasst haben«, rief Montag über die Schulter zurück, ehe er mit Schröder das Haus verließ.

Auch Michael und Bernd hatten sich aus ihren Sesseln erhoben und schickten sich an zu gehen. »Das war ein aufregender Abend«, ächzte Otremba. »Erst die Rettungsaktion im Schacht und dann die vielen Ermittlungsergebnisse und Aufklärungen. Ich werde einige Zeit brauchen, ehe ich schlafen kann.«

Als Gerhard die Freunde nach draußen begleitete, bedankte er sich noch einmal für die Rettung, die sie in die Wege geleitet hatten. »Ich hätte mir nie träumen lassen, dass mich der Anblick eurer Gesichter einmal so beglücken könnte. Als eure Köpfe heute Abend über dem Schachtrand erschienen, war es, als ob Ostern, Pfingsten und Weihnachten zusammenfielen.«

Etwas Wichtiges hatte er noch zu fragen vergessen: »Wie kam es eigentlich, dass ihr meinen Namen rieft, als ihr euch durch den Stollen dem Schacht nähertet? Ihr müsst mich demnach gezielt gesucht haben. Woher wusstet ihr, dass ich im Berg war?«

»Ganz einfach, von Franziska«, erklärte Bernd. »Ich war in Sorge um unsere Theaterutensilien, nachdem ich von der Explosion gehört hatte. Als ich euch deswegen anrief, hat mir Franziska erzählt, dass du im Steinbruch bist. Nun war ich in doppelter Sorge, einmal um die Requisiten und dann auch um dich. Deshalb bin ich sofort zu Michael gegangen. Ich brauchte den Schlüssel, um im Lagerraum nachsehen zu können, ob etwas beschädigt worden war. Michael bot sich an, mich zum Gipsbruch zu begleiten, und so kam es, dass wir gemeinsam in den Stollen gingen und dich suchten.«

»Ein Glück, dass ihr so bald kamt. Ein Glück vor allem für Pflüger, der ohne euch kaum überlebt hätte. Danke also nochmals.«

Das Feuer war erloschen, als Gerhard in das Zimmer zurückkehrte. Hinter den Glasscheiben der schmiedeeisernen Kamintüren glomm nur noch die rote Glut.

Franziska hatte eine Kerze angezündet und ein Bier eingeschenkt. Durch die halbgeöffneten Fenster drang schwülwarme Nachtluft in das Innere des Raumes. Der Wind draußen hatte weiter aufgefrischt, pfeifend rüttelte er am Haus und schlug die Zweige des Birnbaumes gegen die Fachwerkbalken.

»Das ist das Ende der Hitze«, war sich Franziska sicher. »Noch heute Nacht schlägt das Wetter um, darauf könnte ich wetten.«

»Ja, sieht ganz danach aus.« Gerhard ließ sich neben seiner Frau nieder. Er ergriff sein Bier und prostete ihr zu. »Wir haben allen Grund, heute zu feiern«, sagte er und stieß mit ihr an.

»Ja, Heinrich, das haben wir.« Franziska trank ihren Martini aus und stellte das Glas auf dem Tisch ab. »Wir feiern einen weiteren Geburtstag, denn heute hat dir ein gütiges Schicksal oder vielleicht auch nur der Zufall erneut das Leben geschenkt.« Sie lehnte den Kopf an die Schulter ihres Mannes, mit beiden Händen umfasste sie seinen Arm, als wollte sie ihn für immer festhalten. »Es hätte auch dein Todestag sein können.«

Gerhard spürte das leise Zittern unter dem Druck ihrer Finger. Er zog sie an sich, küsste sie auf die Stirn und schwieg.

Die Kerze verlosch im Windstrom, der von draußen ins Zimmer drang. Noch eine Zeitlang blieben sie im Dunkeln sitzen, dicht aneinandergedrängt und glücklich, sich nah zu sein. Aus dem Pfeifen des Windes war inzwischen ein Heulen geworden. Sie standen auf und schlossen die Fenster. Dann gingen sie zu Bett.

24

Ein Schrei weckte Gerhard aus einem unruhigen Schlaf. Erschreckt setzte er sich auf und sah sich in dem kleinen Zimmer um, in das das fahle Dämmerlicht des frühen Morgens durch die Jalousie sickerte.

Wer hatte geschrien?

Schweißgebadet drückte er auf die Taste, die die Beleuchtung seines Weckers einschaltete. Es war kurz nach vier Uhr. Langsam begriff er, dass er es selbst gewesen war, der den Schrei ausgestoßen hatte.

Bilder seines Traumes kamen ihm in zusammenhangslosem, wildem Durcheinander in Erinnerung. Stets war Willmer darin präsent gewesen, hatte ihn mit der Pistole bedroht oder mit einem Felsbrocken zu erschlagen versucht. Auch ein steinumschlossenes Grab, in dem der Archäologe, zum Skelett abgemagert, mit gekreuzten Armen inmitten eines unermesslichen Goldschatzes gelegen hatte, war in dem Traum aufgetaucht. Und dann der Sturz in den schwarzen Schacht, endlos, bodenlos, unaufhaltsam. Sein lautes Schreien schließlich hatte ihn aus dem Defilee der Schreckensbilder aufwachen lassen.

Gerhard stand auf. Er wusste, er würde keinen Schlaf mehr finden, das Geschehen des gestrigen Abends war noch zu gegenwärtig, der Abstand zu den Ereignissen noch zu gering.

Er öffnete die Tür, die zu der kleinen Plattenterrasse hinter seinem Atelierhaus führte. Schon nach den ersten Schritten in den schummrigen Morgen fiel ihm die Stille auf, die ringsum herrschte. Der starke Wind, der noch vor wenigen Stunden den Wetterumschwung angekündigt hatte, war nun gänzlich abgeflaut. Bewegungslos hingen die Blätter an Bäumen und Büschen.

Als er unter der Überdachung hervortrat und nach oben schaute, wusste er augenblicklich, dass es die sprichwörtliche Ruhe vor dem Sturm war, die ihn umgab. Die Natur hielt den Atem an, verharrte wie ein Raubtier vor dem Sprung, ehe sie gleich ihre entfesselten Gewalten auf die Erde loslassen würde. Eine riesige Wolkenbank, dunkel, drohend und gezackt, füllte bereits den halben Himmel vor ihm aus. In wenigen Minuten würde sie über ihm sein. Die Spannung in der Luft war auf der Haut zu spüren. Die Entladung stand unmittelbar bevor.

Gerhards Blick wanderte über die Wiesen, die blass und farblos wirkten im bleichen Licht der frühen Stunde, glitt über die fernen, nur erahnbaren Bergketten und blieb schließlich auf dem nahen Hügel hängen, der sich undeutlich aus der Flussebene heraushob. Lediglich die hellen Grasflächen auf der Nordseite des Weinbergs unterschieden sich etwas von den dunklen, buschbestandenen Partien der Westflanke. Einzelheiten konnte er in dem spärlichen Licht nicht erkennen, die Erdhügel und Gruben der Archäologen waren auf dem grauen Untergrund nicht auszumachen.

Bilder wurden in Gerhard wach, die den reglosen, schemenhaften Hügel vor ihm mit Leben erfüllten. Ihm kam sein Gang an der Seite Vera Kändlers wieder in den Sinn, der sie über den Berggrat und das Gräberfeld zu der skelettierten Frauenleiche geführt hatte. Er dachte an den Nachmittag zurück, als Willmer ihn zu den Ausgrabungsorten und Fundstellen mitgenommen hatte, ihm sogar das Geheimnis seines Refugiums in der Felshöhle enthüllt hatte. Das Bild seines

Traums fiel ihm ein, die Grabstelle, in der er heute Nacht Willmer hatte liegen sehen. Ja natürlich, das war doch jenes steineingefasste Fürstengrab in der Höhle gewesen, das der Archäologe ihm damals mit schwärmerischer Begeisterung gezeigt hatte.

Plötzlich und mit jäher Heftigkeit wurde Gerhard von einer starken Unruhe erfasst, als ihm klarwurde, wohin ihn seine Gedanken getrieben hatten. Schnell ging er zurück ins Haus, nahm sein Handy vom Schreibtisch auf und wählte die Nummer der Polizei. Er erfuhr, dass Montag und Schröder die Direktion verlassen hatten, ein Oberkommissar Weber koordiniere in dieser Nacht die Ermittlungen in der Angelegenheit Willmer. Gerhard ließ sich verbinden. Bereitwillig beantwortete Weber seine Fragen, augenscheinlich kannte er Gerhards Rolle in diesem Fall und hatte Anweisung, ihm Informationen zukommen zu lassen. Nein, man hatte Willmer noch nicht fassen können. In seinem Haus, das nach wie vor unter Überwachung stehe, sei er nicht aufgetaucht. Überhaupt fehle von ihm zur Zeit jede Spur. Gerhard bedankte sich für die Auskunft und beendete das Gespräch.

Flüchtig nur machte er sich frisch, zog sich schnell etwas über und schlüpfte in die hohen Schuhe. Das Handy steckte er in die Hosentasche.

Er musste ein wenig suchen, bis er in der Abstellkammer an einem Haken hängend das blaue Regencape fand, das er sich seinerzeit gekauft hatte, um beim Fahrradfahren auch schlechtem Wetter trotzen zu können. Er legte es sich über den Arm und verließ das Haus.

Kurz hatte er überlegt, ob er Franziska eine Nachricht hinterlassen sollte, dann aber davon abgesehen. Er würde längst wieder zurück sein, wenn sie aufwachte. Bis zum Weinberg war es nicht weit, und das, was er zu erledigen gedachte, würde nicht allzuviel Zeit in Anspruch nehmen.

Auf halbem Weg brach das Unwetter mit unbändiger Urgewalt über Gerhard herein. Er schaffte es gerade noch, den ponchoähnlichen Umhang über den Kopf zu ziehen, als der Platzregen wie eine Wasserwand auf ihn niederstürzte. So als hätte man mit einem Knopfdruck eine Windmaschine angestellt, jagten von einem Moment auf den anderen stürmische Böen über die Felder und trieben die dicken Wassertropfen vor sich her. Dem schwachen Licht des Morgenhimmels gelang es kaum noch, den dichten Regenvorhang zu durchdringen. Als sei die Nacht zurückgekehrt, breitete sich wieder Dunkelheit über das Land.

Gerhard stolperte und rutschte auf dem glitschigen Untergrund. Nur vage noch konnte er den Wegverlauf erkennen. Überall, auf Feldern und Wiesen gleichermaßen, stand schon nach wenigen Minuten das Wasser knöchelhoch. Die in den Wochen der Dürre ausgetrocknete Erde konnte die nun in Überfülle herabstürzenden Regenmassen nicht aufsaugen.

Gerhard musste den Oberkörper weit nach vorne beugen, um der Kraft des Windes standhalten zu können. Mühsam kämpfte er sich vorwärts auf ein Ziel zu, das er erst sah, als es unmittelbar vor ihm auftauchte.

Er wählte den direkten, steilen Anstieg hinauf zu dem zeltüberdachten Ausgrabungsplatz. Von überall liefen Wasserrinnsale den Hügel hinab, sammelten sich in der ausgetretenen Wegspur zu einem Bach, der Gerhards Füße überspülte und seine Schuhe und Strümpfe schon nach kurzem völlig durchnässte. Mehrfach rutschte er aus, stürzte zu Boden, lag im Wasser. Nur unter Schwierigkeiten erreichte er schließlich die Ausgrabungsstelle.

Der Sturm zerrte an der die Grube überspannenden Zeltplane, die, losgerissen, an der einen Seite herabhing und den ablaufenden Regen in kräftigem Strahl in die Grabungsstätte leitete. Vorsichtig näherte sich Gerhard dem morastigen Rand und blickte in das Loch hinein. Eine geschlossene Wasserfläche bedeckte den Boden, von den mühsam freigelegten Skeletten war nun nichts mehr zu sehen.

Der Steilhang, auf den er jetzt zuging, wirkte düster und abweisend. Er musste heute doppelt vorsichtig sein. Das steinige Geröll war durch das herablaufende Wasser unterspült und rutschiger noch als damals. Hinter dem Perlenvorhang, den der unvermindert niederprasselnde Regen bildete, konnte er nun etwas oberhalb am Hang die Haselnusssträucher erahnen, die den Zugang zur Höhle verdeckten.

Während er langsam auf die dunkle Buschgruppe zustieg, versuchte er sich darüber klar zu werden, ob er leichtsinnig handelte, das Schicksal vielleicht sogar herausforderte, wenn er jetzt ohne jegliche Absicherung Willmer in seinem Versteck aufspürte, wenn er ihm, einem potentiellen Mörder, unbewaffnet gegenübertrat, sich ihm geradezu auslieferte.

Nein. Gerhard kam zu dem Schluss, dass das Risiko, bei einer erneuten Begegnung mit dem Archäologen zu Schaden zu kommen, mehr als gering war. Willmer hatte nun keine Waffe mehr, die ihm erlaubte, auf Distanz einen Menschen zu attackieren. Niemals aber, da war sich Gerhard sicher, würde der kultivierte Mann, der Schöngeist und Ästhet brachiale Gewalt anwenden, um ein Ziel zu erreichen. Und dann, welchen Grund hatte er noch, ihn auszuschalten? Willmer war intelligent genug, um sich ausmalen zu können, dass nach der Rettung aus dem Schacht nun viele Personen von seinen Taten und Verstrickungen wussten. Die Eliminierung des früheren alleinigen Mitwissers ergab jetzt keinen Sinn mehr.

Gerhard hatte die Haselnussbüsche erreicht. Nun galt es, den Zugang zu der kleinen Graslichtung und dem Felsen, in dem sich die Höhle verbarg, zu finden.

Er zögerte. Mit den Fingern betastete er das Handy in der Hosentasche. Warum überließ er es nicht der Polizei, den Flüchtigen zu stellen und festzunehmen? Was bewog ihn, sich in eine Kriminalverfolgung einzumischen, die Sache der Justiz, aber auf keinen Fall seine Aufgabe war? Unschlüssig stand er am Rand des hohen Gebüschs, auf dessen Blätter laut die dicken Tropfen klatschten.

Aber hatte er nicht damals, als Vera Kändler sich vertrauensvoll an ihn gewandt und um Hilfe in einer Familienangelegenheit gebeten hatte, mit seiner Zusage gleichzeitig ein Versprechen gegeben? War er nicht die Verpflichtung eingegangen, die übernommene Aufgabe ohne Einschaltung der Polizei zu Ende zu führen?

Entschlossen schob er die Zweige auseinander und drang in das dichte Buschwerk ein. Diesmal fand er den Zugang gleich, zumal ihm niedergetretenes Gras und abgeknickte Zweige zeigten, dass hier erst vor kurzem ein Mensch gegangen war. Die Luft in dem engen Durchlass, in dem er sich dicht am Boden kriechend vorwärts bewegte, war heiß und beschwerlich wie in einem Tropenhaus. Die aufgeheizte Atmosphäre der vergangenen Tage hatte sich hier unten am Erdgrund gefangen und mit der Feuchtigkeit der letzten Minuten vermischt. Das Atmen in dieser Schwüle fiel Gerhard zunehmend schwer. Er war froh, als er schließlich aus dem Buschdickicht heraus auf die Lichtung kam.

Hier draußen außerhalb des Schutzes der Büsche überfiel ihn der Regen wieder mit ungebrochener Kraft. Unter das Prasseln, Klatschen und Trommeln der schweren Tropfen hatte sich jetzt ein rumpelndes Grollen gemischt, das ein heranziehendes Gewitter ankündigte. Gerhard wunderte sich. Gewöhnlich kamen Regen und Gewitter zusammen. Aber was war schon normal in diesem extremen Sommer.

Als er die Höhle betrat, sah er, dass er sich nicht getäuscht hatte. Willmer saß, beleuchtet von einem Windlicht, auf der steinernen Grabeinfriedung, auf der er schon bei Gerhards erstem Besuch gesessen hatte. Den Kopf in die Hände gestützt, wirkte er in seiner Reglosigkeit wie eine selbst zu Stein gewordene Statue. Starr und teilnahmslos stierte er vor sich auf den Boden und gewahrte Gerhard erst, als dieser aus der Eingangsöffnung heraus ganz in das kleine Felsgewölbe trat.

Verwunderung, ja geradezu Ungläubigkeit verbreitete sich auf seinem Gesicht. Der flackernde Kerzenschein spiegelte sich in den weit geöffneten Augen, die Gerhard ansahen, als erblickten sie eine Geistererscheinung. »Sie leben?«, stieß er in fragendem Zweifel hervor. Dabei hob er den Kopf und richtete sich auf. »Sie leben«, wiederholte er noch einmal, doch diesmal war es eine tiefe, dankbare Erleichterung, die aus ihm sprach.

Erschöpft von dem mühsamen Anstieg ließ sich Gerhard auf einem Felsabsatz an der gegenüberliegenden Höhlenwand nieder. Das Wasser lief ihm über Rücken und Brust, trotz seines Regenumhangs war er nass bis auf die Haut. »Ich habe Sie gesucht, Herr Willmer.«

»Und gewusst, wo Sie mich finden.« Lange blickte der Archäologe ihn an, ehe er sagte: »Es ist gut, dass Sie gekommen sind, Herr Gerhard. Damals habe ich mir Vorwürfe gemacht, mich als dumm und leichtfertig gescholten, Ihnen die Höhle gezeigt zu haben. Jetzt bin ich froh darüber, und mehr noch über die Tatsache, dass Sie leben.« Als müsse er sich von seiner Lebendigkeit überzeugen, erhob er sich nun ganz. Schwerfällig trat er zu Gerhard hin und legte ihm die Hand auf die Schulter. »Die letzten Stunden waren die Hölle für mich, fast schon Strafe genug für meine Verfehlungen. Hier alleine zu sitzen, alleine mit seinen Taten und Gedanken, das ist nahezu unerträglich. Vor allem, als mir klar wurde, was ich angerichtet habe. Es ist mir unbegreiflich, wie ich auf Sie schießen konnte. Schlimm genug, Horst getötet zu haben, aber um wieviel schlimmer noch, dass ich versucht habe, auch Sie zu töten. Erst jetzt habe ich richtig begriffen, dass Ihre Einmischung und Veras Sorge einzig darauf abzielten, mir zu helfen.« Er schüttelte den Kopf: »Wie konnte ich nur auf Sie schießen.«

Ein Ausdruck von Entsetzen, aber auch Scham erfüllte sein Gesicht, bevor er sich abwandte und mit müden Schritten die Höhle verließ.

Noch einmal wurde Gerhard an eine Statue erinnert, als er die große Gestalt unbeweglich draußen im Regen stehen sah. Im glitzernden Schleier, den die Wasserfäden um ihn legten, wirkte Willmer wie ein Büßer, der sich selbst kasteit und straft und die Unbill des Unwetters als Sühne auf sich nimmt. Hin und wieder lief das Zucken der Blitze über seinen Körper, dessen Regungslosigkeit nichts von den Kämpfen verriet, die sich in seinem Innern abspielen mochten.

Einige Minuten vergingen, ehe der Archäologe wieder in die Höhle zurückkehrte. Wortlos setzte er sich auf den Rand des eingefassten Grabes und strich sich die wassertriefenden Haare aus der Stirn. Es kostete ihn Mühe, Gerhard anzusehen, als er sagte: »Welches Glück, dass ich ein so schlechter Schütze bin. Ich hätte Sie umbringen können.«

»Möglich, dass Sie auf mich schießen wollten, aber Sie haben es nicht getan.«

»Wie, ich soll nicht geschossen haben?« Verwirrt beugte sich Willmer vor und stieß dabei das Windlicht um, das zu Boden fiel und erlosch.

»Nein«, sprach Gerhard in die Dunkelheit, die nun den Raum erfüllte. »Sie haben nur einmal geschossen, und das auf Horst Pflüger. Die Polizei hat Ihre Waffe nahe beim Schacht gefunden. Nur ein Schuss wurde daraus abgefeuert.«

»Aber der Knall?«

»...rührte von einer Sprengstoffexplosion außerhalb des Bergwerks, die die Decke der Felshalle teilweise zum Einsturz brachte.«

»Ja, daran erinnere ich mich. Plötzlich fielen von überall Steine herunter. Einer traf mich an der Schulter. In Panik bin ich dann davongerannt.« Ein Bild kam Willmer vor Augen. »Aber ich habe Sie doch stürzen gesehen. Bevor ich loslief, sah ich Sie zusammensinken und rücklings in das Loch fallen.«

Gerhard erklärte ihm, was geschehen war: »Ein Stein traf mich, ließ mich taumeln und in den Schacht stürzen. Gott sei Dank landete ich auf einem Abraumhaufen und verletzte mich nicht ernsthaft. Dort unten fand ich Pflüger.«

Er konnte die Bewegung in der Dunkelheit nicht sehen, aber er ahnte, dass Willmer die Hände vor das Gesicht geschlagen hatte. Gedämpft klang sein schmerzerfülltes Aufseufzen, dem ein leises und qualvolles »Mein Gott« folgte.

Ein Kratzen und Schleifen verriet, dass der Archäologe aufgestanden war. Aber erst, als er in das Licht der Höhlenöffnung trat und seine massige Silhouette sich im Eingang abzeichnete, konnte Gerhard ihn erkennen. Willmer drehte den Kopf in seine Richtung. Unsicherheit lag in seiner Frage. »Hat man Horst geborgen? Hat man ihn aus dem Schacht herausgeholt?«

»Ja, Pflüger wurde ins Krankenhaus nach Eschwege gebracht. Sie hatten Recht, als Sie davon sprachen, ein schlechter Schütze zu sein. Ihr Schuss traf glücklicherweise nur die rechte Lunge und es sieht ganz so aus, als sollte Ihr Freund überleben.«

Von draußen drangen schwach die Geräusche des rieselnden und tropfenden Wassers herein, aber sie störten kaum das Schweigen, das sich für einige Sekunden über den Raum legte.

Noch ehe Gerhard es hörte, sah er an den zuckenden Bewegungen der Schultern, dass Willmer hemmungslos weinte. Es war zu spüren, dass er versuchte, sein Schluchzen zu unterdrücken. Aber es gelang ihm nicht, seiner Emotionen Herr zu werden.

Gerhard wartete. Mit jeder Träne, die floss, verringerte sich der Druck der angestauten Gefühle und erhöhte sich die Wahrscheinlichkeit, dass Willmer zu Einsichten kam, die ihm halfen, zu den Maßstäben und Normen zurückzufinden, die früher einmal sein Leben bestimmt hatten.

Schließlich fing er sich wieder, sein Körper kam zur Ruhe. Mit der gleichen fassungslosen Dankbarkeit, die ein zur Hinrichtung Geführter im Moment der unerwarteten Begnadigung empfindet, brach es jetzt aus Willmer hervor: »Wie habe ich, nach dem Entsetzlichen, das ich getan habe, ein solches Glück verdient? Zwei Menschen glaubte ich getötet zu haben, hatte schon daran gezweifelt, mit dieser Schuld weiterleben zu können. Und jetzt erfahre ich, dass beide leben.« Er hob die Hände, als wolle er einem möglichen Einwand begegnen. »Verstehen Sie mich nicht falsch. Die Tatsache, dass niemand zu Tode gekommen ist, verringert nicht die Schwere meiner Taten. Ich habe versucht zu töten, werde dafür die volle Verantwortung übernehmen und klaglos alle Konsequenzen tragen, die sich daraus ergeben. Aber für mich persönlich ist es von allergrößter Bedeutung, dass niemand durch meine Hand sterben musste; dass ich, obwohl ich zu morden plante, letztendlich nicht zum Mörder geworden bin. Mit dieser Schuld, das weiß ich jetzt, wäre ich niemals fertiggeworden. Es war ein unverzeihlicher Irrtum anzunehmen, ich könnte als unertappter Mörder an der Seite Katjas weiterleben.«

Willmer schwieg. Während der qualvollen Stunden, die er nach seiner Flucht hier in der Höhle zubringen musste, allein mit dem furchtbaren Wissen um seine Verbrechen, war er zu Schlüssen und Einsichten gekommen, die ihm die Kraft gaben, den steinigen Weg, der vor ihm lag, zu beschreiten. Als wollte er beweisen, dass er nun nicht mehr Spielball seiner unkontrollierten Gefühle war, sondern das Schicksal wieder selbst in die Hand zu nehmen gedachte, fasste er Gerhard am Arm. »Kommen Sie«, forderte er ihn auf. »Lassen Sie uns hinuntergehen. Ich will es hinter mich bringen.«

»Bei Ihrem Haus steht ein Streifenwagen«, informierte ihn Gerhard. »Die Beamten erwarten Sie.«

Nur kurz zögerte Willmer. Dann aber atmete er schnaubend aus und wandte sich zum Ausgang. »Gut. Ob jetzt oder später, was spielt das für eine Rolle.«

Sie traten hinaus in den Regen und das Gewitter, das sich nun unmittelbar über ihnen mit wuchtigen Donnerschlägen und langen, bis zur Erde reichenden Blitzen entlud. Willmer blickte zum Himmel. »Gott sei Dank geht diese beschwerliche Zeit nun zu Ende«, sagte er mehrdeutig und schritt davon.

Noch einmal, als sie die Haselnusssträucher schon hinter sich gelassen hatten, drehte er sich um. »Glauben Sie, die Polizisten lassen mich erst noch mit Katja sprechen, bevor sie mich verhaften?«

Gerhard zuckte die Schultern: »Ich nehme an, dass dem nichts entgegensteht.«

»Gut, dann sollten wir gehen«, sagte Willmer. Entschlossen nahm er den rutschigen Abstieg in Angriff. Gerhard hatte Mühe, ihm zu folgen.

25

»Großartig!« Mit professionellem Enthusiasmus beugte sich die Kultusministerin über den Tisch und lobte: »Köstlich, Ihre Truppe, Herr Gerhard. Das war lebensnahes, frisches Theater. Manche Szenen wirkten so natürlich, als wären sie überhaupt nicht einstudiert. Wirklich großartig.«

»Ja, da kann ich der Frau Ministerin nur beipflichten«, bekräftigte der Bürgermeister in weisem Opportunismus und senkte ein um das andere Mal sein nahezu kahles Haupt. »Eine lebendige Aufführung.«

Auch Karl Montag, diesmal nicht in polizeilicher, sondern in politisch-repräsentativer Funktion als Stadtverordnetenvorsitzender Eschweges anwesend, nickte zustimmend: »Hat mir gefallen, Heiner. Das kam schwungvoll und vital, manchmal geradezu wie improvisiert rüber, so wie es die Frau Ministerin und auch der Herr Bürgermeister gerade so treffend ausgedrückt haben«, fühlte sich Charly beiden Politikern verpflichtet.

Es war der Abend der Eröffnung der Oberhöner Festspiele. Die Vorstellung des einheimischen Kulturkreises war vor knapp einer Stunde mit großem Erfolg zu Ende gegangen, die Ehrengäste, allen voran die Kultusministerin und Eschweges Bürgermeister als Schirmherr waren von den Organisatoren zu einem Imbiss in den »Dorfkrug« eingeladen worden. Im Sog der Prominenz war ein großer Teil der Zuschauer ebenfalls in der Gaststätte erschienen, um das für die Dorfbevölkerung herausragende Ereignis angemessen zu feiern.

Gerhard saß mit den Honoratioren am runden Tisch und hörte sich die Lobeshymnen an, die der erfrischenden Ursprünglichkeit besonders der Szene galten, die ihm die meisten Bauchschmerzen bereitet hatte. Natürlich war es wieder Karla gewesen, die für Aufregung gesorgt hatte. Anders aber als in früheren Stücken, in denen sie oftmals mit plötzlichen, nicht vorgesehenen Texteinschüben die Mitspieler in Verlegenheit gebracht und zu kühnen Improvisationen gezwungen hatte, war ihr diesmal ein Fauxpas unterlaufen, der den beteiligten Akteuren höchste Flexibilität abverlangt hatte.

Sehbehindert durch die Maske, die Polyphems Einäugigkeit darstellen sollte, hatte sie in gestalterischem Übereifer Odysseus selbst statt eines seiner Gefährten, wie im Stück vorgesehen, ergriffen. Mit aller ihr zur Verfügung stehenden Kraft hatte sie den sich Widersetzenden hinter einen Vorhang geschleppt und damit angefangen, seine Verspeisung zu imitieren. Schon waren, begleitet von lautem Schmatzen und Rülpsen, die ersten Knochen auf die Bühne geflogen, als die verdutzten Mitspieler auf den Irrtum, der mit dem verfrühten

Tod des Helden die Aufführung zum Platzen gebracht hätte, zu reagieren begonnen hatten.

Es war eine mühsame, mit erheblicher Anstrengung verbundenen Angelegenheit gewesen, Karla-Polyphem mit ihrem Opfer wieder hinter dem Vorhang hervorzuzerren. Sie hatte sich mit Händen und Füßen dagegen gewehrt. Erst nach heftigem Ziehen, Stoßen und Rangeln und Odysseus' zugezischter Aufforderung »verdammt, lass los, du frisst den Falschen« war es endlich gelungen, ihr Ithakas König wieder zu entreißen.

Der stürmische Applaus auf offener Szene, der dieser ungewollten Improvisationseinlage gefolgt war und die Ovationen für Karla am Schluss der Aufführung hatten einmal mehr gezeigt, wie sehr die Welt es liebte, ihren Chaoten zuzujubeln und dem Durcheinander zu huldigen.

Gerhard schaute sich in der Gaststätte um. Alle Stühle und Bänke waren besetzt, in kleinen Gruppen standen die Menschen, die keine Sitzgelegenheit mehr gefunden hatten, zwischen den Tischen und unterhielten sich. Auch die Theke war dicht umlagert, um die Barhocker herum drängten sich die Gäste in mehreren Reihen. Am langen Tisch vor dem Kachelofen saß die Schauspieltruppe und diskutierte lebhaft die erfolgreiche Aufführung. Links von ihr in einer Raumecke hatten sich die Landwirte zusammengefunden. Sie sprachen nur wenig, um so intensiver umklammerten ihre derben, wettergebräunten Hände die Biergläser. Den Mitgliedern des Dorfverschönerungsvereins war es gelungen, die Eckbank unter dem Fenster zu belegen, auf der sie nun wie die viel zitierten Hühner auf der Stange dicht nebeneinander hockten.

Gerhard genoss das beifällige Nicken, das ihm die Gäste hin und wieder zuwarfen, wenn sich sein Blick mit dem ihrigen kreuzte. Er nahm, stellvertretend für seine Mitspieler, den Lohn für viele Stunden intensiver Vorbereitung gerne entgegen. Wenn es wirklich so war, dass Beifall und Anerkennung das Brot des Schauspielers waren, dann hatte man sie heute reichlich verköstigt. Er war stolz auf seine Mannschaft.

Als er sich wieder seinem Tisch zuwandte, fand er die Politiker mit einander zugeneigten Köpfen in ein hitziges Streitgespräch verwickelt, das längst nicht mehr das Theaterereignis zum Thema hatte. Über angestrebte, in Aussicht gestellte und nicht erfüllte Eckpunkte wurde gesprochen, von Minimalzielen und Maximalforderungen war die Rede, Argumente wurden angeführt, widerlegt und zerpflückt. Als Gerhard begriff, dass sein Verschwinden vom Tisch den Debattierenden kaum auffallen würde, nutzte er die Gelegenheit und kehrte zu seinen Schauspielerfreunden zurück.

Trotz der vielen Anwesenden war die Stimmung im Schankraum dezent, die Geräuschkulisse ungewöhnlich zurückhaltend. Offensichtlich dämpften der ministeriale Gast und die Vielzahl der Ehrengäste das ansonsten eher voluminöse und dröhnende Stimmgebaren der Dorfbevölkerung. Erst als nach einigen weiteren Lachsschnitten und Käsehäppchen die hohe Vertreterin der Landesregierung, jovial nach allen Seiten grüßend, zusammen mit der regionalen Prominenz die Gaststätte und Oberhone verließ, schwoll der Lärmpegel auf die vertraute Lautstärke an.

Kalle, der Wirt, und Kerstin, die freundliche Bedienung, hatten alle Hände voll zu tun, das nun sprunghaft steigende Durstgefühl der verbliebenen Gäste zu befriedigen. Jutta war in der Küche verschwunden, um nach den herumgereichten, inzwischen leergegessenen Schnittchentellern jetzt etwas »Richtiges« – ein Steak zum Beispiel oder ein Schnitzel – auf den Tisch zu bringen.

Bequem an die kühlen Kacheln des hohen Ofens gelehnt saß Gerhard neben Franziska. Er schwieg und ließ sich von den auf- und abbrandenden Wellen der nachbarlichen Gespräche umspülen, ohne auf ihren Wortlaut zu achten. Er fühlte und genoss die angenehme Leere der zunehmenden

Entspannung, die sich jetzt am Ende eines langen Tages in ihm ausbreitete.

Die Festwoche war glanzvoll eröffnet. Rechtzeitig hatte sich das Unwetter des Morgens verzogen, lediglich eine angenehme Abkühlung war zurückgeblieben. Dem Publikum, das zahlreich und mit großer Erwartung erschienen war, hatte die Vorstellung gefallen. Zufriedenheit, ja geradezu Begeisterung war allerorten zu hören gewesen. Und schließlich hatte die Ministerin versprochen, im nächsten Jahr wiederzukommen – falls sie dann noch im Amt war – und sich dafür zu verwenden, den Festspielen einen finanziellen Zuschuss zukommen zu lassen.

Gerhard schloss die Augen. Alles war gutgegangen und hatte sich bestens gefügt. Er dachte an Willmer.

Auch hier, fühlte er, könnte sich trotz des Geschehenen und der fürchterlichen Irrwege, die der Archäologe gegangen war, vieles wieder zum Guten wenden.

Er dachte an den Morgen, als sie verschmutzt und bis auf die Haut durchnässt auf das Haus am Fuß des Weinbergs zugestolpert waren. Katja hatte sie auf der Terrasse erwartet, war ihrem Mann die letzten Schritte entgegengegangen und hatte ihn stumm und lange in die Arme geschlossen.

Da die Polizisten nichts dagegen hatten, dass Willmer mit seiner Frau sprach, war das Ehepaar ins Haus gegangen, um miteinander zu reden. Als sie schließlich wieder auf die Terrasse hinaustraten, hielten sie sich an den Händen. Trotz der Trauer, die die Ereignisse in ihnen ausgelöst haben mussten, war Zuversicht und die gegenseitige Zusicherung, das Kommende gemeinsam durchzustehen, aus ihren Gesten und Hinwendungen herauszulesen gewesen.

Gerhard fuhr auf, als Franziska ihn anstieß: »Heinrich, sieh mal, wer gekommen ist.«

Mit den Augen folgte er der Richtung ihres Armes und schaute verwundert auf die vertraute Gestalt, die bleich, schön und verloren auf der Schwelle der großen Eingangstür stand und suchend in den Raum blickte.

Gerhard erhob sich und ging Vera Kändler entgegen. »Das ist aber eine Überraschung, Sie heute Abend hier zu sehen«, begrüßte er sie und gab ihr die Hand.

Franziska war ebenfalls herangekommen. Mit der Frauen eigenen spontanen Herzlichkeit umarmte sie die Sängerin und küsste sie auf die Wange. »Kommen Sie, Vera.« Sie zeigte auf den Tisch am Ofen. »Setzen Sie sich zu uns. Unsere Schauspieltruppe sitzt dort und feiert die gelungene Aufführung.«

»Nein, nein«, wehrte Frau Kändler ab, »so sehr ich solche Zusammenkünfte nach der Vorstellung liebe, aber diesmal muss ich ablehnen. Katja wartet auf mich und sie braucht mich.« Sie wandte sich Gerhard zu. »Ich bin nur noch einmal gekommen, um mich bei Ihnen zu bedanken für all das, was Sie für unsere Familie getan haben. Jetzt im Nachhinein wird mir erst klar, was ich da von Ihnen verlangt habe. Als ich heute von Wiesbaden zurückkam und von den Ereignissen der letzten Stunden und der Verwicklung meines Schwagers in den Mordfall erfuhr, habe ich mir die schwersten Vorwürfe gemacht, Sie in diese Geschichte hineingezogen zu haben.«

»Das müssen Sie nicht, Frau Kändler. Wie hätten Sie damals wissen können, dass sich das Ganze zu einer solch brisanten Angelegenheit entwickeln würde.«

Franziska fasste Vera am Arm. »Wie geht es Katja? Wie wird sie mit allem fertig?«

»Es geht ihr erstaunlich gut. Sie ist froh, dass die Zeit des nagenden Zweifels nun endlich vorbei ist. Obwohl sie nach außen hin immer verkündet hat, ihr Mann sei lediglich überarbeitet und deshalb so gereizt, hat sie nie an diese Version geglaubt. Vielmehr hatte sie, wie sie mir heute gestand, die schreckliche Befürchtung, im Leben ihres Mannes könnte es eine andere Frau geben. Sie ist erleichtert, dass sie nun alles weiß und endlich Klarheit herrscht. So schlimm es für sie war, all das Fürchterliche hören zu müssen, so hat sie durch die Aufdeckung der Wahrheit aber auch erfahren, dass sie von ihrem Mann geliebt wird.«

»Und wie soll es jetzt weitergehen? Bleibt Katja hier wohnen?«, wollte Gerhard wissen.

»Nein, ich bringe sie noch heute Abend nach Warendorf zu unseren Eltern. Die persönlichen Sachen haben wir schon zusammengepackt und im Auto verstaut. Morgen holt die Verleihfirma das Klavier ab. So müssen wir das Haus nicht noch einmal betreten. Es hängen zuviele Erinnerungen an dieser schreckliche Geschichte.«

»Und Sie, wo werden Sie bleiben?«

»Es sind nur noch zwei Vorstellungen in Hersfeld, die ich zu singen habe. Das ist kein Problem, die zwei Mal von Wiesbaden hier heraufzufahren.«

»Nur noch zwei Vorstellungen? Ich hatte doch Franziska versprochen, ihr zu zeigen, warum ich seinerzeit Pflüger während Ihres umwerfenden Schleiertanzes aus den Augen verlieren musste.«

»Dann kommen Sie am Sonntag. An diesem Tag gehen die Bad Hersfelder Festspiele mit der »Salome« zu Ende. Ich würde mich sehr freuen, wenn ich Sie beide zuerst in die Oper und später zu einem Glas Wein einladen dürfte. Auf diese Weise kann ich mich wenigstens ein bisschen bei Ihnen bedanken.« Sie vereinbarten das sonntägliche Treffen, trugen Grüße an Katja auf und verabschiedeten sich von Vera Kändler, die den »Dorfkrug« verließ.

Während Franziska an den Tisch der Theaterleute zurückkehrte, gesellte sich Gerhard zu Gunter und Charly, die am Tresen standen und sich unterhielten.

»Ah, der Herr Theaterdirektor mischt sich unter das Fußvolk; welche Ehre«, empfing ihn Montag und rückte zur Seite.

»Aber nicht doch, Herr Stadtverordnetenvorsteher. Ich bin

es, der sich geehrt fühlen muss«, konterte Gerhard mit einer tiefen Verbeugung.

»Bei euch piept's wohl.« Gunter klopfte mit dem Zeigefinger an die Stirn. »Nur weil ihr mit der Ministerin am Elefantentisch zusammensitzen durftet, schwillt euch jetzt der Kamm.«

»Der Neid des Subalternen, des Namen- und Titellosen«, gab sich Charly verächtlich, um gleich darauf schallend loszulachen. »Menschenskinder, bin ich froh, wieder in den Volksniederungen hier an der Theke zu sein.«

Während Kalle unaufgefordert ein Bier vor ihn hinstellte, fragte Gerhard nach Willmer. »Wo steckt er jetzt? Und was passiert mit ihm?«

Gunter zuckte die Schultern. »Wo er steckt, ist einfach zu beantworten. Zur Zeit befindet er sich in Untersuchungshaft in Kassel. Was aber weiter mit ihm wird, steht in den Sternen.«

»Ich glaube, er wird glimpflich davonkommen«, mutmaßte Montag. »Pflüger ist inzwischen über den Berg, wie aus dem Krankenhaus zu erfahren war. Das heißt, Willmer wird im höchsten Fall des versuchten Mordes angeklagt. Wenn ihm dann noch jemand eine Affektlabilität, Psychodekompensation oder was auch immer bescheinigt, wird er einige wenige Jahre aufgebrummt bekommen, und damit hat sich's.«

»Ich habe es schon einmal gesagt«, warf Gerhard ein, »Willmer ist kein Mörder im herkömmlichen Sinn. Er leidet unter dem, was er getan hat, und bereut aufrichtig. Ich hoffe, er erhält nach Verbüßung seiner Strafe noch einmal die Chance, in sein altes, glückliches Leben zurückzufinden.«

Eine Unruhe aus der Ecke, in der die Dorfverschönerer in dichter Reihe nebeneinander saßen, lenkte die Aufmerksamkeit der Thekengäste in diese Richtung. Gerhard drehte den Kopf und sah gerade noch, wie sich Helmut Noack unter sichtlichen Schwierigkeiten mit jubelnd in die Höhe gestreckten Armen aus seiner Einzwängung herausquälte und auf den vor ihm stehenden Michael Otremba zuging. Unter dem johlenden Beifall seiner Vereinskollegen schlang er die Arme um die Schultern des Ortsvorstehers und presste ihn mit selbst auf die Entfernung erkennbarer Ergriffenheit an seine Brust.

»Was ist denn da los?«, fragte Gunter und sah die Freunde an.

»Keine Ahnung. Michael muss irgendetwas verkündet haben, das dem Dorfverschönerungsverein gefallen hat«, vermutete Gerhard. »Seht nur, jetzt geht er zu den Landwirten und redet mit ihnen.«

Aus der Art, wie die Bauern die Botschaft Otrembas aufnahmen, war zu erkennen, dass das Gesagte sie alles andere als erfreute. Aber von Empörung oder Entrüstung war in ihren Gesten und Gesichtern nichts zu lesen. Eher hörten sie sich mit Gleichmut und stoischer Ruhe an, was der Ortsvorsteher ihnen zu sagen hatte. Einige winkten ab, als hätten sie nichts anderes erwartet, andere zuckten lediglich mit den Schultern.

Als Otremba zum Tresen zurückkehrte, sprach Gerhard ihn an: »Sag mal, Michel, was hast du denen denn gerade verkündet? Die Dorfverschönerer kriegen sich gar nicht mehr ein vor Freude, während die Landwirte überhaupt nicht begeistert aussehen.«

Der Ortsvorsteher seufzte. »Wenn ich das, was ich heute erfahren habe, schon vor ein paar Tagen gewusst hätte, wäre uns viel Ärger erspart geblieben. – Und Franz Heimann würde noch leben, denn er wäre bei dieser Sachlage erst gar nicht nach Oberhone gekommen.«

»Von welcher Sachlage sprichst du?«

»Von der Mitteilung der Erschließungsgesellschaft, dass sie von der Industrieansiedlung hier bei uns in Oberhone Abstand nimmt. Außerdem hat das Umweltamt angekündigt, eine Ausweisung der Wehreauen als Landschaftsschutzgebiet zu beantragen.«

»Ah, deshalb jubeln die Dorfverschönerer«, begriff Gerhard. »Und deshalb feiern sie«, fügte er mit einem Blick auf Kalle hinzu, der ein Brett voll eingeschenkter Schnapsgläser zur Eckbank brachte. »Die Landwirte haben ihre Niederlage aber gefasst aufgenommen. Nun wird es also nichts mit dem lukrativen Landverkauf.«

»Ach«, Otremba winkte ab, »im Grunde sind die meisten froh, dass es so gekommen ist und ihnen die Entscheidung abgenommen wurde. Ein Bauer trennt sich eher von Vieh, Traktor und Scheune, ja sogar von der eigenen Frau, als von einem Stück Land. Das war schon immer so.« Er zuckte mit den Schultern, um die Unumstößlichkeit dieser Erfahrung zu unterstreichen, bevor er mit einiger Hast in Richtung Toilette verschwand.

»Na, dann ist auch dieses Problem gelöst.« Gerhard drehte sich zu Karl Montag. »Bleibt eigentlich nur noch das Frauenskelett am Weinberg, das euch Kopfzerbrechen macht.«

»Aber nur noch wenig.« Die Genugtuung in Charlys Stimme war unüberhörbar.

»Wie, wisst ihr etwa, wer die Tote ist?«

»Auch die Polizei kennt Mittel und Wege, eine Mordgeschichte aufzuklären. In diesem Fall waren es die Hamburger Kollegen, die durch einen DNA-Abgleich die Identität der Frau ermittelten. Bei der Toten handelt es sich um eine Prostituierte, die seit gut drei Jahren vermisst wird. Sogar einen Tatverdächtigen hat man damals ermitteln können, nie aber die Leiche gefunden. Jetzt wird der Fall von der Hamburger Kripo neu untersucht, möglicherweise auch noch einmal vor Gericht verhandelt.«

»Aber wie kommt die Leiche hierher, in unsere Gegend, auf den Weinberg?«

»Die hanseatischen Kollegen sind sich nahezu sicher, dass der Mord an der Frau in einer Wohnung in Hamburg erfolgt ist. Die Tote soll nur zu dem Zweck hierher gebracht worden sein, um sie weit entfernt vom Tatort verschwinden zu lassen.«

Montag wischte mit der Hand über die Theke. »Aber das zu beweisen ist jetzt Aufgabe der dortigen Kripo. Wir hier haben mit dieser Geschichte nichts mehr zu schaffen.«

»So ist es«, bekräftigte Gunter und griff zum Bierglas.

»Puh.« Gerhard strich sich über Stirn und Augen, als sei er gerade Zeuge eines Zaubertricks geworden, bei dem der Magier auf wundersame Weise einen Gegenstand nach dem anderen aus dem Blickfeld der staunenden Betrachter verschwinden lässt. »Puh«, wiederholte er noch einmal und blickte hinter Kalle her, der ein weiteres Brett mit geistigen Getränken zu den feiernden Dorfverschönerern trug. »Das also ist das Ende der Irrungen und Wirrungen der letzten Tage. Nun ist auch dieses Rätsel gelöst.«

Franziska, die unbemerkt hinzugetreten war und den letzten Satz halb mitangehört hatte, fragte: »Welches Rätsel willst du gelöst haben?«

Gerhard wandte sich seiner Frau zu. Er lächelte und strich ihr über das Haar: »Das Rätsel, warum du nach einem solch anstrengenden Tag noch so wundervoll aussiehst.«

»Aha«, verwunderte sich Franziska. »Und welche Lösung hast du gefunden?«

Ein dumpfer Schlag aus der Ecke am Fenster, ein Aufprall, als wäre etwas Schweres zu Boden gefallen, enthob Gerhard einer Antwort. Von einer Sekunde auf die andere verstummten die Gespräche, Stille breitete sich über den Gastraum. Lediglich das Rücken der Stühle war zu hören, als die Sitzenden aufstanden, um zu sehen, was passiert war.

Das unbestimmte Empfinden, das gerade Ablaufende schon einmal erlebt zu haben, bemächtigte sich Gerhards, ein Dejà-vu-Gefühl, das sich noch verstärkte, als er die Stimme Otrembas vernahm, der, von der Toilette zurückgekehrt, nun vom Ort des Aufschlags herüberrief: »Heiner, kommst du mal.«

Ahnungsschwanger bahnte Gerhard sich einen Weg durch

die dicht zusammenstehenden Menschen. Als er den Ortsvorsteher erreichte und seinem nach unten gerichteten Blick folgte, traute er seinen Augen nicht. Vor ihm am Boden lag, offensichtlich genausowenig bei Bewusstsein wie an jenem Abend, als Bauer Thiele ihn mit einem Faustschlag niedergestreckt hatte, Helmut Noack und rührte sich nicht.

Gerhards Blick ging hinüber zu den Landwirten und heftete sich auf die große Gestalt seines Nachbarn. Leicht vorgebeugt stand Lothar Thiele da und starrte auf den Hingestürzten. Fassungslosigkeit stand in seinem Gesicht geschrieben. In einer Geste der Unschuldsbeteuerung hatte er die Arme weit von sich gestreckt und die Handflächen nach oben gewendet.

Gerhard kniete sich nieder und begann mit der Untersuchung des reglos Daliegenden. Doch schon nach kurzem richtete er sich auf. Es fiel ihm sichtlich schwer, ein Schmunzeln zu verbergen, als er sagte:

»Helmut braucht ein Bett.«

»Ja, was hat er denn?«

»Nichts weiter. Er ist schlichtweg betrunken.«

Wie zur Bestätigung der Diagnose begann Noack sich in diesem Moment zu bewegen. Mit Mühe stemmte er sich vom Boden ab und lallte: »Wi ham gsiegt, auf de ganzen Linje.« Diese Anstrengung schien jedoch seinen Kraftvorrat erschöpft zu haben. Wie eine Marionette, deren Fäden man losgelassen hatte, sackte er wieder in sich zusammen. Schnell fasste Gerhard mit der Hand unter den Hinterkopf, um zu verhindern, dass Helmuts Schädel auf den harten Untergrund aufschlug.

Elke Noack, die erst jetzt mitbekam, dass es ihr Mann war, der dort am Boden lag und die Aufmerksamkeit aller auf sich zog, drängte sich vor. »Nein, nicht schon wieder«, lamentierte sie. »Helmut verträgt einfach keinen Schnaps.«

»Wie viele waren's denn?«, fragte Gerhard zu den Dorfverschönerern hin.

»Vier kleine Korn.« Stefan Schmidt blickte schuldbewusst vor sich auf den Boden. Dann aber hob er trotzig den Kopf. »Vier Klare, was ist das schon. Konnte ja keiner ahnen, dass er so reagiert. Schließlich haben wir allen Grund zu feiern.«

»Ja, ja«, besänftigte ihn Gerhard, um dann in die Runde zu fragen. »Und wer bringt ihn jetzt heim?«

Ein lautes, aufforderndes Schnauben veranlasste die Umherstehenden, zur Seite zu treten und Lothar Thiele Platz zu machen, der mit energischem Schritt auf Noack zuging. Über die Schulter rief er dabei Rolf Schreiber zu: »Hol die große Schubkarre. Sie steht bei mir unter der Treppe. Schieb sie hier vor den Eingang. Ich bringe Helmut raus und dann nach Hause.«

Der Abtransport des Vorsitzenden des Dorfverschönerungsvereins war ein Bild, das Gerhard nie vergessen würde. Gehalten auf der einen Seite von dem großen, hünenhaften Landwirt, gestützt auf der anderen von der wesentlich kleineren Ehefrau, hing Helmut Noack teilnahmslos, schief und schlaff zwischen seinen ungleichen Helfern. Die Füße schleiften auf dem Boden, seine vergeblichen Bemühungen, die Augen zu öffnen, gaben ihm den Anschein, als blinzele er den Zeugen seines Abgangs zu.

Gerhard kehrte zu Franziska zurück und legte ihr den Arm um die Schulter. »Der Kreis schließt sich.« Er deutete auf Noack, der gerade durch die Tür verschwand. »Damals mit Helmuts Knockout hier im ‚Dorfkrug' fing alles an. Und heute, als er erneut zu Boden geht, findet die Geschichte ihr Ende.«

Er berichtete, was ihm die Kommissare von Willmer und der Identifizierung der Frauenleiche erzählt hatten. »Bis auf einige Einzelheiten sind die Fälle gelöst. Wir alle können aufatmen. Endlich wird die Normalität wieder Einzug bei uns halten.«

»Ach, Heinrich«, Franziska schmiegte sich eng in seinen Arm. »Es war zuviel Gewalt in den letzten Tagen, zuviel

Misstrauen und Täuschung. Ich bin froh, dass das jetzt alles vorbei ist.« Nachdenklich schaute sie zur Eingangstür, die nun wieder geschlossen war. »Wenn alle, die in die schrecklichen Ereignisse verwickelt waren, nur ein bisschen daraus gelernt haben, dann könnte diese schlimme Zeit sogar noch etwas Gutes gebracht haben. Als ich gerade Lothar Helmut stützen sah, war mir, als könnte meine Hoffnung in Erfüllung gehen. Wie viel schöner ist eine zur Hilfe entgegengestreckte Hand als eine zum Schlag erhobene Faust.«

Franziska schwieg. Auch Heinrich schwieg, was konnte er jetzt noch sagen.

Schließlich fasste er seine Frau sanft an der Hand und zog sie in den Raum. »Komm, gehen wir zurück zu unseren Theaterfreunden. Auch dort ist heute Abend ein Stück zu Ende gegangen mit einem Ausgang, der dir besser gefallen haben dürfte.«

»Ja«, schmachtete Franziska. »Das war ein Schluss, der ein Frauenherz erfreut. Nach jahrelangem Warten schließt Penelopé endlich wieder ihren Odysseus in die Arme. Nun steht ihrer Liebe nichts mehr im Wege.« Sie seufzte. »Ach, alle Stücke sollten so enden.«

»Na, dann«, sagte Gerhard und setzte sich in Bewegung.